LA PROPHÉTIE DES ÂMES

2. SANG SOUILLÉ

MANON DONALDSON

Black Ink Editions

Nom de l'ouvrage : La prophétie des âmes, tome 2: Sang souillé
Autrice : Manon DONALDSON
Suivi éditorial : Sarah Berziou

Dépôt légal mai 2025

Réalisation : Juliette Bernaz
Crédit photo : Shutterstock, Freepik
Graphismes intérieurs et maquette: Farah Anah
ISBN 978-2-37993-633-3

Black Ink Éditions
27 rue Vivonne - 17220 La Jarne
Numéro SIRET 840 658 587 00026

Contact : editions.blackink@gmail.com
Site Internet : www.blackinkeditions.com

Trigger warning

Vous êtes sur un tome II, ce qui veut dire que vous avez lu le premier et (sinon, *WTF*), donc, que vous savez déjà où vous mettez les pieds. Si vous n'avez pas lu le tome I… euh… mais qu'est-ce que vous foutez là ? Bon, est-ce que j'ai vraiment besoin de vous trigger warninger ? Oui ? OK !

Oyez, oyez ! Sorcellerie, mort, démons et autres joyeusetés vous attendent. Quoi ? C'est pas clair ?

Comment on fait alors ? Oh ! Je sais ! On suit les étapes !

Étape numéro 1 : Est-ce qu'on trigge ou est-ce qu'on trigge pas ? (Ce n'est jamais simple de savoir comment classer mes écrits, d'autant que c'est quand même sacrément personnel, les limites de la sensibilité.)

Étape numéro 2: Décider qu'il vaut mieux vous mettre en garde, parce que, eh ben, c'est du Donaldson…

Étape 3 : Écrire des TG et les effacer parce que ça révèle absolument tous les punchs.

Étape 4 : Me fier au jugement et à l'intelligence de mes lectrices/lecteurs d'amour.

Mais, tout en vous rappelant que : les démons c'est pas gentil, les sorts magiques peuvent être noirs, le sexe lunaire peut être trash, les sœurs jumelles, diaboliques, les ténèbres, mortelles et tout le tralala.

Pour ceux qui se sentent l'âme d'un mage conquérant, je vous dis : *En la foi du sang, de l'esprit, du corps et de la vie, sois consacré.*

Précédemment à Obadium

L'union d'une simple humaine et d'un sorcier de laquelle il a résulté une jolie petite fille, mi-humaine, mi-sorcière. Une mixité vieille comme l'univers qui n'avait jamais choqué les foules avant cette fillette. Celle qui, du haut de ses sept ans, avait chamboulé le monde en assistant à la cérémonie de l'augure. Il s'agit d'un rite visant à octroyer aux enfants magiques le pouvoir de l'un des sept éléments. Chacun d'eux étant associé à un *coven* et géré par un grand prêtre ou une grande prêtresse.

Burnold : magie du feu
Grimwood : magie de la terre
Merusak : magie de l'air
Ditchwa : magie de l'eau
Warwick : magie de la mort
Ravenburg : magie du sang
Bathsheba : magie de l'esprit

La cérémonie de l'augure est simple : chaque enfant laisse couler son sang sur l'autel. L'hémoglobine juvénile chemine dans un labyrinthe gravé à même la pierre où sont disposés sept bols, un pour chaque *coven*. Le liquide pourpre progresse jusqu'au bon réceptacle et l'enfant est envoyé au *coven* désigné par le puits.

Sauf que l'augure n'a jamais classé la jeune Vénétia, faisant d'elle la première sorcière rejetée et sans pouvoir. À la fois une aberration et la représentation physique de la plus grande peur des sorciers. C'est ainsi qu'elle devient, bien malgré elle, la figure emblématique de ceux condamnant les relations avec les humains. Elle aurait pu être renvoyée chez elle parmi les siens et disparaître simplement de ce monde parallèle, mais non. Le roi Bathsheba a déclaré qu'il devait absolument comprendre la raison de son anomalie et l'évolution de celle-ci et, donc, il fut établi qu'il lui faudrait revenir chaque été à Obadium pour y être étudiée. Ainsi, depuis dix ans, elle passe ses vacances estivales dans la famille de la prêtresse Améda Grimwood, mère de deux fillettes de son âge. Vénétia y noue une amitié quasi fraternelle avec la cadette, Nivory, alors que l'aînée et le père ne voient pas sa présence d'un bon œil et ne se gênent pas pour le lui faire sentir.

À l'aube de sa majorité, alors que les cérémonies importantes et décisives s'enchaînent à Obadium, Vénétia compte demander au roi de lui rendre sa liberté et de la laisser vivre dans le monde des humains.

Un plan simple et une demande légitime de prime abord.

Mais aucun d'entre eux n'aurait pu prévoir tous les changements qui allaient se produire. À commencer par Vénétia qui, même si elle n'a aucun pouvoir lié aux magies élémentaires, commence à développer des facultés hors du commun. Si cela a débuté par une capacité à revivre ses souvenirs avec une précision hors norme lorsqu'elle dormait, ça s'est vite transformé en quelque chose de bien plus puissant. Les rêves ou les souvenirs appartenant à d'autres s'imposent à elle désormais. Elle est aussi à présent sensible à certaines personnes et à quelques rituels, n'impactant normalement que les sorciers. À mesure que les jours s'écoulent, elle comprend de mieux en mieux le fonctionnement de son esprit et des strates qui le composent. Si pour elle être dans la lune se prend au sens littéral, elle possède aussi la capacité de dissocier son cerveau de son corps et de se plonger elle-même dans une sorte de coma.

Elle n'a qu'à parvenir à le cacher et obtenir son émancipation du monde magique, c'est somme toute assez simple. Oui, sauf que son esprit se lie bien malgré elle à d'autres, risquant de trahir son secret à tout moment.

Notamment à cette femme ange gardien, qui l'appelle Circé et la met en garde dès qu'elle pose les pieds au château Bathsheba pour la cérémonie ultime. Il y a aussi ce monstre avec une petite voix insidieuse qui la pousse vers une noirceur qu'elle n'avait jamais cru avoir en elle. Et puis, comme si cela n'était pas déjà suffisant, elle partage avec l'un des princes, Stoker, une connexion psychique qui défie non seulement les lois du monde magique, mais qui en plus met sa vie en grand péril. La volonté du prince de la débusquer s'ajoute aux dangers qui l'entourent, notamment ces ténèbres qui menacent de l'engloutir et qui ne cessent de tenter de la tuer. Parallèlement, des corps de sorcières vidés de toute leur magie sont abandonnés partout sur le territoire d'Obadium, remettant en cause des centaines d'années de coutumes royales concernant le couronnement de l'un des quatre princes.

Le prince Stoker, désormais conscient de la puissance de Vénétia, convoite son pouvoir et ne souhaite qu'une chose, le lui voler. Il espère ainsi devenir le plus puissant de sa fratrie et annihiler facilement les autres. Lors du bal consacrant les jeunes filles nouvellement majeures, il réussit à découvrir l'identité de Vénétia, et pour la première fois, ils s'unissent d'une façon qui leur est impossible à expliquer. Ils se rejoignent dans une autre dimension, une dimension qui semble leur être propre et qui échappe aux lois de la physique et du temps. Elle ignore qui il est et inversement, mais, pour autant, leurs âmes, elles, se reconnaissent et se nouent. Et lorsqu'ils reviennent à eux, il n'y a plus que chaos et destruction tout autour.

Principaux protagonistes

COVEN ROYAUX BATHSHEBA, ESPRIT

« En la foi du sang, de l'esprit, du corps et de la vie, sois consacré. »

Élément : esprit, psychisme
Roi : Egmond Bathsheba
Épouse 1 : Dame Isabeau, mère du prince Fenrir
Épouse 2 : Dame Iseult, mère du prince Phinéas
Épouse 3 : Dame Lucinda, mère du prince Stoker
Épouse 4 : Dame Grinda, mère du prince Omen
Conseiller : Mage Tao

COVEN BURNHOLD, FEU
Élément : feu – pyromancie
Grande prêtresse : Lone

COVEN GRIMWOOD, TERRE
Élément : terre – géomancie, phytomancie
Grande prêtresse : Améda, telluromancie, minerais, sol
Adeptes :
Nivory, phytomancie, plantes
Tanith, géomancie, divination des pierres
Romund, mari de la prêtresse

Coven Merusak, air

Élément : air – aéromancie

Grand prêtre : Jasmer

Adeptes :

Riordan, électromancie, foudre

Soraya, potion esthétisme

Zaheen, fille unique grand prêtre Jasmer

Coven Ditchwa, eau

Élément : eau – aquamancie

Grande prêtresse : Léodora

Adepte :

Alden, algomancie, glace

Coven Warwick, mort

Élément : mort – nécromancie

Grand prêtre : Dragzir

Adeptes :

Atinas, Clotho et Lacey, les sœurs Moires, filles de Dragzir

Coven Ravenburg, sang

Élément : sang – hématomancie

Grand prêtre : Bolguer

Chapitre 1 - Bal mortel

Prince Stoker, juin, salle du trône, bal de consécration avant la déflagration

Elle est là, quelque part dans cette pièce, je le sens. Je détecte sa présence comme si un grésillement émanait d'elle. Sa dualité transpire de chacune des ondes magiques qu'elle n'a sans doute même pas conscience de disséminer sur son passage. Elle m'appelle puissamment et ce faisant, elle réduit à l'échec chacune de mes tentatives visant à m'insinuer dans son crâne. Une envie irrépressible de siphonner la moindre goutte de son essence surnaturelle m'assaille, mais encore faudrait-il commencer par la débusquer. Rien que de penser au goût de son esprit me rend dingue, c'est l'équivalent d'une gaule de cerveau, et je parie que lorsque son essence touchera enfin ma langue, j'aurai un orgasme digne des dieux. Il me la faut au-delà de ma volonté ou de ma logique et cette obsession est dangereuse. C'est son âme qui en appelle à la mienne, ni plus ni moins. Mes yeux parcourent la foule des danseurs et leurs partenaires, les pseudo-puristes en robe de bal qui se la jouent saintes-nitouches, alors que leurs pensées sont aussi sombres que leurs desseins. Une à une je les étudie et passe leur encéphale aux rayons X, attendant le shoot que ce sera d'enfin identifier celle qui m'obnubile.

Je peine dans ma prospection. Je suis déconcerté par cette impression d'avoir un pied dans chaque monde et de ne pas avoir les idées parfaitement claires. Comme si j'étais sous le coup d'une espèce de brouillard mental. Je ne peux que spéculer sur sa provenance, mais je suppute que ce phénomène lui est attribuable. Je me trouve dans la salle de bal, en compagnie de mon père, mes frères, les nouvelles confirmées et leur famille.

Mon attention s'amenuise, mon esprit perd le fil de ce qui m'entoure. Je m'égare momentanément dans une autre dimension, la sorcière usurpatrice accapare mon âme, la titille, la malmène. La garce m'exhorte à la suivre dans ses ténèbres, dans un monde qui n'est pas le mien, un monde qu'elle contrôle et où je serais à sa merci. Je la sens déployer des bras tentaculaires et sucer mon essence, faute d'autre chose.

Identifie-la et chasse-la ! Bordel, même tes connards de frères ne parviennent pas à entrer dans ta tête !

Elle sodomise mon esprit puis y erre dans chaque recoin. Je perçois chaque battement de ses neurones et l'ombre de ses songes.

Je la hais, cela étant, je suis impressionné par ses capacités, mais le pire, c'est cette exaltation qui grimpe sans cesse à son contact. Pourtant, j'ai cette certitude tenace et inexplicable que coexister est une idée utopique. Que l'un de nous doit être éliminé, voire absorbé. Impossible de savoir d'où me vient cette conviction, mais c'est ancré si profondément en moi que je ne peux en faire abstraction. Ma volonté est maîtresse et n'a qu'un objectif : *elle doit mourir, je dois la tuer*. Lutter contre cette pulsion ne fait que l'exacerber. Comme si j'étais un loup-garou tentant de ne pas se transformer sous la pleine lune. Je ne suis plus qu'instinct, et la vouer à la mort m'excite à un point que je ne saurais expliquer. Quel carnage ce sera au moment où je l'identifierai ! *Personne ne doit soupçonner son ascendant sur toi et l'état de faiblesse dans lequel elle te plonge. Reprends tes esprits ! Tes ennemis te surveillent ! Il serait dommage que l'un d'eux découvre sa puissance et la consomme avant toi…*

Son essence est mienne et j'éventrerai tout individu qui pourrait remettre cela en cause. Je suis de plus en plus à cran et ma possessivité grimpe en flèche.

Puis, subitement, l'atmosphère change. Je sens le voile entre les dimensions qui s'affaiblit et je détecte les saccades d'énergie tout autour. Elle est tout près, et cela amplifie mon besoin viscéral de la réduire en esclavage.

Je me promène d'un cerveau à l'autre depuis longtemps, chaque fois je sais où je me trouve et je suis toujours l'instigateur de mes voyages. Cette fois, c'est le chaos. Mon esprit est à nouveau aspiré dans un lieu qui ne porte pas mon sceau. Forcément, ça ne peut venir que d'elle. Je lutte de toutes mes forces pour conserver le contrôle, et dans le même temps, je suis grisé par la démonstration de ses capacités.

Nos essences se percutent, se soudent et s'emboîtent l'une dans l'autre. Je peine soudainement à sentir la ligne de partage entre mon monde mental et celui dans lequel je suis téléporté.

Elle te manipule comme sa saloperie de marionnette !

En moins de deux, je suis englouti contre mon gré dans ses songes.

L'environnement désertique dans lequel j'apparais est effrayant. Jamais avant je n'avais perçu un tel vide. Le silence est si prégnant qu'il en devient assourdissant. Il n'y a rien de visible à des kilomètres à la ronde. Mes pires craintes se confirment lorsque je comprends qu'il m'est impossible de manipuler les éléments qui m'entourent.

Bordel ! À quoi elle joue ?

Son chant résonne tout autour de moi. Elle est une musicienne et je suis son instrument. Je vibre sur la fréquence qu'elle emploie et décrypte son langage.

Le voile est ténu… ténu… ténu, retentit une voix que je finis par distinguer avec une clarté cristalline. Je la reconnais aussitôt, et cela, même si c'est la première fois qu'elle m'est audible. C'est elle, celle que je cherche, que je convoite et qui me rend dingue.

Comment peut-elle ne même pas être ralentie par toutes les barrières mentales que j'ai mises en place ? J'ai beau chercher, je ne connais aucun autre sorcier vivant doté d'un tel pouvoir, même parmi les royaux.

Soudainement, je suis happé par une vague d'une violence inouïe. Furieux, je bataille de tout mon être.

Je ne veux pas qu'elle me balade dans son esprit, je veux retourner dans la salle de bal, auprès des miens qui ne se doutent de rien. Elle ne doit pas…

Par Satan…

Me voilà subitement autre part, dans un endroit imprégné de son essence, de ses songes, de ses désirs.

Elle m'invite dans sa tête, mais ne contrôle pas mes accès. C'est douloureux, mais bon sang, ce que ça m'excite.

Les émotions transmises par mon hôtesse sont d'une brutalité inouïe. Sa boîte crânienne est un capharnaüm comme j'en ai vu peu, et Dieu sait que je me suis introduit dans bon nombre d'esprits. Rien n'est compartimenté ou protégé, tout ce qu'elle sait m'est accessible, mais c'est un tel imbroglio qu'il me serait bien impossible d'en tirer quelque info que ce soit. Passé, présent, fantasmes, souvenirs, tout m'arrive de partout à la fois. J'ai l'impression d'être englouti par une tornade.

Brusquement, tout s'arrête. Tout devient si calme, presque irréel.

Sa présence flotte autour de moi comme un parfum entêtant que l'on hume. Je discerne les atomes de son être qui emplissent le lieu, crépitant à mon oreille. Dans l'air autour virevoltent des milliers de particules d'un violet étincelant. Je suis subjugué par ce que je ressens.

Elle te contrôle, elle a l'ascendant sur toi. Elle va te bouffer tout cru. Tu dois l'assimiler avant qu'elle ne le fasse.

C'est d'un ridicule. Je suis annihilé par un désir qui se mue en un besoin impérieux. Celui de me l'approprier. C'est un sentiment si puissant qu'il est impossible à raisonner. Même ma putain de conscience est en panique.

Subitement, je suis replongé dans le monde réel en plein centre d'un bal dont je n'ai rien à branler. Mon regard balaie à nouveau la foule, observateur, scrutateur. Mes yeux plissés, ma mâchoire serrée, et mes lèvres soudées annoncent clairement mon état d'esprit. Elle est là, par Satan, elle grésille dans mes saloperies de tripes. Je suis à bout de nerfs, en manque d'elle et empreint d'une fureur qui me donnerait envie d'enserrer le cou du premier venu jusqu'à lui briser la nuque. Je ne suis pas un mec doux de nature, je n'hésite pas à prendre quelques vies si nécessaire ou juste si le cœur m'en dit, mais j'ai rarement été plongé dans cet état de manque incontrôlable. Comme si j'étais un junkie et elle mon poison. Il faut que je mette un terme à cela, et le plus vite possible. L'idée qu'une femelle me réduise en esclavage m'est insupportable.

Les battements de mon palpitant deviennent d'abord erratiques avant de se calmer et de se caler sur les siens. Je subis ses émotions, les expérimentant les unes derrière les autres comme si j'étais elle. Son amusement emplit ma poitrine et me donne envie de sourire alors que mon cerveau enrage d'être ainsi envahi de ses pensées parasitaires.

La garce s'amuse ? Bordel, tu es à deux doigts de t'immoler par sa faute et elle, elle prend tout bonnement son pied ?

Elle est attirée par quelqu'un, elle joue de séduction et cela implante en moi un sentiment pervers de jalousie. Je décrypte chacune de ses intentions et réagis avec la même puissance illogique que si je surprenais ma femme chérie en train de sucer mon père devant notre chien.

Je parie qu'elle rira moins lorsque tu consommeras son essence pour te l'approprier à jamais.

Parce que c'est ce que je retiens de ce moment dans son esprit : il n'y a que ce moyen pour mettre un terme à son ascendant sur moi. Je fouille la foule, observe les robes de toutes les nuances, déclinées dans autant de sortes de tissu qu'il en existe, en essayant de la débusquer. Mais mes yeux ne se butent qu'à des coiffures toutes plus extravagantes les unes des autres, à des poitrines opulentes exposées, à des tailles ceinturées, ou encore, à des bijoux qui brillent de mille feux. Je conçois que certaines comptent sur les reflets des nombreux diamants qu'elles portent pour qu'on en oublie leurs décevants visages. Mais pas une de ces femelles ne se détache des autres. Pas la moindre étincelle n'émane d'aucune d'elles alors que je la sais ici et sens son feu irradier en moi.

Elle se dissimule comme la perfide créature qu'elle est, mais ne peut nous leurrer, ni moi ni mes serpents qui sont aussi réactifs à son essence. Sur ma peau ils rampent avant de s'entortiller autour de mes membres et de siffler leur mécontentement. Ils répondent à l'humeur de leur maître. Comment une non-Bathsheba, une femme de surcroît, peut avoir cette puissance ? J'ai l'impression d'être sous son emprise et jamais je ne permettrai que cela soit possible. C'est elle ou moi, c'est d'une évidence implacable. Qui qu'elle soit, cette usurpatrice doit crever avant de faire de moi un putain d'esclave à sa solde.

L'adversaire n'est pas de taille, c'est un fait, mais comme peu se risquent à me défier, je savourerai l'événement à sa juste valeur. Une chasse sanglante dont je serai victorieux, mais qui pour l'heure me stimule presque plus qu'une rasade d'hémoglobine de démon.

Ses songes se diffusent dans les recoins de mon esprit, se répandant comme un poison et diluant la clarté de mon mental. Je gronde intérieurement, puis lutte pour ne pas me laisser submerger de nouveau. Un horrible et irritant son se détache de tous les autres, il résonne dans mon crâne avec force et écho. Un rire, *son* rire. C'est comme si elle cherchait à me provoquer et qu'elle s'amusait à se jouer de moi, dépassant de plus en plus les limites d'une patience qui m'est déjà foutrement déficiente.

Nous sommes étroitement liés, si je ne peux me l'expliquer, j'arrive parfaitement à l'imager. Je porte des chaînes qui m'attachent à elle, nous restons deux êtres à part entière, mais prisonniers l'un de l'autre. Les veines de mon cou et de mes tempes se gorgent d'une fureur jalouse à mesure que je ressens son amusement teinté d'un soupçon de flirt et de séduction. Elle est excitée et les gargouillis dans son ventre ne me laissent pas indifférent. Par Satan, il ne manquait plus que ça.

Si j'étais déjà empli d'une agressivité innommable, ma contrariété redouble lorsque je sens mon membre commencer à se dresser. Je choisis de quitter ce monde réel où sa présence m'accable pour basculer dans mon esprit, là où j'arriverai, je l'espère, à reprendre le contrôle. Depuis l'extérieur, les gens verront simplement un prince mal luné devant son trône et fixant l'assemblée avec un visage tout sauf aimable.

Je rejoins mon havre mental qui prend l'apparence d'un mausolée au centre d'un cimetière. Un lieu bien réel que j'ai reproduit à l'identique dans ma tête. Une sorte de pièce impénétrable contenant tous mes souvenirs, mes secrets et mes aspirations. Un lieu inaccessible pour quiconque. J'espère parvenir à m'y canaliser, mais ce n'est pas ce qui m'y attend. Je ressens la présence de la diablesse jusqu'ici, ce qui m'empêche de reprendre le contrôle tant de mon esprit que de mon corps. Bordel ! Ça ne se peut pas, ce lieu est blindé, mes frères et le roi, pourtant tous aguerris, n'y ont jamais accédé. Comment peut-elle… Je suis sa putain de proie, traqué dans ma propre boîte crânienne, franchement niveau *stalking*, impossible de faire mieux.

Reprends-toi ! Tu es Stoker Bathsheba, pas un vulgaire sorcier de quinze ans qui vient de découvrir sa bite !

Comme je le fais toujours, je me concentre sur ce que je veux voir apparaître, mais en vain. Elle manipule mon corps tout autant que mon monde dans lequel elle s'immisce.

Et son essence féminine dont les courbes se dessinent dans mon esprit est loin de me calmer. Je tente de la chasser de mes fantasmes, mais rien ne fonctionne. Sans que je ne voie jamais son visage, les pourtours de sa silhouette s'affinent et m'hypnotisent. Une étrange fumée grise, pure et vaporeuse, virevolte jusqu'à former un corps de femme aux arrondis parfaits. Des épaules ni frêles ni larges, un cou arqué vers le ciel, surplombé d'un visage ovale dont les traits me sont toujours imperceptibles. Des cheveux sans couleur, épais et bouclés, flottent tout autour d'elle, l'auréolant comme un ange. Sa gorge se précise, sa poitrine d'une rondeur délicieuse se forge sous mes yeux hypnotisés. Les reptiles sur mes bras sifflent en écho à mon désir qui enfle encore. Ce n'est qu'une simple enveloppe monochrome composée de vapeur, mais elle m'excite. La chasse associée à la puissance que me confère le rôle de traqueur me stimule.

Ouais, et ne gaspille aucune partie de cette proie ! Asservis jusqu'à la plus infime parcelle d'elle. Il nous faut son pouvoir.

Je ressens ce besoin brutal qui prend le pas sur tout. Je ne vis désormais que pour assouvir cette soif d'elle.

J'aspirerai son âme, boirai son sang, m'insérerai dans le moindre de ses orifices, je l'envahirai de toutes parts. Je la fracasserai et la briserai jusqu'à ce qu'il ne reste d'elle que quelques filaments de son essence. J'enfermerai ces derniers dans mon esprit pour qu'à jamais, sa conscience soit ma prisonnière. Puis, en rêve, je la forcerai à revivre le jour où je suis devenu son maître. Elle a voulu jouer avec moi ? Je la réduirai en miettes. Cette image, doublée de sa silhouette qui finit de se découper dans mes fantasmes, me procure un tel sentiment de satisfaction que je suis sur le point d'exploser. Je me meurs désormais d'impatience de la débusquer et de la profaner en me répandant en elle. Oh ouais, par Satan, j'arrive presque déjà à la sentir palpiter au bout de ma verge.

La fureur et l'excitation irradient sous ma peau et pulsent dans mes veines. Je fixe toujours cette ébauche incomplète d'elle en constant changement. Je suis hypnotisé par les volutes opalescentes qui sculptent la fumée, laissant place à une image de plus en plus nette. Lentement des couleurs apparaissent en affinant les contours et rendant le portrait plus réaliste.

J'avais déjà remarqué la forme parfaite de ses seins, mais cela ne m'empêche pas de gronder de satisfaction lorsque leurs pointes se dessinent sous mes yeux. Son ventre, ni plat ni musclé, surplombe une féminité imberbe qui m'appelle et m'implore. Je parviens presque à sentir l'étroitesse de son fourreau sur ma queue.

Je peine à rester ancré et à ne pas succomber à la garce tentatrice. La menace que m'inspire cette femme ne devrait surtout pas être reléguée au second plan. Pourtant, même si j'ai pleinement conscience qu'il s'agit d'un piège, je me laisse harponner dans ce fantasme. Je n'ai plus la mainmise sur rien, ni aucune volonté qui me soit propre.

L'environnement se métamorphose, mon caveau disparaît et un nouvel endroit se dessine sous mes pieds. Les oscillations que je détecte m'indiquent que, bien que je sois toujours dans mon esprit, c'est elle qui y implante le décor dans lequel elle laisse libre cours à ses envies et aux miennes, visiblement. En dessous de moi, les volutes s'entortillent et forment des milliers de corps broyés. Qu'elle s'élève sur un amas de cadavres lui confère des allures de guerrière apocalyptique. Sur son crâne pousse une couronne, et si je crois qu'en tirer des conclusions sur ses intentions réelles devrait accaparer toute mon attention, ce n'est pas le cas.

Elle domine le monticule d'os qui est désormais très haut. Son visage est orienté vers le ciel et je ne peux encore identifier ses traits, mais j'y suis presque. Je sens une excitation palpable m'envahir à mesure que j'escalade les cadavres qui forgent son piédestal. Je ne réfléchis plus, je suis exalté, dangereux, instinctif et animal, je n'ai qu'un seul et unique but : la rejoindre coûte que coûte.

Daemonia, daemonia, daemonia, daemonia, psalmodie toutes les parcelles de mon être avec la précision d'un métronome. Mes lèvres ne bougent pas, mais c'est bien moi qui l'interpelle. Comment est-ce possible ? Je suis sous le joug de cette reine dont j'ignore tout, mais qui me semble pourtant si familière. *Putain ! Ressaisis-toi ! Tu ne peux te permettre d'être à la merci de qui que ce soit, encore moins quand la Couronne est en jeu !*

Je distingue l'aspérité des crânes sous mes doigts et entends le craquement de chacun d'entre eux lorsque je les écrase de mes boots. J'en briserais mille et me condamnerais à l'enfer tout autant de fois si cela me conduisait à elle.

Ce constat me dégoûte, je nourris une obsession sans limites pour cette femme alors que mon alter ego est dévoré de colère. J'ai presque atteint le sommet et une excitation inexplicable me possède tout entier. Je ne perçois plus le son des os que je broie sous mes semelles ou de mes mains poisseuses du sang des morts que j'ai escaladés. Il n'y a qu'elle, elle et moi bientôt réunis. J'atteins la cime sur laquelle reposent ses pieds nus. Fébrile, j'étire le bras pour toucher la douceur de sa peau de porcelaine. Je savoure une demi-seconde la soie de son épiderme avant de me résoudre à tirer sur sa cheville pour qu'elle dévale de son monticule de débris humains. Je l'agrippe fermement lorsque soudainement le noir absolu m'encercle. Signe précurseur de l'étreinte du néant qui s'abat sur moi. Fini, la déesse démone et toutes les émotions qui me rendaient si faible. Rien. Plus… rien. Je me laisse bercer par la mort et songe que contre toute attente, c'est elle qui a gagné.

Chapitre 2 - Le ruban des amants

Stoker, juin, salle du trône, bal de consécration avant la déflagration

Par Satan ! Je réapparais dans la réalité de ce bal de merde dont je m'étais évadé alors que je la touchais, j'y étais presque. Je ne savais même pas que réintégrer mon enveloppe aussi violemment pouvait être douloureux. Comment est-ce possible ?

— Stoker ? Tu es OK ?

Je tourne la tête en direction de la voix et tombe sur Omen qui me fixe, inquiet.

J'ouvre la bouche, sur le point de lui avouer ce que je viens de vivre, mais la referme aussitôt, me souvenant de qui il est. *Un ennemi convoitant la couronne tout autant que moi.* Parler d'elle à quiconque est dangereux. Même au plus sensé de mes frères.

Personne ne doit savoir que la fille possède un pouvoir qui semble être d'une puissance unique, et hors de question que, outre moi, quiconque mette la main dessus.

— Fous-moi la paix et trouve celle qui te sortira de ton enveloppe de puceau, asséné-je, mauvais, afin de me débarrasser de lui.

On pourrait croire que ma méchanceté à son égard suffirait à le maintenir à distance pour de bon, mais même s'il ne souffle pas mot, je devine qu'il ne lâchera pas le morceau.

Il secoue doucement la tête et se retourne pour bien me démontrer qu'il me fout la paix.

Je dois être plus prudent quand je ressens la présence de l'usurpatrice, plus subtile aussi, mais c'est indépendant de ma volonté. Elle pénètre et prend le contrôle de mon esprit avec une facilité qui m'enrage, mais une fois qu'elle l'a quitté, c'est pire encore. Elle laisse le néant dans son sillage.

Bordel ! Je me sens à la fois vide d'elle et empli de l'obsession de ma *daemonia.*

Il me faut retourner dans sa tête et outrager à mon tour son intimité. Je dois découvrir son identité et être en mesure de la reconnaître dans le monde réel. Elle m'a peut-être chassé, mais une fois que nous avons pénétré un esprit, il est de plus en plus facile d'y accéder. C'est une des raisons qui me font envisager qu'elle est novice, elle n'aurait jamais pris ce risque sinon. Je pourrais attendre après le bal, mais elle est ici et mon besoin est trop instinctif, primaire même.

Je focalise toute ma volonté pour dessiner mentalement ses traits, du moins ce que j'en ai perçu, je l'appelle, lui lance des incantations, lui ordonne de me rejoindre, jusqu'à sentir son énergie grésiller à la surface de ma peau. Mes serpents ondulent de façon frénétique, ce qui n'échappe pas au regard interrogateur d'Omen qui m'étudie à la dérobée. Mais je ne suis concentré que sur une seule chose, dénicher l'ensorceleuse, quoi qu'il m'en coûte.

Je la devine proche et sais notre entrée en contact comme imminente. Elle est comme un orgasme qui est sur le point d'exploser. Elle palpite dans mes veines et notre proximité est un des shoots les plus puissants que j'ai connus. J'abandonne mon corps derrière, à sa place de prince, et laisse mon esprit vagabonder à la recherche du sien. Je ne distingue que des fragments d'elle auxquels je m'accroche et ne mets pas longtemps à la repérer. Je déploie alors mes capacités à leur max, et l'instant suivant, je traverse un genre de brouillard vaporeux puis me retrouve à nouveau en elle. Je mène la danse cette fois, mais ça ne dure qu'une fraction de seconde. Je suis rapidement replongé dans la noirceur de son néant. Comme un kaléidoscope, je réapparais, mais cette fois, je me tiens derrière elle sur le monticule. Nous sommes tous deux nus, et si je m'en étonne l'espace d'un battement de cils, je suis vite obnubilé par la douceur de la peau de ses fesses qui frôlent mon érection déjà bien ferme.

Reste concentré ! Il te faut savoir qui elle est et surtout ce qu'elle te veut !

Même si j'avais, au départ, un plan simple et efficace, mon corps possède sa volonté propre. Il la réclame envers et contre tout alors que mon pauvre cerveau tente d'analyser sans répit ce qui cloche. Le décor ici dans sa tête est le même que celui dans la mienne plus tôt. C'est… impossible. Les perceptions d'une personne sont tellement subjectives que sa psyché est forcément teinté de ses émotions, mais ça ne semble pas être le cas ici. Comme si nous n'étions ni dans son mental ni dans le mien, mais ailleurs, dans un lieu qui ne serait accessible qu'à nous. Par Satan, qui est aussi puissant ? Plus je me rends compte de sa singularité, plus je la veux. Il est normalement impossible de leurrer quelqu'un qui possède la magie de l'esprit. Et qu'elle y soit parvenue sans que je m'en doute est effrayant, même pour moi. Effrayant, mais grisant aussi, parce que ça confirme qu'assimiler son pouvoir me rendra indestructible. Pour accéder au trône et pour la neutralisation de mes frères, c'est plus que bienvenu.

Sauf que pour l'heure, elle emploie une autre aptitude plus dangereuse encore, celle de balader mon esprit comme si je n'étais qu'une foutue marionnette à son contact.

Et d'ailleurs, la chaleur diffusée par son corps nu effleurant le mien me ramène à cette scène née de son imaginaire.

Mes paumes, encore recouvertes des chairs sanguinolentes de ceux que j'ai gravis plus tôt, remontent le long de ses cuisses. Je raffermis mon emprise jusqu'à atteindre ses hanches puis sa taille fine et aboutir sur ses flancs. Ses bras s'élèvent dans les airs, passent par-dessus sa tête et s'installent derrière ma nuque. Devinant mes intentions, elle me laisse le champ libre pour accéder à cette poitrine qui me fait tant envie. Dès que ses pointes durcissent sous mes doigts, ma raison vacille et s'écroule quand elle gémit. Je gronde, animal, instinctif et sans hésitation, je presse encore davantage ma masculinité contre elle, lui témoignant toute l'emprise qu'elle possède sur moi. Elle ricane d'un timbre teinté de désir, qui une seconde après se bloque dans sa gorge au moment où elle sent coulisser ma main ferme entre ses cuisses. J'écarte les pans de sa féminité et la caresse d'un geste précis. Elle hoquette d'un plaisir qui vibre jusque dans ma verge. Sa prise sur l'arrière de ma tête prouve que cette fois, je suis le maître d'œuvre. Ou du moins crois-je l'être l'espace d'un instant. Car son excitation est si puissante que je pourrais rapidement perdre pied à mon tour.

Bordel de merde !

Je ne suis plus qu'un simple spectateur, elle essaie de me faire partager son plaisir, de me soumettre à son joug, mais je me bats comme jamais.

Je ne vais pas la laisser manipuler mes neurones comme bon lui semble et me jeter dans une dimension dans laquelle je ne suis pas son seigneur, son maître, son possesseur.

À mesure que l'excitation enfle en moi, ce besoin de la détruire se décuple aussi. C'est une certitude violente qui me tenaille : nous ne pouvons coexister.

Et même si je ne comprends pas d'où cela me vient, cette conviction est si ancrée en moi qu'il me serait impossible de la raisonner.

Elle doit mourir… je dois l'assimiler.

Néanmoins, malgré la logique de cette évidence, cette idée me pique. Où sont donc ma cruauté et mon absence de scrupules habituelles ? C'est non seulement une envie, mais aussi un besoin, quelque chose de vital auquel je ne peux échapper. Elle ne craint rien ici dans ce lieu de l'esprit, mais dans le monde réel, il me faudra la débusquer.

Elle est puissante et cherche à détourner ton attention, n'oublie jamais qu'elle est l'ennemie et que votre but est assurément identique. Ce dont tu ne t'empares pas, tu lui en fais cadeau pour qu'elle t'anéantisse mieux.

Je discerne sa main qui essaie d'attraper ma verge et je lutte. C'est moi qui dois la plier à mes volontés, les unes après les autres.

À commencer par soumettre son corps à mon joug avant de m'occuper de son esprit. De ma paume ferme contre son bourgeon, de mes doigts que j'insère et qui désormais vont et viennent à l'intérieur de son ventre, je l'assujettis à mon bon plaisir. De ma main libre, j'emprisonne sa mâchoire, obligeant chaque membre de son corps à se laisser commander par moi. Je veux qu'elle s'abandonne, je désire qu'elle perde toute volonté sauf celle d'être asservie.

Fais d'elle la marionnette de tes fantasmes les plus avilissants, détruis-la avant qu'elle ne te détruise.

La voix de mon instinct me guide, ce qu'elle me dit résonne en moi avec violence jusque dans mes tripes. Lorsqu'elle agrippe finalement ma masculinité, mes muscles se bandent, trahissant la douleur que m'impose ma retenue.

Par Satan, il me faut viscéralement la baiser et avec la même puissance je veux répandre son sang et m'approprier son pouvoir. *Il me le faut.* Elle bouge son bassin afin de, je présume, se libérer de ma domination, mais j'entends bien affirmer ma suprématie. Mes doigts la pénètrent encore plus profondément. J'approche mon visage de son cou puis de son oreille, j'ouvre les lèvres pour l'assurer de mes mauvaises intentions. Je veux lui murmurer comment je compte l'éviscérer alors qu'elle explosera dans cet orgasme prodigué de ma main, mais tout ce que je parviens à susurrer c'est :

— *Daemonia…*

Ma voix éraillée et à cran vibre de danger dans l'air tout autour. La fureur évidente que je démontre aurait sans doute dû lui faire craindre le pire, mais pour mon plus grand plaisir, je distingue dans sa posture et sa réponse, à quel point cela l'a excitée.

— Mon roi, se rend-elle d'un ton exempt d'arrogance.

Elle arrive à se soumettre avec tant de fierté que j'en reste momentanément bouche bée. État qui ne dure pas puisque de sa main baladeuse, elle coulisse sur mon membre déjà sur le point d'exploser.

Je ne te laisserai pas mener la danse, daemonia.

J'approche brutalement son visage, que je tiens encore fermement, près de ma bouche. Je n'y mets aucune douceur, me foutant bien de rompre son cou, n'obéissant qu'à cette bête qu'elle a réveillée en moi et qui réclame désormais son dû. Ma main redouble d'ardeur entre ses jambes et ce mélange de douleur et de plaisir la conduit ailleurs, dans un autre lieu bien plus sombre.

Bienvenue dans mon monde, daemonia.

Elle me succombe et me supplie de la prendre, de la pilonner. Je suis le décideur, l'exauceur et son maître, je ne plie pas à sa volonté même si le lui refuser m'est plus souffrant que la mort elle-même. Elle explose et jouit au creux de ma paume, son dos en appui sur mon torse, me laissant apprécier ses seins qui rebondissent au rythme de ses spasmes.

Tu possèdes désormais son corps, plus qu'à bousiller son esprit et t'approprier son âme.

Je la relâche et aussitôt elle effectue une volte-face. D'ombre aux contours flous puis à forme définie, chaque détail de sa plastique parfaite se dévoile à présent. Des lèvres charnues, un visage ovale, une multitude de boucles rousses, un nez mignon et légèrement retroussé. Oui, je discerne chaque détail qui la compose et je n'ai pas le souvenir d'avoir vu une si belle créature en ces lieux. Par la queue de Satan, comment j'ai pu la côtoyer durant le bal sans la ressentir aussi puissamment que c'est le cas maintenant ? Elle semble étudier toutes les parcelles de mon corps exposé et entortille davantage ses doigts autour de ma verge. La commissure de mes lèvres se recourbe pendant une seconde, affichant mon arrogance habituelle. Je l'enjoins, sans jamais ouvrir la bouche, de me façonner à son ambition le temps d'une jouissance.

Dès qu'elle s'exécute, dès que ses doigts coulissent sur mon membre, tout change.

Ne la laisse pas faire ! Tu es à sa merci désormais, elle te rend si faible !

Je n'ai que faire de mon instinct qui hurle dans ma boîte crânienne, et perds définitivement toute détermination lorsque, d'un regard, elle me défie de conserver le contrôle. Je défaille et ne réponds plus qu'à l'appel de ma chair brûlante.

Me parvient alors le sifflement de plaisir de mes serpents migrant jusque dans la zone qu'elle touche. Elle glisse sur toute ma longueur, bien trop doucement, trop précautionneuse. Je veux plus. J'emprisonne alors fermement sa main dans la mienne et lui signale ma volonté.

Elle se laisse imposer ma cadence, occupée à détailler le moindre recoin de mon anatomie avec une concupiscence qui me file une envie de la chevaucher sauvagement. Je gronde, bestial, désormais plus animal qu'humain.

Je feule mon excitation. Notre proximité est déjà si intense, si dangereuse, voire plus violente que pour la première fois, j'en mesure le danger. Nos cerveaux sont étroitement connectés, j'entends certaines de ses pensées, ressens son désir et partage ses sensations. Je suis indubitablement attiré vers elle par une force que je ne comprends pas. Tout en moi m'ordonne de me méfier à son contact, mais il est déjà trop tard. Je suis possédé par ses iris gris, prisonnier d'elle.

Te laisse pas faire, putain ! Broie son esprit tandis qu'elle te laisse y pénétrer !

Mais je n'y arrive pas, comme si cet échange avait soudé mon âme à la sienne. Une déferlante de haine, de désir et d'une autre émotion que je ne suis pas en mesure d'identifier prend le pas. Par Satan, je suis désormais persuadé qu'elle et moi avons un passé commun. Tout est amplifié et quasi insupportable à endurer. Mon besoin de la tuer et de la réduire à néant s'exacerbe tant que je souffre de ne pas le satisfaire. J'ignore ce qui nous connecte, mais j'ai l'inébranlable certitude que c'est mauvais.

Voilà pourquoi il t'est nécessaire de la détruire au plus vite.

Ses grands yeux gris me fixent avec la même incompréhension que celle qui m'assaille. Je suis à la fois écœuré par la bienveillance que je décrypte en elle, révulsé par son côté mortel, et hypnotisé par ce que je ressens en plongeant au plus profond de son regard. Je ne perçois rien de cette soif de mort et de pouvoir que j'avais anticipée en elle. Ce besoin qui résonne si fort en moi ne trouve aucun écho dans celle-ci. Il est impossible qu'elle ait mis autant de choses en branle pour faire de moi son détenu mental sans avoir prémédité de me détruire…

N'est-ce pas ?

Ses sourcils se plissent, elle m'étudie avec perplexité. Son esprit lui hurle-t-il aussi de me buter ? De me réduire à la mort pour voler mon essence ? Elle semble chercher tout autant de réponses lorsque je suis envahi par une pulsion irrépressible. Quelque chose que je ne peux ni ne veux calmer. Il m'est difficile de savoir si cela vient de moi ou d'elle, mais lorsque ses ongles se fichent dans la peau de ma nuque pour m'attirer avec frénésie, je comprends qu'elle en est, cette fois, l'instigatrice.

Un sourire de satisfaction victorieuse tend mes traits avant que je fonce sur ses lèvres et réponde au centuple.

Elle laisse échapper un gémissement qui m'achève. Prédateur, j'agrippe son corps nu et l'emprisonne de mes bras, aussi prêts à l'enlacer qu'à la broyer. De ma bouche j'écrase la sienne avec ferveur, me foutant bien de la priver d'oxygène. Je la soulève à la hauteur de mon bassin et m'introduis brutalement en elle, répondant à ce que nos corps réclament si puissamment. Le temps se fige et il se passe quelque chose qui me dépasse. Je suis moi, et dans le même temps, je me sens elle. Je distingue la contraction de tous nos muscles, de nos palpitants qui battent à l'unisson, de nos désirs qui s'entrechoquent, de la haine mutuelle qui nous consume. Je suis elle, elle est moi, et bien au-delà de nos corps, de nos têtes ou de nos volontés, nous ne faisons qu'un.

Je t'ai prévenu du danger qu'elle représente, tu dois l'éliminer coûte que coûte et t'emparer de tout ce qu'elle a. Oublie ta foutue queue et tu percevras le poison qu'elle est pour toi !

Perdu entre notre vérité nouvelle et notre passé commun, je l'agrippe encore plus fermement. Comme si je ne me résolvais pas à la relâcher. Ma volonté se déchire en deux. Lutter contre le besoin irrépressible de lui faire du mal qui pulse dans mes veines et celui de laisser nos essences se dissoudre l'une dans l'autre.

Ma logique choisit l'option sanglante alors que mon corps continue à faire claquer nos chairs, incapable de rompre le contact. Une main pour contrôler son bassin, l'autre traversant son dos et se refermant sur sa nuque, je la pilonne aussi sauvagement que notre désespoir. Je la pénètre avec la violence de ces émotions qui sont désormais les nôtres. Je ne faiblis pas, jusqu'à la gratifier du dernier coup de reins où elle s'abandonne totalement. Une fois que j'ai acquis la certitude que je la domine, je la rejoins dans ces limbes où j'aspire à accéder, à mon tour, à une jouissance cataclysmique. Si j'envisage le septième ciel, cette étreinte nous plonge plutôt dans un lieu digne du néant. Impossible d'occulter la froideur des ténèbres qui rôdent et nous cernent de toute part. Où sommes-nous ?

Le mal s'étend tout autour, et si je suis assez aguerri avec cet univers, je détecte ici quelque chose de démoniaque, de plus malveillant que Satan lui-même. Son essence et sa présence se tarissent lentement. Je la sens, elle, ma *daemonia*, se dissiper.

Mon sens logique et mon instinct s'opposent toujours dans mon crâne, se livrant une guerre sans merci. Le premier m'indique qu'elle me manipule, que tout cela n'est qu'une mise en scène, alors que le deuxième est sans appel : une entité plus sombre encore l'habite. De nature possessive pour ce que j'estime m'appartenir, je suis prêt à montrer les dents. Je ne laisserai rien, pas même les ténèbres, me la ravir. Je resserre ma poigne sur elle, l'ancrant dans mon corps. J'affirme son appartenance et même dans ce lieu où elle nous a catapultés, je ne la lâche pas. Elle s'accroche à moi lorsque le froid mordant des ténèbres tente de s'insinuer entre nos corps emboîtés. Un épais brouillard de froid déploie ses tentacules, glaçant l'air autour de nous. Des frissons courent sur les muscles bandés de mon dos. Je hurle, je gronde, je feule tel un animal, exprimant dans les langues les plus sauvages qu'elle est à moi.

Soudain, un bourdonnement résonne tout autour de nous, enflant de plus en plus. L'atmosphère lourde m'oppresse, je sens son poids se déposer sur mes épaules. Un son que je devine annonciateur de fin. Un chant hypnotique s'élève, quelque chose ressemblant presque à une incantation lointaine qui traverserait le temps. Les notes se tordent puis se distendent jusqu'à ne plus être que des plaintes pitoyables.

J'ouvre les paupières et c'est là que je saisis l'ampleur de la scène. C'est moi, mon corps qui agit, mais je ne suis pas celui qui commande. Le bout de mes doigts s'enfonce dans sa chair, transperçant couche par couche sa peau. Je me délecte du bruit de ses os qui se fracassent sous la force de mon passage. Son hémoglobine recouvre mon poing à présent, chaud, réconfortant. Mon fantasme de la déguster goulûment et dans son entièreté décuple. Son regard passe de mon visage à sa poitrine. L'éclat de la peur miroite dans ses prunelles à mesure qu'elle lit en moi et qu'elle comprend que je ne suis composé que de cruauté, de soif, de pouvoir, et exempt de toute émotion. Sa bouche s'ouvre sans dire un mot alors qu'elle réalise que ma main plongée dans sa poitrine farfouille sans scrupule, ignorant ses gémissements de douleur et la supplication désespérée de son regard.

Je ressens son cœur qui bat dans ma paume, son pouvoir qui s'apprête à devenir mien, et c'est là, sans le moindre état d'âme, que je darde mes iris dans les siens.

Voilà, tu sens ce pouvoir ? Il est à toi ! Bute-la. MAINTENANT !

Sa défaite se dessine sous mes yeux et une partie de moi se délecte de chaque étape y conduisant. Ses muscles se relâchent et sa vie s'échappe avec une lenteur infinie de son enveloppe corporelle si fragile. L'autre partie de moi, elle a l'impression que je la trahis, que je nous trahis. Par Satan, qu'est-ce qui me prend ?

Libère-toi d'elle, brise vos chaînes et assimile son palpitant avant que son essence ne s'en soit totalement retirée. Prends l'ascendant !

Je suis sur le point d'obéir à cette pulsion d'engloutir son cœur encore battant quand je suis projeté hors de sa tête avec une violence inouïe.

Pour parvenir à m'en chasser, il faut une dose de magie extrêmement puissante, or je ne connais personne qui puisse y prétendre, à l'exception des miens ou de moi-même, bien entendu. Je réintègre la brutale réalité que nous avions laissée derrière nous. Je suis mal en point, pas physiquement, mais mentalement, j'ai le sentiment que l'on vient de m'arracher à moi-même, l'impression de me scinder en deux et de n'être plus que la moitié de rien. C'est comme si je rendossais un vieux costume défraîchi et puant la mort.

C'est alors que la réalité reprend ses droits. Autour de moi, tout n'est que chaos, je suis au milieu d'une zone de guerre. Je remarque les décombres, preuves de déflagrations en série. Les convives en panique hurlent de part et d'autre de la salle de bal. Mon père et ses femmes ne sont plus visibles nulle part. De même pour tous mes frères, à l'exception d'Omen que je distingue plus loin de l'estrade où je me trouve. Plusieurs sorciers tentent d'employer leurs pouvoirs afin de sortir leurs êtres chers des vestiges. Que s'est-il passé ? Mes sujets implorent notre aide et autour règne un désordre sans nom. Qui est l'ennemi ? Qui ose attaquer la Couronne ? Toutes ces questions traversent mon crâne, mais mon attention, mon obsession même, est ailleurs. J'écoute et fouille l'esprit des gens à la recherche de ma *daemonia*. Leurs idées et leurs émotions sont toutes décousues, teintées de peur, d'horreur et d'inquiétude. Fourrager leur cervelle, c'est l'équivalent d'essayer d'écouter le son de la pluie pendant une tornade. Pourtant, je persévère. Et si elle se trouvait sous un monticule de débris, prête à trépasser avant même d'avoir partagé son pouvoir avec moi ? Je ne peux le permettre.

Après plusieurs minutes d'un effort mental soutenu, je détecte enfin sa présence. Je ne l'aperçois pas, mais je la sens vivre dans toutes les fibres de mon être. Elle a mal, elle a peur, elle est désorientée, déboussolée. Je deviens monstre, et un instinct que je ne me connais pas prend le contrôle. Puis c'est plus intense, comme si j'arrivais à me connecter directement à elle et elle à moi. Ce qu'elle voit, elle me le partage aussi. Je reconnais, éclatée presque en totalité, à l'exception des cornes, la statue de gargouille qui se situe à droite de l'entrée principale. Je me concentre dessus et avance instinctivement dans cette direction.

Et c'est là que je la trouve. On dirait une déesse de l'apocalypse. C'est la première fois que mes yeux se posent *vraiment* sur elle. Comment ai-je pu occulter sa beauté irréelle et ne pas être transpercé de part et d'autre comme je le suis à présent ? *Par Satan…* Ses cheveux rouges capturent les reflets des quelques incendies qui brûlent ici et là. Sa robe est déchirée, dénudant ses épaules et une partie de cette délicieuse poitrine dont je me suis délecté plus tôt. Le tissu noir de sa jupe bouffe d'un côté alors que de l'autre, sa cuisse est outrageusement exposée. La fille réveille mon instinct primitif, me reléguant à une simple bête. Une impulsion m'ordonne de me vautrer en elle, physiquement, véritablement, cette fois. Je donnerais n'importe quoi pour soulager cette brûlure de désir qui me ronge soudainement.

Tue-la ici et maintenant, dans le réel ! Chaque regard que tu poses sur elle t'enlève un peu plus de volonté.

Par Satan ! Qui est-elle ? Qu'est-elle ?

Cette réponse perd toute son importance dans la seconde qui suit, lorsque je le remarque, lui, si près d'elle. Celui qui ose poser la main sur sa plastique de déesse et qui veut la forcer à lui emboîter le pas.

J'avance encore. Je brûle de la rage du fou, de celui que la raison a quitté et qui n'en appelle qu'à la fureur.

Elle m'appartient, et sur son âme, mon sceau est déjà gravé…

Chapitre 3 - Baiser, tuer, aimer

Prince Stoker, juin

— *Viens, daemonia, rejoins-moi. Il veut nous séparer et ce n'est pas ce que tu désires. Non, c'est moi que tu veux comme je te veux. Rejoins-moi, et ensemble, brûlons ce monde…*

Je m'adresse à elle dans son esprit comme si elle était dotée du même pouvoir que moi.

La voix du salopard qui lui parle résonne dans ma tête, réveillant ce qu'il y a de pire en moi. Elle me partage en direct ce qu'elle voit, sent et entend comme le ferait une aguerrie. Je devine aisément le clan d'appartenance du connard, qui insiste encore, dès que je suis en mesure d'apercevoir ses traits et la couleur de ses cheveux : argent = Merusak. *Coven* de foudre, d'électricité, de sagesse et d'ambitions.

S'il savait ce qu'est la sagesse, il resterait loin, très loin d'elle.

Dès que le jeune homme réussit à obtenir l'attention visuelle de ma *daemonia*, son expression se métamorphose. Il apparaît à la fois terrorisé et abattu.

Pauvre larve ! Il a peur d'elle ? Curiosité, excitation, admiration, il y a plein d'émotions qu'elle pourrait lui inspirer, mais ça ? Que le gamin s'éloigne d'elle et la laisse à un homme qui sait reconnaître sa valeur ! Qu'il crève, ou alors je me ferai un plaisir de m'en occuper.

Il se place devant elle, lui cachant momentanément la vue. Sait-elle que je suis là aussi, que je le vois, l'entends, et que ma fureur se joint à la sienne ? Je ressens physiquement sa colère, son cœur qui palpite et la contrariété qui enfle dans sa poitrine.

Satan, par pitié, tue tous les autres et ne laisse que nous dans cette pièce, que je puisse réclamer mon dû.

Ma jalousie est violente, viscérale, instinctive. Je ne peux même pas me concentrer sur la raison de ce lien, tant mon obsession pour la fille prédomine. C'est amplifié à un niveau que je contrôle difficilement et je parie que cette proximité en est la cause. Chaque fibre de mon être a besoin de se perdre en elle, de se retrouver en elle… de fusionner *avec* elle. C'est sexuel et palpable, mais pas que. Je ne peux occulter ce sentiment qui empoisonne mon esprit et cette impression que je vais crever si nous sommes séparés.

Bordel ! Ressaisis-toi ! Elle est là, à ta portée, à ta merci. Ne laisse pas passer cette chance !

— Bats-toi, Vénétia, ce n'est pas toi qu'il appelle, c'est le démon…

Le timbre masculin me parvient, m'irritant comme un ustensile ripant le fond d'un couvert.

Vénétia ? C'est ton nom, daemonia *?*

Le Merusak à belle gueule tente de l'obliger à la suivre.

Elle le repousse, c'est moi qu'elle veut, elle me réclame, j'entends ses prières, sa supplication, sa volonté.

J'avance dans leur direction d'un pas déjà victorieux.

— Tu peux lui résister. Tu en es capable ! assène le mec, encore et encore en enfonçant ses doigts dans son bras.

Il y a, lorsqu'il prononce cette phrase, un flottement, un silence. Comme au centre d'une tornade.

Comment sait-il que nous sommes connectés ? Pourquoi essaie-t-il de nous éloigner ? POURQUOI IL LA TOUCHE !?

Il veut nous séparer… il doit mourir, tranché-je d'un ton glacial alors même que dans l'entièreté de mes fibres grésille un feu sur le point d'exploser.

Cette colère n'est pas la mienne, mais je m'y joins volontiers. Je la sens enfler, se nourrir de moi, de nous. Une pulsation désordonnée investit mon corps, un battement, deux, trois, quatre, six. C'est si puissant que pendant une seconde je me demande si mon enveloppe charnelle va le supporter, et puis plus rien. Rien d'autre qu'un battement. Un seul, pour deux êtres, un dont le rythme est indomptable.

— Ne m'oblige pas à… Vénéti…

Il ne termine pas sa phrase et est projeté un mètre plus loin. Son corps heurtant violemment le sol. Je ne le trouve pas assez blessé, pas assez souffrant, pas assez mort, et me prépare à y remédier quand elle frémit en moi. Je relève la tête dans sa direction et pose mon regard sur elle, la pénétrant jusqu'à l'âme. Je la supplie, je l'appelle, je lui ordonne de me rejoindre.

Je ne bronche pas et me délecte de la vision que j'ai sous les yeux. Pieds nus, elle marche sur les gravats, ses cheveux de feu rebondissant sur ses épaules, son sein presque entièrement visible, ses lèvres entrouvertes et son regard arrimé au mien.

Le minuscule halo de lune perçant au travers des nuages baigne son visage d'ombres, lui conférant une aura de mystère et de danger.

Dommage qu'elle doive mourir pour que tu puisses survivre.

J'ignore d'où provient ce besoin presque vital de la réduire à néant, mais ce ne peut être qu'elle ou moi. C'est du moins ce que me hurle chaque fibre de mon essence. Elle se rapproche, irréelle. Comme dans un rêve, la salle disparaît dans un épais brouillard. Il n'y a plus que nous désormais. Je manipule sa volonté comme s'il s'agissait de glaise. Elle possède un pouvoir sans pareil, mais je saisis alors qu'elle ne sait pas l'utiliser et qu'il me sera facile de la soumettre au moindre de mes désirs. Un constat qui n'est pas pour me déplaire.

Elle n'a aucune idée de ce qu'elle fait ou de sa valeur. Elle est encore plus en péril que je ne le pensais tout en étant plus dangereuse. Elle avance dans ma direction envers et contre tous, les éclats de verre se fichant dans ses pieds ne ralentissent pas sa course. Il n'y a, comme preuve de son passage, que les traces de pas sanguinolentes qu'elle laisse derrière elle. Je perçois son désir et même au-delà. Elle ne me veut pas seulement, elle a besoin de moi. Je pourrais en être satisfait et amusé si je ne partageais pas cet état d'esprit.

Il s'agit d'un sort à n'en pas douter, probablement un sort de liaison. Peu importe qui l'a lancé et dans quel dessein, il est impératif de le rompre avant que…

Que quoi ? Que je succombe ? Cette idée m'est si ridicule qu'un rictus dégoûté incurve mes lèvres. *Moi ?* À la botte d'une simple sorcière ? Une pauvre… d'ailleurs, quel est son *coven* ? Quelles sont ses autres capacités ? Forcément, si elle a passé la cérémonie de l'augure, c'est qu'elle a démontré une aptitude quelconque avec l'un des *covens* habituels. Si à ce moment son pouvoir de l'esprit avait été dévoilé, il est sûr que j'en aurais entendu parler. Elle s'est vu attribuer un clan, vu qu'elle est là aujourd'hui, donc elle maîtrise un autre pouvoir. Ce qui est risible d'ailleurs, c'est qu'une sorcière ultra puissante comme elle puisse se cacher dans une congrégation avec bien plus de magie que tous ceux y étant réunis. Est-elle la meurtrière de sorcières qui sévit dans Obadium depuis quelques mois ? Si ça se trouve, c'est elle qui a volé les pouvoirs à la manière de mes ancêtres… Ce qui expliquerait sa puissance, mais non, impossible ! Une non-Bathsheba ne peut posséder le pouvoir de l'esprit. Encore moins une femme ! Il n'y a jamais eu dans ma lignée d'enfant né fille.

Elle n'est qu'à quelques pas de moi désormais. Ses pensées me sont accessibles avec une facilité déconcertante. Comment a-t-elle pu se dissimuler aussi longtemps ? C'est une putain de novice, j'en ai la certitude à présent !

Je la fixe, sentant enfler un désir plus puissant que moi et une convoitise dévorante.

La baiser, la tuer, l'aimer. L'aimer ? D'où ça sort ? Toi, aimer qui que ce soit ? Tu déconnes totalement ! La baiser, OK, la tuer, OK, mais juste avant, tu dois l'assimiler.

Sa proximité m'ébranle. Comme si toutes mes fréquences étaient brouillées. Je suis vulnérable en sa présence, voilà mon constat. Mes volontés s'entremêlent violemment. Je désire tant la toucher que mon corps brûle de l'intérieur. Je verse dans la folie un peu plus à chaque seconde où nous sommes dans la même pièce. J'ignore si j'ai couru ou marché, mais je la rejoins en un battement de cils. Des décharges courent sur ma peau au moment où j'enserre sa taille. Son odeur m'enivre plus qu'il est humainement possible. Chaque note de son sang m'est bien distincte. J'en perdrais le nord tant sa senteur m'interpelle. On dirait un de ces obsédés de vampires. La sensation réelle de son corps se pressant contre le mien me pousse davantage vers l'instabilité. Je peine à conserver un minimum de contrôle. Ses yeux gris me renvoient la même souffrance, la même folie. Je me perds l'espace d'un instant dans ses globes oculaires. J'y lis son âme comme si elle m'avait permis d'en parcourir chaque parcelle. Les longs cils noirs bordant son regard disparaissent et je me sens happé. Je ne suis plus maître de rien et tente de récupérer le contrôle de mon corps et de mon esprit, mais ça m'est impossible. Je suis dans une prison s'appelant daemonia.

Nous, réunis sur fond de néant quelque part entre mon esprit et le sien. Sur sa peau se dessine dans cet océan de ténèbres une aura vaporeuse aux teintes violacées. Je suis hypnotisé par le spectacle et plisse les paupières, essayant de m'en expliquer la provenance. Irréel, ça ressemble presque à de la fumée. Je tends la main pour en déterminer la composition et ce n'est que là que je réalise que les mêmes propriétés s'appliquent aussi à mon épiderme. Des particules éthérées s'échappent de sous ma peau, étendant leur dorure à l'ensemble de mon corps. Je bouge la main et la chose réagit à chacun de mes gestes par imitation. Les volutes de ma *daemonia* s'élèvent au-dessus d'elle, vite rejointes par les miennes. Elles se mêlent les unes aux autres dans un mouvement d'une lenteur hypnotique. Le violet et l'or se tournent autour, se mélangent, s'entrelacent, se nouent. Je bouge, je peste, je tire et je pousse, mais toujours rien. Je n'ai aucune maîtrise sur cet étrange phénomène.

Rapidement, les essences s'entremêlent sous nos yeux sans qu'aucun de nous n'y puisse rien. Liés, prisonniers l'un de l'autre – voilà l'effet que ça me fait. Elle et moi, contrôlés par une entité bien plus puissante que tout ce que j'ai jamais vu.

Je suis un prince, je suis un Bathsheba doté du pouvoir de l'esprit réservé à la royauté. Je devrais mener cette magie à la baguette, en être le seul et l'unique maître, mais non. Son contact me brûle et me consume, comme s'il était animé d'un dessein qui lui est propre. Je lutte de toutes mes forces pour m'en libérer. Je hurle, et dans le brouillard auditif qui m'isole, je distingue une plainte identique à la mienne, mais féminine, celle-ci. Comme s'il s'agissait d'une onde, je la sens me parcourir. La vapeur crée un ruban violet qui se déploie tout autour de moi. Il pénètre dans ma gorge, s'insinue sous ma peau, descend ma trachée et s'entortille autour du moindre de mes organes pour finalement se diluer dans mon sang et se jumeler à mon ADN. Et c'est là que je la vois aussi, la *daemonia* luttant contre un ruban doré. Elle se débat comme une tigresse, bataillant de toutes ses forces. Elle est magnifique, ainsi baignée de nos lueurs respectives. Puis, en moins de deux, elle affiche une sérénité nouvelle. Elle aussi a perdu son combat contre cette entité, quelle qu'elle soit. Je la tire à moi et sans une once d'hésitation, je prends d'assaut ses lèvres charnues dont j'avais tant envie. Sommes-nous dans la réalité, ou dans nos songes mentaux ? En vie, ou morts ? Est-ce vrai, ou totalement fantasmagorique ? Mais en cet instant, rien d'autre ne compte que nos bouches soudées ou que nos langues entremêlées. Elle se donne à moi avec un tel lâcher-prise que c'en est grisant. Elle m'offre son essence et j'ai le sentiment de lui céder la mienne en contrepartie.

— Je suis tienne, murmure son âme avec douceur.

— Et je suis tien, rétorque la mienne sans faillir.

Je m'apprête à m'indigner contre cette déclaration articulée sans mon consentement quand l'onde d'une déflagration se fait sentir. Elle est si violente que j'ai l'impression que mes membres sont éparpillés dans mille endroits différents. Je mets un moment avant de revenir à mon corps physique. Puis je distingue son hurlement, une plainte qui déchire l'espace et le temps, qui m'est adressée. Mon âme se fracasse dès que je perçois ses mots et que j'entends la supplication dans sa voix.

— AIDE-MOI ! NON ! NOOON ! JE T'EN SUPPLIE, NE LES LAISSE PAS M'EMMENER ! LÂCHEZ-MOI ! NON ! MON AIMÉ, RETROUVE-MOI CETTE FOIS OU J'EN CRÈVERAI…

« Mon aimé » ? Par Satan ! C'est quoi ces conneries ? Pourquoi ton cœur s'accélère-t-il en entendant ce mot que tu exècres tant ?

Le dernier mot se répète à l'infini, battant un tempo horrifique dans mon crâne.

Tout est flou, et ma vision, brouillée. Je me redresse, essayant de la percevoir et de sentir sa présence, mais plus rien. Enfin, lorsque je m'acclimate, je remarque la chambre dans laquelle je me trouve. Le large lit à baldaquin sur lequel je me repose. Le visage inquiet du mage Tao qui se tient debout au pied de ma couche et qui me fixe comme si je venais de lui annoncer la venue de l'Apocalypse.

— Où est-elle ? crié-je d'une voix éraillée par un trop long silence.

— Prince, je crains que…

— J'AI DIT : OÙ ?!

— Stoker, calmez-vous ! Votre état n'est pas encore considéré comme stable malgré tous nos efforts.

— Que s'est-il passé ? La femme ? Il y avait une femme… une rousse qui…

J'essaie d'être cohérent tout en veillant à ne rien dire que je regretterais, mais j'ai cette saloperie de gélatine dans le crâne qui m'empêche de me concentrer.

— Cette sorcière n'est plus un « problème ». Ne vous inquiétez pas et reposez-vous, prince. Je vais aviser le roi de votre retour parmi nous.

— La femme…, insisté-je sans intégrer tout ce qu'il me dit.

Tout ce qui compte, c'est elle, le reste du monde peut bien aller se faire foutre.

— TROUVEZ CETTE FILLE ! explosé-je au moment où, sourd à mes demandes, le mage s'apprête à quitter la pièce.

— Je crains que celle que vous cherchez soit morte. Nous avons dû régler le danger qu'elle représentait après qu'elle a réussi à manipuler votre esprit déjà parasité par le sang de démon. Elle aurait utilisé vos pouvoirs pour tuer les autres royaux si elle avait réussi à vous contrôler en totalité. Puis ça aurait été votre tour par la suite.

— Non ! Elle n'a pas contrôlé… Le plafond s'est effondré et j'ai avancé vers elle…

Je marque une pause dans mon plaidoyer. Je mêle malgré moi certains éléments et le doute s'implante tranquillement dans ma tête.

— Prince, croyez-moi, vous étiez sous son emprise, et il apparaît que c'est encore flou dans votre tête… Reposez-vous, ordonne-t-il avant de quitter la pièce.

Je lutte pour ne pas m'endormir, mais je suis si las, si fatigué. Mes pensées vagabondent bien malgré moi.

Non… Je ne peux pas y croire, je l'ai voulu, je n'étais pas son pantin. Je… Daemonia…

Et s'il disait vrai ?

Oui, mais s'il mentait ?

C'est ma dernière pensée avant que je ne sombre à nouveau.

Chapitre 4 - La valse des soupirants

Vénétia, juin, salle de bal

J'avance dans la direction du prince, au travers des gravats et des corps étendus sur le sol et dont je n'ai cure. Dieu qu'il est beau… Je le savais, bien sûr, mais cette fois, j'ai l'impression de le voir différemment, réellement. Je suis attirée vers lui, d'une façon qu'il m'est impossible de comprendre mais qui va au-delà de la simple attirance physique. Il se tient debout devant moi, sobrement vêtu dans des couleurs sombres qui soulignent le foncé de ses cheveux en bataille et ses cils aussi noirs qu'épais. Ses manches sont retroussées sur ses avant-bras, et sur sa peau, les reptiles se prélassent dans des mouvements hypnotiques. Je reconnais leurs sifflements et je jurerais les entendre m'appeler au nom de leur maître. Aussi fou que cela soit, je rêve de sentir leur morsure transpercer mon épiderme. Cette simple idée m'excite au plus haut point, alors que d'ordinaire, j'ai une peur bleue des reptiles rampants. Je n'arrive pas à détacher mon regard de Stoker, de ses larges épaules droites et fières témoignant d'une assurance démesurée, frôlant quasiment l'arrogance.

Sa mâchoire carrée et définie paraît presque sculptée dans la pierre tant ses angles sont nets. Je n'ai pas besoin de m'attarder sur sa taille avoisinant le mètre quatre-vingt-dix, ni même sur la largeur de ses mains qui me procuraient tant de plaisir dans le songe que nous avons partagé. Non, ce qui aspire toute mon attention et qui me coupe le souffle, ce sont ses yeux. Noirs comme la nuit, perçants et brillants d'une intensité qui pousse mon cœur à battre de façon erratique. Je décrypte au travers de la moindre de ses émotions, et c'est avec stupéfaction que je découvre que les siennes sont aussi passionnelles et violentes que les miennes. Je… ressens pour cet inconnu un amour sans limites, pas même celle de la mort. Nous sommes liés plus puissamment que les mots ne peuvent le décrire, et s'il m'est impossible de comprendre le pourquoi ou le comment, le doute n'existe pas dans mon esprit : il est mon âme sœur.

Tout s'effondre autour de nous et ni lui ni moi ne semblons y accorder une quelconque importance. La chaleur et le crépitement des quelques foyers d'incendie, les plaintes des blessés, les lamentations de ceux ayant perdu un être cher, rien ne nous importe. J'ai égaré mes talons quelque part dans le chaos et j'évolue vers lui en sentant de fins débris transpercer ma chair, mais cela ne m'arrête pas. Il m'appelle et rien ne m'empêchera de le rejoindre. Nos prunelles sont arrimées, prisonnières, au même titre que nos essences. Il s'approche dangereusement, arrachant presque mon cœur de ma poitrine tant il tambourine. Ai-je accéléré ou alors est-ce parce qu'il avance vers moi de sa démarche si assurée ?

J'ai l'impression de flotter jusqu'à lui, la sensation qu'une bulle se forme autour de nous et que le monde en arrière-plan se dissipe lentement.

Je m'élance dans ses bras et aussitôt, je sens ses paumes irradier autour de ma taille. J'ai, dans ce monde, toujours eu le sentiment d'être un imposteur, l'impression que je n'y avais pas ma place… mais pas cette fois. En cet instant, je suis là où je dois être et aucune certitude n'a jamais été aussi puissante. Son odeur d'automne m'enivre, la sensation palpable de son torse se pressant contre le mien me pousse davantage vers un étrange état de béatitude. Je peine à conserver un minimum de réflexion. Ses yeux noirs me renvoient cette même souffrance. Je me perds entre la réalité et ce lieu hors du temps et de l'espace dans lequel nous tentons de nous glisser.

— Je suis tienne, murmurent mes lèvres au nom d'une chose qui possède sa propre volonté.

— Et je suis tien, rétorque-t-il, son visage affichant une détermination sans faille.

Comme s'il venait de prononcer un serment signé de son âme, son essence se dessine sous mes yeux ébahis. L'entièreté de son corps irradie d'un scintillement de couleur dorée. La main qu'il lève pour la poser sur ma joue brille de mille feux et capture son attention quelques secondes. Les particules étincelantes, mauves et or, s'élèvent à quelques centimètres au-dessus de nous et tentent de se mélanger entre elles. Je suis subjuguée par ce que j'observe et par l'évidence que Stoker et moi sommes liés d'une façon irrévocable et indestructible.

Je fixe son visage et y détecte momentanément une gravité nouvelle. Derrière nous, un étrange son enfle et fait vibrer chaque parcelle d'air de cette bulle dans laquelle nous étions enfermés. Je distingue des paroles dans le ronronnement qui se diffuse tout autour. Je ne saurais deviner de quoi il s'agit, quelle langue est employée ou combien de personnes psalmodient ainsi. Le regard de Stoker se vide peu à peu de son éclat de vie et la panique plante ses griffes acérées en plein dans mon palpitant. Impossible de savoir ce qui se trame ou pourquoi ou encore comment, mais je sens déjà que la froideur des ténèbres s'infiltre en nous. À mesure qu'il s'efface, le froid polaire de son absence croît dans tous les recoins de mon corps.

Non… non… par pitié !

— AIDE-MOI ! NON ! NOOON ! JE T'EN SUPPLIE, NE LES LAISSE PAS M'EMMENER ! LÂCHEZ-MOI ! NON ! MON AIMÉ, RETROUVE-MOI CETTE FOIS OU J'EN CRÈVERAI…

Les mots jaillissent de ma bouche dans une voix d'outre-tombe. C'est si familier que je suis presque certaine de les avoir déjà employés.

— JE SUIS LÀ ! hurle-t-il d'un timbre qui me semble provenir de si loin.

Ses mots ne cessent de résonner contre les parois de ma psyché pour me revenir à la gueule.

Les voix enflent en arrière, plus fortes, plus résolues. Je sens mon corps qui se fracture en mille morceaux, mon âme qui se fait fracasser. Je suis métaphoriquement écartelée et je n'en ai rien à foutre parce que sans lui, j'ai le sentiment d'être déjà morte.

Mon univers s'éteint d'un coup et je plonge dans le néant éternel, celui que, je l'espère, lui aussi a rejoint.

Chapitre 5 - Rêves électriques

Vénétia, quelque part en juin

Jour estimé 1

Je suis à la fois là et pas là. Comment est-ce possible ? Si seulement je le savais…

J'étais dans les bras du prince Stoker, puis à la seconde suivante, je me fragmentais en mille morceaux. À l'instant même où j'ai entendu des voix psalmodier en chœur. Étant dans un monde de magie, de sorcières et autres étrangetés, je suis presque convaincue qu'il s'agissait d'un sort.

Pourquoi, dans quel but ? Qui était en danger, ou dangereux ? Stoker ? Moi ? Nous ?

C'est quelques minutes après que leur chant m'a été audible que tout est parti en couille.

Je suis prisonnière de ma tête depuis. Comme si j'étais confinée dans mon propre cerveau. Après le grand « big bang » de la salle de bal, mon corps et mon esprit se sont dissociés. Je suis encore en vie, physiquement j'entends, j'ignore comment, mais c'est une certitude pour moi. En revanche, mon âme, entité, ou Dieu sait quel nom cela porte, s'est retranchée dans ce lieu protégé qu'est mon esprit. Mon enveloppe est, je crois, sous la garde de personnes qui, visiblement, ne souhaitent pas ma mort. Il m'arrive de distinguer quelques bribes de leurs conversations et certaines de leurs hypothèses alors que je garde les oreilles grandes ouvertes et emmagasine les informations. Gentils ? Mauvais ? J'imagine que je le saurai bientôt. Peut-être est-ce le prince lui-même qui se cache derrière tout ça ? Si je suis ici, c'est que je n'ai pas rêvé le reste et cette étrange connexion entre nous… Est-il détenu aussi ? Est-ce précisément cela qui justifie ma captivité mentale ?

Jour estimé 2

Parmi les voix qui m'entourent, j'en ai aujourd'hui reconnu une qui m'est familière : celle d'Améda. D'ailleurs, elle a apporté quelques précisions quant à mon état. Elle se désole que je sois plongée dans une sorte de coma magique. Je l'ai entendue expliquer à quelqu'un que mon état est dû à une surexposition à un pouvoir. Le médecin n'ayant pas pris en compte mon simple statut d'humaine, ô combien fragile. Apparemment, il a déjà été viré. User de pouvoir sur moi ? Mais pourquoi quelqu'un aurait-il fait cela et comment est-ce possible que ça ait été cautionné par Améda ? J'ai essayé d'entrer en contact avec elle mais sans y parvenir. À chaque fois que j'ai l'impression que je suis sur le point de revenir dans le monde des vivants, que je perçois mon corps, je sombre à nouveau.

Jour estimé 3

Vide total et silence de mort. Je ne vois rien de ce qui se trame au-dehors de mon cerveau. Je n'ai que ma conscience à qui parler, et même elle, il m'est difficile de la supporter, franchement, quelle geignarde ! Elle passe son temps à se plaindre ! Je me refais les événements de ce soir-là, du prince, en boucle afin d'y trouver une réponse, mais sans résultat. Le chant que j'entends avant de sombrer… je suis certaine que c'est lui le responsable de mon état… Et puis ses yeux, le vide que j'y ai décelé, c'est comme s'il était lui aussi piégé…

Jour estimé 5

Améda et un homme à la voix bien trop calme pour les mots qu'ils emploient se prennent la tête au pied de mon lit. Elle veut qu'il lui rende des comptes sur la façon dont il m'a endormie et sur ce qu'il prévoit de faire pour me sortir de cet état de mort cérébrale. MORT CÉRÉBRALE *!? Bon sang, j'espère qu'elle n'envisage pas de potentiellement me « débrancher », métaphoriquement parlant !* OK, *je dois trouver un moyen de me réveiller, et ça urge. Je sens mon corps par moments, c'est donc que tout n'est pas perdu, n'est-ce pas ?*

Jour estimé 8

Les jours 6, 7 et 8 étaient particulièrement instables et insignifiants. Le mage royal, que j'ai fini par reconnaître grâce à sa voix, a passé des heures à tester des trucs pour me sortir de mon état catatonique. Ce qui au final m'a donné l'impression d'être groggy, saoule, défoncée, et même parfois, les trois à la fois. Qui l'envoie ? Stoker ?

Jour estimé 9

Boring…

Jour estimé 10

Je tente par le biais de toutes sortes d'expériences de réveiller mon corps, mais tous mes essais sont vains. J'entends parfois des conversations entre les gens qui passent dans la chambre. J'en ai donc déduit que je suis certainement sous surveillance constante.

Je ne ressens pas vraiment mon enveloppe charnelle mais il arrive que lors de certaines visites, je devienne confuse et que par la suite, je perde la carte un long moment. Une impression plutôt étrange étant donné qu'il m'est impossible d'établir la ligne du temps.

Jour estimé 10 *update*

Des gens font des messes basses dans la pièce qui m'entoure et murmurent si bas que je ne parviens pas à distinguer leurs propos. Je jurerais les avoir entendus prononcer le nom du prince et je concentre mon énergie à essayer de les reconnaître lorsque l'arrivée fracassante d'un homme les interrompt. Celui-ci se met à hurler que je suis une aberration et que c'est maintenant qu'il faudrait me tuer avant que je ne me réveille et assassine encore des gens. « Je vous l'interdis, Warwick ! Nous maîtrisons parfaitement la situation », tonne Améda, à qui j'ai soudainement envie d'offrir une médaille. Elle et Dragzir, le grand prêtre des Warwick, se disputent ouvertement au sujet de la valeur de mon existence durant de longues minutes, sans trouver, semble-t-il, un terrain d'entente. Ça sent très mauvais. Je me concentre un maximum pour écouter aussi longtemps que possible leur échange, mais quelques minutes après son intervention, je me sens dériver à nouveau. NON ! Pas mainten…

Jour estimé 11

Apparemment, c'est jour de grand déménagement ! J'ignore où ils comptent me déplacer et dans quel but, mais il y a peu, j'ai entendu Améda affirmer à un tiers que ça pressait. Que la dernière réunion du conseil nous avait été défavorable et que si je restais ici, ceux qui désirent ma destruction risquent de débouler entre ces murs pour me buter à tout moment. Elle me protège toujours, alors ?

Qui sont ceux qui veulent ma mort, et pourquoi ? Qu'ai-je fait qui justifie autant de haine ? Dragzir ne m'a jamais appréciée, je représente tout ce qui l'effraie, mais pourquoi souhaiter ma mort maintenant et pas avant ? Qu'est-ce qui a changé ?

— Sortons-la d'ici au plus vite, et je vous en conjure, elle ne doit se réveiller sous aucun prétexte durant le voyage, donc ne lésinez pas sur les moyens. Il y va de sa vie, mais aussi des nôtres.

Je reconnais sans surprise la voix d'Améda, pressant quelqu'un de me droguer un max. Ça c'est nouveau en revanche. Ne leur reprochait-elle pas plutôt de trop user de magie sur moi ?

— Je ne vais m'exécuter que lorsque j'aurai eu votre parole que nous pourrons aussi avoir un représentant sur place pour veiller sur elle et sur nos intérêts, étant donné les risques que nous encourons.

Veiller, intérêts, risques, avant même que je fasse la lumière là-dessus ou sur l'identité de l'interlocuteur, je me retrouve plongée dans un état larvaire. Je suis là, mais tout est noir et les voix me proviennent distordues. Pas moyen d'en apprendre plus.

Jour estimé ?

J'avoue, j'ai perdu le fil, et je ne me l'explique pas d'ailleurs. Comment a-t-on pu endormir totalement ma conscience alors qu'ils n'y étaient jamais parvenus avant ?

À ce stade, je réalise deux choses : personne ne tente de me réveiller, et pire encore, on me drogue pour me garder dans cet état. Mais qui et dans quel but ? Si Améda ne s'y oppose pas, et l'encourage même, c'est qu'elle le cautionne ? Comment est-ce possible et surtout dans quel but ? Pourquoi celle qui a toujours pris grand soin de moi me laisse-t-elle dépérir dans un état catatonique ? Si la plupart du temps j'entends des voix murmurer à proximité, pour l'heure, j'ai beau tendre l'oreille, je ne discerne ni son ni quoi que ce soit indiquant la présence d'une autre personne que moi en ces lieux. Seul m'est perceptible le tic-tac régulier d'une horloge. Et sinon, rien. Du moins, jusqu'à ce que, des heures plus tard, merci pendule pour le repère temporel, j'identifie une porte qui s'ouvre et une personne dans la pièce, près de moi. Une qui grésille étrangement et que je crois reconnaître.

— Eh bien, mortelle, on se la coule douce ?

Riordan ! J'imagine sans peine son rictus arrogant accroché au visage alors qu'il me jauge probablement de toute sa supériorité.

— Que faites-vous ici ? Ce n'est pas votre tour de garde et je ne crois pas que vous ayez l'autorisation de…, intervient une fille plus outrée que despotique.

— Oh, regardez-moi bien, j'ai la tête d'un mec qui sollicite des permissions ? Je préfère largement demander pardon, et vous êtes le genre de femme que je pourrais volontiers supplier à genoux.

Beurk ! Non, mais il est sérieux ? Il flirte juste au-dessus de mon corps inerte ?

— Laissez-moi seulement lui donner son médicament et nous verrons ensuite comment vous justifierez votre présence ici.

Mon médicament ? Je distingue à cet instant le son d'un tiroir, puis la fille qui compte à voix haute, avant de…

Jour estimé : depuis que j'ai des hallucinations concernant un sorcier au pouvoir de foudre +2

Aucune idée de ce qui s'est passé ou du temps écoulé depuis que la voix de Riordan s'est fait entendre. Est-ce que c'était lui d'ailleurs ?

Peut-être même l'ai-je rêvé ? Si ça se trouve, je suis devenue cinglée et j'imagine des choses.

Jour estimé : depuis que j'ai des hallucinations concernant un sorcier au pouvoir de foudre +3

J'ai l'impression que mon esprit divague et que la folie me guette. Je deviens de plus en plus violente dans mes songes et j'entends une voix familière s'adressant à moi de façon assez virulente de temps à autre. Elle n'est pas dans ma chambre mais bien ici, dans mon crâne.

Jour estimé : depuis que j'ai des hallucinations concernant un sorcier au pouvoir de foudre +5

— Bon, allez, mortelle. Terminées les vacances ! Il est l'heure de te réveiller et de constater tous les dégâts que tu as engendrés dans notre monde le soir du bal. D'ailleurs, ne le répète pas, mais, à ta place, je crois que je n'oserais pas revenir du tout.

Riordan est dans ma chambre, je perçois une fluctuation de l'énergie lorsqu'il est dans les parages. Je porte une attention particulière aux détails maintenant, c'est ma seule chance d'en apprendre plus. Tous les dégâts ? N'est-ce pas ce qu'il vient de dire ? Que peut bien avoir créé une sorcière sans pouvoir comme moi qui justifie que certains semblent réclamer ma mort et que les autres implorent mon réveil ? Bordel, mais qu'est-ce qui s'est produit ?

Jour estimé : depuis que j'ai des hallucinations concernant un sorcier au pouvoir de foudre +7

Des jours maintenant que j'essaie de quitter cette prison de chair. Je n'arrive plus à en sortir, et ça, franchement c'est problématique. J'ignore si mon décompte est bon, mais il y a une vingtaine de journées qui se sont écoulées sans que je parle à ma mère qui doit être morte de peur. Pareil pour Niv qui ne doit plus dormir, la pauvre, et Améda espace de plus en plus ses visites, sûrement parce qu'à chacune d'elles, l'infirmière lui annonce qu'il n'y a rien de nouveau à lui signaler concernant mon état. Il n'y a pour briser mon isolement que la présence de Riordan qui me parle parfois, comme c'est le cas maintenant.

— Je me suis dit que je pourrais essayer de te provoquer… Si je t'électrocutais ? Peut-être que tu sortirais de ta cachette pour m'engueuler ?

Je présume qu'il joint les gestes à la parole parce que l'instant d'après, même si je ne sens pas mon enveloppe physique, l'onde électrique de 3/10 à l'échelle de Riordan fait vibrer les murs de ma pièce mentale. Peut-être que c'est la solution ?

— Ou alors, tu joues un remix de *La Belle au bois dormant* version sorcière ? Eh oui, je connais ce conte de fées parce que, figure-toi, j'ai une sœur qui est accro à la culture des mortels. Tu peux y croire ? Ceci étant dit, j'aimerais bien que tu m'expliques ces histoires romantiques complètement détraquées. Vous allez bousiller vos cerveaux avec des trucs comme ça ! Non, mais ! La meuf et ses sept inconnus, la fille qui dort et qui, malgré une haleine de cul, attend un baiser. La belle qui développe un syndrome de Stockholm avec la bête qui la malmène… Il n'y a que la sirène pour qui j'ai un minimum de compassion. Dans l'entièreté de son histoire, en dehors d'un crabe et d'un poisson, le seul mec présent c'est son père. Tu m'étonnes qu'elle tombe amoureuse du premier gars qu'elle croise.

Chacune de ses phrases trouve en moi un public hilare. Je le visualise qui gesticule, secoue la tête, lève les yeux au ciel ou encore passe sa main dans ses cheveux argentés. Pendant une minute je réalise que Riordan est la personne dont je suis le plus proche. Que s'il ne venait pas aussi souvent, je serais désespérément seule. Il me faut trouver un moyen de quitter cet endroit. Et si j'essayais d'entrer dans sa tête ou de me connecter à lui ? Il est le seul auquel j'ai accès et avec qui je parviens à entrer en contact, même si ce n'est que par le biais d'ondes électriques.

Jour estimé : depuis que j'ai des hallucinations concernant un sorcier au pouvoir de foudre +9

Plonger dans le crâne de Riordan s'avère difficile. Au début, il m'a fallu plus d'une centaine de tentatives infructueuses avant d'entrevoir un infime interstice dans son esprit. Tout autant d'essais durant lesquels je me suis frappée à un mur solide comme le roc que je n'ai jamais réussi à franchir. Il est une de ces poupées russes avec un million de couches qu'il faut enlever une à une. Je présume que le malaise dont il s'est plaint à une surveillante pour qu'elle le remplace est signe que j'ai partiellement atteint mon but. Je crains d'y aller trop vite, trop fort, de lui faire peur lorsqu'il va découvrir mes capacités, et de le voir disparaître pour ne plus revenir. S'il reste un inconnu à bien des égards, ses nuits passées auprès de moi me donnent l'impression du contraire. Je dois persévérer, je dois pouvoir réussir à me connecter à lui.

Jour estimé : depuis que j'ai des hallucinations concernant un sorcier au pouvoir de foudre +11

Riordan est encore venu me voir cette nuit. Je ne sens pas totalement mon corps, mais j'ai réalisé que parfois, je ressens quelques fourmillements dans ma main, et je crois que c'est parce qu'il la tient dans la sienne. Peut-être que c'est lui la clé, sauf qu'il faudrait qu'il le comprenne et y mette du sien.

Jour estimé : depuis que j'ai des hallucinations concernant un sorcier au pouvoir de foudre +12

Rio, ouaip, nous sommes assez proches dorénavant pour qu'il ait droit à son propre surnom. Je me vois mal lui expliquer l'amitié profonde que je lui voue désormais alors que pour lui, cela consiste seulement à veiller une fille inconsciente depuis des jours. Il m'a semblé découragé cette nuit. Apparemment, il a rêvé que je m'étais réveillée et que je m'adressais à lui. Il y a vraiment cru, on dirait. J'étais désolée de le voir si triste, jusqu'à ce qu'en riant il prononce les mots que je lui aurais dits plus tôt : « Tu es la clé pour me sortir d'ici. » C'est là que j'ai compris que j'avais réussi, Dieu sait comment, à lui souffler une idée qui n'était pas la sienne.

Jour estimé : depuis que j'ai des hallucinations concernant un sorcier au pouvoir de foudre +17

Cette fois j'ai plongé dans le rêve d'un autre, comme avant. Mais si j'ai cru en premier lieu qu'il s'agissait de Riordan, debout au centre d'un cimetière, lorsque l'homme s'est retourné, j'ai cru défaillir. Le prince se tenait devant moi. Son faciès d'abord sérieux s'est mis à exprimer de la surprise, puis, avant même que je réussisse à ouvrir la bouche pour lui parler, le rêve s'est dissipé.

Le revoir… J'ai tenté toute la nuit de retourner dans ses songes sans y parvenir.

Jour estimé : depuis que j'ai des hallucinations concernant un sorcier au pouvoir de foudre +18

Chaque minute qui s'écoule en est une durant laquelle j'essaie de rejoindre Stoker ou Riordan. Si le premier m'a vraiment ressentie et vue, j'en suis presque certaine, le deuxième n'a aucune conscience de mes tentatives pour entrer en contact. Sa présence m'aide néanmoins à garder un pied dans la réalité et à ne pas occulter celle-ci. Il serait si facile de l'oublier et de me perdre dans mes limbes mentaux. Ce soir, le silence de Rio m'inquiète. À l'instar des aveugles qui aiguisent leur ouïe, j'ai développé pour ma part un sixième sens. Je ressens l'énergie dégagée par les autres. C'est très ésotérique, et je vois déjà Niv se moquer de moi lorsque je lui annoncerai cette nouvelle aptitude. Les oscillations que je distingue autour de mon nouvel ami m'apeurent. De même pour l'absence de toute vanne douteuse ou de commentaires vantards. Pourquoi je le sens si préoccupé ? Je ferme mes paupières métaphoriques et plonge à nouveau dans sa tête. J'ignore combien de couches il me faudra traverser pour l'atteindre, mais j'y parviendrai ! Chaque fois, je reprends exactement là où je m'étais arrêtée, et cela me devient de plus en plus aisé. C'est à ce moment que je réalise que si cela s'applique à tous ceux fouinant les cerveaux, il sera alors forcément plus facile à un inquisiteur de fouiller ma tête maintenant qu'il en connaît le chemin. Cette idée me glace le sang. Puis réapparaît une émotion étrange qui ne me quitte pas depuis que je suis prisonnière de mes songes. Cette impression d'être incomplète. Que me manque-t-il ? Une information ? Une notion ? Un mot dont je ne me souviens plus, mais que je recherche ? J'ai oublié ce que je dois me rappeler, mais je ressens le vide que son absence fait peser. Peut-être que Riordan saura me le dire ?

Jour estimé : depuis que j'ai des hallucinations concernant un sorcier au pouvoir de foudre +19

J'y étais presque quand il s'est senti « mal » et a demandé à être relevé de sa garde de nuit. Chochotte, va ! Avant son départ, j'ai toutefois réussi à accéder à certaines de ses pensées désordonnées et à lui souffler quelques idées qu'il a mal interprétées.

« Touche-la, fais courir tes éclats électriques sur tout son corps. Agis comme un défibrillateur. »

Naturellement, Riordan étant ce qu'il est, il a pensé que son esprit lui suggérait d'abuser d'une jeune fille dans le coma. Je suis rassurée que cela lui ait fait peur et qu'il se soit tiré au plus vite, cela étant, cela ne m'arrange pas du tout qu'il se découvre des scrupules pile au moment où je parvenais à entrer en contact avec lui.

Je n'avais jamais tenté avant de pénétrer dans le crâne d'un tiers et encore moins essayé d'influencer des décisions. Je n'étais donc pas prête pour la déferlante d'idées et de réflexions que je me suis prise dans la gueule. C'était l'équivalent de sauter en parachute mais sans parachute.

« Pourquoi elle réagirait plus qu'avec les docs ? »

« Pourquoi je n'y ai pas pensé avant ? »

« Si je la sauve, je serai son héros et elle voudra me récompenser. »

« Je me demande quel goût elle a. »

« Est-ce que j'en parle à Améda avant ? »

« Si ça marche, qu'est-ce que je suis autorisé à lui révéler ? »

« Ça pourrait la tuer et le conseil me ferait la peau… enfin, la moitié qui ne souhaite pas se débarrasser d'elle. Pour les autres, je serai sans doute une sorte de héros, et si ça se trouve, Dragzir me laissera épouser ses trois filles, les sœurs Moires, Atinas, Clotho et Lacey. »

Je note que la moitié du conseil souhaite ma mort, considérant qu'il y a six covens, *cela veut dire que trois d'entre eux veulent attenter à ma vie. Qu'est-il autorisé à me révéler ? Tout, bordel ! Oh, mon petit Riordan, maintenant que j'ai accès à ta tête, je vais la fouiller de fond en comble et dénicher la moindre réponse, tu peux en être certain !*

Chapitre 6 - Une cage de diamant

Vénétia

L'impossibilité de converser avec mes visiteurs me donne le sentiment d'être plus seule que jamais. C'est notamment le cas aujourd'hui lors d'une énième visite d'Améda.

— Vénétia ? J'espère tant que tu es toujours parmi nous…

Je suis là ! Je suis là ! JE SUIS LÀ ! Je m'échine à beugler même si elle n'en perçoit rien.

— Tu sais, ma chérie, ce n'est que temporaire, pour que nous fassions la lumière sur les… événements… du bal.

Elle me parle plus que d'ordinaire et je sens une mélancolie dans sa voix qui traîne involontairement sur les derniers mots, comme s'ils étaient porteurs de tragédie.

Bien que je l'aime comme une mère et qu'elle ne m'ait jamais vraiment donné de raisons de me méfier, mon instinct me hurle que ce n'est plus le cas. Je ne comprends toujours pas ce qui est arrivé exactement le soir du bal. Je me souviens de Stoker, de ma connexion avec lui, des émotions psychiques et physiques ressenties. Tout ce qui s'est passé dans ce lieu mental dans lequel nous nous sommes retranchés ensemble. Ce qui n'est pas clair en revanche, c'est ce qui s'est produit à l'extérieur de nos têtes durant cette… connexion ? J'adhère difficilement à cette histoire abracadabrantesque où moi, la sorcière sans pouvoir, j'aurais tué plein de gens… C'est un foutu non-sens…

Améda emploie le mot « temporaire » pour parler de mon coma, mais ce n'est plus ce que je qualifierais de temporaire. J'ai l'impression que ce sont des semaines qui se sont écoulées depuis le bal, et tout autant depuis que je suis plongée dans cette sorte de léthargie.

Je brûle de rancœur et d'incompréhension à son égard.

Je veux sortir d'ici, avoir mes souvenirs effacés puis être renvoyée à ma vie de mortelle, et je veux qu'on oublie même mon existence.

« Ça veut dire ne plus te souvenir du prince et de ce que tu ressens si puissamment ? »

Je meurs d'envie d'ordonner à ma conscience de se la fermer, mais c'est peine perdue, d'autant qu'elle se manifeste de plus en plus dernièrement.

— Niv n'est pas autorisée à te rendre visite, mais je te promets que je mets tout en œuvre pour que cela change. Étant donné qu'il n'y a pas eu de nouvelle manifestation, c'est très encourageant.

L'entendre évoquer mon amie m'accable davantage. J'espère qu'elle va bien. Puis en me remémorant les paroles de la matriarche, je réalise qu'elle a employé le mot « manifestation ». Qu'est-ce qu'elle veut dire par là ? C'est cela la raison de mon incarcération mentale ? S'agit-il de cette fumée sombre qui se révélait sans cesse autour de moi depuis la cérémonie lunaire ? C'est ça qu'il s'est produit ? Elle s'est extériorisée et a buté des gens ?

— Bon, je dois y aller. Je voulais juste t'assurer que je ne t'oublie pas et que nous continuons activement à chercher une solution à ta… ton… problème.

Mon problème ? Et quel est-il puisque le seul que je distingue depuis ma geôle c'est que VOUS me gardez comateuse…

Pourquoi me parle-t-elle comme une gentille sauveuse alors que ses conversations avec les autres semblent parfois indiquer tout le contraire ? Est-ce mon interprétation qui est erronée ?

Elle se lève, pose une bise sur mon front, que je sens légère comme le battement d'un papillon, et récite une incantation à laquelle je ne prête aucune attention. Le grésillement caractéristique du portail qu'elle crée m'est perceptible, et puis plus rien.

Je croyais avoir atteint le niveau maximum du cafard, mais visiblement, ce n'était pas le cas. Je soupire exagérément.

Qu'est-ce que je fous encore ici ? Comment j'en sors par mes propres moyens ? Parce que là, ça commence à presser.

Deux jours – enfin, c'est une estimation grossière – que je me répète en boucle les choses que j'ai entendues lors de conversations entre Améda et Riordan que mon état préoccupe.

« On doit juste s'assurer qu'elle n'est pas une menace et trouver une façon de la guérir, après elle pourra être réveillée. »

« Elle n'est pas prisonnière, c'est tout le contraire, ici elle est en sécurité. »

Ouais bah, qu'est-ce que sa définition d'une prison si ce n'est pas précisément de ne pas avoir le droit de quitter un lieu ou de se déplacer comme bon nous semble ? Ces phrases qu'ils s'échangent entre eux pour se déculpabiliser commencent à me rendre folle.

J'ai réussi, avec une patience et une ouïe désormais surdéveloppée, à obtenir quelques informations complémentaires d'Améda qui affirme que je suis possédée par une démone. Oui oui, une démone… C'est la version qu'elle donne à ceux à qui elle raconte l'histoire du moins.

Moi, la pathétique sorcière sans pouvoir, j'aurais apparemment tenté de tuer le roi et ses descendants. Je me serais aussi, au beau milieu de ma danse avec Riordan, mise à murmurer des incantations anciennes qui lui étaient étrangères. Il paraît que mes yeux se sont révulsés et ont changé non seulement de teinte, mais aussi d'expression. Mes lèvres ont psalmodié dans un dialecte inconnu, puis le toit s'est écroulé, j'ai visiblement explosé la brique en essayant d'atteindre l'une de mes cibles. Riordan, résolu à m'éviter le pire, a tenté de me soustraire à ce qu'il croyait être un sort, sans savoir que j'abritais une entité. Dès que je me suis sentie contrainte par lui, et dotée d'une vigueur titanesque, je l'ai projeté contre un mur avec une force démesurée. Et en guise de clou du spectacle, j'ai énoncé des prières démoniaques visant à appeler à moi le prince. Les grands prêtres et les grandes prêtresses ont dû joindre leurs pouvoirs, aidés des royaux et du mage pour me mettre hors d'état de nuire. Ils ont usé d'une puissante magie ancestrale pour rompre le lien que mon entité avait créé entre elle et sa victime, Stoker.

Comme si « Stoker » et « victime » étaient deux mots que l'on pouvait employer ensemble.

Apparemment, la démone qui vit à l'intérieur de mon esprit est une cinglée qui tente « seulement » de prendre la tête du monde magique en tuant la famille royale.

Elle et, donc, moi, a priori, sommes un indice de danger plutôt élevé pour l'équilibre du monde ésotérique. Ainsi Améda me « cache » ici, avec l'aide et l'accord de quelques membres du conseil qui ont des motifs plus ou moins personnels de me garder en vie.

Selon ce que j'ai entendu Riordan me dire, son coven, *les Merusak, veut extraire la diablesse de mon être pour étudier ses pouvoirs qui, jusque-là, sont, leur semble-t-il, uniques en ce monde. Une roturière, de sexe féminin qui plus est, qui parvient à employer la magie de l'esprit ? C'est assez fou pour annihiler tout Obadium si c'est entre de mauvaises mains. Je n'y ai pas cru au départ puisque j'ai essayé à maintes reprises d'interagir avec cette « chose » qu'on dit s'être insinuée en moi, mais rien.*

Améda se targue de défendre ma vie et de lutter pour que l'on me dissocie de la démone, alors que les Warwick, les Ravenburg et les Ditchwa ne nous différencient pas l'une de l'autre. Pour eux, me tuer règle le problème et puis c'est tout. La famille royale, quant à elle, ne s'est pas encore prononcée dans un sens ou dans l'autre, mais le faiseur de foudre pense qu'ils ne le feront pas non plus. Pour les sorciers de bas étage, je suis officiellement déjà morte, on m'a éradiquée lors de la cérémonie gâchée. Il n'y a que les grands prêtres et les royaux qui sont dans le secret de mon existence. Exception faite de Riordan qui est l'apprenti de Jasmer, le leader de son coven.

Apparemment, je suis l'hôte idéale pour se cacher puisque vu mon faible potentiel magique personne ne faisait attention à moi. Un corps parfait pour se dissimuler d'ici à ce que j'offre un accès aux royaux.

Comme pour leur donner tort, c'était silence radio de ma colocataire, jusqu'à ce qu'elle se sente interpellée sur son sort. Alors qu'un médecin évoquait son envie de « régler » mon cas et de me « filer une dose mortelle » pour que cesse cet « impératif » de venir m'examiner jour après jour.

J'ai senti l'irritation de la démone en moi à l'instant précis où le désir d'éventrer le soignant m'a prise d'assaut. Depuis, elle ressurgit régulièrement de manière plus ou moins violente. C'est par certains détails de la sorte que j'ai fini par adhérer à leur diagnostic de possession.

Au début, c'était presque amusant d'écouter la bitch *démoniaque dans mon crâne dire tout haut ce que je pensais, mais après un temps, j'ai réalisé que ça me rendait plus aigrie.*

Je saisis le bien-fondé de ma présence en ce lieu, je conçois tous les motifs qui font que je ne peux le quitter, néanmoins je n'y trouve aucun réconfort. Si c'est aussi sécurisé qu'ils semblent s'en targuer, au moins pourraient-ils me laisser me réveiller. Je n'ai aucun motif pour douter de qui que ce soit m'entourant, enfin, c'est ce dont j'essaie de me persuader parce que ces gens me sont proches. Malgré tout, il y a cette voix dans ma tête qui me souffle continuellement de me méfier, d'autant que certaines bribes de conversation ont tendance à leur donner raison. Et je dois bien avouer qu'entre moi, ma conscience et la démone, je ne sais plus qui croire.

Tout ce que je veux, c'est retrouver ma vie de misérable humaine, mon corps physique, mon monde et ma mère. Je n'aspire à rien de plus.

Quand j'ai entendu Améda rapporter à un tiers les paroles assassines du grand prêtre Dragzir à mon égard, j'ai réalisé que mes chances d'en sortir s'amenuisaient, de même que celle que je reste encore longtemps en vie.

« Une mortelle si faible qu'on l'a possédée avec une facilité enfantine. Vous auriez dû m'écouter depuis le tout début. Ainsi, les familles qui pleurent leurs proches à présent auraient été épargnées ! Lente agonie, c'est ce que mérite cette aberration sans pouvoir, cette humaine si insignifiante que même le puits de l'augure l'a rejetée ! »

Décidément, je suis le porte-étendard de la cause des Warwick qui tentent de tourner cette tragédie en stratégie politique.

D'autant qu'ils ignorent toujours l'identité de la bête, pire encore : sa motivation. Même si les suppositions vont bon train et qu'ils supputent qu'elle veut prendre les rênes du monde magique.

Juste cela…

Améda avance qu'il n'est pas improbable que la démone souhaite intégrer un nouvel hôte, plus fort et tactiquement mieux placé dans l'échiquier magique.

Pourquoi n'ai-je aucun souvenir de ce qui s'est produit le soir du bal ? Est-ce que tout cela est vrai ? J'ai essayé de fouiller la mémoire du pauvre Riordan, mais il n'y a presque aucune trace de cette soirée. Comme si on en avait effacé une grande partie. Nous dansons ensemble, puis son corps est projeté au sol par ma faute… Ensuite les images reviennent lorsqu'il est extirpé des décombres par une femme aux traits semblables aux siens. Rien de tout ce qu'Améda a mentionné, ce qui finit de me rendre méfiante à son endroit. Je me suis repassé encore et encore cette soirée en mixant les réminiscences que j'en ai et ce qu'on m'en a raconté, mais rien n'a de sens. Tous mes souvenirs sauf celui-ci sont intacts, je peux les réintégrer à loisir et les revivre mille fois si cela me chante, sauf celui-ci. C'est le néant total, un peu comme pour Riordan qui lui aussi semble avoir des coupures dans ses souvenirs. Toute cette catastrophe est inexistante dans mon esprit, hormis les moments passés avec Stoker…

Et si je ne pouvais pas me le rappeler parce que le souvenir que j'en ai est entièrement faux ?

Je suis obligée de tenir compte du fait que je partage non seulement mon corps, mais aussi mon esprit avec une garce de la famille des démones. Je présume donc qu'elle n'est sans doute pas une enfant de chœur et qu'elle risque de tenter de m'embrouiller le cerveau. Il est logique d'envisager que, si cette salope domine aisément mon enveloppe corporelle, elle puisse être maîtresse de chacun de mes neurones.

Ce qui est particulier, c'est que si je ne peux me rappeler ce qui s'est passé avec précision, je me souviens de chaque émotion éprouvée. Mon corps, sous son contrôle, a mené sa vie en parallèle de mon esprit. Je n'ai pas eu conscience de mes jambes qui marchaient, de mes lèvres qui priaient, de mes mains qui faisaient s'écrouler les murs. Mais je n'ai pas oublié les effets ressentis alors que dans ma tête, j'étais dans les bras de mon amant interdit.

Sous le coup d'une tension tantôt sexuelle, tantôt puissante, voire dévorante. Plutôt mourir que de l'admettre, mais je ne cesse de le sentir tout autour de moi. Il y a en moi une sorte de mémoire tampon qui, elle, est obsédée par le prince, ses caresses et ses baisers. Il a marqué mon âme au fer rouge, j'en perçois chaque brûlure et cette douleur m'excite au point de m'en faire perdre la tête par moments. Impossible de partager cet élément plutôt inquiétant avec qui que ce soit. PARCE QU'ON REFUSE DE ME RÉVEILLER !

De toute façon, pas sûr qu'il serait à mon avantage de leur indiquer que j'en suis probablement à un niveau de possession exacerbé.

Les jours s'écoulent et je m'accroche à l'espoir que leurs nombreux tests apportent une solution. Le doc a expliqué à son personnel vouloir comprendre comment je me suis liée à la démone pour ainsi mieux pouvoir nous dissocier l'une de l'autre. Et accessoirement, faire en sorte que je n'en meure pas… même s'il est évident qu'il s'en fiche. Dernièrement, Améda m'a rendu visite, et dès qu'elle a franchi le portail, j'ai su qu'elle n'apportait pas de nouvelles réjouissantes. Son aura, ses vibrations cosmiques, peu importe le nom que ça porte, étaient annonciatrices de mauvaises nouvelles. Je l'ai ressenti dans chaque fibre de mon corps en sommeil, c'est peu dire.

Ce soir-là, elle n'était pas seule, je l'ai entendue expliquer au grand prêtre Jasmer la puissance de ma démone. Sa capacité à se retrancher dans mon esprit, et si loin qu'elle leur était inaccessible. Cela posant d'ailleurs un problème de taille parce que sans l'identifier, elle ou encore ses motifs, impossible de trouver le bon moyen de s'en débarrasser. Résultat, il faut persévérer, mais les chances qu'on soit en mesure de me réveiller s'amenuisent.

Mais je suis consciente, bordel !

Désormais, personne à part Améda, qu'ils ont mandatée, n'a le droit de m'approcher ou d'entrer en contact avec moi. Quiconque étant trop à risque d'être contaminé ou manipulé par l'entité. Exception faite des Merusak, donc tous les membres de l'équipe de soignants sont des adeptes du grand prêtre Jasmer.

Maintenant que je sais à peu près comment marchent mon esprit et sa fonction imagination, je me suis créé une pièce, un genre d'appart' mental dans lequel je tente de prétendre vivre une vie normale. J'y suis, dans un lit identique à celui de ma chambre de mortelle, et réfléchis à la suite des choses lorsque je discerne la présence de ma SDF.

La mélancolie qui la caractérise trahit presque toujours son arrivée. Je distingue immédiatement après ses idées noires et moroses, et mes perceptions changent à leur tour. Tout ce qu'elle touche devient frustration. La démone contamine insidieusement chacune de mes pensées. Elle souffle à mon oreille que je suis naïve si je crois ce qu'ils me racontent. Que pour la déloger et s'emparer de son pouvoir, ils seraient prêts, tous autant qu'ils sont, à me dépecer pièce par pièce. Elle me bombarde à la minute d'après d'une série d'images à me glacer le sang dans les veines. La démone est forte, elle m'emplit, et c'est sans doute parce qu'elle a accès à mes pensées qu'elle arrive à isoler la moindre de mes peurs. Quelle meilleure arme contre quelqu'un que sa propre psyché ? Le problème n'est pas que cette garce a l'imagination fertile en matière de torture et de mort, non. C'est qu'elle met en scène des trépas dont je suis irrévocablement la vedette. Je les ressens comme si c'était réel et que je périssais véritablement dans d'atroces souffrances.

Cette nuit, elle me gratifie généreusement, ou plutôt salopement, d'un décès par pendaison.

Le bout de mes orteils racle le sol alors que j'avance vers l'estrade, flanquée de part et d'autre de deux gardes. Je tente de relever la tête pour apercevoir la foule que j'entends scander l'appel à la pendaison, mais n'en ai pas la force. N'ayant que la peau sur les os, je souffre à chacune des marches qu'ils me font gravir en direction de l'échafaud. Je distingue les hurlements empreints de fureur de ceux qui sont impatients d'assister à la représentation de ma mort. Un des individus me transfère dans les bras de l'autre qui manque de me laisser échapper. Un cri collectif d'amusement résonne depuis le lieu où se tiennent les spectateurs. Il me laisse finalement tomber, fier de donner à son public le spectacle qu'il réclame.

Je n'ai pas envie de tuer ou de blesser l'homme. Pas plus que je ne songe à me défendre. J'ai l'impression d'être une coquille vide et j'entrevois la mort comme une délivrance. Le fardeau qui pèse sur mes épaules est pire encore qu'un millier de châtiments. Derrière ma rivière de cheveux, mon visage se dissimule à mes bourreaux, ils ne peuvent donc pas percevoir mes lèvres qui se recourbent dans un mince sourire triste. Je suis prête. Comme si ma prière avait été entendue, dans la seconde qui suit, l'un de mes exécuteurs m'attrape par les bras et me force à me positionner sur mes jambes branlantes. Il me porte maintenant assistance pour que je ne m'affale pas au sol le temps que l'autre passe autour de mon cou une large corde tressée. Son poids écrase mes épaules déjà voûtées.

Et puis je l'entends. Dès que sa voix résonne, tout autour, le silence se fait.

— Sœur Aitene, vous êtes condamnée à une exécution par pendaison, devant vos paires. Vous avez batifolé avec le diable et avez poussé l'odieux vice jusqu'à porter en vous son engeance démonique. Parce que vous avez refusé de le renier par sept fois, vous périrez puisqu'à présent, seule la mort peut vous libérer de son joug.

Des doigts se fraient un chemin dans ma crinière jusqu'à ce que des ongles s'agrippent à mon cuir chevelu. On empoigne ma tignasse, me forçant à relever la tête en direction de mon accusatrice.

— Renie-le, m'enjoint-elle en chuchotant afin que moi seule ne l'entende. Si cela ressemble à un ordre, je détecte l'ombre d'une supplication au travers de son timbre.

Mes lèvres s'entrouvrent et c'est ma voix qui prononce chacun des mots :

— Nul châtiment ne peut m'être plus douloureux qu'une vie dans laquelle il n'existe pas. Aujourd'hui, je suis exaucée parce que je le retrouve, réponds-je dans un murmure exempt de peur.

— Ma sœur, comment peux-tu être si sûre de son trépas ?

— Parce que c'est moi qui l'ai tué, avoué-je sans une poussière de remords.

— Meurs ! hurle la femme une seconde avant que je sente le sol se dérober sous mes pieds.

J'entends encore longtemps après le grincement de la trappe sur laquelle je me tenais. Le bruit et celui de la corde tendue qui craque de moins en moins à mesure que mon corps cesse de se balancer. La morsure de l'instrument mortel est la première douleur que je ressens. Normalement, une fois projetée sous l'estrade, j'aurais dû sentir mon cou se rompre sous mon poids, mais je n'ai pas eu cette chance. Je sens ma trachée se comprimer et l'air se raréfier. Le manque d'oxygène ne met pas beaucoup de temps à irradier comme une brûlure dans mes poumons. Dans un dernier soubresaut de mon enveloppe charnelle qui n'est pas aussi déterminée à trépasser que mon esprit, mes mains enserrent la corde afin de tenter de diminuer la pression sur ma gorge. Puis son essence m'apparaît et m'appelle, finissant de me convaincre dans chacune des particules de mon être de me laisser aller pour le rejoindre. Son âme m'enrobe de son doré incandescent. Je frétille encore quelques fois et cette essence qui est mienne se mélange à la sienne. Auprès de lui, je n'ai plus mal.

Je m'extirpe enfin du souvenir et reviens dans mon lieu créé de toutes pièces. Pourquoi m'obliger à vivre cela ? Pourquoi ai-je encore et toujours le sentiment que ce sont ses souvenirs à elle ? Comme à chaque fois, les questions sont bien plus nombreuses après qu'avant. Pourquoi cette femme éperdue d'amour aurait-elle elle-même tué cet homme qu'elle ne rêvait que de rejoindre ? En quoi me montrer cela sert-il sa cause ? Mon cerveau n'est plus qu'un immense puzzle et j'ai l'impression qu'il est de mon devoir d'en assembler les pièces afin de résoudre le mystère de la démone qui squatte ma tête. Peut-être est-ce seulement sa manière de me pousser vers la folie pour mieux me contrôler ?

Je cogite lorsque je remarque un changement dans l'air tout autour de moi.

L'atmosphère s'alourdit, se chargeant d'électricité. Je repère sans peine le son presque inaudible de cette fréquence qui perturbe le silence de la pièce.

— Bonsoir, mortelle, souffle près de mon oreille une voix brûlante, que je reconnais sans l'ombre d'un doute.

Chapitre 7 - Surveillant nocturne

Riordan, juillet

Je reprends mon poste de garde de nuit, mandaté par le grand prêtre Jasmer. Je salue d'un signe de tête les deux gardes Merusak qui sont debout devant le bâtiment ainsi que ceux qui sont présents à l'intérieur. Je me sentirais presque chez moi en croisant autant de têtes argentées. Je dépose mes effets personnels dans un casier à l'extérieur de la salle et rejoins le médecin qui peste encore une fois sur son obligation d'être ici.

— Ça ne sert à rien ! aboie-t-il sur la jolie infirmière blonde qui l'assiste.

J'ai mentionné à plusieurs reprises à Améda qu'il était de mauvaise foi et que cela risquait de fausser les résultats. Elle a argué qu'il avait alors tout avantage à trouver une solution pour dissocier Vénétia de sa démone au plus vite.

— Ah ! Vous voilà ! Dois-je conclure que votre retard signifie que vous ne prenez pas votre tâche au sérieux ?

Il me houspille d'emblée dès que je mets les pieds dans la chambre. Je sens instantanément la décharge caractéristique que la contrariété fait naître sur mon épiderme.

Je pourrais l'électrocuter et lui remettre les idées en place ? Pitié, si seulement j'en avais le droit.

Jasmer exige de nous que nous prêtions assistance à Améda qui cache la fille. Officiellement, c'est pour permettre à la science d'en apprendre davantage sur les possessions et de gagner la loyauté des Grimwood. Officieusement, Jasmer mène sa propre enquête sur la mortelle. Le monde magique en entier tremble en entendant son nom désormais. Elle est l'étendard de la cause des Warwick : procréer avec les humains affaiblit la pureté de la race.

Des semaines qu'elle est là, étendue dans un lit d'hôpital, branchée à plusieurs machines, et qu'elle subit des tests sans résultats concluants. Mon statut de bras droit m'oblige à veiller sur elle la nuit. J'aurais dû effectuer cette tâche froidement et juste apprécier la promotion d'importance que cela m'a octroyée, mais je parviens de moins en moins à rester détaché devant son état qui s'aggrave.

Tu devrais n'en avoir rien à foutre de cette garce d'humaine, m'assène constamment ma conscience.

Si seulement…

Je prends acte des consignes du doc avant de le regarder partir et de tirer ma chaise habituelle à son chevet.

J'ai bien fouillé les grimoires anciens et cherché des précédents, sans rien trouver qui servirait mon but, mais je compte entrer en contact avec elle à tout prix.

Il y a trop d'éléments qui clochent dans cette histoire et je suis certain qu'elle est la détentrice de quelques-unes des réponses que je cherche.

— Bonsoir, mortelle, soufflé-je à son oreille d'une façon qu'elle détesterait à coup sûr.

Je me dis que la provoquer est assurément un bon moyen pour qu'elle réagisse.

J'ai besoin de savoir ce qui s'est passé le soir du bal. Mes souvenirs y étant liés sont décousus, désordonnés et constamment en changement. Comme une espèce de gros puzzle dont on aurait échappé la boîte. Parfois j'ai en tête une version, et le lendemain, une autre. Au point où j'ai pris note dans un journal des différentes versions. Dans chacune d'entre elles, nous dansons, puis le milieu est perpétuellement fluctuant et la fin toujours la même : elle m'envoie valser au sol. Comment je peux me rappeler de certains détails avec précision alors qu'à d'autres moments, c'est le trou noir dans mes souvenirs ?

Tout en méditant sur la question, je laisse vagabonder un minuscule courant électrique entre mon pouce et mon index. C'est en la regardant que me vient une idée.

En douceur, je touche son bras, essayant de déclencher une réaction quelconque dans son corps.

Arrête immédiatement ton petit manège, Electric Boy !

Je me fige instantanément en entendant sa voix dans mon crâne.

Est-ce possible ? Comment le peut-elle ? Je recommence encore et encore, mais cette fois, silence radio. J'en viens à me demander si ce n'est pas mon imagination qui m'a fait l'entendre.

Putain ! J'ai besoin de réponses et je suis sûr qu'elle les a, si seulement je pouvais trouver comment entrer en contact avec elle.

Je laisse les courants d'électricité cavaler à nouveau sur son épiderme.

L'équipe de la salle de surveillance étant à la pause lunch, je dispose d'une soixantaine de minutes entièrement seul avec Vénétia. La dernière infirmière a quitté le bâtiment et il ne reste, pour le moment, que les gardes à l'extérieur. J'en profite donc pour poursuivre mon manège inlassablement.

Je ne le mentionne pas explicitement à ceux œuvrant auprès d'elle, mais ce que j'ai sous les yeux m'inspire peu confiance. Son corps est amaigri, et si on m'assure qu'elle est là pour son bien, chaque heure qui s'écoule semble lui faire plus de tort que de bien.

Elle est d'une pâleur extrême et perd du poids jour après jour. Ils affirment qu'ils la protègent elle de ses détracteurs et nous de sa possession démoniaque, mais j'y adhère de moins en moins. Améda est partie pour une réunion extraordinaire dont elle n'a pas voulu me révéler la teneur et qui ne devait durer que deux ou trois jours, mais qui s'éternise maintenant depuis cinq jours. Aucune nouvelle d'elle depuis, et vu le climat politique à l'extérieur, je crains le pire. Aucune nouvelle de Jasmer, le grand prêtre de mon *coven*, non plus.

Au début, on m'a missionné pour représenter les intérêts de notre clan durant la «captivité» de l'ennemie numéro un du royaume. Elle n'était qu'un boulot parmi tant d'autres, mais contre toute attente, je pense avoir noué, au fil des jours, un lien étrange avec cette mortelle comateuse. C'est d'une stupidité sans bornes, j'en ai bien conscience.

Pourtant, je suis toujours là, fidèle au poste, et m'occupe de la supervision nocturne de la prisonnière sans jamais rechigner. Même si je commence à remettre en doute nos réels motifs de la garder dans ce coma.

Améda dit qu'elle milite pour l'existence de Vénétia et contre l'idéologie dont elle est devenue involontairement l'étendard. Les sorciers et les humains s'accouplent et procréent depuis aussi loin que l'on peut s'en souvenir, et ça n'avait jamais posé problème jusqu'à ce que Dragzir entre en poste. À l'intérieur de son *coven*, il pouvait obliger ses fidèles à respecter le code de sang pur, mais ça demeurait un secret de polichinelle, une pratique extrême dont personne ne voulait entendre parler. Puis il y a eu sa cérémonie ratée de l'augure… et là, bah… il a obtenu le parfait bouc émissaire pour illustrer sa doctrine. Les Grimwood, les Merusak, les Burnhold et les Ditchwa ont toujours lutté ensemble contre cette idéologie, Améda à leur tête.

N'empêche que c'est peut-être Dragzir qui a raison. Si on y pense, elle est la première sorcière sans pouvoir. Elle se retrouve possédée et a essayé, sous l'influence d'une démone, de tuer les royaux. Elle est faible et cela risque de mettre en danger les nôtres.

Améda est puissante et très respectée de l'entièreté de la communauté, mais il ne faut pas se leurrer, elle œuvre pour son *coven* d'abord et avant tout. Je crois que Jasmer en est bien conscient et qu'il se méfie d'elle. Ce qui explique ma présence en ce lieu d'ailleurs. Il est nécessaire de prendre en compte que les derniers événements peuvent avoir changé les filiations, les clans, les amitiés et la loyauté. Chacun bosse pour sa poche et son *coven*…

Et si Améda était menacée, si elle devait choisir entre Vénétia et son *coven* ? Entre elle et ses filles ? Je crois que son besoin de défendre la cause deviendrait totalement obsolète.

Certains des grands prêtres réclament la mort de Vénétia et Améda risque de ne pas faire le poids longtemps. Il suffit d'une modification parmi ses alliés actuels pour que tout change d'un coup.

Si c'est le cas, sans Améda comme protectrice, le trépas de la mortelle est inéluctable. Cette phrase résonne de façon fatale dans ma tête. Qu'est-ce qui me prend, bordel, de me soucier autant de cette foutue mortelle ?

Je ne me reconnais pas à bien des égards depuis quelques semaines et j'en viens presque à me demander si je ne suis pas sous le coup d'un sort. Il va me falloir fouiller si je veux mes réponses, et j'entends bien les obtenir, dussé-je réveiller la prisonnière si nécessaire.

Chapitre 8 - Bienvenue en enfernité

Vénétia

Je ne sais pas ce qui s'est produit. La minute avant, j'écoutais les confessions de Riordan, et d'un coup, je me suis retrouvée plongé dans ma tête. Mon cerveau commence à débloquer, je crois.

À présent, j'avance dans une pièce totalement noire où je ne distingue même pas le bout de mes doigts. Soudainement, j'identifie un cliquetis et un faisceau de lumière apparaît à quelques mètres devant moi. Je nous aperçois, et par « nous », j'entends moi et Stoker… le cruel prétendant au trône.

Je vois une autre version de nous, enlacés l'un contre l'autre, sur un monticule de crânes, la réminiscence du soir du bal à n'en pas douter. J'observe la scène en spectatrice. Le prince est dans mon dos, nu. Je me souviens de l'effet de sa verge dressée contre ma peau. Je me rappelle chaque seconde et chaque sensation de cet instant, et pourtant, c'est fascinant d'y assister depuis l'extérieur. La puissance de ce que je ressentais à ce moment me saute aux yeux et cela m'effraie autant que ça me conforte : nous ne faisions qu'un.

Cette fille à poil qui gémit et se tortille comme une chatte au soleil sous la paume de ce psychopathe, c'est moi, mais malgré cela, elle me semble étrangère.

Leur désir vibre si vigoureusement que chacune des particules qui me composent frémit.

Suis-je dans un souvenir, dans ma tête ou dans la sienne ? Est-ce lui qui me manipule à distance ?

Cette réminiscence est si forte qu'elle me remue jusqu'aux tripes. Comment je sors d'ici maintenant ? J'essaie de me concentrer un maximum, mais je n'y parviens pas et je suis de moins en moins focalisée sur ma tâche, étant trop absorbée par le spectacle qui s'offre à moi. Les amants se mettent à se parler dans une langue que je ne connais pas et agissent de façon différente de mes souvenirs. Je peux donc exclure qu'ils viennent de mes réminiscences. Je tente de marcher dans la direction opposée au monticule, mais celui-ci réapparaît chaque fois, à moins d'un mètre de moi.

— Toi ?! Qu'est-ce que tu fous dans mon cerveau, garce d'usurpatrice ! Tu es… morte !

Le prince se tient désormais face à moi devant la montagne d'os et me jauge avec une hargne presque douloureuse.

— Moi ? interrogé-je sidérée.

— Tu vois quelqu'un d'autre ? Et puis comment t'arrives à faire ça, errer dans mon putain de crâne ! SALOPERIE ! Ce n'est pas réel… foutu sang démoniaque !

Je comprends qu'il semble être dans un flou identique au mien. Si lui croit qu'il rêve et que moi aussi, c'est donc que nous vivons tous deux l'illusion ? C'est impossible… sauf si c'est la démone qui a créé cela de toutes pièces. Pourquoi alors croirait-il que je ne suis plus en vie ?

— Je ne sais pas, je… Désolée… je…. Je ne suis pas morte. Enfin, je crois… Je suis perdue dans un endroit dont j'ignore tout mais que je pense être…

Je m'arrête là, réalisant que je ne peux lui faire confiance.

— « Désolée… je… je… je… », m'imite-t-il avec une telle méchanceté que je le hais aussitôt. Être si conne et si douée à la fois, c'est aberrant. Si je te vois, et à moins que je sois totalement cinglé, tu es en vie et l'on m'a menti, et je sens que tu l'es… Oh, ne tire pas cette tête, daemonia, *il ne me reste plus qu'à te trouver et maintenant que j'ai l'assurance que je n'ai pas rêvé, je ne vais pas lésiner sur les moyens. Je vais te sortir de mon crâne une bonne fois pour toutes !*

— Oh, tu vas me tuer ? Comme c'est original ! De quelle façon cette fois ? Noyade ? Pendaison ? Vas-y, je t'écoute !

C'est moi qui le houspille ainsi, mais je ne suis pas certaine que ce soient mes mots. Est-ce ma démone qui se manifeste pour régler ses comptes avec son amant intemporel ?

— Qu'est-ce que tu racontes ? Qui es-tu ? interroge-t-il sans se départir de sa froideur.

— Où sommes-nous ?

— RÉPONDS *!*

— Oh, mais c'est bien ce que je tente de faire ! Si seulement je savais comment marche ce truc, je pourrais te le dire, ou alors quitter cet endroit maudit où je suis sans cesse tuée par un prince sanguinaire !

— Un prince sanguinaire ?

— Tu viens dans ma tête, tu me baises et tu bouffes mon cœur, je crois que ça me permet de statuer sur tes penchants !

— Attends, tu crois réellement que c'est moi qui suis dans ton crâne ?

Cette conversation est lunaire. J'ignore d'ailleurs si c'est réel ou si c'est encore une mise en situation que m'oblige à vivre ma démone. Je crois que ce sont mes paroles, mais il y a dans mes mots une si grande assurance que je ne me reconnais que très peu.

— Sinon comment expliques-tu que nous soyons en train d'échanger, toi, un sorcier de l'esprit, et moi, une simple mortelle ?

— C'est vraiment ce que tu penses être ?

Il m'observe d'une étrange manière à présent. Son irritation s'affiche toujours sur son faciès, mais son timbre exprime plus de surprise que de fureur.

— Qui es-tu véritablement ? Je peux sentir ta magie jusqu'ici, alors arrête d'essayer de me leurrer en prétendant que tu n'es qu'une pauvre petite humaine sans intérêt.

— C'est pourtant ce que je suis, affirmé-je avec aplomb.

— Faux ! assène-t-il de nouveau en proie à la colère.

Dieu qu'il est beau… J'ignore comment c'est possible et pourquoi, mais je ressens à son égard, outre l'irritation qu'il me déclenche, une attirance irrémédiable.

La démone, bien sûr. Elle et lui ont assurément un passé en commun, mais il ne la reconnaît sans doute pas puisque c'est mon visage qu'elle colle sur ses propres souvenirs. Du moins, c'est ce qui me semble le plus logique. Devrais-je le lui mentionner ? Et si le fait qu'il me tue à chacune de nos rencontres était aussi lié à cet état de fait ? Peut-être vaut-il mieux continuer de jouer la carte de l'humaine pour le moment…

— Je ne sais que dire de plus, c'est bien ce que je suis ! Et puis tu n'as qu'à me tuer immédiatement, ça permettra de t'expulser de ma tête comme les fois précédentes !

N'a-t-il donc aucune idée de qui je suis ? De toute façon, ce serait logique puisque personne ne s'attend à ce que la fille rejetée par l'augure ait des pouvoirs. Or la démone, elle, en possède, et il est peut-être à même de les détecter ?

Il me fixe étrangement. Ses yeux presque noirs bordés par des cils épais lui confèrent une aura de danger qui manque de me liquéfier sur place. C'est totalement irrationnel et contre-intuitif, mais je suis plus attirée à chaque seconde qui s'écoule en sa présence.

Il est évident qu'il sait quelque chose qu'il tait et cela a le don de m'irriter grandement.

— Les fois précédentes, réfléchit-il à voix basse. Le bal, la montagne d'os, tu es dans ma tête… Je n'ai qu'une envie…

Il approche de moi d'une démarche presque féline. Mes yeux se perdent sur le pendentif à son cou aux motifs de serpents. Puis je remarque sur ses bras le mouvement de ses reptiles dont le sifflement se répand dans l'air. Mon être entier réclame le prince alors que ma conscience ou ce qui s'y apparente clame que je dois m'en éloigner.

Je le laisse malgré tout avancer vers moi et ne stopper sa course que lorsque nos deux corps sont assez près pour se toucher.

— Je vais te retrouver, susurre-t-il d'une façon qui résonne aussi bien comme une menace que comme une promesse.

— Sauve-moi de ceux qui me veulent du mal, réponds-je en sentant jusque dans mes tripes qu'il fait aussi partie de ceux-là.

Sa main se pose sur ma nuque avec une infinie lenteur. Ses yeux plongent dans les miens et en fouillent le moindre recoin à la recherche d'une réponse qu'il n'aura pas.

Ma main se lève et se place sur le côté de son visage. Je reconnais son début de barbe rêche qui pique ma paume. Je fixe ses lèvres pleines et approche ma bouche de la sienne jusqu'à les souder l'une à l'autre. Cela ne me ressemble pas, mais, pourtant, je suis bien l'instigatrice de ce contact qui ne rime à rien.

Il me jauge sans dire mot, me couvrant simplement de son regard aussi magnétique que brûlant. Il me donne presque l'impression de m'étudier. Nos langues s'entrelacent avec avidité et mon désir s'approfondit à mesure que les secondes passent. Des mots, des phrases, sa voix, la mienne, tout se mêle dans ce cerveau qui déconne.

« Circé, je suis tien et je reviendrai. »

« Je te retrouverai dans cette vie et toutes les autres. »

« Je meurs pour que ce nous survive. »

Cela confirme ma théorie comme quoi la démone et lui ont un passé en commun et qu'il est, en plus d'être assez glauque, passionnel.

Il ne répond à aucune logique, il est fusionnel et chimique. Je suis celle qui offre le corps pour qu'elle s'exprime et qu'ils soient réunis enfin, mais vu ce qui bouillonne en moi, cela risque de me consumer tout entière. Et j'en viens même à le souhaiter.

— Dis-moi, prince, toi qui es un aguerri de ce monde, pourquoi sommes-nous irrémédiablement attirés l'un par l'autre ? réussis-je à interroger entre nos baisers enflammés.

Je le sens se figer après avoir entendu ma question. Je devrais regretter de l'avoir posée mais ce n'est pas le cas. J'ai besoin de comprendre leur attachement pour mieux évaluer comment m'en prémunir, ou pas. Après tout, que peut-il me faire dans ce monde chimérique ?

Il recule légèrement, laissant un vide qui m'apparaît comme intersidéral entre nos deux corps. C'est là que j'aperçois le rictus cruel estampillé sur son faciès. Je ne bouge pas parce que je n'y parviens plus. Je suis envoûtée, hypnotisée, sous le joug de Stoker.

— Nous ne sommes pas liés, je dois simplement te tuer…

Je ne bronche pas lorsqu'un poignard se révèle dans sa paume, ni quand, la seconde suivante, il lève le bras au-dessus de ses épaules en me hurlant de sortir de son crâne.

L'air se fend au-dessus de moi alors que le bruit de la lame siffle à mes oreilles. Je ne tente pas de me soustraire à lui, comme si, dans son geste, je trouvais une évidence et que j'y consentais cette fois au lieu d'essayer d'y échapper.

Je clos mes paupières et attends simplement.

Je réapparais dans mon simulacre mental de chambre humaine et aussitôt me parvient la voix paniquée de Riordan.

— Vénétia ? Tu vas bien ? Putain ! C'est la démone qui prend le dessus, c'est ça ? Pourquoi elle bouge comme ça ? Ses yeux, bordel ! Ils sont révulsés et son corps est tendu comme un ressort !

J'ignore comment, mais il semble que mon enveloppe physique réagisse à mes rêves concernant le prince. Et visiblement pas d'une façon qui est douce.

— QU'EST-CE QUI SE PASSE, BORDEL ?! Occupez-vous d'elle, bon sang !

— Veuillez immédiatement quitter cet endroit, Merusak ! tonne la voix que je reconnais aussitôt comme celle du médecin aigri qui, je le suppose, fait des tests sur moi.

— Non ! Je suis là au nom du grand prêtre Jasmer et vous n'avez aucune autorité sur moi ! J'exige des réponses. Pourquoi elle fait ça ? Son état empire depuis que vous êtes affecté à son cas !

Je distingue un bruit de bagarre dans le lointain, comme si on forçait Riordan à sortir de la pièce.

— Je ne partirai pas de cette pièce, tranche Rio, fermement.

— Alors asseyez-vous là et je ne veux plus vous entendre ou j'appelle la grande prêtresse ! tonne le médecin.

Je ne comprends pas sa réaction si forte. Il agit comme un ami qui se soucie de mon sort alors qu'il ne tente rien pour me sortir de cette saloperie de transe. Rien de concluant du moins. Ce ne sont pas les petites décharges qu'il m'envoie qui me feront revenir à moi.

Ami ou ennemi ? C'est un mystère pour l'heure.

Pourtant, si son intention avait été de me livrer aux Warwick, il ne se serait pas fait chier aussi longtemps et serait passé à l'acte bien avant. Quel but cherche-t-il à atteindre puisqu'avant ma consécration, il était le président-directeur général et fondateur de mon *hate club*.

Pourquoi reste-t-il à mon chevet ? Selon ce que j'ai cru entendre dire Améda, je suis la personne la plus détestée de son monde. Puisqu'on me tient aussi pour responsable de toutes les blessures et les morts qui ont eu lieu le soir du bal. Je suis un monstre, une anomalie et un danger public et pourtant, il est là. Alors je répète : POURQUOI EST-IL LÀ ?

— Je t'entends dans mon crâne, mortelle. C'est vraiment toi qui me parles ou alors je deviens dingue à force de passer du temps dans cette pièce ? murmure Riordan pour, j'imagine, ne pas être entendu des autres. Peut-être que c'est ta démone qui joue avec moi, je l'ignore. Je suis fasciné par cette salope qui te possède, mais toi… toi, j'ai besoin de te protéger. Voilà. Et me voici qui te parle comme si tu pouvais m'entendre… Putain !

Le silence s'étire quelques secondes encore jusqu'à ce qu'il reprenne la parole.

— Il s'est passé un truc lors de la cérémonie lunaire, depuis, je ressens le besoin de me retrouver près de toi. Et être dans la salle de surveillance et non à ton chevet me rend dingue.

J'essaie très fort de lui répondre mais sans y parvenir. Je reconnais le roulement du tiroir que l'on ouvre. On s'apprête à me précipiter dans le néant encore une fois. J'ai la certitude à présent que l'on m'injecte quelque chose et que c'est cela qui me plonge dans un noir infini comme… celui… -là…

Chapitre 9 - Poussière de temps

Vénétia

Je suis dans le noir…

Seule dans le néant…

Habituellement c'est ici que Stoker me rejoint, mais là, aucun signe de sa présence. J'essaie d'occuper mon esprit en fouillant mes souvenirs, notamment celui des miroirs de la piscine le jour de ma consécration.

Prophetia animarum[1]. *Peut-être y trouverai-je les réponses qu'il me faut ? J'ai le sentiment que c'est à cet instant que tout a basculé.*

Ces mots que j'ai jadis entendus me reviennent en tête. De même que toutes les versions de moi que me renvoyaient les glaces. Des Vénétia de toutes les époques, de tous les genres avec une seule chose immuable : la présence de Riordan à mes côtés dans chacune des représentations.

Pourquoi lui alors que tout me pousse plutôt vers le prince ténébreux ? Est-ce que la démone s'amuse à mes dépens ? Aurait-elle remplacé le visage de Stoker par celui de Riordan ? Je ne peux occulter ce que je ressens vis-à-vis du prince, cette obsession que je nourris pour mon meurtrier passé et futur. Pourquoi ai-je l'impression que ces souvenirs sont des mensonges ?

---

[1] La prophétie des âmes

Riordan et moi ? Je crains ce que cela signifie et si c'est vrai, je m'interroge sur le lien qui m'unit à lui au fil des… des quoi ? Même cela, je ne peux me l'expliquer. Des dimensions parallèles ? D'autres vies ? Est-ce que la réincarnation existe chez les sorcières, et si oui, est-ce cela que la démone tente de porter à mon attention ?

J'aimerais tant avoir accès à Niv ou même à Tanith. Savoir ce que dépeint cette vision, leur demander si elles ont eu la même lors de leur cérémonie et qui était celui présent à leur côté ? Encore faudrait-il que je me réveille pour pouvoir les interroger.

«Et si c'était ton âme sœur magique ?»

Non seulement c'est ce que Niv me dirait, mais c'est avec sa voix que je l'entends le prononcer dans mon crâne.

Mon amie me manque, même si le stress de la cérémonie de consécration a éprouvé notre amitié, ainsi que ma famille et la lassitude me gagne de plus en plus. Les questions se bousculent dans ma tête et les réponses restent inexistantes.

Les miroirs et sa présence en ces lieux laissent à penser que Rio et moi sommes liés alors que j'ai la certitude brûlante dans mes tripes que Stoker est le seul et l'unique. Je suis sûre que c'est cette saloperie de démone qui me rend dingue et j'ai de plus en plus de difficulté à nous différencier l'une de l'autre. Il est impossible que je sois aussi éprise d'une étrangère et aussi sanguinaire, de surcroît… Oui, sauf si ce que je ressens provient d'elle…

Je cherche dans chaque rêve et souvenir la totalité de ma cérémonie de consécration et le moment de la piscine. Je fouille pour y déceler des indices cachés, mais n'en trouve aucun.

Quand je pense que tout ce que je désirais, c'était être bannie, qu'on efface ma mémoire ou pas, et qu'on me laisse rentrer dans ma dimension pour que j'y sois une banale humaine. Comment ai-je donc pu aboutir ici et devenir prisonnière ?

Si on pouvait m'entendre ou si j'avais voix au chapitre, je donnerais mon accord au médecin pour le rituel de dissociation dont il parle tout le temps ; je ne rêve que d'une chose : me débarrasser de mon parasite. Il peste contre Améda qui le lui refuse, arguant que ce serait le moyen le plus simple de nous séparer, la démone et moi. Sauf que d'après Améda, le risque que j'y perde la vie est trop grand et elle rejette catégoriquement l'idée, mais rester prisonnière ici pour l'éternité est un sort encore bien pire selon moi.

Le souvenir s'efface et le silence redevient total. L'instant suivant, je détecte sa présence. Chaque fois que le prince se manifeste, c'est là, dans cet espace vide de tout. Le lieu souffle son nom avec insistance dans mon esprit sans jamais émettre aucun son audible.

Enfer… Éternité… Enfernité…

J'ouvre la bouche et essaie de le prononcer, mais aucun bruit n'en sort.

J'attends que mes yeux s'acclimatent et perçoivent quelque chose autour de moi, mais cela ne se produit pas. J'expérimente les possibilités du lieu en tentant de faire surgir des objets comme j'en suis d'habitude capable en rêve, mais rien ne se passe. Du moins pendant de longues minutes c'est le cas, jusqu'à ce qu'un faisceau de lumière, semblable à ceux qui sont utilisés au théâtre pour mettre l'emphase sur un personnage, apparaisse devant moi.

Intriguée, je marche jusqu'à me trouver dessous et sans le voir venir, je me prends une vitre en pleine tête.

Je recule, sonnée, et cherche à tâtons l'objet de ma douleur. Je découvre, au départ invisible, mais présent sous la pulpe de mes doigts, un genre de miroir dont le centre émerge sous mes yeux. C'est une étrange façade de verre liquide qui capture quelques éclats lumineux dans un endroit pourtant obscur. Je distingue les ondulations qui chatoient d'une myriade de reflets arc-en-ciel. Je suis hypnotisée, complètement fascinée.

Je fixe les ondoiements et sens mon esprit qui tend à divaguer de plus en plus. J'atteins le summum du délire lorsqu'une silhouette se découpe lentement sur la surface. L'ombre s'affine et devient plus claire, mais je sais, bien avant de le voir, de qui il s'agit: le prince des serpents. Ce lieu est un condensé de vide, d'énigme et de Stoker.

De marbre, il me jauge, inflexible et immobile. Tant que, l'espace d'un instant, je le crois irréel. Puis une lumière carnassière illumine ses prunelles alors qu'elles m'évoquent la même intensité qu'à notre dernière rencontre. Un frisson remonte le long de mon échine. Je devrais le craindre bien plus qu'être fascinée par lui, et pourtant…

Il tend la main vers moi qui esquisse d'instinct un pas de recul. Un geste vain puisque le miroir l'empêche de m'atteindre.

Je l'examine dans toute sa splendeur et suis subjuguée par son magnétisme. Il ne porte qu'un pantalon sombre tombant bas sur ses hanches. Sur son torse, les serpents qui couvrent sa peau ondulent dans chacun des sillons creusés par ses muscles saillants. Si je ne discerne rien des sons qu'il peut produire, je les entends, eux. Leur sifflement est semblable à un chant. Une musique hypnotique qui me procure l'étrange impression d'être chez moi.

S'adonnant au même manège, il scrute chaque centimètre carré de mon corps.

Sur chaque parcelle de ma peau court son regard brûlant comme la lave. Je sais que cela est impossible et que cette phrase à elle seule est une aberration, mais je sens mon épiderme qui se consume divinement sous ses yeux.

Sa main repousse les mèches de ses cheveux corbeau et je me perds dans ses billes sombres. Tantôt il veut me tuer, tantôt ses intentions semblent nettement plus charnelles.

J'ouvre la bouche pour parler, mais je reste résolument muette. Il tente la même chose sans obtenir davantage de résultats. Ses lèvres minces forment des mots inaudibles avant de se courber en une moue arrogante. Je note le pendentif qui orne son cou, une chaîne à laquelle pend un blason qui n'est étonnamment pas celui des Bathsheba, mais qui représente bien des serpents entrelacés.

Ses épaules se raidissent lorsque je le contemple. Il m'apparaît évident que tout comme moi, il est « sensible » à cet échange visuel.

Son odeur sature la pièce dans laquelle je me trouve malgré le miroir qui nous sépare. Sa paume se plaque sur la surface transparente qui nous isole et, sans m'en rendre compte, je l'imite, plaçant mes doigts sur les siens. Je ne m'attendais pas à ressentir quoi que ce soit, et surtout pas cette sensation d'intimité morbide qui m'assaille. Une impression de suffoquer me gagne dans la seconde et si je tente de rompre le contact, cela m'est impossible. Son regard s'emplit d'inquiétude, il frappe la vitre qui résonne sous ses assauts. Je n'entends pas sa bouche produire de sons mais je la vois articuler « daemonia *».*

Ma peau brûle douloureusement, et en moins de deux, je me retrouve dans des songes que je devine être ceux de la démone. L'atmosphère de désespoir que j'éprouve est identique à celle des rêves funestes dans lesquels elle m'aspire régulièrement. Cet endroit où elle prend plaisir à me téléporter pour me faire vivre une mort dont je suis à chaque fois la vedette.

En un battement de cils, je ne suis plus devant le prince. Ne reste de moi que ce pantin dont la diablesse s'amuse à tirer les ficelles.

Et si habituellement j'arrive à dissocier son souvenir de moi, cette fois-ci, la violence de son anéantissement qu'elle m'oblige à ressentir est insupportable.

Je suis debout au sommet d'une falaise surplombant une mer agitée. La lune est haute et son éclat irréel ne suffit pas à dissimuler un ciel pourvu d'étoiles comme je n'en ai jamais vu. L'air froid fouette mon visage, envoyant mes cheveux rouges valser dans toutes les directions. Mes pieds nus sont glacés et mes orteils, telles des serres, s'enfoncent dans le sol comme si cela me rassurait d'être mieux ancrée. J'avance sur le bord, si près que mon cœur tressaute. Mon corps et mon âme ne battent plus au diapason et chaque seconde qui s'écoule les dissocie encore plus. Dans ma poitrine enfle une douloureuse solitude, si puissante qu'elle creuse des trous béants dans mon essence. Des cavités que seules les ténèbres peuvent combler. La noirceur me corrompt, je reconnais le mal qui afflue dans mes veines. J'ai cette soif soudaine de mort et de destruction qui broie jusqu'à la dernière poussière d'humanité qui me compose. J'ai déjà éprouvé la vivacité de ce mal, je sais que c'est celui que j'avais ressenti dans la forêt, cette espèce de fumée qui me suit et projette de tuer chaque personne dans son sillage. Les bourrasques s'intensifient autour de moi, la nature affiche pleinement sa colère. Je baisse le menton et c'est à cet instant que je remarque, pendu entre mes deux monts, un médaillon en or représentant deux serpents entremêlés et retenant entre eux une pierre violette. Aussitôt que mes yeux se posent sur le bijou, la douleur que je ressentais se multiplie au point où je crains que ma poitrine n'explose sous sa pression. Et c'est là, sous le regard de la lune, que mon bras s'élève au-dessus de mes épaules, avec un poignard affûté dans ma main. Le temps se fige. Juste assez pour que je puisse observer les détails de cette scène improbable. Ma peau brille d'une aura lunaire, comme celle des sorciers aux cérémonies. Le reflet de mon visage se réfléchit sur la lame qui, millimètre par millimètre, se rapproche de ma poitrine. En une fraction de seconde, la quiétude m'étreint et le temps reprend ses droits pour recommencer à s'écouler normalement. Le poignard s'enfonce dans mon cœur. La puissance de ma deuxième main qui rejoint la première sur le manche est juste ce qu'il faut pour que cela pénètre sans heurt. Le médaillon s'échoue à mes pieds. Mon enveloppe charnelle soulagée se détend à mesure que l'apaisement m'enlace. Je suis libérée puis effectue le pas de trop, celui qui précipite ma chute en bas de la falaise. Je ne sens pas mon corps se fracasser sur les rochers acérés, je reviens à moi juste avant.

Je ne retrouve pas le lieu où était le prince, je suis de retour dans ma tête, seule.

Je me remémore le moindre détail du pendentif aux entrelacs de serpents et réalise qu'il est identique à celui que portait Stoker de l'autre côté de la cloison. Que tente de me signifier la démone ? Pourquoi mon double le portait-il avant de se donner la mort ?

L'emprise de la diablesse se fait plus puissante à mesure que le temps s'écoule. Ou alors, c'est lui qui draine mon énergie, me rendant plus fragile à sa manipulation.

Il y a mon esprit, mes souvenirs, et l'Enfernité, qui est le lieu dans lequel m'apparaît le prince. Si j'ai désormais un nom pour cet endroit, je ne sais toujours pas qui le contrôle. Moi ? La démone ou alors le prince pourvu de la magie de l'esprit ? Il semble si perplexe lorsque j'émerge devant lui que je commence à envisager qu'il n'en est peut-être pas l'instigateur.

Un frisson parcourt mon échine lorsqu'un bruit, annonciateur d'un portail, parvient à fissurer le néant qui m'entoure.

Chapitre 10 - Couronne de sang

Stoker, juillet

Un mois de coma, c'est bien ce que m'a affirmé Tao quand je me suis réveillé. Presque tué par une femme possédée et mystérieuse dont ils se sont débarrassés. Vraisemblablement, les grands prêtres et grandes prêtresses ont joint leur magie pour la maîtriser et elle en serait morte. *Mensonge !*

Si je ne l'ai pas cru au départ, j'ai fini par abdiquer en apparence, prétendant gober leurs conneries, mais la vérité est tout autre. J'étais certain qu'elle était vivante. Je le sentais si puissamment que je n'avais aucun doute. Jusqu'à ce que cette certitude se confirme au moment où je suis tombé nez à nez avec elle dans l'un de mes rêves. Comment parvient-elle à faire ça ? À pénétrer dans la tête d'un sorcier de l'esprit de mon calibre ? Aucune putain d'idée, et c'est bien ce qui me rend fou. Depuis mon réveil, je suis sur les dents et ne contrôle plus mes émotions. Par Satan, cette simple formulation me met en rogne. Des saloperies d'émotions ? Il s'est passé quoi durant ce foutu coma ? On m'a volé mes boules ?

Au départ, j'ai envisagé que le manque de sang de démone était la cause de tous mes problèmes, je me suis donc arrangé pour me shooter aussi bien au sexe qu'à ma drogue favorite, mais je n'en suis ressorti que plus en colère et insatisfait. Agripper les hanches de cette succube, s'insérer en elle, jouir au moment où ses pics acérés m'ont fait prisonnier de son antre, rien de tout cela ne trouve plus le moindre intérêt à mes yeux. Je me répands, ouais, mais j'éprouve autant de plaisir que si je m'astiquais moi-même. Quant au sang de démone, plus j'en prends, moins je suis satisfait. Chaque dose et la déception qui en découle semblent resserrer sur moi l'emprise de la *daemonia*. Chaque rasade me rapproche d'elle, du moins c'est ce que je ressens, puis dans la seconde d'après, cette impression disparaît et le vide qu'elle laisse m'est insupportable. C'est un cercle vicieux, je consomme encore et davantage, essayant de me rapprocher d'elle à nouveau, même si ça ne dure qu'une seule seconde. Pourquoi le putain de sang de démone m'évoque la fille ? Je ne comprends pas le lien entre les deux mais l'utilise à outrance, ne serait-ce que pour rétablir cette connexion étrange que nous semblons avoir. Elle n'a rien d'une diablesse, et sans avouer mon niveau d'obsession à son égard, impossible d'en parler au mage qui, lui, aurait peut-être des réponses.

Je suis un genre de junkie en sevrage forcé d'une drogue qu'il n'a jamais véritablement consommée. Pathétique…

J'imagine sa peau à l'odeur de lilas, douce comme de la soie. Ma langue qui lèche l'endroit que je m'apprête à faire mien. Mes dents qui pénètrent une chair mince qui n'oppose presque aucune résistance.

Un ronronnement que je sens remonter dans sa trachée pour s'expulser d'entre ses lèvres pulpeuses en un frémissement. Son goût se répandant goutte à goutte sur ma langue. Ma queue qui se raidit et une envie de baiser incontrôlable.

Arrrg ! Une semaine que je me tape des flash-back de cette nymphe démoniaque qui me rend fou. Elle me rejoint en rêve parfois, errant dans ma tête comme si c'était tout à fait normal. Je suis un maître de l'esprit et elle pénètre dans mon crâne comme si elle était chez elle. Je la hais et elle me fascine tout autant.

Si tu avais son pouvoir, tu assurerais ta place de roi. Après tout, récupérer ce qu'elle a volé aux sorcières tuées ne serait que justice.

Voilà ce que me souffle ma conscience heure après heure, minute après minute. Je la convoite à tous les niveaux, mais aspirer ses capacités et les faire miennes est un bien meilleur justificatif à mes yeux que toutes ces conneries de pseudo-émotions.

Je suis obsédé par son corps de déesse, par ses cheveux rouges flottant tout autour d'elle, par sa poitrine dont je ressens encore les pointes qui durcissent sur ma langue. Je me souviens d'elle, de son goût, de son âme, impossible de l'oublier, même si jour après jour je perds la tête.

Je fouille chacun des recoins de l'esprit de tous ceux qui croisent mon chemin. Mais elle n'est nulle part. Comme si personne n'avait jamais eu affaire à elle et qu'elle n'existait pas véritablement. Sauf qu'elle m'a bien confirmé qu'elle était vivante, et à moins de l'avoir fantasmée, elle existe obligatoirement… Le mage ment, je suis persuadé.

Elle est là, de l'autre côté de la salle de bal, vaporeuse comme un fantôme. Des feux brûlent de part et d'autre d'elle. Sa chevelure bougeant au gré des déflagrations qui l'entourent. Sa robe déchirée ne couvrant presque plus son corps de déesse. Merde ! Je commence à bander…

— Content de voir que si tes fonctions cognitives sont atteintes, ce n'est pas le cas de toutes les parties de ton corps, entends-je la voix de mon frère Fenrir traverser le brouillard dans lequel je me trouvais.

Je reviens dans la réalité et avise la salle de bal entièrement rénovée.

Le plafond, les poutres, les colonnes, même le sol, tout est tel que cela a toujours été. Comme si rien ne s'était passé.

« Une démone a essayé de te posséder lors de ton dernier shoot. Je te croyais plus résistant, quoique, vu le sang de démone que tu avais dans les veines… »

Cette phrase m'a été lancée par Phinéas, trop heureux de me la balancer à la gueule dès mon réveil. « Elle t'a possédé. »

Apparemment, c'est toujours le cas puisque je la vois partout. Elle n'a aucune idée de son pouvoir, j'en ai désormais la certitude. Autre chose dont je suis sûr, elle n'est pas là où elle devrait être. Je sens qu'elle est prisonnière de ses songes et qu'elle y est en danger. J'ai lu la peur dans ses prunelles lorsque, devant moi dans le miroir, elle a été comme aspirée ailleurs. Je n'ai jamais vu cela auparavant, mais cette scène m'obsède autant, sinon plus que sa plastique de rêve.

J'observe le roi, sur son trône, qui semble aller un peu mieux, au grand dam de tous d'ailleurs. Il est assis, entouré de ses quatre épouses et de nous, ses fils, debout devant eux, attendant l'annonce qu'il s'apprête à nous faire.

Ma fratrie est anormalement silencieuse. Un seul regard dans leur direction me suffit pour confirmer ce que je distingue : un froid glacial. Pareil pour les quatre épouses du roi. Lucinda, ma génitrice, devrait être fière de voir que sa progéniture surpasse de loin celle des autres, mais avec l'aura cruelle dont elle me couvre, je sais qu'il n'en est rien. Je ne suis qu'un obstacle de plus sur son chemin. Contrairement aux autres reines, elle n'a jamais eu l'intention de mettre son enfant sur le trône, non. C'est une place qu'elle convoite pour elle-même. Je le sais depuis toujours, et après avoir libéré le monde de mes frères et de leurs mères, je devrai me débarrasser d'elle. Elle usera de son opportunisme pour me laisser me salir les mains et gravir les échelons, et après, elle n'hésitera pas à me bouffer tout cru. La génitrice de Fenrir est, elle aussi, dévorée par l'ambition de voir son fiston devenir roi, mais je doute qu'elle soit aussi perfide que les deux premières épouses. Du moins, lorsqu'elle me regarde, je remarque la peur que je lui inspire, et c'est identique dans les prunelles de son fils.

Omen, égal à lui-même, ne semble ni inquiet ni insouciant. Je crois que de nous tous, il est le seul qui accepte le sort qui l'attend, quel qu'il soit. Sa maman ne dévoile aucun indice quant à sa volonté et personne ne lui porte attention. Que peut-on attendre d'une femme qui possède l'âge mental d'un enfant de cinq ans ? Devenue aussi folle qu'aveugle il y a des années, elle est la moins effrayante de toutes. Je ne suis même pas certain que je la ferai abattre lors de mon ascension. Et puis, il y a mon frère Phinéas, le seul qui mérite le titre de rival. Lui comme moi sommes prêts à tout, et son équipe compte un duo, parce qu'Iseult, sa mère, elle, lui est d'un soutien infaillible.

Néanmoins, sa perfidie n'a d'égale que celle de Lucinda. Phin et moi nous débarrasserons des deux autres sans trop d'efforts et notre combat sera des plus palpitants. Bien que je ne doute pas d'être le grand gagnant.

— Mage, je te prie d'énoncer à mes fils les décisions qui ont été prises.

— Les décisions ? répète Phinéas d'un timbre suspicieux.

— Prises par qui ? surenchéris-je aussitôt.

Le roi lève une main en l'air pour nous indiquer de nous taire et nous obéissons à contrecœur, alors que le mage se place sur l'estrade à quelques mètres de nous et qu'il déploie sous nos yeux un parchemin officiel.

Je reconnais le papier, de même que la plume magique qui écrit les paroles à mesure qu'elles sont dictées et qui propage cette nouvelle sous forme de décret à l'échelle du royaume.

Phinéas qui comprend la même chose que moi, à savoir notre exclusion d'une décision d'une importance capitale, tente de s'interposer.

— Que veut dire ce…

En moins de deux, il s'écroule à genoux, la tête entre les mains, et hurle comme si on transperçait son cerveau à l'aide d'une tige chauffée à blanc et entrant dans une oreille avant de ressortir par l'autre.

Il crie et je parviens presque à sentir sa douleur à travers le lien psychique que nous entretenons. Je remarque, du coin de l'œil, que Fenrir se gratte l'oreille en grimaçant.

— Quelqu'un d'autre aurait-il envie de s'exprimer sur le sujet ? interroge le roi de façon tout à fait rhétorique.

Mes frères font signe que non de la tête et je me contente de le fixer, mauvais, en guise de réponse.

La pression sur Phinéas se relâche et lorsqu'il lève la tête pour fusiller le roi du regard, il ne manque pas, tout comme moi, de lire l'avertissement muet que sa mère lui sert du bout des lèvres.

— Poursuivez, mage, enjoint le roi à son plus fidèle serviteur, après s'être assuré du silence de ses fils.

Le mage opine du chef et commence à prononcer chaque mot d'une annonce qui s'apprête à bousculer tous les plans que nous pouvions avoir.

« Peuple d'Obadium, en ces temps tourmentés, vous serez heureux d'apprendre que votre roi que l'on croyait mourant va beaucoup mieux. Lucinda, sa femme, a découvert que la maladie de votre cher suzerain était en fait due à un empoissonnement. »

Après son annonce, le mage marque une pause comme s'il aimait laisser planer un suspense insoutenable. Nul doute que devant le parchemin, chaque Obadien attend la suite. Ils n'ont pas accès à ce qui se passe sous nos yeux, et encore, si tel avait été le cas, je ne crois pas qu'ils eussent été capables de déceler ce que moi je distingue aisément. Une mise en scène parfaite. Une pièce de théâtre dont le moindre détail a été peaufiné, écrit, produit et signé par Lucinda.

Le mage prononce la phrase finale et avant même qu'il en soit à la ponctuation, les gardes du roi, campés de part et d'autre de l'estrade et donc des reines, sortent pour venir se saisir d'Isabeau, la mère de Fenrir. Elle hurle, en appelle à l'indulgence de son époux, crie au piège, au mensonge. Devant nous, elle s'effondre au sol, suppliant toutes les divinités de sa connaissance de lui accorder la clémence. Fenrir beugle à notre père de ne pas les laisser faire, crie qu'il y a eu méprise, qu'elle l'aime et que jamais elle ne l'aurait trahi.

— As-tu l'étoffe d'un roi, fils ? Si tel est le cas, tu sacrifieras tout ce qui se place entre toi et ta couronne, y compris ceux que tu chéris. Mon cœur s'est brisé en mille lorsque j'ai compris que les décoctions pour me guérir qu'elle me donnait chaque matin n'étaient en fait que poison. Tu es avec la traîtresse, sang de mon sang ? Est-ce ce que je dois comprendre ?

— Père, non ! Jamais je ne ferai quoi que ce soit qui puisse vous nuire !

— Tu m'aurais protégé, n'est-ce pas, fils ?

— Bien sûr que oui ! Mais, père, je vous prie d'entendre mes supplications, la reine Isabeau n'aurait jamais…

Le roi l'ignore, lui coupant même la parole. Il affiche une assurance si forte que j'y aurais cru aisément si je n'avais pas perçu l'éclat d'amusement et de fierté dans les prunelles de ma mère.

— Alors te voilà devant deux choix cornélien, fils : mettre toi-même un terme à l'existence de la traîtresse ou alors je demande à tes frères de s'en charger et de t'inclure parmi les pertes.

Fenrir le scrute, incrédule. Les pleurs de sa mère à quelques mètres de nous redoublent d'ardeur. Elle ne hurle plus, elle sanglote son désespoir. Elle a compris que sa fin était inéluctable. Que ce soit Fenrir qui passe à l'acte ou l'un de nous, dans tous les cas, elle ne survivra pas aux minutes qui vont suivre. La seule chose encore non déterminée, c'est si Fenrir s'en sortira avec les honneurs ou avec la mort.

— Père, je vous en supplie…

— UN ROI NE SUPPLIE PAS ! LÂCHE !

Notre géniteur se lève et s'empare de son épée avant d'avancer jusqu'à son fils. Sa démarche ne reflétant plus rien de l'homme malade qu'il était récemment. Il est résolu et funèbre. Il lève la main, enserrant fermement la poignée de son arme, et arrête sa lame alors qu'elle appuie sur le cou de Fenrir. Une goutte écarlate perle à la surface de sa peau. Les globes oculaires écarquillés, il retient son souffle, craignant sans doute de s'empaler ou de provoquer quoi que ce soit qui le conduirait à la mort.

— Toi et elle ou toi contre elle ? Voilà tes options.

Fen secoue la tête, désemparé. S'il espère que notre père changera d'avis ou que l'un de nous intercédera en leur faveur, c'est qu'il n'a rien compris de ce qui se trame et du fait que l'accession au trône va se jouer salement.

Fenrir n'aura pas les couilles de transpercer sa maman chérie, nous le savons tous. L'un de nous devra s'en charger, et sans mal, je discerne les échanges de regards de Phinéas et de sa génitrice.

Elle lui enjoint d'agir et vite, ainsi il prouvera qu'il est prêt à tout pour le royaume.

Il plisse les yeux de façon presque imperceptible pour lui signifier qu'il sera apte dès que le roi en appellera à l'un de nous. Je me connecte sur la fréquence de mon frère et ne distingue que ses larmoiements et son désespoir sans limites.

J'ai la confirmation de ce dont je ne doutais pas, il n'a pas les couilles pour ce jeu. Parce que c'est de ça qu'il s'agit, un jeu. Il n'y a aucune règle, il n'y a qu'un seul gagnant, et ne l'emportera que le plus cruel et le plus redoutable d'entre nous. Après un signe du monarque, les gardes traînent jusque devant lui la pauvre condamnée. Elle n'essaie même pas de se défendre, elle est muette, ne posant ses yeux larmoyants que sur son fils qu'elle supplie silencieusement de la regarder. Ce dernier secoue la tête en prononçant quelques murmures inaudibles.

Tout près de moi, Phin trépigne, sa soif de sang prête à être étanchée.

Les sbires royaux l'installent devant son fils, assez près pour qu'il puisse prendre l'épée tendue par le roi et la transpercer sans même avoir à se déplacer.

— L'heure de sceller ta destinée est venue, fils, seras-tu un roi fort et capable de faire ce qui s'impose ou une larve sous la jupe de sa mère ?

— Père…, murmure Fen quand le roi pose la poignée dans sa paume.

Mon frère fixe la lame avec terreur.

— Vas-y ! hurle son souverain. BUTE-LA OU CRÈVE, BÂTARD !

Mon frère, ne sachant plus que faire, ou plutôt en le sachant très bien, mais n'ayant aucunement le courage de passer à l'acte, finit par attraper l'épée et déplie son bras jusqu'à ce que la pointe tranchante de l'acier appuie sur le haut de la poitrine de la reine Isabeau.

« Et si je te tuais toi, père ? »

Il est tellement sous le choc qu'il ne songe pas à fermer le canal de communication fraternel, ce qui a pour conséquence de nous rendre tous témoins de sa réflexion. Il envisage de buter notre père. Il est sur le point de craquer et nous montre l'un après l'autre ses faiblesses. Il ne bronche plus, sa mère lui murmure d'agir, lui rappelle son but, lui dit qu'elle l'aime, le roi hurle des insanités pour le provoquer et l'un des frères attend l'ordre lui permettant de passer à l'action. Puis il y a moi.

Je comprends au moment où le roi lève son bras que la décision de mon frère a été trop longue à venir et qu'il s'apprête à choisir à sa place. Sans réfléchir, je fonce sur Fenrir et plaque son dos si puissamment qu'il perd la maîtrise de son corps et tend vers l'avant. Puis il y a le son de l'acier pénétrant le tissu, la chair, et rompant les os dans sa course. Tous distinguent des gargouillis, mais personne n'arrive à savoir avec certitude s'il s'agit de ceux de la mère qui se meurt ou du fils qui crève un peu avec elle.

— Qu'as-tu foutu ! Tu as volé à Fen la possibilité de décider et tu as désobéi à notre père, ton roi, je te rappelle !

Une vaine tentative de Phinéas pour essayer de récupérer la face après sa défaite cuisante.

Le monarque en question ne souffle pas mot et attend visiblement de voir ce qui en ressortira.

Je ris, produisant un râlement sardonique exempt de toute humanité, à l'image de ce que je suis.

— Parce que tu crois qu'un roi aurait attendu la permission ? Qu'il aurait hésité ? JE SUIS LE FUTUR SOUVERAIN ET RIEN NE SERA PLUS FORT QUE MA VOLONTÉ, VOILÀ CE QUE J'AI « FOUTU ».

Dans ta gueule de pute, connard, asséné-je directement dans son crâne.

Furieux comme je ne l'ai jamais vu, il me saute dessus, mais est vite envoyé au tapis par nul autre que Fenrir qui ne fait plus qu'un avec la lame. Et qui pointe sur ma gorge l'épée encore dégoulinante du sang de sa mère. Ses yeux injectés de sang et bouffis brillent d'un éclat de folie.

— Tu auras le courage cette fois ? Parce que j'ai dû me salir les mains à ta place il y a quelques minutes. Quoique, je ne suis pas celui qui a senti les vibrations produites par l'acier sectionnant ses os. Pas plus que je n'ai ressenti la résistance caractéristique de la chair que l'on transperce.

— JE VAIS TE BUTER ! SALOPARD ! JE T'ÉGORGERAI DANS TON SOMMEIL ! TOI, ET TOUS CEUX AUXQUELS TU TIENS !

Aussitôt qu'il prononce cette phrase, c'est son image à elle qui me vient à l'esprit. Ma *daemonia*. J'ignore s'il peut le lire dans mon crâne, mais je ne prends aucun risque et assène le coup de grâce à tous ceux qui sont présents. On me juge fou et instable ? Et on a bien raison !

— Je n'ai fait que devancer mes plans, Fen. C'est inéluctable, nous devrons nous décimer les uns les autres pour survivre. J'ai prévu de me débarrasser de chacune de vos mères, puis de vous par la suite. Mais avant, je prévoyais de les baiser l'une après l'autre, de les pénétrer jusqu'à leur arracher la supplication de mon nom. Je veux qu'elles crèvent dans un monde où je suis le maître, à la tête du royaume pour lequel elles ont tout sacrifié. Puis, apaisé, j'accrocherai leurs entrailles sur le manteau de cheminée de la salle de *mon* trône. Putain, juste à y penser, je bande ferme, attesté-je en agrippant ma verge.

Il ajoute de la pression sur ma gorge avec l'arme. Je ris comme le dingo que je suis en train de devenir.

Il est faible. Il hésite, prouvant qu'il n'aura pas la capacité de faire ce qu'il faut.

Ne pas arriver à tuer le meurtrier de sa mère indique son niveau de faiblesse et l'affiche aux yeux de tous. Pour ajouter l'insulte à l'injure, je caresse la lame du bout des doigts, cueillant assez d'hémoglobine pour que ma main en soit couverte. Je les porte ensuite à mes lèvres et les lèche goulûment sans jamais quitter Fen du regard.

— Tu crois que sa chatte avait un goût aussi sucré ?

Je sais qu'il va réagir, et avant qu'il n'appuie, je m'empare de l'épée, du plat de mes paumes pour éviter de me blesser. Dans la seconde suivante, Fenrir est au sol, moi au-dessus de lui, la lame de notre père appuyée sur sa poitrine.

— Tue-le, commande le roi. TUE-LE ! ordonne-t-il après avoir constaté mon immobilité. J'AI DIT…

— NON ! riposté-je vertement en beuglant ma réponse.

Je laisse tomber l'arme par terre, aux pieds du roi. Fenrir, faible et lâche, marche à quatre pattes sur le sol afin de rejoindre sa mère dont le cadavre est auréolé d'hémoglobine.

— Serais-tu aussi couard que ton cadet ? me houspille, mon père, furieux.

— Je ne suis pas aussi stupide, surtout. Je refuse de tuer mes frères sans *aperta venari*. Je veux me couvrir de gloire lorsque j'achèverai chacun d'entre eux, me rapprochant de la couronne qui est mienne. Mais je refuse de jouer au bourreau sous prétexte d'amuser la Cour. Soyez assuré que lorsque ça comptera, il n'y aura aucune hésitation de ma part. Vous voulez que je les exécute, faites les choses dans les règles, conclus-je, saisissant l'occasion de donner une petite leçon à mon paternel.

Ce dernier ouvre la bouche, mais la referme presque aussitôt lorsque la reine Lucinda lui glisse quelques mots à l'oreille. Il me fusille d'un regard meurtrier, mais au lieu de prononcer un châtiment, il enjoint au mage de poursuivre son annonce.

Je jette un coup d'œil à Omen et Phinéas qui semblent aussi surpris que moi par le statu quo.

Tao, qui n'a pas bronché durant tout l'intermède, recommence exactement là où il s'était arrêté.

« Maintenant que nous avons débusqué et abattu la reine traîtresse, nous pouvons prier l'augure et espérer que le roi sera entièrement et rapidement sur pied pour régner en ces temps pour le moins troubles. Assez, même, pour fêter les fiançailles officielles des quatre princes et les mariages qui s'ensuivront. Comme l'*aperta venari* ne peut être lancée en toute sécurité, le monarque a décidé de parer à toute éventualité et de former chacun de ses fils au pouvoir. Quoi que le sort choisisse, ils seront tous aptes et prêts à régner au moment opportun. Soyez forts, Obadiens, car nous le sommes. »

« En la foi du sang, de l'esprit, du corps et de la vie, soyez consacrés », prononce Tao en employant la phrase officielle des Bathsheba tout en reniant l'essence même des coutumes de cette famille.

Mes lèvres se retroussent et j'ai cette puissante envie de lui cracher à la gueule.

Fiançailles ? Mariage ? C'est quoi ces merdes ? Qu'est-ce qui peut bien passer par la tête du roi et qu'est-ce que ma mère vipère a bien pu lui mettre dans le crâne ? Je tourne la tête dans sa direction, sûr que je vais trouver de la fierté, quand, à mon plus grand étonnement, je décrypte dans les yeux de Lucinda une stupéfaction totale. Celle qui affiche une mine plus que réjouie est Iseult, la génitrice démoniaque de Phinéas.

Le faciès de mon frère, d'abord surpris, puis exempt d'émotion à la seconde suivante, m'indique qu'il a lui aussi compris que sa mère était l'instigatrice de ce retournement. Vu sa réaction de départ, c'est évident que lui non plus n'a pas été consulté. Je pourrais apprécier qu'il n'ait pas été avantagé, mais il le sera tôt ou tard à n'en pas douter. Parce que contrairement à moi, lui peut avoir confiance en celle qu'il appelle maman.

— Qu'on fasse entrer les consacrées, je vous prie, lance Iseult en ouvrant la paume en direction de la porte principale.

La garce jubile à peu près autant que ma mère fulmine, et si le déplaisir de l'une m'est plaisant à voir, je n'en suis pas moins inquiet.

Cette cour est un échiquier grandeur nature et chaque pas que l'on y fait est mesuré et calculé. De même, toute parole prononcée ou échangée sert un plan bien plus vaste.

Que prévoit Iseult, et dans quel but ? Le même que tous les autres bien sûr : s'octroyer le pouvoir et le trône.

J'examine chacune des seize candidates qui défilent devant nous. Iseult nous les présente, nous décrit leur pouvoir, leur *coven* de provenance, et leur enjoint d'avancer devant nous telles des putains. Une perte de temps qui me hérisse au plus haut point. Je n'écoute presque rien de l'énoncé de leurs atouts, me foutant totalement de ce qui les différencie les unes des autres. La simple idée qu'elles acceptent d'être ainsi présentées comme des bêtes de foire me dégoûte. Assurément, celle que je prendrai pour reine n'accepterait pas d'être exposée de la sorte.

Je me concentre plutôt sur leur physique en essayant de savoir si, à défaut de trouver une épouse, je pourrais me dégotter une maîtresse.

Des cheveux noirs, des bruns, des blonds, des blonds, encore des blonds, des bruns… Je cherche désespérément une couleur plus *ardente* mais n'en distingue aucune. Puis, comme si Satan lui-même m'avait entendu, j'aperçois les deux dernières, la numéro 15 et la numéro 16. L'avant-dernière possède une chevelure plus orangée.

Ce n'est pas rouge, entends-je ma conscience me prévenir, et je suis de son avis, elle n'est même pas digne de lui baiser les pieds. Elle se tourne dans ma direction, amplifiant encore d'un cran ma déception. Alors que je détourne la tête, frustrée elle rejoint les quatorze autres en rang devant nous. Je m'apprête à partir, mais la dernière, au lieu de se joindre à ses semblables, provoque un tollé général en se plantant devant moi. Si cela fait s'indigner Iseult d'une voix suraiguë, moi, je salue son audace. La jeune fille aux pétillants yeux noisette et au carré blond m'offre un sourire à l'allure assurée.

— Pourquoi ne retrouves-tu pas les autres prétendantes ? l'interrogé-je en affichant mon habituelle indifférence totale.

Elle laisse échapper un petit rire plutôt mignon et me répond :

— Je ne suis pas leur copine, je suis ici pour épouser un roi et démontrer qu'elles ne sont que des choix de seconde zone alors que je suis une évidence.

Sur ces mots, elle se penche vers l'avant, m'offre une révérence arrogante et s'installe auprès des autres sous le regard choqué de Phinéas qui attendait visiblement autant d'égards.

Omen, amusé de la déconfiture de son aîné, dissimule un sourire. Fenrir, physiquement présent, debout, les mains unies dans son dos, l'échine droite, le visage fermé, est mentalement à des lieues de nous. Retranché, je le devine dans un espace de son esprit auquel personne ne peut accéder. Ce n'est pas le cas, mais quand bien même je voudrais l'aider, je crois qu'il me tiendra à jamais pour responsable. Alors que la vérité, c'est que si je n'avais pas agi, il serait mort aussi à l'heure actuelle. L'avantage à cela n'est pas négligeable parce que le jour où nous devrons combattre pour la couronne, sa fureur sera son guide et la colère est le pire moteur qui soit.

Je fixe la blonde qui me dévore de ses prunelles et essaie de comprendre qui elle est. Comment Iseult l'a-t-elle appelée déjà ? Je fouille ma mémoire durant de longues secondes, mais ça ne me revient pas, je ne me souviens que du nom de son *coven* : Grimwood.

Chapitre 11 - N'importe quoi !

Riordan, juillet

Je suis dans la salle de contrôle lorsque je vois le portail se créer à quelques mètres du lit de Vénétia. Je ne perds pas une seconde et rejoins Améda qui en sort tout juste. Elle doit savoir ce qui se passe ici. Et depuis des jours, nous n'avions aucune nouvelle ni d'elle ni de Jasmer.

— Vous êtes enfin de retour ! Vous devez agir, regardez-la, elle est en train de mourir ! Votre médecin ! Les doses de sang prélevées… C'est n'importe quoi !

Je saute sur elle avant même qu'elle ait constaté ma présence mais ce que j'ai sous les yeux depuis des jours m'empêche de mettre des gants blancs.

— Je crains d'arriver avec des nouvelles peu réjouissantes, invoque-t-elle en me coupant la parole avant de marquer une pause presque dramatique.

J'attends un moment qu'elle passe aux aveux tout en luttant fort pour ne pas lui sauter dessus et la secouer jusqu'à ce qu'elle crache le morceau. Foutu politicien de merde !

— J'ai tout tenté pour qu'elle reste ici, protégée par des gens de confiance. Nous avons, en effet, procédé à quelques tests pour apporter des réponses au conseil et les faire patienter, mais ce n'est, à leurs yeux, plus suffisant.

— Laissez-moi deviner, ils veulent qu'elle leur soit livrée et ont promis de bien s'occuper d'elle ? avancé-je, presque certain de miser juste.

Elle soupire gravement et j'en déduis que la suite ne va pas s'améliorer.

— J'ai négocié la visite d'un évaluateur ici dans ce lieu, mais je ne peux garantir les recommandations qu'il fera aux membres du conseil. Ils… ont peur, tu comprends ?

— Ils ont peur ? Nan, c'est qu'un moyen parfait pour se débarrasser de l'aberration qu'elle représente à leurs yeux ! Qu'en a dit le grand prêtre Jasmer ? Je parie qu'il est contre cette idée !

— Il a abdiqué, énonce-t-elle avec un abattement si sincère dans son timbre que cela déclenche une boule de colère dans mon ventre. Je sens mon électricité grésiller sur ma peau et tente de me calmer rapidement.

Pourquoi cela te bouleverse autant ? C'est qu'une foutue mortelle !

— Je ne les laisserai pas faire de mal à Vénétia, elle est comme ma propre fille et je l'aime. On doit trouver un moyen de lui enlever cette démone sans dommage, et vite, avant qu'ils ne décident de s'en charger eux-mêmes. Je crains qu'ils ne tiennent pas à son existence autant que moi, et toi, visiblement.

Dans mon crâne, la logique et les émotions se livrent bataille. Mon instinct m'indique de faire confiance à Jasmer, que personne ne peut mieux veiller aux intérêts des Merusak. Que la vie de cette étrangère n'est rien pour moi ; mais d'un autre côté, je suis horrifié à l'idée qu'elle meure. Ce n'est pas logique… Comme tout ce qui la concerne. Quand il s'agit d'elle, mon cerveau déconne et j'ai l'impression de ne plus être moi.

— Quels sont les examens prévus par votre « spécialiste » ?

— Ce n'est pas *mon* spécialiste. Je n'ai pas eu voix au chapitre concernant l'identité et la nature de celui qui viendra.

— Sa nature ?

— Il s'agit d'Effraum, un inquisiteur.

Bordel !

Un inquisiteur ? Et puis quoi encore ? Il risque de lui griller le cerveau en deux secondes s'il la juge le moindrement dangereuse.

— Quelle est sa mission ? Parce qu'évidemment, le conseil attend sans doute un résultat précis ?

Je garde pour moi ce que je pense, à savoir que même si l'on affirme que les inquisiteurs sont supérieurs et exempts d'émotions, il se peut que ce ne soit pas le cas. En dehors de ces murs, le monde est sur le point d'imploser. Les morts de sorcières, le roi qui ne veut pas respecter les traditions de l'*aperta venari* pour nommer un de ses fils alors que sa santé décline. La grogne de la population, exacerbée par les Warwick et les Ravenburg… Qu'est-ce qui empêcherait le roi de demander qu'on efface son cerveau, qu'on en fasse un légume ou qu'on la tue tout simplement ?

— Officiellement, il doit pénétrer dans sa tête et prendre contact avec la démone pour l'identifier et nous permettre d'apprendre comment nous en débarrasser.

— Et officieusement ?

— Il a carte blanche… S'il croit possible de l'exorciser, il peut agir immédiatement.

— Et s'il décide de juste l'assassiner ?

— Effraum n'a jamais failli à la tâche. Il obtient ce qu'il veut, et cela, peu importe ce que c'est ou les dommages qu'il peut causer.

— Et en sachant cela, tu vas le laisser s'introduire dans sa tête ? Juste comme ça, sans même…

— Suffit ! Je ne te permets pas, jeune homme, de me parler ainsi ! C'est parce que je sais que tu tiens à elle que je te révèle la vérité, mais à ce stade, ni toi ni moi ne pouvons empêcher la suite. Néanmoins, je serai là et je surveillerai la totalité de cette séance. Au moindre doute sur sa sécurité, j'y mettrai un terme.

Je pourrais lui affirmer que cela me rassure, mais ce serait un mensonge éhonté.

— Bon, je dois rentrer et me préparer pour demain. Je la laisse sous ta garde pour la nuit.

Je la remercie de m'avoir avisé et lui promets que je jouerai de surprise demain lorsqu'il apparaîtra. Elle sourit puis traverse son portail habituel avant de disparaître en me saluant d'une main levée. Aussitôt qu'elle est hors de ma vue, je m'élance au chevet de Vénétia. Je suis déterminé à tenter de la réveiller avant que l'inquisiteur investisse son crâne pour y faire Dieu sait quoi.

— Allez, mortelle, ta vie est en danger !

Chapitre 12 - la porte de l'esprit

Vénétia

Ils veulent nous séparer mais ils ne comprennent pas que ça nous tuera aussi bien l'une que l'autre… Ou alors est-ce précisément ce qu'ils souhaitent ?

Depuis que Riordan nous a fait part cette nuit, après le départ de l'équipe de jour, de ce qui nous attendait, la démone s'évertue à me rendre dingue.

J'ai eu conscience durant les heures qui ont suivi que Rio tentait de me réveiller à l'aide de décharges électriques de son cru. Sauf qu'à part m'empêcher de réfléchir et lancer la diablesse dans une paranoïa, cela n'a servi à rien.

Puis au petit matin, dès que mon surveillant de nuit a quitté les lieux, j'ai été plongée dans les limbes habituels. Je peux affirmer avec certitude que l'on abrutit mon corps physique et que cela a des impacts sur ma psyché. J'ignore ce qui fait que parfois, comme c'est le cas actuellement, mon esprit est là, et à d'autres instants, non. Il me semble cependant que je reviens de moins en moins et que chaque fois, cela me semble de courte durée. Assez pour capter quelques infos du côté d'Améda, mais trop peu pour que j'arrive à les mettre à profit. Comme si je m'effaçais tranquillement.

Aujourd'hui, je suis présente, mais aucun signe de ce qui se déroule dans cette pièce où je suis endormie. La terreur que m'inspire la visite de l'inquisiteur aura bientôt raison de moi.

De nous ! susurre ma comparse.

J'ignore combien de temps s'est écoulé ou ce qui se passe près de mon corps, mais je perçois le moment précis où le visiteur entre dans mon crâne.

Un vide abyssal m'envahit et me glace jusqu'aux os. J'ai l'impression d'entendre et de sentir son souffle sur ma nuque, ses ongles qui pénètrent dans chacun de mes neurones, activant un flot continu d'informations en provenance du passé, du futur et du présent. Comme si on n'était pas déjà assez nombreux dans ma tête. Puis, c'est là que le pire se produit. Je suis envahie si fortement d'informations que je souffre véritablement. J'essaie de lutter contre le flot qui menace de m'emporter, mais c'est si violent que je n'y parviens pas.

Je ne me suis jamais sentie autant à plat. C'est comme si j'avais enchaîné les nuits blanches de soûlerie. Mon esprit est décalé. Cet inquisiteur ne va faire qu'une bouchée de moi, je le devine déjà.

La frustration que je ressens gangrène ma volonté et ma capacité à me concentrer. Je me sens comme si j'allais affronter Goliath avec mon lance-pierre. Je lutte pour le chasser de mon crâne, pour construire des murs autour de mon esprit, mais il est déjà trop tard. Je suis catapultée dans cette même pièce que la première fois. Une pièce qui ressemble en tous points à une salle d'interrogatoire.

— Tu n'es pas stupéfaite. Tu étais au courant de ma présence.

Énonce l'homme qui apparaît devant moi, à même ma tête. Il penche son visage encadrée de longs cheveux raides de gauche à droite. Comme s'il essayait de fouiller mon âme à distance. Ses yeux bleu très pâle sont presque blancs et c'est une des choses les plus effrayantes qu'il m'a été donné de voir. Ses lèvres roses tranchent avec le reste de sa peau quasiment translucide et cette longue robe cérémonielle blanche qu'il arbore achève le portrait du parfait psychopathe de mon souvenir. Ce n'est certes pas le même, mais il est aussi flippant que son prédécesseur.

Il est si vide, si exempt d'émotion lorsqu'il s'adresse à moi qu'on le dirait dépourvu d'âme.

— Et si je refuse de vous laisser fouiller, que ferez-vous ? opposé-je malgré moi.

Voilà Garcezilla la démone qui s'en mêle et s'amuse à me manipuler comme si je n'étais qu'une vulgaire marionnette.

— Je vous y contraindrai par la force sans prendre en compte vos sentiments ou votre seuil de tolérance. Ce sera très douloureux, violent et avec un haut potentiel de risque.

— Que cherchez-vous au juste ?

— La vérité, toujours et encore la vérité.

— Je n'ai rien à cacher, affirmé-je avec ce que j'espère être de l'aplomb.

— Vous, peut-être, je vous souhaite que ce soit aussi son cas.

J'ouvre la bouche pour lui demander ce qui se passerait si elle luttait, mais je n'en ai pas le temps. Il apparaît devant moi et dès qu'il me touche, je sens et observe en image un lien qui se tisse entre nous. Tel l'effet d'un poison que l'on injecterait dans mes neurones. La moindre des fibres de l'inquisiteur se greffe aux miennes. Ses yeux m'hypnotisent et je ne parviens pas à détourner mon regard. Le bleu très pâle de ses iris cède la place à un blanc immaculé et j'ai l'impression qu'il s'insinue encore plus profondément en moi.

Au départ, je trouve ça très différent de la première fois. Pas de tourbillon infernal, pas de chute de l'ange. Probablement parce qu'il est déjà dans ma tête.

Il disparaît puis la pièce se métamorphose en un long couloir sans fin et à peine éclairé. Des kilomètres et des kilomètres de portes de toutes sortes de chaque côté. Sur les premières, des objets de bébé cloués sur le battant. Après en avoir croisé une vingtaine, et curieuse de ce qui se trouve derrière, je tourne une poignée et entrebâille pour jeter un rapide coup d'œil. Je discerne une pièce assez petite, un berceau en son centre et une fenêtre masquée par un lourd rideau orange qui laisse filtrer une lumière particulière.

Cet endroit ne me dit rien au premier abord, même si l'émotion que je ressens lorsque mes pieds s'enfoncent dans le tapis duveteux, elle, ne m'est pas inconnue. J'avance jusqu'au lit pour enfant et remarque une petite fille que je reconnais aussitôt. De grands yeux gris, bordés de longs et épais cils ébène lui confèrent un regard si franc que les gens arrêtaient sa mère dans la rue pour le lui souligner. La mini moi a un an et elle tient debout, ses petites menottes accrochées aux barreaux. Elle me sourit avec amusement et agit comme si elle me voyait réellement. Ce qui n'arrive jamais dans les souvenirs que je visite. Personne n'a jamais interagi avec moi, pas même mes alter ego.

Je bouge les doigts devant le nez de la fillette dont les yeux me suivent comme si j'étais physiquement présente.

Elle n'est pas censée me distinguer, ce n'est pas comme cela que ça fonctionne.

Je me rappelle que je ne suis pas seule et que tout ce qui me sera soumis n'est pas nécessairement réel. Pourquoi sent-il le besoin de retourner si loin dans mes souvenirs. Qu'espère-t-il y trouver ? Et surtout, pourquoi ?

Soudainement, l'ambiance change et je ne mets pas beaucoup de temps avant de comprendre que nous ne sommes plus seulement deux, mais bien trois. J'aperçois l'inquisiteur dans un coin de la pièce et observe sans mot dire. Son aura est littéralement glaciale et un changement de température s'opère. La petite ne sourit plus comme avant. J'hésite à la rassurer quand une femme que je ne connais pas pénètre dans la chambre à son tour. La fillette la reconnaît aussitôt et s'illumine en lui tendant les bras.

— Tu as bien dormi, Circé ? Allez, viens voir maman.

Je ne bronche pas et retiens le souffle bloqué dans mes poumons.

« Maman » ? « Circé » ?

N'est-ce pas le nom dont m'affublait la femme qui tentait de me mettre en garde dans le château Bathsheba ? Ouais, mais cette réalité est-elle induite par la démone ou même par l'inquisiteur qui s'amuse à se jouer de moi ?

La femme sort avec l'enfant et referme la porte derrière elles. L'inquisiteur ne bouge pas alors que je me rue en direction du couloir pour les rattraper. J'ouvre et ne tombe que sur un corridor vide. Impossible ! Je tourne plusieurs poignées pour regarder dans d'autres pièces et j'y retrouve toujours cette femme et son bébé dans des souvenirs différents. Circé qui mange des brocolis et grimace, Circé dans une pataugeoire, Circé qui enterre sa tétine. Que des étapes normales de la vie d'une enfant. Sauf que j'ai la certitude que Circé c'est moi et que cette femme n'est pas ma mère.

Je sens une présence tout près, mais j'ignore laquelle entre le salopard et la démone. Je suis oppressée, à cran, et les deux peuvent avoir cet effet sur moi.

Je poursuis mon avancée dans les couloirs qui changent au gré de l'âge des souvenirs. Du moins c'est ce que je détermine après avoir vu quelques pièces supplémentaires. Passé la quatrième année de ma vie, je reconnais la plupart des scènes que je découvre. Ce qui confirme que c'est bien à moi qu'appartiennent ces souvenirs. Mais ça n'explique pas la fausse mère que j'ai vue et qui persiste à m'appeler Circé.

Mon sentiment d'inquiétude du départ se tarit au profit de la curiosité. Je n'avais pas conscience que ma tête contenait autant d'informations et d'images avant qu'elles ne soient classées de la sorte. La venue de l'inquisiteur aura eu au moins comme effet positif de m'apprendre *comment ordonner le tout et y accéder plus facilement. Mon enthousiasme s'épuise à mesure que j'avance dans le couloir à l'atmosphère changeante. Je tente de ne pas montrer mon hésitation à progresser davantage, mais cela devient de plus en plus laborieux. Plus encore lorsque le tapis sous mes pieds produit un son de succion comme s'il était mouillé à chacun des pas que j'effectue. C'est aussi à ce moment que les ampoules au-dessus de ma tête clignotent comme dans les plus grands classiques de l'horreur. Un grondement résonne si puissamment au loin que mon corps vibre jusqu'aux os. Un cri minuscule m'échappe finalement quand les lumières se coupent soudainement. Je perçois le rugissement horrible qui s'amplifie à mesure qu'il se rapproche de moi. Sa respiration retentit partout autour, si bien que je ne saurais dire d'où il risque d'arriver jusqu'à moi. À cause de la noirceur d'encre, c'est à tâtons que je cherche frénétiquement les portes puis leur poignée. Verrouillées, elles le sont toutes, constaté-je, sur le point de verser dans une panique incontrôlable. Je l'entends qui approche. Il n'y a dans mon paysage auditif que mon cœur qui tambourine et sa respiration éraillée et rugissante. Un cliquetis ramène mon espoir lorsque les lumières à plusieurs mètres de moi illuminent à nouveau le corridor. Je ne me pose pas de questions, je suis certaine que le monstre s'éloignera de la clarté. Alors je m'élance et je cours à en perdre haleine vers la zone illuminée lorsque le hurlement retentit dans mon dos, à moins d'un mètre de moi, alors je redouble d'ardeur pour trouver une porte qui me laissera passer.*

J'y parviens à l'instant précis où je commençais à distinguer le souffle fétide de la bête sur mon épaule. J'entre et ferme derrière moi, puis retiens mon souffle, le front posé contre le bois de mon rempart contre la bête, et ne me soucie guère du souvenir qui se déroule dans mon dos, décidant que ce qui est dedans ne peut pas être pire que ce qui se trouve dehors.

J'ai tort.

Chapitre 13 - Désir, haine, meurtre

Prince Stoker, juillet

Une semaine qu'elles sont ici, ces foutues prétendantes qui errent partout dans ce putain de château comme si elles étaient déjà chez elles. Elles jacassent sans cesse, gloussent et agissent plus comme des collégiennes stupides que comme de potentielles futures reines. J'ignore quels étaient les critères de sélection, mais visiblement la matière grise et la maturité n'en faisaient pas partie, à quelques exceptions près. Deux d'entre elles se sont hissées hors du lot. Je n'irais pas jusqu'à dire qu'elles sont intéressantes, mais elles se démarquent un tant soit peu des autres moutons sans cervelle. Néanmoins, j'ai préféré fuir le château et me réfugier dans la crypte familiale. Personne ne comprend mon attachement à ce lieu, pas même moi, mais c'est l'endroit que j'aime le plus. Tout y est calme, il y règne un silence de mort, sans mauvais jeu de mots. C'est un lieu chargé d'histoire, de leçons, d'ancêtres et d'une quiétude qu'on ne retrouve nulle part ailleurs. Et puis, c'est clairement le meilleur emplacement pour avoir la paix.

Au premier étage, celui que l'on emprunte si l'on passe par le cimetière, il y a les nombreux cadavres de la dynastie Bathsheba dans des caveaux qui leur sont consacrés. De jolies épitaphes sont gravées à leur mémoire avec la date de leur naissance ainsi que celle de leur mort, et parfois les surnoms. Passé cette première salle, il y a quelques marches menant à une cave qui est composée d'alcôves vides et prêtes à recevoir mes frères qui parlent, marchent et vivent avec sursis. On aurait pu croire que la mère de Fenrir serait enterrée ici auprès de la royauté, mais non, elle se retrouvera dans le cimetière extérieur avec les reines l'ayant précédée. Misogynes jusque dans notre mort, nous avons consacré cet emplacement aux rois et aux princes uniquement.

Je me couche sur le matelas que j'ai installé à même le sol et passe les bras sous ma tête. J'examine l'histoire des sorciers et du premier monarque gravée sur la pierre du plafond.

Tout a commencé avec un mari jaloux, un père qui n'a pas hésité à tuer ses filles, et après on s'étonne que nous soyons des salauds ? Vu notre patrimoine génétique, ça tombe sous le sens. Je me laisse lentement gagner par le sommeil, mais si mon corps se repose un minimum, je n'y trouve aucun apaisement pour mon esprit. Je patiente encore et encore puis au bout d'un long moment, je sombre dans les méandres les plus obscurs de mon cerveau.

Je me situe dans un rêve, j'en reconnais les éléments, mais il se passe un truc qui lui n'est pas habituel : je ne suis pas en mesure de le contrôler, je ne peux que le subir.

Je me situe dans le cimetière et marche entre les tombes, à la recherche de je ne sais quoi. La nuit est tombée et sa fraîcheur détonne avec le sol encore chaud de cette journée d'été. Une brume opaque ne laisse distinguer que les silhouettes des pierres tombales. Je lis les épitaphes sur chacune d'entre elles, je ne sais pas ce que je cherche, mais je suis déterminé. Je perçois une présence dans ce lieu. Je ne me sens pas seul, et du coin de l'œil, si je reste sans bouger, je discerne du mouvement à la périphérie de mon champ de vision. On dirait du tulle violet qui bat au gré du vent avant de se transformer en un filet de fumée vaporeux qui se dissout dans l'air frisquet de la nuit.

Daemonia, songé-je aussitôt, me rappelant cette nuit où je suis persuadé d'avoir aperçu le même truc l'enveloppant tout entière. Dès que je me tourne pour le voir franchement, il disparaît sous mes yeux. Je poursuis mon avancée entre les sépultures comme si je savais où j'allais. Guidé par un instinct ancré en moi et dont je ne comprends rien. Pourtant, je suis convaincu qu'il va me conduire à elle. Avec détermination, j'avance, m'enfonçant de plus en plus loin jusqu'à ce que je sente que je suis arrivé à destination. Je contourne la stèle qui me fait face, lis les mots gravés dans le marbre, et c'est là que je me réveille en sueur et pris d'un mal de vivre que jamais je ne me serais imaginé ressentir.

Vénétia Basset.

Un nom inscrit en lettres gothiques sur la pierre. Sous l'inscription y était incrustée une pierre violette que je devine être une améthyste, en forme de losange et entourée de quatre petites pierres identiques.

Je me redresse vivement dans mon lit, submergé d'informations que j'essaie de relier entre elles. Vénétia, n'est-ce pas le nom prononcé dans la salle de bal par ce Merusak ? Celui que ma *daemonia* a envoyé valser dans le mur.

Vénétia Basset… Basset ? Pourquoi ce nom n'est-il rattaché à aucun *coven* ? Le prénom ne m'est pas étranger, je l'ai déjà entendu, mais je suis incapable de me rappeler où. Toutes les sorcières sans exception naissent avec une affiliation. Elles peuvent en changer suite à un mariage, mais même dans ce cas de figure, elles ont une affiliation…

Je me lève et suis mû par une obsession que je sais irraisonnée, mais que je ne peux calmer. Je sors dans la nuit et effectue les mêmes pas que ceux que j'ai effectués dans mes songes. Je traverse le cimetière de part en part et compte le nombre de tombes que je croise pour m'arrêter devant celle de ma vision, la sienne, celle de ma *daemonia.*

Sauf qu'elle est vide. Exempte de toute lettre, tout nom ou toute date. Je devrais me réjouir que ce ne soit qu'un rêve comme un autre, mais je n'y parviens pas. Ils m'ont affirmé qu'elle était morte, j'étais persuadé du contraire et j'ai la certitude à présent que j'avais raison.

BORDEL !

Pourquoi j'ai cette foutue impression qu'elle est en vie mais mourante ? Je n'arrive pas à m'enlever ça du crâne. Je la sens en danger… Par Satan ! Si le mage disait vrai sur le fait qu'elle m'a contrôlé lors du bal, ce pourrait tout à fait être encore le cas. Je m'y refuse mais ça expliquerait cette obsession et mon besoin de sang de démone.

Elle veut sans doute que tu la délivres, tu pourrais retourner son plan contre elle et ainsi en profiter pour t'approprier ses pouvoirs comme tu le désires si puissamment !

Ça voudrait dire que le mage ne m'a pas menti ? Que Vénétia est bel et bien morte, mais pas la démone ? Comment cela serait-il possible ?

— PAR SATAN !

Il me faut cette vérité, quelle qu'elle soit, avant que je pète les plombs pour de bon ! Je pivote sur moi-même, animé d'une fureur qui me contrôle plus que moi je la contrôle. Je marche jusqu'au château dont la silhouette se découpe entre les montagnes lorsque les rais de lune cessent de se dissimuler derrière les nuages. J'aurais pu employer un portail et me rendre directement sur place, mais j'ai besoin de chacun de mes pas pour me ressaisir. Je suis en train de perdre la tête pour quoi ? Je ne le sais même pas !

Je grimpe jusqu'à la montagne, passe le pont-levis, ignore tous ceux qui croisent ma route et qui, ayant entendu les rumeurs du bal me concernant, baissent la tête. Je n'ai qu'un seul objectif : rejoindre la salle de bal.

Je l'atteins dans les minutes qui suivent et me mets à arpenter chaque centimètre carré du lieu. Je me remémore l'emplacement des choses, des gens, de Vénétia, de celui qui l'a touchée et dont je rêve encore de sectionner la tête du reste de son corps. Et si je tentais de le retrouver lui ? Ils avaient l'air plutôt proches, et peut-être qu'il me conduira à elle ? Ce plan, bien que satisfaisant, me met encore plus en rogne. L'imaginer lui, près d'elle, alors que je suis moi-même tenu à distance, me déclenche une rage qui me bouffe.

Elle est à moi !

— Saloperie, je suis dément, soufflé-je pour moi-même, déambulant dans cette pièce vide emplie d'écho.

— N'est-ce pas ce que l'on a dit de chacun des plus grands réformateurs ?

Je pivote directement vers l'endroit où j'ai perçu la voix féminine. L'espace d'une seconde, l'espoir prend en otage la moindre parcelle de mon être. Je suis sûr qu'il s'agit d'elle. Ma déception est instantanée lorsque je réalise qu'il n'en est rien.

Je reconnais peu après celle qui se tient debout devant moi, et bien que je concède qu'elle a un certain charme, elle n'est pas *elle*. Loin de là.

— Réformateur, c'est l'impression sincère que je te fais ? Si c'est le cas, je devrais redoubler d'ardeur et de cruauté.

— Que voudriez-vous me laisser comme impression, mon prince ? Souhaitez-vous que je vous craigne ?

Je souris à la blonde qui a du cran pour la deuxième fois face à moi. Cela m'avait déjà impressionné la première fois lors de la présentation des prétendantes.

— J'ai bien une idée de ce que je souhaite t'inspirer.

Mon timbre graveleux ne laisse aucun doute quant à mes intentions et à l'unique façon dont elle pourrait se faire estimer de ma part.

— Vous savez qui je suis ? interroge-t-elle en laissant tomber un pan de sa robe de chambre, me permettant d'apercevoir un vêtement de soie qui moule chaque courbe de son corps pulpeux.

— Je n'en ai rien à foutre, sache-le, pour moi, tu es Numéro 16, et si ce n'est de ta verve, tu ne m'as pas marqué davantage, du moins pas jusqu'à maintenant.

— Je suis une dame, la fille de…

J'éclate d'un grand rire aussi sec qu'ironique.

— « Je suis la fille de », la singé-je, mauvais. Je suis le fils d'un roi, que veux-tu que j'en aie à battre de ton pedigree ? Tes parents sont quelqu'un ? Grand bien te fasse. Ça ne fait néanmoins pas de toi un être spécial.

— Et qu'est-ce qui me rendrait spéciale à tes yeux ? me tutoie-t-elle grossièrement.

— Agenouille-toi, suce-moi et je te dirai si tu as un petit truc en plus, balancé-je mesquin en plissant le front et en étudiant sa réaction.

— Si tu veux baiser, trouve-toi une pute, il y en a une quinzaine dans les dortoirs, moi, je deviendrai ta reine, tranche-t-elle avec une assurance assez sexy, je dois le reconnaître.

— La reine est l'épouse du roi, donc pour que tu accèdes à ce titre, je devrais être couronné…

— Voilà pourquoi je mise sur le parti ayant le plus de potentiel. Notre but est identique, et comme je suis prête à tout pour obtenir ce que je convoite, je suis celle qui tombe sous le sens.

— Jusqu'où irais-tu ? Parce que je viens de te proposer un plan cul et tu n'as pas saisi l'opportunité. Pour une femme se déclarant ambitieuse, tu avoueras que c'est raté.

— Je ne gaspillerai pas mes atouts, pas plus que mes charmes ou mes chances. Baisez toutes les catins qu'il vous plaira, ma-jes-té, murmure-t-elle, arrogante. Je me contenterai d'attendre qu'elles perdent de leur saveur et que vous me demandiez de devenir votre femme parce que bientôt, vous comprendrez que je suis votre évidence.

Je ricane malgré moi. Elle ne connaît pas la ligne ténue entre confiance et suffisance.

Daemonia… Daemonia…

— J'ai bien une créature en tête, une qui n'a rien à voir avec toi.

— Quel nom porte la femme de vos rêves ? Que je connaisse au moins le prénom de la rivale que j'aurai le plaisir de battre ?

J'ouvre la bouche pour lui dire d'aller se faire foutre et lui indiquer à quel point elle me tombe sur les nerfs quand je réalise qu'elle pourrait sans doute m'être utile, si je la joue fine. Du moins plus qu'à simplement me vider les couilles. Peut-être la connaît-elle et me révélera-t-elle l'endroit où elle se trouve ? Et si ce nom lui est inconnu, elle fera toutes les recherches nécessaires et imaginables à ma place. Il n'y a pas meilleure détective qu'une femme qui cherche sa rivale.

— Elle se nomme Vénétia Ba…

Je stoppe net en plein énoncé. Le visage de Numéro 16 a été traversé d'un éclat de surprise telle qu'il a fracturé l'espace d'une seconde son masque de condescendance.

Ça ne dure qu'un battement de cils, mais c'est suffisant pour que j'obtienne la confirmation que cette fille qui me rend fou existe bel et bien.

Elle sait que j'ai lu en elle, Numéro 16 ne peut pas prétendre que ma *daemonia* lui est étrangère.

— Qui est-elle pour toi ? lui demandé-je en me rapprochant d'elle.

Elle ne me répond pas, se contentant de me scruter, prétentieuse, la tête haute et les lèvres pincées.

— J'AI DIT : QUI ? augmenté-je mon ton en me saisissant durement de son bras.

Ses prunelles noisette me fixent, mauvaises. Je resserre ma prise, prêt à lui briser le bras si elle m'y oblige pour obtenir enfin une piste.

— C'est une ancienne amie. Un paria dont le futur roi ne devrait aucunement se soucier. Je ne saisis même pas comment il est possible qu'elle ait capté votre attention. Mais soit, si elle est ma rivale, je n'aurai aucun problème à l'anéantir et à vous apporter sa tête, déclare-t-elle en affichant une mine résolue et exempte de toute humanité.

— Je ne veux pas sa tête, je la veux tout entière et en vie, je veux aspirer la moindre parcelle de son âme moi-même. Je veux absorber sa vie et ne lui en laisser que le nécessaire pour qu'elle ait conscience de ce qui se passe lorsque je tuerai ses proches un par un.

Ces mots, j'aimerais tant qu'ils soient vrais et que ce soit mon unique motivation à la retrouver, mais en les prononçant, je sais qu'il y a plus que ça.

— Vous la haïssez !? s'étonne-t-elle visiblement satisfaite de ma déclaration, un sourire carnassier ourlant ses lèvres.

— Je la désire, je la hais, je la veux.

— À quel point ? s'enquiert-elle en se lovant au plus près contre mon torse.

— Au point de te donner tout ce que tu convoites, et bien plus encore, si tu me permets de l'atteindre.

Elle sourit d'un rictus machiavélique puis penche la tête en guise de révérence avant de la relever et de poser ses lèvres sur les miennes avec une douceur langoureuse.

— Elle vous obsède, devine-t-elle en dardant ses iris dans les miens.

Je ne vois même pas l'intérêt de tenter de la détromper.

— Alors soit, mon roi. Je serai celle qui satisfera toutes vos envies, chacun de vos désirs. En échange, je vous demande de me permettre de réaliser mon seul et unique souhait, celui de devenir votre reine.

Elle n'attend pas de réponse ou de promesse de ma part. À quoi bon vu ma réputation ? Elle est assez intelligente pour savoir qu'à moins de m'y contraindre, je ne promettrai pas mer et monde à une opportuniste. Non, je la devine bien plus dangereuse que cela. Sauf que pour l'heure, la seule chose que je souhaite, c'est d'être conduit à ma *daemonia*.

Chapitre 14 - Triangulation

Vénétia, juillet

Je pivote et remarque que je ne me trouve pas dans une pièce cette fois. Je sens toujours la présence de l'inquisiteur tout près, mais sans qu'il me soit visible. Je dirais même qu'il a créé le monstre qui me pourchasse dans le seul but de me pousser dans mes derniers retranchements, et voir comment je réagis et ce que je pourrais y dévoiler. Je suis en extérieur dans une scène à laquelle j'ai déjà assisté dans mes rêves. Si mon pouvoir consiste à revivre les souvenirs, les miens et visiblement ceux d'autrui, la démone, elle, réussit à me projeter dans ses songes. Ce souvenir qui ne m'appartient pas est tout de même classé parmi mes archives mémorielles personnelles. J'ai déjà vu cette femme en robe de nuit sur le bord de la falaise. Je connais la suite, le poignard, l'éclat de lune qui le fait chatoyer, puis le saut de l'ange dans l'océan. Est-ce que l'inquisiteur confond ses souvenirs avec les miens ? Si un homme avec une telle réputation ne réussit pas à nous dissocier, c'est qu'elle parvient à m'assimiler et que c'en est fini de moi. Je sens l'odeur que les bourrasques traînent dans leur sillage et le froid qu'elles laissent courir sur ma peau.

Je concentre mon attention sur ce qui m'entoure, sur ce que je ressens au travers de la protagoniste que j'incarne. J'arrive toujours à la fin du songe, au moment inéluctable de sa mort, mais que se produit-il avant ce qui la pousse à aller jusque-là ?

D'un coup, tout autour de moi se met en mouvement comme si j'avais appuyé sur le bouton marche arrière. Je ne bronche pas et essaie de comprendre comment c'est possible. Quand le nuage temporel ralentit, je découvre immédiatement que je ne suis plus seule. Avant de l'apercevoir, je ressens sa présence dans chaque fibre de mon être. Nous sommes deux aimants gravitant sur un même axe, la moindre particule qui me compose vibre lorsque nous sommes à proximité. Il est là, le prince Stoker est ici. Le tourbillon qui m'entoure se dissipe doucement, mais déjà, mon attention se focalise sur la silhouette que je devine derrière. Bien malgré moi, je jubile à l'idée de le retrouver. Normalement, pendant que je visite un souvenir, je le revis dans son intégralité et ressens ce que les instigateurs éprouvent, tout en conservant ma pensée propre. Je suis consciente d'endosser un rôle et ne perds pas ma capacité d'analyse et de raisonnement. J'observe, comme une spectatrice assiste à une pièce de théâtre, sauf que je suis dans le corps de la rêveuse. Les songes d'autrui fonctionnent tous de cette façon aussi, à l'exception de ceux du prince et ça me déstabilise au plus haut point.

Je peine à séparer mes émotions des siennes, j'ignore pourquoi précisément, peut-être parce qu'elle commence à être plus forte que moi ? Néanmoins, quand le prince est là, je ressens avec lui la puissance d'un lien destructeur, pur, mais aussi impossible à renier.

Comme si ces qualificatifs pouvaient coexister. Et même si je suis consciente que le prince est un psychopathe, la passion que je lui voue va bien au-delà de ma propre vie. Je dois me faire violence pour ne pas oublier que c'est elle qui l'aime, c'est la démone qui se damnerait mille fois pour un baiser de sa part. PAS MOI ! Chaque fois que je me remémore cela, je souffre tant que j'ai la sensation que je pourrais en perdre la tête. Le topo en somme, c'est que je suis totalement amoureuse du mec de la clodo qui me squatte, alors que lui ne veut que me buter, ce que je ne m'explique toujours pas d'ailleurs. Je suis certaine que tout ce que je ressens à son égard, ce sont en réalité ses émotions à elle, et j'ai beau lutter, rien n'y fait. Et comme nous n'avons qu'un corps pour deux, elle me pousse vers lui dès qu'elle le peut. Une vraie tragédie grecque version sorcière en somme.

Le vent produit par l'espèce de bond dans le passé se calme provisoirement, ne laissant que lui et moi, l'un devant l'autre.

Il est à la fois identique à ce que je connais de lui et différent. Est-ce le souvenir qui s'est désagrégé ou alors sommes-nous à un autre instant ?

Ses cheveux noirs en bataille battent au vent, et par moments, une mèche plus rebelle que les autres glisse sur son front, allant jusqu'à recouvrir ses yeux. C'est presque un répit d'ailleurs, puisque l'intensité avec laquelle il m'observe, ou plutôt lorsqu'il l'observe, elle, m'envoûte instantanément. La barbe naissante dont l'ombre accentue ses traits lui confère des allures encore plus mystérieuses. Pas de demi-sourire ou de moue suffisante. Le sentiment qui jaillit de lui est quasi palpable : la haine. En revanche, sa prestance et son port de tête confiant sont identiques. De même pour la carrure de ses épaules et les biceps que laisse entrevoir sa chemise blanche taillée dans un tissu aussi mince que le mien. Il campe sur ses deux jambes puissantes et me jauge avec une intensité qui me chamboule tout entière.

C'est en voyant ses mains se fermer et s'ouvrir sur ses hanches que je réalise qu'il n'y a, contrairement au Stoker que je « connais », sur sa peau aucun tatouage. Ça me perturbe, et c'est également une piqûre de rappel. Cette envie de courir me jeter dans ses bras, de sentir la pression de ses lèvres sur les miennes, de le voir s'agenouiller devant moi pour relever ma jupe avant de s'insinuer dessous ne m'appartient pas. Ce n'est toujours pas la réalité même si tout y est, que ce soit les odeurs, la température ou bien même le sol boueux qui s'immisce entre mes orteils nus.

Il se tient à quelques mètres de moi, inflexible et silencieux. Je remarque une espèce de désespoir qui émane de lui. Sa douleur est telle qu'elle transcende le temps et l'espace jusqu'à me happer de plein fouet et la faire devenir mienne. Je souffre d'une manière que je n'avais jamais expérimentée. Puis, à la minute suivante, il vacille comme s'il venait tout juste d'intégrer son propre corps. Est-ce vraiment lui qui apparaît sous mes yeux ou est-ce encore le Stoker des souvenirs de ma démone ? S'il était désemparé il y a une seconde, à présent il bouillonne d'une colère passionnée. Ma volonté devrait avoir envie de fuir face à un tel déchaînement d'émotions et sentiments contradictoires, mais au lieu de cela, elle applaudit mentalement la démone suicidaire qui s'élance vers lui. Son désir de la tuer ne fait nul doute, mais ni elle ni moi n'avons envie de nous en soucier.

Nos pieds s'enfoncent dans le sol et une fois que nous sommes à portée de lui, nous sautons dans ses bras. Il nous attrape et enserre notre taille avec une possessivité si assumée qu'elle nous déclenche des frissons d'excitation. D'un de ses bras puissants, il nous maintient contre son torse sans aucun effort. De l'autre, il parcourt chacun des recoins d'un corps qu'il semble connaître sur le bout de ses doigts. Nous sentons ses ongles s'enfoncer dans la peau de notre fesse qu'il agrippe vigoureusement, et sa bouche qui frénétiquement cherche à se frayer un chemin jusqu'à la nôtre. Son mélange de baisers, de léchouilles et de morsures nous rend dingues et nous nous saisissons de sa crinière que nous utilisons pour l'obliger à relever la tête et nous regarder. Notre geste provoque chez lui une réaction quasi animale, et un grondement guttural exprimant autant son mépris que le pouvoir que nous avons sur lui s'extirpe de sa gorge.

« Qui contrôle la bite contrôle la bête. »

J'ignore si une telle réplique est de moi ou si c'est l'œuvre de la démone. À ce stade, avec son souffle erratique contre mes lèvres, ses yeux dévorants, son érection pressée contre moi et sa poigne ferme sur ma taille, mon cerveau est en surchauffe et je ne cherche plus à identifier qui fait quoi. J'assimile la démone, je veux être celle qui vit le moment présent. Je ne veux plus de nous, ni de ce trio improbable, je le veux pour moi et moi seule. Je le revendique totalement, entier, mort ou vif. Stoker m'appartient, qui que je sois ou que je doive être. Je me sens fiévreuse, avec mon cerveau dans le néant alors que mon corps, lui, répond à un désir de lui si puissant que j'ai envie de le blesser, de le mordre, de le marquer. Je veux qu'il me fasse mal et que sa flamme se déclare dans un brasier dévorant.

J'enfonce mes ongles dans son cuir chevelu, cherchant à lui provoquer de la douleur, et lorsque ses muscles se raidissent, prouvant que j'y suis parvenue, je gémis d'un plaisir frôlant l'orgasme. Il resserre la pression de son bras autour de ma taille, m'emprisonnant contre lui, et de son autre main, il saisit l'arrière de ma nuque. Ses gestes sont ceux d'une bête qui ne réfléchit plus, simplement guidée par son instinct. Pendant de longues secondes, l'on se dévisage intensément l'un et l'autre. Comme si nous essayions de graver ce moment ou voulions le savourer à sa pleine valeur. J'ai une impression étrange de déjà-vu que je ne peux ni ne veux décortiquer, trop absorbée que je suis par l'intensité de l'instant. Ses iris noirs me sondent, m'appellent, me baisent. Son amour est si dévorant que je le sens m'entourer comme une cape dans laquelle je suis invincible. Puis, lentement, l'éclat de ses yeux se métamorphose, j'y décrypte de la violence, de la haine et cette indétrônable envie de sang. Une personne normalement constituée et possédant ne serait-ce qu'une once d'instinct de survie se tirerait au plus vite, mais pas moi. Je suis prisonnière de son âme, esclave de son corps, captive de son esprit. Dans la seconde, sa poigne se raffermit et sa bouche s'écrase sur la mienne avec brutalité. Je suis son oxygène, et lui, l'asphyxié. Il m'embrasse comme si nos vies en dépendaient, comme si la passion était notre unique moyen de survivre. Nous parlons un langage bien à nous, composé de barbarie, de désir et de haine. Incapables d'être séparés, mais mortels l'un pour l'autre.

Mon seuil d'excitation est tel que je me presse encore plus contre lui. Il empoigne mes fesses presque frénétiquement. Alors que je suis ainsi installée, il accède à ma poitrine dans laquelle, après avoir écarté le tissu de son menton, il fourrage. La morsure qu'il inflige à ma clavicule m'arrache un hurlement de douleur qui se mue en une plainte de plaisir. Il suce la moindre goutte de sang qui exsude de ma chair malmenée.

— Daemonia…, *susurre-t-il d'une tonalité rauque en lapant mon épiderme.*

Sa voix, son murmure, ce mot, je pourrais presque jouir à cette simple évocation.

— *Stok…, réponds-je à mon tour avant qu'il ne me réduise au silence de la plus délicieuse des façons.*

Sa langue s'insère sans ménagement entre mes lèvres et il m'embrasse avec tant de vigueur que je sens presque nos âmes s'entremêler. L'espace d'un instant, je perds la carte et la tête, m'abandonnant à lui bien au-delà de mon corps.

— *Aime-moi, gémis-je sur le point de m'embraser en raison de mon ardeur excessive et pas le moins du monde exaucée.*

Et c'est là que je réalise que rien ne va. Que je suis celle qui a réellement prononcé les mots. Pas la démone, non, uniquement moi, et de ça je suis certaine. Suis-je encore dans un rêve ? Suis-je dans ses souvenirs ou ne s'agit-il que d'un fantasme ? Est-ce à l'entité que je le dois ou à un obscur rêve ? Et d'un coup, je me souviens de là où je suis et surtout dans quelles circonstances. Je me rappelle être dans ma tête, fliquée par un inquisiteur qui a dû prendre bien des notes à l'instant. Je romps alors tout contact avec le prince et instaure même une distance de sécurité entre nous.

La gêne essaie tant bien que mal de se frayer un chemin dans mon esprit, mais je fixe Stoker et suis soumise à encore bien trop de désir pour lui laisser de la place.

Je suis dans un songe induit par la démone, ou peut-être même l'inquisiteur, qui doit déjà savoir pour les sentiments qu'elle entretient vis-à-vis de lui. Il tente un pas dans ma direction et je recule, essayant encore de démystifier ce qui se passe. Son visage affiche une expression qui semble si réelle que, si je n'avais pas eu ma prise de conscience, elle me blufferait. L'incompréhension se peint sur ses traits. Il me jauge, moi, pas elle, j'ai le sentiment qu'il me reconnaît et me lit, moi, la vraie Vénétia. Je ne comprends pas comment cela est possible, sinon que je perds la tête. D'ailleurs, c'est plus que plausible, la démone prend tellement de force, s'imbrique tant avec moi que je ne sais plus différencier ses amours et ses fantasmes des miens. Et donc, je crois être folle amoureuse de son mec, un homme que je haïssais il y a peu. Je suis si obnubilée par lui que je rêve que je me le tape, et voilà. Il est en réalité un pur produit de mon imagination – ou de la sienne, plutôt.

Le rêve aux apparences du Bathsheba me fixe, imperturbable, telle une statue de fer. Il n'y a que ses yeux qui bougent encore et sa mâchoire qui se contracte.

Pourquoi semble-t-il soudainement si méfiant ?

J'ai le sentiment étrange qu'il est là, véritablement. Mais c'est impossible, n'est-ce pas ?

— Qui es-tu ? interrogé-je sans assurance.

Bon, il a la tête du prince, mais réellement, qui se cache dans cet alter ego ? L'inquisiteur ?

Il me scrute, et le temps de ma question, son masque se fissure. L'incompréhension et quelque chose ressemblant à de la contrariété modifient ses traits.

— Daemonia, *prononce-t-il d'une voix étrangement distordue. Quelqu'un est avec nous, de qui s'agit-il ? C'est cette salope de démone dont on m'a parlé, c'est ça ?*

Les serpents sur ses bras remuent et annoncent leur présence d'un sifflement semblable à un murmure. Cette fois, j'ai la confirmation qu'il s'agit bien de lui et qu'il n'est pas le simple produit d'une réminiscence. À quel moment le mirage est-il devenu la réalité ?

— C'est vraiment toi ? Enfin, ton esprit ? Ou alors tu ne fais partie que de l'illusion ? Bon sang ! Dans ce monde de rêves, je ne suis plus si certaine de savoir départager le vrai du faux…

— Rêve ? Non, je suis bien là, du moins mon essence l'est, elle, mais ça ne vient pas de moi. Bordel, qui es-tu et comment arrives-tu à me faire venir jusqu'à toi ?

— Moi ? Mais je n'y suis pour rien ! C'est la démone, ou alors l'inquisiteur ? Je ne sais pas faire ça ! Je n'ai pas une once de pouvoir !

En moins de deux secondes, son expression change. Un sourire froid, voire cruel, étire la commissure de ses lèvres et il murmure :

— Un inquisiteur ? Ici ? Alors cette présence que je distingue est la sienne. Où es-tu ? Celle qui t'héberge, où est son corps ? Arrête d'essayer de me leurrer. Que lui as-tu fait ? Je la sens mourante !

— Mais rien ! Je suis la vraie Vénétia ! C'est moi ! Mourante ? Que veux-tu dire ?

— Je te traquerai dans le moindre de tes rêves, daemonia, jusqu'à devenir ton pire cauchemar, mais j'obtiendrai ma réponse.

Son corps se met soudainement à clignoter, à la manière d'un hologramme de qualité médiocre. Je cherche les causes du changement quand autour de nous, le décor se met à grésiller. J'examine mes mains que je place devant mes yeux et remarque qu'elles apparaissent et disparaissent comme sous un stroboscope. Je suis comme une ampoule qui cille avant de mourir. Les arbres, la falaise, le sol, tout ce qui m'entoure est parasité et sur le point de se volatiliser. Je regarde la porte et Stoker tour à tour, l'une menace de s'évanouir et de me condamner au néant, l'autre me fixe suspicieux et incrédule à la fois.

Alors que tout s'effondre autour, je reconnais la voix de la démone qui me hurle de traverser la porte avant qu'on ne soit oblitérées.

J'ignore comment c'est possible d'être effacé de sa propre tête, mais pour une fois, je n'ai pas envie de lutter contre elle. Je me précipite vers la porte, pose la main sur la poignée et jette un dernier coup d'œil par-dessus mon épaule avant de la tourner. Le prince n'est plus là, la falaise est en train de sombrer au moment où j'en traverse le seuil. Je suis sauvée in extremis lorsque la mer déchaînée avale tout sur son passage. Je vois, dans la seconde avant qu'il ne soit englouti à son tour, un homme tout de blanc vêtu dont je reconnais aisément le faciès. J'ignore ce qu'il a trouvé, mais comme il est mon ennemi et qu'il semble satisfait, je ne peux que m'en inquiéter.

Je suis comme aspirée, hors de mon corps et hors du temps lui-même, dans une spirale sans fin. La nausée me gagne, mon corps est engourdi comme s'il était assailli de millions de fourmis courant sur ma peau, quand d'un coup tout s'arrête. Nous sommes de retour dans la fausse salle d'interrogatoire et l'homme tout de blanc vêtu se tient devant moi. Il n'affiche pas de sourire à proprement parler, mais je détecte la satisfaction qu'il ressent, et, peu à peu, elle se mue en mécontentement sans que j'en comprenne la cause. En silence, les lèvres plissées, il m'observe et me jauge à la fois. Le malaise que je ressens est puissant et je meurs d'envie de lui demander si j'ai réussi le test ou non. Puis sans crier gare, il disparaît et je me retrouve à nouveau seule avec moi-même.

Il faut un long moment avant que je perçoive les bribes des conversations extérieures à mon corps et je tends l'oreille comme la bonne fouine que je suis. Il a fouillé mon crâne dans le but d'en apprendre plus sur la démone, alors me voilà bien curieuse de savoir ce qu'il a pu en tirer. Je reconnais aussitôt la voix d'Améda et celle, plus basse et glaciale, de l'inquisiteur.

— Que vous a révélé votre incursion ? Son âme est-elle éteinte ? Peut-on encore la sauver ? interroge la première.

— Nous avons identifié la démone, il s'agit d'un succube, un démon du sexe. Donc si elle a ressenti des penchants ou des attirances jamais éprouvées avant, cela trouve maintenant une explication. Est-ce le cas ?

— Je l'ignore, ma fille a porté à mon attention qu'elle s'était rapprochée d'un Merusak, mais je n'ai pas pu en apprendre davantage.

Un Merusak ? Rapprochée, moi ? C'est ce que Niv lui a dit ?

— D'autres garçons ont-ils été mentionnés ? relance-t-il, peu enclin à spéculer.

— Non ! Vénétia était plutôt réservée et elle n'a pas vraiment fréquenté les sorciers ou sorcières en dehors de notre famille. Dites-moi, qu'avez-vous vu ? Y aurait-il quelqu'un d'autre ? Une personne qui pourrait expliquer comment cette démone est entrée en elle ?

Je suis morte de honte. Avouer que je fantasme plus que de raison sur le prince Stoker est similaire aux ados qui rêvent d'épouser leur chanteur préféré. Et puis fantasmer n'est même pas un mot qui est suffisant lorsqu'il s'agit de Stoker. Évidemment, après avoir violé, pénétré, et fouillé la totalité de mon jardin secret, l'inquisiteur connaît le moindre de mes songes ou de mes rêves. J'attends qu'il lui fasse part de ce qu'il a vu dans mon esprit et anticipe déjà la réaction d'Améda.

— À présent que l'entité a été identifiée, vous pouvez être rassurée, demain, elle ne sera plus qu'un mauvais souvenir.

Il ne lui parle pas de Stoker ? Pourquoi ? N'a-t-il pas senti sa présence ? Il était pourtant dans la clairière avec nous lorsque le prince a été éjecté ! Alors il n'y a que deux possibilités, soit il ne sait pas, soit il omet de le mentionner. Si c'est le cas, il me faut en comprendre la raison.

— Comment s'y prend-on ?

— Nous procéderons à une cérémonie de désunion. Nous la plongerons dans une transe magique afin que les deux soient endormies et que l'on puisse extraire, sans danger pour son hôte, la démone.

J'attends plusieurs secondes qu'Améda prenne la parole après son départ. Rien. Seulement un silence gênant qui emplit la pièce.

Est-elle mécontente du résultat ? Ou alors inquiète ?

Tout en conservant un silence de sépulture, elle pose une bise sur mon front et quitte la pièce, me laissant à moi-même et à mes nombreuses élucubrations. Une parmi les autres me vrille le ventre : une fois la démone dégagée, est-ce que mon lien avec le prince sera rompu ? Parce que cette simple idée me broie le cœur et l'esprit. Assez pour me faire douter de mes réelles volontés désormais.

Chapitre 15 - appelle-moi maître

Prince Stoker, début août

Il y a deux jours, je rencontrais Numéro 16 pour la première fois. Bien que plutôt jolie avec ce qu'il faut là où il faut, elle n'a pas capté mon attention. Pas plus que le soir du bal auquel on m'assure qu'elle a participé. Probablement que je l'aurais trouvée séduisante si je ne nourrissais pas déjà une obsession sans limites pour une autre.

La fille aux cheveux de feu, celle qui hante toutes mes pensées et chacun de mes rêves. Elle a déversé son poison et coule dans chacune de mes veines. Elle palpite dans mon esprit et vibre dans mon sexe. J'ignore s'il existe un mot plus puissant et plus grave qu'« obsession », mais si ce n'est pas le cas, je serai obligé d'en inventer un. Je suis *néantisé*, vidé d'elle et détruit. Je passe chaque minute éveillé à penser à ma *daemonia* et chaque seconde de mes songes à la rêver. Au début, je trouvais ça presque grisant de ressentir un tel engouement pour une femelle, mais au fil des jours qui s'écoulent, ce sentiment qui m'amusait presque fait place à de la contrariété puis à de la fureur. J'ai cette foutue sensation de ne plus être moi-même, de ne plus contrôler ce que je suis et d'avoir perdu ma cruauté. Je ne crains pas de devenir un homme bon, pas plus qu'un de ces sans couille qui lorsqu'ils sont amoureux, perdent leurs boules. C'est plus profond et inexplicable. Je ne la veux pas, je n'en ai rien à battre de son histoire, de qui elle est, de ce qu'elle a vécu, mais j'ai un putain de besoin d'elle. Je me pendrais moi-même pour une déclaration aussi écœurante. Bordel!

Le seul moyen de « prendre une pause d'elle » est de m'enfermer dans la forge du château. Je chauffe l'acier, je le tords, le polis. Il est malléable et obéit au moindre de mes caprices. Je le plie à ma volonté et je suis son maître ultime. Ce retour à la normale me soulage et apaise les tourments qu'elle m'inflige. Le royaume est sur le point de sombrer, le roi, en plus d'être égoïste et imbu de lui-même, est manipulé par ma mère la catin. Comme si ce n'était pas déjà annonciateur du pire, un bouffeur d'âme de sorcières se promène dans la nature et certains clans sont sur le point de s'associer et de mener une insurrection. Et moi, qui brigue le titre de roi, je ne suis même pas capable de canaliser mes pensées et ma queue, ne rêvant qu'à cette usurpatrice. Je fous un coup de masse sur le morceau de métal en fusion et gronde comme une bête sauvage. Ma tête comprend, analyse et voit la réalité avec une logique implacable. C'est bien cela le pire, de voir venir l'accident, mais de ne pas contrôler ce qui va le déclencher. Je frappe l'acier encore et encore, de mes mains, de ma volonté, de ma hargne, je déverse sur cette œuvre tous mes tourments. J'ignore ce que je crée et je n'en ai rien à foutre. J'y passe des heures, je m'y épuise, espérant tomber de fatigue dans mon lit et réussir à l'extraire de ma tête et de mes pensées. Je redoute les moments où je la rejoins en songe, parce que je ne suis plus maître de rien à son contact, et pour autant, malgré cela, je crèverais si notre lien devait se rompre. On déclare qu'elle est morte et qu'elle était soi-disant possédée, mais je ne suis pas convaincu par ces affirmations, je la sais vivante, cette certitude vibre jusque dans les tréfonds de ma putain d'âme. Par contre, peut-être est-ce vrai qu'elle est possédée, et qu'elle essaie de me leurrer d'ailleurs. Jouer les victimes de possession, titiller mon désir, entretenir mon obsession et abaisser mon niveau de méfiance. Qui serait soupçonneux à l'égard d'une simple novice ? Ainsi, au moment où je serai à sa portée, elle tentera de dérober mon pouvoir ? Cette idée m'arrache un sourire suffisant. Je connais peu d'aguerris qui en auraient la capacité, donc forcément pas cette novice. Dans tous les cas, on me ment à son sujet et cela attise bien plus ma curiosité que cela ne la calme.

Je quitte la forge, noir de saleté, mon T-shirt brûlé par endroits, sale et mouillé de la sueur du vaillant. La nuit est bien entamée à ce que je vois et j'esquisse un rictus satisfait, je suis parvenu à me libérer d'elle durant quelques heures. Cette salope, démoniaque ou pas, n'a pas réussi à entièrement me lobotomiser !

Je vais trouver une façon de rendre cette connexion permanente, et après, daemonia, je vais te faire la guerre, et c'est moi qui deviendrai le maître de ce jeu que tu as initié, ton possesseur.

J'opte pour mes appartements royaux pour la nuit au lieu du caveau habituel. Ils sont plus près et l'eau de la douche y est chaude. Je rêve de me prélasser sous un liquide brûlant plutôt que de sauter dans l'étang près du caveau. Je marche dans la nuit, emplis mes poumons de cet air nocturne vivifiant en savourant le retour de ma capacité à réfléchir avec ma tête plutôt qu'avec mon entrejambe. Je passe par l'arrière en empruntant une porte dérobée du quartier des domestiques. Je ne me sens pas de taper la causette avec qui que ce soit et des jeunes filles ayant des rêves de monarchie attendent dans tous les recoins de ce putain de bâtiment pour vous sauter dessus au détour d'un couloir. J'ignore ce que leur ont dit leurs mères sur l'art de séduire un prince, mais c'est digne d'une époque plus que révolue. Leurs airs de vierges mijaurées et de filles bien me dégoûtent. Qui voudrait d'une telle épouse ? Ma maîtresse préférée est un bouillonnant succube, à quel moment peut-on envisager que j'aie envie de me farcir une sainte-nitouche qui, à n'en pas douter, agit dans le lit comme un immonde cadavre ? C'est bon pour les mecs coincés comme mon frère Omen, ça. Quoique, j'ai l'impression que si on enlevait le bâton dans le cul de mon cadet et qu'on le remplaçait par une bite, ça lui ferait le plus grand bien.

Sans que j'y aie pensé ou que je l'aie prévu, mes pas me conduisent une fois de plus jusqu'à la salle de bal. Je me tiens devant le trône et me remémore cette nuit-là, essayant de me recomposer mentalement les éléments comme on me raconte qu'ils se sont produits, mais je n'y parviens pas. Un truc m'échappe et je sais qu'on me ment éhontément. Elle n'est pas morte, alors que l'on me l'assure… Donc, soit la démone existe bel et bien et a totalement assimilé l'âme de Vénétia tout en prétendant être encore elle, soit elle est vraiment sous le coup d'une possession, mais elle réussit encore à exister. Laquelle des deux nourrit mon obsession, dans ce cas ? Est-ce que mon addiction pour l'hémoglobine démoniaque me rend faible à son contact ? Il me manque assurément des informations. On l'affirme morte, est-ce pour me garder à distance ? Si oui, dans quel but ? Et puis, cette fille, Numéro 16, lorsque j'ai employé le nom de ma *daemonia*, a immédiatement réagi. Vénétia existe, c'est confirmé à bien des niveaux. Pour son entité, rien n'est moins sûr. Tout ce qui est avéré, c'est que l'une d'elles est mon fantasme, la femme que j'ai désiré le plus violemment dans ma vie, et pourtant, elle est ma némésis, celle dont je dois me débarrasser. Une condition qui n'est pas sans me heurter vivement. Pourquoi je brûle de cette certitude qu'il me faut l'anéantir ? Ça c'est tout autre chose. Je le sais au plus profond de mes tripes, c'est aussi ancré en moi que mon besoin de respirer : elle ne doit pas vivre. Si je n'ai aucun contrôle sur cette conviction, je n'en comprends pas la raison. Je la veux à en mourir et quand elle sera mienne, il me faudra l'éradiquer. C'est enraciné en moi, comme si c'était tatoué dans mon code génétique. Chaque élément qui me compose veut l'obtenir à tout prix et après, il me faudrait la perdre ? Cette idée me rend malade, c'est un non-sens.

Par Satan ! Je deviens dingue !

Sur le mur du fond, les fenêtres qui montent très haut jusqu'à rejoindre le plafond de style cathédrale laissent filtrer l'aura lunaire. Sur le sol d'un noir de velours se découpe chacun des carreaux. Le silence règne ici en maître. Je devrais me sentir apaisé, mais au contraire, je suis tourmenté, et cette fois, rien à voir avec mes songes intempestifs, non c'est la faute de cette femme qui se dirige vers moi. Je plisse les yeux, essayant d'avoir un aperçu de ses traits, mais il fait trop sombre, et tant qu'elle est à l'autre extrémité de la grande salle, ça m'est impossible. Elle est surréelle, du moins elle le semble. L'éclat lunaire crée un halo autour d'elle, d'un bleu pâle et sensuel. Ses pieds nus foulent le sol ébène sans un bruit, avec une grâce telle qu'on dirait qu'elle flotte presque. Ses hanches ondulent langoureusement dans sa robe de nuit en soie. Une des fines bretelles s'échappe de son épaule sans qu'elle tente rien pour la remettre, le tissu glisse délicatement et dévoile le début des courbes d'une poitrine qui rebondit doucement à chaque fois que ses pieds touchent le sol. Je suis scotché sur place. Il se produit un truc que je ne peux ni décrire, ni analyser, ni expliquer. Je la vois approcher, je note toutes les différences entre les deux femmes, je sais que la nymphe qui avance vers moi n'est pas ma démone, mais pour autant, je suis inextricablement attiré vers la blonde qui se dandine dans ma direction comme lorsque je suis en présence de la rouquine.

Je reconnais Numéro 16. Bon sang, pourquoi elle me rappelle Vénétia alors que je suis bien conscient qu'il ne s'agit pas d'elle ?

Le simple fait que mon corps et mon esprit s'imaginent la prendre aussi sauvagement n'est pas logique. Pourtant, j'ai le sentiment que je pourrais me contenter de la baiser comme si elle était Vénétia. C'est comme prendre une bouchée lorsqu'on crève de faim. Comme si je savais que je ne serais pas rassasié mais qu'il me fallait ma dose. Je ne m'explique pas cet étrange phénomène et je ne l'intellectualise pas outre mesure. Ma queue est si tendue dans mon pantalon que c'en est douloureux, et malgré les pincements que ça m'inflige, me voilà qui marche d'un pas vif en direction de la fille Grimwood. Un sourire aussi charmeur que victorieux se dessine sur son faciès baigné par la lune. J'arrive à sa hauteur et, pris d'une envie viscérale, je l'attrape par les hanches et la plaque sur mon érection protubérante. Je gronde de plaisir et, d'une main, j'empoigne l'arrière de sa tête pour la conduire à quelques centimètres de mon visage. Je plonge mon regard dans le sien avec cette impression que je deviens totalement fou. Pourquoi mes yeux me renvoient-ils l'image de cette fille, mais que mon corps, lui, en ressent une autre ? Comment est-il possible que je ne parvienne pas à les disjoindre ? Pourquoi ai-je l'assurance, alors que mes mains sont déjà en train d'exposer sa poitrine à une nudité totale, que la baiser me rapprochera de ma *daemonia* ?

Je prends son sein dans ma bouche et aspire son mamelon durci entre mes lèvres. De ma langue, je trace un chemin imaginaire qui serpente le long de sa clavicule jusque sous son oreille. Son odeur m'enivre comme une drogue, une à laquelle je suis accro et à laquelle je tente de résister depuis qu'elle m'a plongé dans le coma. C'est son parfum, mais ce n'est pas celle que je veux, ni celle que je désire. C'est à devenir fou. Je le sais, mais pourtant…

Elle laisse tomber la deuxième bretelle de sa robe de nuit et la soie de sa tenue glisse sur sa peau satinée, dévoilant un corps sculpté avec attention. Son épiderme est doux, mais pas autant que je m'y attendais. Elle fleure une odeur qui m'appelle à elle, même si c'est loin d'être aussi parfumé qu'escompté. Comme si elle avait emprunté le haut imprégné de l'effluve d'une autre. Elle porte sur elle les infimes traces de son odeur, mais sans que ce soit elle. Pour autant, le junkie que je suis est en shoot total à son contact. Je la plie à ma volonté, je la force à se retourner et à s'agenouiller sans qu'elle oppose aucune résistance. Sa croupe ainsi exposée se profile sous mes yeux. Je baisse mon pantalon sous ma verge, me place derrière elle et m'insère sans me soucier d'autre chose que de ce qu'elle peut m'apporter. Je vais et je viens, je la pilonne jusqu'à la garde. Dans l'air il n'y a que le claquement de nos chairs en nage et nos gémissements, les siens de plaisir et les miens d'effort, qui se répercutent en écho dans la salle vide.

Je m'agrippe à sa chevelure et cherche à en finir quand, sous mes yeux, son court carré blond se métamorphose en boucles rouges. Elle me jette un regard par-dessus son épaule et je manque crever en ayant devant moi, ma *daemonia*.

J'attrape ses épaules et les serre entre mes doigts pour qu'elle suive mes mouvements. Je m'assieds sur mes jambes, la redresse, son dos en appui contre mon torse. De mes paumes, je parcours le moindre centimètre carré de son corps dont je connais chacune des formes pour les avoir de nombreuses fois fantasmées. Ses cheveux balaient mon visage à chaque fois qu'elle coulisse de haut en bas sur mon membre, son odeur se répand et je la hume comme si elle avait le pouvoir d'insuffler de la vie à mon âme. J'empoigne ses seins, caresse son ventre plat, mords la fragile peau de son cou et me perds en son centre. Mon cerveau comprend qu'il se passe un truc pas net, qu'elle n'est pas ce qu'elle prétend être, mais je m'accroche à cette utopie et la fais mienne le temps d'un puissant orgasme.

Je gronde entre mes dents serrées. Je tente de me concentrer, de faire durer le plaisir, mais la seule idée de remplir ma *daemonia* de ma semence, de la marquer de mon ADN me rend dingue. Je me déverse et plante mes doigts dans la chair de ses hanches pour l'empêcher de se dérober à moi. Même si je sais que je nage entre folie et déni. Je baise Numéro 16, c'est limpide dans mon esprit. Pourquoi alors j'ai l'assurance que cela me rapproche de ma rouquine ? Je n'en sais foutrement rien, mais c'est le cas et je ne cherche pas à m'en priver. De toute façon je n'arrive à rien m'expliquer la concernant et mes questions sont de plus en plus nombreuses.

La plus importante à élucider : pourquoi croit-on bon de me cacher son existence ? Tao a juré qu'elle était morte alors que je la ressens dans mes tripes, pourquoi ? Qu'a-t-il à y gagner ? Favoriserait-il un autre de mes frères pour la course à la couronne ? Si tel est le cas, je mise sur Phinéas, puisque sa mère se tape le mage dès qu'elle a un truc à lui soutirer.

J'écoute le plaisir de Numéro 16 se disperser dans l'air de la pièce. Avant même d'ouvrir les paupières, le mirage prend fin. *Elle n'est pas ma daemonia…* J'ouvre les yeux et dégage sans douceur la blonde. Elle ne s'en offusque pas, se relève l'air de rien et emploie même une démarche chaloupée pour aller récupérer sa robe de nuit abandonnée plus loin sur le sol.

Elle se penche d'une façon aguicheuse, me tombant déjà sur les nerfs. Je la regarde à présent et j'ignore si c'est parce que c'est l'effet postbaise, mais je ne ressens plus aucune attraction. Elle a une jolie plastique, c'est vrai, mais c'est tout. Elle n'a pas cette aura rebelle et puissante que je lui reconnaissais plus tôt. J'en suis à essayer de lui trouver des similitudes avec Vénétia lorsqu'elle revient vers moi et que je ressens à nouveau cette même attirance que plus tôt.

Par Satan, aurait-elle eu le culot de m'envoûter ou de me jeter un sort ? Si c'est le cas, elle gagne un point bonus. Je souris en coin, en mode vilain garçon et surtout prêt à provoquer. Sa bouche s'approche de la commissure de mes lèvres pour une bise d'au revoir. Je la laisse me frôler, et lorsque c'est le cas, je déclare :

— Vénétia Basset, révèle-m'en davantage à son sujet.

Elle se trahit d'un frémissement quasi imperceptible avant de répondre :

— J'ai évoqué le peu que je sais la concernant, et sachez que je ne suis pas femme à laisser une concurrente me faire de l'ombre, précise-t-elle, énigmatique.

Je me relève et remonte mon pantalon en la fixant avec condescendance. Je pourrais m'arrêter là, juste après m'être assuré que Numéro 16 me conduira à elle, mais je surenchéris avec un amusement sadique.

— Tu sais que je t'ai baisée simplement parce que, l'espace d'un instant, tu m'as fait penser à elle ? Que là, maintenant que l'enchantement s'est atténué, je ne te calcule plus ?

Je détecte aussitôt que ma remarque acerbe l'a piquée au vif. Elle tente de le dissimuler et y parviendrait sans doute si je ne lisais pas aussi facilement en elle.

— Je sais, mais qui que soit cette femme, je ne peux qu'affirmer qu'elle n'a pas autant de détermination que moi.

— Ce qui veut dire ?

— Que je convoite le titre de reine, rien de moins. Vous la prendrez autant que vous le souhaitez, votre catin, elle peut même devenir la maîtresse officielle, tant que je suis celle qui est assise sur le trône et celle qui porte votre descendance, le reste m'importe peu.

— On ne peut pas t'accuser de manquer de transparence, même si je vois que tes plans ne tiennent pas compte de ce que je veux.

— Oh, croyez-moi, vous finirez par le vouloir, assène-t-elle, assurée, avant de se tourner, de revêtir la robe en la passant par-dessus sa tête et de me souffler un baiser avant de partir.

Je me rends à mes appartements royaux, prends une douche, avale ma dernière fiole de sang de démon pour me calmer et m'installe dans mon lit sans en tirer les couvertures. Je reste là à fixer longuement le plafond, me remémorant chaque détail concernant cette femme qui est en train d'avoir ma peau… et très certainement ma santé mentale. Quelques minutes suffisent pour que l'hémoglobine démoniaque se mêle à la mienne et me conduise dans un lieu qui est encore mieux que tout ce que j'aurais pu espérer. Je me replonge dans cette étrange rencontre que nous avons eue plus tôt, à même son esprit.

— Qui es-tu ? souffle ma daemonia *dans cette vaporeuse et surtout translucide robe blanche qui ondule au rythme du vent.*

Je pense que c'est elle qui m'appelle, qui me fait apparaître dans sa tête ou dans un lieu qui m'est étranger, tout en m'étant très familier.

D'ordinaire, je suis l'instigateur de mes voyages, jamais on ne me manipule ainsi. Sauf cette fois.

Un battement de cils plus tard, et ses lèvres brûlantes tranchent avec le froid de l'air qui glisse sur mon épiderme. Je me laisse emporter par sa langue trifouillant ma bouche et je lutte. Au départ, j'ai le sentiment que je joue un rôle. Que je suis moi en apparence seulement et que celui que j'incarne est une vraie lopette. Je combats les souvenirs que cet alter ego me force à endosser, essayant à tout prix de me dissocier de lui, qui n'a en tête que des trucs romantiques. Ses pensées tentent de se greffer aux miennes et il ne cesse de clamer un amour éternel, une prophétie et la nécessité de se sacrifier pour qu'elle vive. Chacun de ses songes m'égare davantage entre qui il est, lui, et qui je suis, moi.

Même si rien n'a réellement de sens, je commence à comprendre certains éléments. J'ai la certitude à présent que ce n'est pas un rêve ou un fantasme comme sur la montagne d'os. Je suis dans sa tête et je flaire une autre personne, une qui lui veut du mal. Je réussis au prix d'un grand effort à me dissocier temporairement de mon alter. Je me fragmente en mille, me recompose et lutte contre le rôle dans lequel on m'a collé. Elle est en danger, ça m'apparaît comme une évidence. Je veux m'exprimer par mes propres mots, je veux sortir de cette boucle de rêve qui agit entre elle et moi comme une cloison invisible.

Je crois être sur le point d'y parvenir, mais cela requiert une force colossale.

— Daemonia…, *réussis-je à articuler malgré la souffrance que me demande une telle séparation de l'enveloppe de l'autre moi. Qui est avec nous ? Qui est dans ta tête ? C'est cette salope de démone, c'est ça ? poursuis-je, déterminé à me faire confirmer que j'ai raison.*

— *C'est vraiment toi, Stoker ? Enfin, ton esprit ? Ou alors tu ne fais partie que de l'illusion ? Bon sang ! Dans ce monde des rêves, je ne suis plus si certaine de savoir départager le vrai du faux, répond-elle d'une voix douce et empreinte de tant de doute que je sens le cœur de mon alter ego souffrir. Bordel, quelle est cette relation qui les lie ?*

Et surtout, pourquoi cela me met-il, moi, dans une colère noire ? Je suis jaloux d'une version cheap *de ma propre personne ? Ridicule !*

— *Rêve ? Non, je suis bien là, du moins mon essence l'est, elle, mais ça ne vient pas de moi. Bordel, qui es-tu et comment arrives-tu à me faire venir à toi ?*

Si elle-même ignore où elle se trouve et comment elle y accède, nous sommes foutus !

Lentement, je remarque que mes capacités psychiques s'amenuisent. Prendre le contrôle d'un souvenir que j'investis est une chose qui m'est nouvelle et, visiblement, cela me coûte plus d'énergie qu'escompté.

Elle n'a donc aucune idée que je suis là, réellement avec elle ? Elle se croit en train de rêver alors que son esprit, lui, libre, se promène dans des dimensions auxquelles aucune femme n'a jamais eu accès ?

— Moi ? réagit-elle vivement, mais je n'y suis pour rien ! C'est la démone, ou alors l'inquisiteur ? Je ne sais pas faire ça ! tente-t-elle de se défendre vainement.

Bordel ! Il ne manquait plus que ça ! MERDE !

— Un inquisiteur ? Ici ? Alors cette présence que je distingue est la sienne. Où es-tu ? Celle qui t'héberge, où est son corps ? Que lui as-tu fait ? Je la sens mourante !

Maintenant que je sais que ce connard me voit, je prétends penser que je suis en contact avec la démone et que c'est à elle que je m'adresse. Vu comment tous s'acharnent à me faire croire que Vénétia est morte, je préfère jouer le jeu. Sauf que désormais, il sait que je peux intégrer sa tête à loisir et qu'elle et moi sommes unis d'une bien étrange façon. Ça, c'est mauvais, très mauvais.

— Mais rien ! Je suis la vraie Vénétia ! C'est moi !

Quelques secondes après, le lieu où nous sommes s'étiole et je le sens trop instable pour y rester. Il me faut quitter cet endroit avant d'y être piégé définitivement.

— Je te traquerai dans le moindre de tes rêves, daemonia, *jusqu'à devenir ton pire cauchemar, mais j'obtiendrai ma réponse.*

Moi qui m'échinais à cacher à tous mon obsession pour la rouquine. Je vais devoir agir rapidement et trouver le lieu physique où elle est. Notre connexion est si puissante mentalement qu'une fois en sa présence, je saurai directement laquelle j'affronte.

J'ai un nouvel objectif : la rejoindre, réellement, où qu'elle soit, et je n'aurai pas de repos tant que je n'aurai pas compris ce qu'il y a entre nous deux.

Chapitre 16 - Hémato-accro

Prince Stoker, août

Je m’extirpe de sa tête peu de temps après lui avoir assuré que j’allais la traquer. Je me lève et arpente ma chambre de longues minutes durant. J’ai encore plus de questions maintenant que je sais qu’elle arrive à me faire venir à elle. J’ai mis des années à maîtriser cette capacité avec les meilleurs enseignements et il m’a fallu des milliers d’heures de pratique alors qu’elle accède à mon esprit sans le faire exprès ?

Qui est-elle ? Bordel !

Et puis il apparaît clairement désormais que nous sommes liés ou l’avons été dans une autre vie, ou peut-être même plusieurs, au vu de ce qu’il vient de se passer. Que je la ressente et sois obsédé par elle, dans une telle mesure, cela ne peut pas être une simple coïncidence.

La connexion de ce soir était instable… Peut-être que l’inquisiteur interférait entre nous ? Et puis d’ailleurs, pourquoi un putain de violeur de cerveau a-t-il eu accès à elle ? Qu'un autre que moi pénètre sa tête me rend fou. Je dois la retrouver au plus vite avant que notre lien se tarisse. D'autant que… j'ai senti que l'autre personne avec elle ne lui voulait pas que du bien.

Je me recouche et essaie quelques instants de me replonger par moi-même dans ses songes, mais sans succès. Sinon de me mettre dans un état de colère avancée. Une fois que l'on a mis les pieds dans l'esprit d'un tiers, il est par la suite nettement plus facile d'y pénétrer au moment souhaité, mais j'en suis totalement incapable.

Je me concentre, et plus j'accumule les tentatives ratées, plus mon niveau de contrariété augmente en flèche.

BORDEL !

Une novice y parvient et pas moi ? C'est du foutage de gueule !

Je me lève, furieux, et arpente la pièce de long en large en employant des mots tous plus orduriers les uns que les autres. Je retente le coup sans résultat, et c'est là que j'entre dans un état de fureur pure.

Je veux la rejoindre !

Je suis plus qu'à cran, je suis un condensé de folie meurtrière que je ne parviens pas à canaliser. Je renverse le bureau devant moi, envoyant tout ce qu'il contient valser et s'écraser au sol. Le fracas produit ne m'impressionne pas le moins du monde.

Il me faut la revoir !

Je fais subir le même sort à une rangée de livres dans ma bibliothèque, et c'est en sentant une odeur bien particulière que je stoppe aussitôt ma crise.

Son arome se diffuse tout autour, je sens chacune des notes de son parfum qui entre en moi.

C'est en me tournant que je les vois, les deux fioles dont l'une est fissurée, par terre devant mon bureau. Je ne sais pas d'où elles sortent, mais une des deux goutte sur le sol à mes pieds. La bête qui sommeille en moi, celle qui fonctionne à l'instinct, ne me laisse pas réfléchir et aussitôt, je suis assis par terre à avaler leur contenu.

Dans mes veines se diffusent des fragments de l'essence de ma *daemonia* et cette communion n'est rien de moins qu'orgasmique.

Le nectar de la déesse lapé à même le sol de pierre finit de me plonger dans cet état de transe pour lequel j'aurais tout donné à l'instant d'avant.

Je me rends avec peine jusqu'à mon lit et m'y laisse tomber en travers avant de m'enfoncer dans ce monde dont je me croyais le maître. J'oscille un moment entre diverses réalités du plan astral. Je me retrouve dans des lieux qui me sont étrangers et que je n'ai jamais visités auparavant. Je plane dans tous les sens possibles du terme et je tente de récupérer toutes mes facultés pour la rejoindre, mais apparemment, la dimension dans laquelle j'ai atterri a d'autres intentions pour moi.

J'ignore si c'est dû à un délire de junkie ou si c'est réel, mais je me laisse téléporter d'une incarnation à une autre en essayant d'emmagasiner un maximum d'informations.

Je ne saurais identifier les époques ou les lieux. Tout change, les villes, les tenues, les gens, tout, sauf elle et moi, qui sommes inlassablement dans chacune des images qui me percutent.

En 1500, en 1600, en 1800, nous sommes ensemble. Ce ne sont que des bribes d'images qui ne me disent bien que ce qu'elles veulent, mais ce qui est immuable, c'est que nous sommes réunis dans chacune de nos vies. Et toutes se terminent par nos retrouvailles suivies d'une conclusion dramatique.

Putain…

Je sais ce que cela signifie, je connais le nom de ce phénomène et je n'y avais jamais cru avant. C'est connu du monde des sorciers, une légende vieille comme l'univers que tous ont entendue, mais qu'ils n'ont jamais expérimentée.

Elle est ma flamme jumelle…

Selon les croyances de notre peuple, il s'agit d'une essence qui s'est scindée en deux, créant deux parts d'elle-même errant dans leurs vies futures à la recherche l'une de l'autre. Deux éléments d'une même entité qui n'ont de cesse de se chercher, mais qui ensemble mènent à leur destruction.

Est-ce qu'aspirer son âme pour voler ses pouvoirs est considéré comme s'unir à elle ?

Par Satan, c'est quoi cette chance de merde, hein ?

Est-ce cela qui me pousse si puissamment à la rejoindre et en même temps à souhaiter sa mort ?

Je continue d'observer ces « nous » qui se trouvent, se regardent, se séduisent, s'aiment, unissent leurs corps puis leurs cœurs et se tuent. Un coup c'est elle, un coup c'est moi, mais à chaque fois, il est inévitable que l'un de nous trouve la mort.

J'ignore si je trouve cela romantique, triste ou pathétique. Elle est l'autre partie de moi ? Elle doit être celle qui a reçu la bienveillance, la compassion et la gentillesse dans ce cas.

Le plus fort bute l'autre et survit, renvoyant son autre moitié dans les limbes. OK, donc c'est une impasse ?

Non, tu sais quoi faire pour que ça n'en soit pas une. Tu dois te débarrasser d'elle.

Je suis littéralement fou d'une femme que je ne connais pas parce qu'en fait nous ne sommes qu'un ? Des putains d'histoires de bonnes femmes ! Et puis cette fille ultra puissante qui s'ignore, affiliée à aucun *coven* comme si elle était…

Par la queue du diable !

Je me prends un coup de massue en pleine gueule en me remémorant un épisode qui a remué le royaume en entier il y a quelques années. La cérémonie de l'augure, le puits qui a rejeté une fille, la seule à ce jour.

La sorcière sans pouvoir, progéniture de sorcier, produit de l'union entre l'un des nôtres et une simple humaine.

Vénétia, serais-tu celle-là ?

J'ai l'impression de planer à mille lieues de là et même si je crois détenir un bout de vérité, je n'ai jamais été aussi perdu.

L'objet de toute ma fascination n'est-il rien d'autre qu'une mortelle ? Pourtant, je ressens son pouvoir et sa puissance et elle montre des capacités hors norme. Est-elle réellement possédée et alors dans ce cas, ces capacités que je ressens ne seraient-elles pas les siennes ? Et si elle héberge vraiment une entité, est-ce avec Vénétia ou avec cette dernière que je me sens lié ?

Je ne peux détacher mes yeux des deux amants maudits que nous sommes au travers de chaque réminiscence qui m'apparaît. L'assimiler m'assurerait la réussite de tous mes projets, faisant de moi l'un des sorciers les plus dangereux de tous les temps…

Et puis l'évidence me frappe : et si mon besoin de la tuer n'était que le moyen de nous assurer que nos âmes ne se retrouvent jamais ? Est-ce possible que ce soit un genre de malédiction qui perdure depuis le tout début de nos multiples réincarnations ?

J'en perdrais presque la tête à essayer de départager ce qui provient de ma volonté propre de ce qui est immuable. Une seule et même âme scindée en deux parties, qui passent leurs vies à tenter de se retrouver. Si je me fie à ce que j'ai sous les yeux, dès qu'elles se retrouvent, elles engendrent le chaos et l'un de nous deux doit mourir pour rompre la chaîne qui les lie. Je n'ai pas accès au son de leurs souvenirs, mais la douleur qu'affichent leurs visages et l'abnégation avec laquelle l'un ou l'autre se sacrifie m'est physiquement insupportable.

Elle est devenue ma raison de vivre depuis des semaines, mon seul but, mon unique pensée, et je devrais me préparer à la perdre ? Je n'envisage pas d'être celui qui se dévoue, elle est maîtresse de mes saloperies d'émotions mais jamais assez pour me pousser à commettre l'acte ultime. Les versions de moi qui s'y soustraient sont faibles, ce que je ne suis pas.

Si un seul de nous doit subsister, ce sera moi. Maintenant, je dois rétablir le lien avec elle, je dois l'emmener là où je le souhaite sans qu'elle se méfie, et trouver un moyen de l'assimiler.

Pourquoi cette simple évocation m'arrache-t-elle le cœur et le broie-t-elle dans ma poitrine ? C'est pourtant d'une logique implacable ! C'est elle ou c'est moi, nos doubles ont essayé d'y déroger sans jamais y parvenir. Si je l'absorbe, peut-être arriverai-je à réunir les deux moitiés de cette âme ?

Son sang… je le reconnais donc ? N'est-ce pas le même qui coule dans mes veines ?

C'est pas ta sœur, putain ! Concentre-toi sur l'essentiel ! Tout ce que tu as toujours voulu est à ta portée à présent !

Comment se fait-il que je flaire son odeur sur Numéro 16 ? En quoi sont-elles liées ? Seraient-elles de la même famille ?

Toi et toi seul connais la vérité et il te faudra être assez fort pour ne pas succomber…

Je dois juste me souvenir que le but que je vise est plus puissant que tout. Devenir roi, régner sur Obadium, c'est tout ce que j'ai toujours voulu et ce pour quoi je suis né. Elle me rend faible, et si nous ne parvenions pas à nous réunir dans nos vies antérieures, c'est que la méthode employée ne fonctionnait pas. Celle que j'ai en tête mérite d'être tentée…

Tu dois la tuer, redevenir maître de votre âme…

JE DOIS…

Je sais ce qu'il me faut, je sais comment y arriver, mais…

Et si ce que je ressens maintenant s'amplifiait encore lors de notre rencontre réelle ? Parce que : impossible d'aspirer son essence si je ne suis pas auprès d'elle, et lorsque ça arrivera, suis-je vraiment certain de réussir ? Dès qu'elle apparaît, j'éprouve ce besoin irrépressible de m'unir à elle physiquement, ça risque de grandement compliquer les choses.

Pourquoi j'ai ce putain de sentiment que ça reviendrait à me tuer aussi ? Si l'envisager m'arrache déjà le cœur, qu'en sera-t-il lorsque je passerai à l'action ?

Je ne dois jamais être en contact direct avec elle, *vraiment*, je veux dire. Il me faut trouver un moyen de voler son âme sans jamais me soumettre à la tentation ultime qu'elle représente.

J'observe toutes nos réincarnations sans exception pour en comprendre la mécanique. Il faut dire qu'ils ont fait preuve de créativité tous les deux. Une fin par pendaison, celle liée à la falaise, un empoisonnement, une noyade, le cœur transpercé. Savaient-ils tous deux ce qu'ils étaient et à quoi cela les condamnait ?

Je finis d'assister au bal de la malédiction des amants et me retrouve ailleurs, dans un endroit où je peux pressentir son essence.

Sans crier gare, mon esprit a été envoyé autre part, dans un lieu qui m'est inconnu. Je devine aux fenêtres factices derrière lesquelles est dissimulé un faux éclairage que nous sommes sous terre. Les murs sont peints d'un vieux blanc qui s'écaille par endroits et les meubles neutres m'inspirent une répugnance et une froideur que je ne peux expliquer. Les serpents sur mes bras s'agitent. Ils sifflent leur inconfort dans une langue que je suis le seul à distinguer. Je suis entouré de sorts, d'enchantements et d'une aura qui m'évoque le danger. Je réalise que j'ai atteint un état de transe hors norme, un état qui n'est coutumier que pour une poignée de privilégiés et que peu arrivent à atteindre au cours de leur vie. Mon esprit erre tel un fantôme. Mon essence se promène véritablement dans un endroit qui n'est pas psychique. Où et pour quelles raisons, ça je l'ignore. Tout ce que je sais, c'est que ça a un lien avec ma *daemonia.* Je reconnais sa présence dans chaque recoin qui m'entoure. Je traverse un long couloir à l'éclairage d'un blanc froid, rappelant celui des hôpitaux humains. Il y a une porte seulement. Et derrière celle-ci, je découvre une salle de médecine moderne. Dans notre monde, il y a la guérison magique, celle qui parvient à produire ce que ces cons de mortels appellent des miracles. Pourtant, il y a, comme pour toutes les espèces de ma connaissance, aussi la nécessité de connaître la science du corps. Une chaise est installée tout au centre de la pièce. À côté, sur un meuble de style desserte, un équipement complet de seringues, de bandages, de compresses imbibées de sang, puis sur une autre, des symboles, des plantes, des phrases de sorts inscrites à la main.

Par Satan ! Où est-ce que j'ai atterri ?

Il y a des tonnes de moniteurs, de machines faisant divers tests que je ne suis pas en mesure d'identifier. Cette salle n'est ni plus ni moins qu'un laboratoire d'étude.

Et je pourrais être déjà estomaqué par tout ce que je découvre, mais le suis encore davantage par ce que je n'aperçois pas : elle.

Ma *daemonia* est ici, quelque part, je la sens au propre comme au figuré. Son odeur est si puissante dans cette salle que j'ai l'impression d'être en plein shoot d'elle. Puis je me souviens que c'est précisément ce à quoi je m'occupais avant d'aboutir ici, à me shooter. Si ça se trouve, je suis simplement en plein trip démoniaque. Vu comment elle m'obsède, il n'est pas surprenant que je rêve d'elle. J'avance vers la petite table où sont posées les compresses imbibées d'hémoglobine séchée.

Durant quelques secondes, je les fixe en luttant d'une façon qui m'est physiquement douloureuse.

C'est son sang. C'est elle, je le sais.

Je le reconnais, comme s'il contenait l'odeur même du paradis.

Son parfum pénètre chacune de mes fibres, et en moins de deux, je revis. Je suis en mesure de confirmer deux éléments : il s'agit bien de son sang et je suis définitivement accro à lui.

Du bruit en provenance de l'autre pièce attire mon attention, je quitte donc le laboratoire et passe la porte pour élucider le mystère de ce lieu.

Aussitôt je la repère. Elle est là, à dormir dans un lit de style hôpital. Comme si je me trouvais dans une bulle, je ne détecte rien autour, qu'elle et moi. Hypnotisé par la scène, je suis incapable d'en détacher mes yeux, comme magnétisé. Pas au sens métaphorique, nan, réellement subjugué.

Par Lucifer, qu'elle est belle. Ses cheveux habituellement rouge flamboyant sont étendus pêle-mêle sur un oreiller blanc. Leur teinte est moins vive que dans mes souvenirs, je le remarque mais n'y porte qu'une attention infime. Comment peut-elle ne pas sentir ma présence aussi fortement que moi la sienne ? Pourquoi ne se réveille-t-elle pas ?

Il te sera si facile de la tuer…

Cette pensée fugace traverse mon esprit une microseconde avant que je ne la chasse violemment.

J'observe son corps dont je devine la forme sous les draps.

Est-ce un piège ?

J'avance dans sa direction, lentement, comme si je ne voulais pas la réveiller.

Ses yeux sont fermés et elle ne bronche pas. Je me penche au-dessus d'elle et examine chaque détail de son visage parfait, quoique amaigri. Son petit nez retroussé, ses longs cils, ses sourcils à l'angle doux, ses lèvres… sa bouche…

Putain, et quelle bouche ! Je crève du désir de posséder son enveloppe charnelle au même titre qu'elle s'est approprié la moindre de mes saloperies d'organes. Je me contente de déposer mes lèvres sur les siennes avec une lenteur étudiée.

Je m'écarte et la jauge, incertain ; si elle se réveillait, soit elle me sauterait dessus parce que j'embrasse comme un dieu, soit elle me bafferait, dans les deux cas, je suis partant !

Mais non, au lieu de cela, elle reste résolument immobile. Et c'est à ce moment que je comprends qu'il se passe un truc. Je me sens happé par un sentiment de bien-être presque trop beau pour être vrai. Tout est si lisse autour de moi, de nous, si parfait que cela ne peut être réel. J'ai été si obnubilé par son odeur enivrante et par elle que je n'ai pas porté attention à ce qui l'entourait. Je mets quelques secondes avant de sentir le grésillement caractéristique de la magie qui est omniprésente. Un sort? Elle est sous le joug d'un puissant sorcier qui masque la réalité pour quiconque la regarde là, étendue dans son lit. Si je n'avais pas été aussi envoûté, je l'aurais sans doute remarqué immédiatement.

Levetur velum ut veritas reveletur[2].

Je prononce chacun des mots avec une assurance inébranlable. Je dois comprendre le mystère qui l'entoure et pourquoi ce lieu est piégé dans un sort.

Levetur velum ut veritas reveletur.

Je discerne à présent la «bulle» dans laquelle la pièce est piégée. Une fine paroi qui ondule et se fissure tranquillement à mesure que ma voix inflexible se diffuse dans l'air.

Levetur velum ut veritas reveletur !

Et c'est à cet instant que l'espèce de voile qui la nimbait s'évapore, me laissant interloqué par ce qu'il dissimulait.

Vénétia se trouve dans ce qui a des allures de bunker médical. Tout ce qui est autour est désuet et d'une froideur qui glace le sang. Les murs que je voyais comme blancs ne sont composés que de béton effrité. Une horrible odeur d'humidité persistante embaume l'air, le rendant presque vicié. Les meubles sont inexistants à l'exception de la vieille chaise qui traîne près de son lit. Ce qui maintenant me saute

---

[2] Que le voile soit levé pour que la vérité soit dévoilée

aux yeux, et avec une violence qui me subjugue, c'est l'état dans lequel se trouve ma *daemonia.* Ses cheveux, habituellement rouges comme les flammes, sont ternes, presque éteints. Son visage qui était plus rond est désormais émacié. Sa peau de porcelaine tire sur une teinte grisâtre, ses lèvres jadis roses sont d'une pâleur cadavérique.

Elle est en train de crever ! Bordel !

Son corps est branché sur plusieurs machines dont je reconnais à présent le ronronnement et les bips successifs. Des aiguilles percent son épiderme à tant d'endroits qu'il me faut quelques secondes pour les inventorier. Et c'est là que je réalise que la plupart d'entre elles sont reliées à des tubulures prélevant son sang.

Les enfoirés de bâtards !

Je constate l'étendue des dégâts, et pas besoin d'être un spécialiste de la biologie pour comprendre que dans l'état actuel des choses, il ne lui reste que peu de temps. Une autre évidence qui me saute aux yeux : elle n'est pas endormie, elle est maintenue dans une sorte de coma magique et c'est depuis son esprit qu'elle et moi réussissons à communiquer.

Je vais tuer tous les sales enfants de putains qui ont participé à ça et je vais m'assurer qu'ils souffrent mille morts pour chacune des gouttes de sang qu'on lui a prélevées.

Je ne suis pas sur le même plan astral qu'elle. Mon essence est physiquement présente en ce lieu avec son corps, et elle, prisonnière de son esprit. J'ignore même s'il est possible d'entrer en contact avec elle depuis cet endroit.

Il me faudrait revenir à moi, puis réintégrer ses songes pour l'aviser… J'ai eu tant de difficultés à m'y plonger que le risque que je ne puisse plus la rejoindre est à considérer.

PUTAIN ! Hors de question que je la perde à nouveau !

Le temps lui est compté, pareil pour celui que j'ai ici. Dès que le sang cessera de produire son effet, je serai de retour dans le monde réel sans moyen efficace et rapide de la rejoindre. C'est elle qui m'invoque dans ses rêves depuis mon réveil, et sans me shooter, il m'est difficile, voire impossible de la rejoindre. Je tente donc le tout pour le tout en déposant mes paumes de chaque côté de sa tête, essayant de transcender le mur entre la réalité, le plan astral dans lequel je suis, et sa psyché.

Je dois essuyer plusieurs tentatives qui se transforment en échec avant de réussir à intégrer minimalement ses songes. Si je sais que je devrais m'en réjouir, le fait qu'elle ne me perçoive pas est un obstacle supplémentaire. Je ressens ma puissance qui doucement s'amenuise et je concentre toutes mes forces et ma volonté pour arriver à générer une brèche me permettant de l'atteindre enfin.

Elle est là, devant mes yeux, et évolue dans une pièce mentale qu'elle s'est sans doute créée. Elle se lève et passe si près de moi que nos corps se frôlent sans jamais qu'elle me « voie ».

Je l'interpelle, la touche, elle continue d'ignorer ma présence, mais j'ai la certitude qu'elle me ressent puisqu'à chaque fois que nos corps sont en contact, sa peau frissonne. Je lis de la stupeur dans ses prunelles pendant qu'elle examine l'entièreté des lieux.

— Riordan ? C'est toi ?

C'est instantané, le tison de la jalousie tapie dans mon corps se transforme en brasier dévorant.

Ce nom, je ne suis pas près de l'oublier, pas plus que le visage du salopard qui va avec. Encore moins le souvenir que j'ai de lui enserrant son bras de ses doigts. D'ailleurs, je me remémore l'instant où elle l'a envoyé valser à l'autre bout de la salle de bal. Je me sens déjà mieux.

Comme si elle était déçue, elle souffle son découragement en replaçant quelques cheveux derrière son oreille.

— Où es-tu ? murmure-t-elle en passant tout près de l'endroit où je suis posté.

— Je suis là, *daemonia* ! PUTAIN ! Concentre-toi ! Sens-moi !

Elle plisse les sourcils et tourne la tête en scrutant le vide tout autour.

— Tu ressens ma présence, allez, laisse-toi guider par ce qui nous unis. Fais un effort, bordel !

Je deviens dingue et ça s'amplifie à mesure que je faiblis.

J'avance jusqu'à elle et attrape sa main dans la mienne. J'y concentre toute mon énergie et puise dans ce lien qui pulse sous mes doigts. Je suis parcouru de fourmillements et distingue un courant qui passe entre nous. Je suis sidéré pendant une seconde et me demande pourquoi elle me ressent, mais ne me voit pas. C'est à cause de mon trip astral ? De mon corps qui est chez moi et de mon essence fantomatique qui est avec elle ? Ou alors, est-ce dû à la magie et les sorts dont elle est la cible ? Qui en est l'instigateur ? On l'exsangue, ça c'est clair, mais dans quel but ?

Je lui parle, mais elle ne distingue toujours pas ma voix. Je beugle, grogne et souffle ; encore une fois, absence totale de réaction.

Elle réagit uniquement aux contacts physiques.

Prends-la, dans ce cas ! Mords-la jusqu'à sa chair, shoote-toi à la source ! Pilonne-la jusqu'à lui faire oublier son nom avant de sucer la moindre parcelle de son âme. Elle est à ta merci !

Par Satan, cette voix dans ma tête qui me pousse à lui faire du mal ! Je n'obéis pas mais j'en souffre. C'est comme si j'étais programmé pour ça et que je devais lutter contre cette nature qui m'est propre.

Mon corps se meurt de désir, un désir qui est, étant donné la gravité de la situation, bien malvenu. Je perds le contrôle auprès d'elle, je ne suis plus capable de réflexion et suis mû par un instinct bestial contre lequel je me débats violemment. Elle est coincée dans le même engrenage, je le devine sans peine. Pourquoi ? À cause de ses prunelles brillantes de désir qui m'indiquent son intention avant même qu'elle ne commence à se caresser elle-même. J'observe ses doigts glissant sur son épiderme jusqu'à passer sous l'élastique de son pantalon puis coulisser à l'orée de son antre. Putain, ça y est, je meurs.

Lucifer, donne-moi la force.

Elle ne réalise pas le danger qu'elle court et se la coule douce. Déjà que je peinais à conserver mon focus, là, elle me tue.

Vénétia, putain ! Pas ça !

Elle accentue le mouvement, frémit, gémit et j'en oublie presque ma mission tant je suis hypnotisé par son corps de déesse qui ondule sous ses caresses.

Non ! Je dois… Bordel ! Vénétia, tu auras ma peau ! Je sacrifierais tout ce que j'ai pour que nous soyons ailleurs et pour pouvoir me caler entre ses cuisses afin de cueillir son orgasme du bout de ma verge. Néanmoins, je connais mes priorités et je n'en suis pas là, pas encore.

— Bientôt, ce sera moi ton maître, *daemonia.*

Le maître de tous tes plaisirs…

Une déclaration venant du fond de tout ce que je suis, prononcée dans un râle empreint de toute ma possessivité.

Un serment dont je suis loin de saisir la portée.

Chapitre 17 - Âme sanguinaire

Vénétia

— Bientôt ce sera moi ton maître, daemonia.

Qu'est-ce que ça dit sur moi si, lorsque je suis plongée en plein intermède érotique, la voix du prince démon retentit dans mon crâne ? Pire encore, si cela me propulse dans l'orgasme le plus intense que j'ai jamais ressenti ? C'est un état très étrange que d'être aussi excitée et effrayée à la fois. Lentement mes spasmes se calment et je réussis à reprendre mon souffle jusqu'à ce que je distingue encore cette même voix qui s'adresse à moi.

— Tu m'as entendu, Vénétia ?

Ce timbre… il m'est si reconnaissable. Et c'est précisément ce qui me paraît étrange. Je devrais m'inquiéter que ça fasse ainsi palpiter mon cœur et que ça me rende toute chose. Comme si ce son était le plus mélodieux et émouvant du monde alors qu'il sonne rocailleux avec une pincée de malveillance. Comment est-ce possible qu'en le percevant je me sente… chez moi ?

— Tu m'entends, pas vrai ?

J'hésite entre pleurer et rire. J'envisage l'espace d'un instant d'avoir un trouble de dédoublement de la personnalité. Il y a déjà dans mon crâne la démone qui me pousse à devenir plus sombre, la femme, plus protectrice et maternelle, qui m'appelle sans cesse Circé, et maintenant, un prince ultra sexy qui nourrit tous mes fantasmes. Si ça se trouve, il ne s'agit que d'une seule et même personne qui a pour mission de me rendre dingue, ce qui n'est pas si loin de se produire.

— Qui es-tu ? Ou plutôt, qui prétends-tu être ? interrogé-je l'intrus, consciente que je suis peut-être manipulée par mon entité. Es-tu la salope démoniaque qui s'est installée dans ma tête ?

— Et toi, que faisais-tu à l'instant ? semble-t-il me narguer.

Je pique un fard en réalisant que, comme un voyeur, il a sans doute assisté à la scène. Je ne relève pas, préférant agir comme s'il n'avait rien vu qui soit compromettant.

— Que me veux-tu ? Et puis, qu'est-ce qui me dit que tu es vraiment là et que je ne suis pas juste dingue ?

— Tu affirmes être possédée, et selon qui ? La personne qui t'enferme ici ? Quel est l'objet des tests que tu subis ? Pourquoi tu ne te réveilles pas ?

Ses questions s'enchaînent les unes après les autres sans me laisser le temps d'analyser tout ce qui se passe.

— Pourquoi ? Parce que j'y suis foutrement bien ! Ça ne se voit pas !? Qui n'aimerait pas être prisonnière de son propre cerveau ? rétorqué-je, mauvaise, avant d'ajouter : si je savais comment me réveiller, crois-moi, je l'aurais déjà fait !

Je reconnais son aura, masculine au possible, arrogante et vicieuse. Je ne le vois pas mais je discerne sa présence partout autour de moi. Aussi inquiétant que cela puisse paraître, je suis rassurée par lui. Apaisée par le mec qui n'a qu'une envie : me buter…

Pathétique !

Et si ce n'était encore qu'un test de l'inquisiteur ? Suis-je devenue un genre de Airbnb pour démons ?

Tu sais qui il est, tu le sens jusque dans tes tripes. Le doute n'est plus.

Je suis fiévreuse, excitée, effrayée. Mon corps est sensible à son environnement comme jamais, mon âme frétille presque et tous les drapeaux rouges de mon organisme sont levés. Je ne ressens cela que lorsque je suis confrontée au prince…

— Je perçois les conversations des gens qui en parlent… Puis il m'arrive de sentir sa présence parfois. Voilà comment j'ai su que j'étais officiellement possédée. Et puis, il paraît qu'elle a essayé de te tuer…

Le silence se fait, mais je sais qu'il est toujours présent.

— Elle est aux abonnés absents depuis que tu es là, je ne sens que ta présence. D'ailleurs, pourquoi je ne te vois pas ? interrogé-je à mon tour.

— Ah, ça, pour me sentir, daemonia, *tu as bien prouvé que c'était le cas, relance-t-il d'un ton empli d'un orgueil mal placé.*

— Pourquoi es-tu ici ? Je suis aussi fréquentée qu'un bordel de succubes à Vegas. Je présume que si je t'ordonne de foutre le camp de mon crâne, tu vas m'envoyer promener ? Alors quoi, que veux-tu, prince ? Qu'attends-tu de moi ?

— Déjà, je ne suis pas dans tes rêves cette fois, je suis présent, auprès de ton corps, mais sans enveloppe charnelle, comme un fantôme, laisse-t-il tomber avec un timbre hautement condescendant. Le plan astral, que ça s'appelle.

— Ça ne m'explique pas la raison de ta présence ici. Tu cherches à identifier le lieu où on me cache pour le dévoiler à ceux qui veulent ma mort ? Ou alors c'est de la vengeance ? Oh, je sais ! Tu es là pour la démone qui se terre dans un recoin de mon esprit ? Après tout, n'est-elle pas ton âme sœur ? Ou veux-tu juste la récupérer, auquel cas il faut sans doute que je meure. Je connais votre lien, elle m'envoie des hallucinations, des réincarnations qu'elle partage avec toi, le tout, sous forme de rêves à la conclusion sanglante. Tu peux m'expliquer pourquoi elle ne hante pas ta tête au lieu de la mienne ? N'y aurait-il pas plus proximal que de s'installer entre tes neurones ?

Je crache presque toute ma rage d'un coup. Je débite une tonne d'informations en un temps record et cela me soulage instantanément. Des semaines que je rumine, seule, et qu'il vienne me narguer dans ma prison est la goutte de trop.

Stoker se trouve être celui qui est le plus à même de me donner les réponses que j'espère tant obtenir et il joue avec moi.

— J'ai senti la présence de quelqu'un, plus tôt dans ton esprit. Cette personne te voulait du mal, énonce-t-il entre ses dents, d'une façon qui laisse croire, étrangement d'ailleurs, que ça ne l'arrange aucunement.

— Ma démone, sûrement ? Il serait normal que tu la sentes aussi puissamment. Quant à me vouloir du mal, je crois que c'est précisément ce que l'on est en droit d'attendre des motivations d'une diablesse.

Chaque fois que j'évoque leur lien, je suis prise d'une émotion intense, si violente. Je tente de le réfuter mais je reconnais bien la morsure de la jalousie.

— Qui t'a dit que tu abritais une démone ? relance-t-il encore une fois.

— Tous ceux qui passent à mon chevet en discutent. Je croyais que toi, tu pourrais m'en dire plus. Tu la reconnais ? Que peux-tu me révéler sur elle ?

— Qui qu'elle soit et ce dont elle est capable en solo, une fois en toi, elle puise ta magie à la source. Vous agissez l'une et l'autre comme des multiplicateurs. Je ne sais pas trop comment cela fonctionne pour l'instant, mais assurément, un mage pourrait m'en dire plus.

— Non ! tranché-je avec tant de fermeté que je le coupe net. Je veux dire que s'ils apprennent que je peux communiquer avec toi… ils risquent de… Personne ne doit l'apprendre.

— Je suis le futur roi, que veux-tu qu'ils me fassent ?

— À toi, rien, mais depuis que j'ai tué bon nombre de nobles au bal, mon temps m'est compté. Tu peux convaincre la démone de quitter

mon corps ? Souviens-toi de votre lien, si je le ressens aussi et si tu es ici, c'est que tu es aussi obsédé par elle qu'elle par toi, n'est-ce pas ?

— Qu'en est-il de toi, daemonia *? Ne nie pas que tu es au-dessus de tout ça, je sens palpiter ton cœur en ma présence.*

— Elle me parasite, je suis sous sa coupe et c'est elle qui me partage ses propres émotions. Je ne suis pas une experte, mais je crois qu'on peut affirmer que c'est logique.

Je tais que depuis qu'elle est là, mes sentiments sont exacerbés à plusieurs niveaux. Je me méfie de ceux en qui j'avais le plus confiance, je hais des gens que je ne connais pas, je ressens des désirs qui m'étaient jusque-là inconnus. Je suis amoureuse comme jamais je ne l'ai été avant. Quelle ironie que, pour la première fois où je ressens la démesure de la passion, ce sentiment ne soit pas le mien. J'avoue qu'entre elle et moi, c'est de plus en plus difficile de tracer la ligne. Je me noie doucement en elle, et elle en moi, et ma plus grande crainte, c'est que l'on ne devienne qu'une et que lorsque le processus sera achevé, il soit irréversible.

— Donc, tout le pouvoir que je détecte provient de la démone…

Son timbre est soudainement étrange. Je ne saurais en isoler les raisons, mais je remarque un changement qui me met instantanément sur le qui-vive. Il y a dans sa voix un accent de mal, de convoitise, peut-être même. Il est prêt à tout pour obtenir ce qu'il souhaite, aucun sacrifice ne sera inutile. Je ne le connais pas du tout et pourtant, je le connais peut-être même plus que moi-même. J'ignore comment j'en viens à cette certitude, mais cela me terrifie. Que veut-il réellement, et quel niveau de danger cela représente-t-il pour moi ? Je crains, avec une pointe de jalousie, que la réponse soit d'une évidence destructive : la démone dans ma tête, c'est elle qu'il veut. Pourquoi d'ailleurs ne se manifeste-t-elle pas ? Elle ne cesse de le réclamer et là, elle se terre ?

Je serais encline à la lui livrer dans la seconde si je savais comment me débarrasser d'elle. S'il est impossible de nous dissocier l'une l'autre, je ne doute pas une seule seconde qu'il me sacrifiera pour l'atteindre.

Ce constat m'effraie et ma terreur s'amplifie davantage encore quand je réalise que cette idée me tue, littéralement.

Le prince Stoker… est mien.

La violence des émotions qui m'assaillent m'est physiquement douloureuse. Je perds pied mentalement durant quelques secondes. Je passe d'un amour indestructible à une envie de tuer douloureuse, à de la possessivité qui m'arrache le cœur, à la création d'un trou semblable au néant dans ma poitrine.

Je parviens avec difficulté à ne pas y succomber, à ne pas me livrer corps et âme au tourbillon de sentiments d'une ampleur cyclonique.

— Tu le sens aussi, gronde le prince d'une voix rocailleuse qui a perdu de sa froideur.

Sa douleur est perceptible et résonne en écho avec celle que je ressens.

Je tourne sur moi-même, le cherche, et cette fois, comme si mon esprit était prêt, il m'apparaît entouré d'une espèce d'aura fantomatique et dorée.

Je le fixe, surréel et si beau. Ce n'est pas la première fois que je me trouve face à lui, et à chaque fois, mes émotions sont plus intenses qu'à la précédente. Il porte un pantalon sombre et ample accroché à ses hanches droites. Son T-shirt de la même teinte que ses cheveux ébène met en valeur une largeur d'épaules surprenante. Sur ses bras, les serpents dansent de façon presque hypnotique. Leur sifflement produit une mélodie aussi envoûtante que leur propriétaire. Ses yeux, deux demi-fentes entre lesquelles il me scrute de ses iris à la fois inquisiteurs et lubriques. Je suis effrayée, excitée et ma peur exacerbe mon désir dans une valse qui me semble sans fin. Ses mains épaisses et larges pendent de chaque côté de son corps avant de se fermer et de s'ouvrir comme s'il luttait à son tour.

— Qu'est-ce que je sens, selon toi ? le relancé-je d'une voix grave trahissant mon trouble. Comment se fait-il que je puisse te voir ? Ne disais-tu pas être dans le plan astral, près de mon corps ?

— Comme tout le reste te concernant, les règles qui régissent mon monde sont chamboulées. Je suis là-bas et ici à la fois, et même moi, je ne comprends pas comment c'est possible, disons que c'est sans doute dû à cette espèce de lien étrange…

Si lui, le prince Bathsheba, doté de la magie de l'esprit, ne sait pas comment c'est possible, alors nous avons un grave problème, Houston…

— Où es-tu ? Dis-le-moi et je viendrai t'y rejoindre, poursuit-il, ignorant délibérément ma première question. Tu cours un danger mortel ici et il ne te reste que très peu de temps… Je suis le seul qui peut t'aider.

— Tu me veux du mal…, déclaré-je malgré moi comme si c'était une évidence que nous connaissions tous les deux.

Mon corps se tord et l'oppression de cette déclaration ne tarde pas à se faire ressentir.

— Daemonia…

Ce nom, il le murmure comme une supplication, un serment et une prière à la fois.

— Pourquoi tu es là ? Tous ces souvenirs, ces rêves… Ils ne m'appartiennent pas ! Tu es ici pour elle, tu tentes de me piéger ! Tu envahis mes rêves, mes pensées, mes fantasmes, et chaque fois, sans exception, tu me tues.

Je m'éparpille, panique et lutte de toutes mes forces pour ne pas succomber à son charme et à ce qu'il déclenche en moi. Je ne dois pas flancher sinon ce sera ma fin, je le sais, mais pour quelques minutes de lui, la mort me semble d'un coup si peu payer.

Je dois le chasser de ma tête ! Il faut qu'il s'en aille.

Il va me tuer et m'arracher le cœur au propre comme au figuré, je le sais, je m'en souviens et je le ressens encore. Dans chaque version des fantasmes dans lesquels il apparaît, il me blesse. Je dois… il faut que…

Malgré tout, mes pas me conduisent vers lui. Mon corps est un aimant attiré dans sa direction. La simple félicité d'être dans ses bras vaut les mille morts qu'il va assurément m'infliger.

Tue-moi ! Détruis-moi ! Fracasse-moi ! Mais je t'en conjure, aime-moi.

Je lève un bras vers son apparition fantomatique, comme si j'espérais que ce geste me protégerait de lui. C'est à ce moment que je reste scotchée. Ma main, mes doigts, mon bras… un halo s'échappe de mon enveloppe charnelle. Une multitude de grains de poussière microscopiques d'un violet profond virevoltent autour de moi. Ça semble provenir directement de mon corps et je remarque que la matière est quasi identique à l'essence de Stoker, mais la sienne, aux couleurs dorées. Toujours à quelques centimètres de moi, il m'observe. De ses yeux plissés, il m'étudie en secouant doucement la tête. Quoi qu'il voie, il ne semble pas y croire. Malgré le contrôle qu'il affiche, dans ses iris presque noirs, la portée de son désespoir est visible.

— Ne vois-tu pas autour de toi ? Tu es en train de mourir ! Je peux te sauver, te sortir de là, mais il faut agir vite !

— Tu veux me leurrer. Tu vas me tuer de tes mains, énoncé-je d'une voix lourde comme la mort.

Son assurance s'effrite et son faciès démontre une émotion que je ne lui avais jamais vue, de l'inquiétude.

— Je suis sérieux ! Je te dirai tout ce que tu veux savoir, mais avant, il faut te sauver !

— Non ! Je n'en crois pas un mot. Je suis l'objet de toutes tes obsessions, de nuit comme de jour, et rien ne parvient à étancher cette soif que tu as d'elle, tu serais prêt à tout pour la retrouver. Je le sais parce que c'est aussi ce que je ressens par son biais à elle.

— Non ! oppose-t-il si vivement qu'il me confirme bien involontairement que j'ai tapé dans le mille.

— Ah non ? Vraiment ? relancé-je en franchissant les quelques centimètres qui nous protégeaient l'un de l'autre.

Sans le lâcher du regard, j'attrape sa main que je pose sur mon visage.

Je discerne sans peine le combat qu'il se livre intérieurement pour cacher que lorsqu'il s'agit de moi, il n'est plus celui qui contrôle.

— Ne fais pas ça, Vénétia, l'heure est grave et ma puissance se tarit lentement.

Ma peau le brûle comme si j'étais composée de flammes. Il souffre d'une façon que je comprends tout à fait, car je ressens exactement la même chose, mais son orgueil l'oblige à poursuivre cette lutte contre lui-même. Comme s'il n'avait pas encore compris que quoi que nous tentions, il nous serait impossible de gagner et d'échapper à notre destin.

Ses yeux s'arriment aux miens, captifs de mon âme. Prisonniers de ce sortilège tout autant que je le suis. Il ne rompt pas le contact de ses doigts sur ma peau. Au fil des secondes où il m'effleure, je sens ses défenses s'amenuiser. Cela étant, j'ai envie de cette proximité autant que je la crains. Chaque souvenir de la démone que je revis se termine par une mort, la mienne ou la sienne en l'occurrence.

Là maintenant, j'ai le sentiment que ma fin est inéluctable. S'il part, je me désagrège et deviens poussière. S'il reste pour la démone, si c'est elle son véritable amour, je n'y survivrai pas non plus. Et si je m'abandonne à lui corps et âme, il prendra tout ce que j'ai. Comme s'il me mettait au défi, son pouce se décale sur mon menton jusqu'à s'égarer sur ma lèvre. Son trouble est évident, voire contagieux. Je me liquéfie sous son regard d'une intensité qui me coupe le souffle. Il caresse ma bouche et cela le déroute. Je le sens se tendre, je devine qu'il essaie à son tour de comprendre.

— Je ne renoncerai pas, prévient-il d'une tonalité rauque, presque un grognement.

Je le veux si ardemment que ça me devient douloureux de lutter. Ses traits sont marqués par la colère puis teintés d'un désir qui appelle le mien. Ses mâchoires anguleuses sont tendues, son nez, droit et fier, se gonfle à intervalles réguliers, témoignant de tout son mécontentement. Ses lèvres, cette fois, ne sont ni incurvées dans un sourire cruel ni arrogantes. Il les maintient si fermement pincées que je devine que cela vise à ne pas lui faire perdre le peu de contrôle qu'il lui reste.

Pourtant, malgré sa volonté, ou la mienne d'ailleurs, c'est une guerre déjà biaisée. Il est l'éclair et je suis la mise à la terre, c'est plus fort que lui, c'est dans sa nature. C'est plus fort que moi, c'est ma raison d'être.

Le début de barbe qui couvre son menton lui confère un air mystérieux et incroyablement désirable. J'entrouvre les lèvres et aspire son pouce entre elles. Jamais avant je n'aurais été capable d'autant d'audace, mais ici, à ses côtés, je deviens si confiante.

Il inspire puissamment, rendant son mécontentement audible pour que dans la seconde d'après, je m'abandonne à lui. Son essence pénètre chaque pore de ma peau. Il hume la mienne et chacun des effleurements de nos langues gourmandes soude davantage nos âmes.

Je m'accroche à son cou comme si ma vie en dépendait, je l'embrasse à en perdre la tête. Qui nous sommes individuellement ne semble plus avoir d'importance.

— Daemonia…, *susurre-t-il contre mes lèvres avant de les assaillir langoureusement.*

— Sanguinum anima… anima mortis meas[3].

Je ne connais pas ces mots qui franchissent mes lèvres, mais ils arrivent avec tant de naturel que je sais que je les ai déjà prononcés. À mes paroles, la réaction de l'amant de mes songes est d'amplifier et d'approfondir notre baiser encore davantage. Il ne me lâche plus, pressant mon corps contre le sien ; sa bouche écrase la mienne et je peine à respirer désormais. Des images apparaissent et disparaissent sous mon crâne

[3] Âme sanguinaire… âme de ma mort

comme sous un stroboscope. Des réminiscences du passé ? Des souvenirs ? Des rêves ? Chaque seconde apporte un morceau de puzzle différent, mais tous ont les mêmes acteurs : Stoker et moi. Tantôt en calèche, tantôt au lit, en pleins ébats, ou sur une falaise, dans une tenue victorienne, médiévale. Nous, à toutes les époques passées dans toutes sortes de scènes différentes, mais une seule donnée reste irrévocablement inchangée : les yeux que nous posons l'un sur l'autre sont emplis d'amour et de passion. Je suis dingue de lui et si j'en crois mes flashs, cela remonte à des centaines d'années. Je suis consciente que cela n'est pas physiquement possible, même pour une sorcière…

Je décompose chaque image qui défile devant moi, essayant de mémoriser le moindre détail pour parvenir à me les remémorer par la suite et les analyser à tête reposée.

Lorsque je me déconnecte *du passé, le prince est devant moi et me fixe gravement.*

Il me détaille avec une envie et un désir qui font écho aux miens. Nous nous observons mutuellement, des questions plein la tête. Puis les images recommencent à m'envahir, mais ce n'est plus pareil. Je n'ai plus le sentiment d'avoir un film d'amour sous les yeux, c'est même tout le contraire. Les deux mêmes protagonistes dans une mise en scène sanglante, à peine supportable. L'histoire racontée est sensiblement la même, les costumes identiques, et donc, je devine que j'ai droit à la suite de chacune d'entre elles. Une longue robe victorienne rouge aux manches évasées. Ceinturée à la taille, elle gonfle sur les hanches pour devenir bouffante. Je porte un chapeau d'une taille aussi extravagante que la robe. Je suis assez jolie et vraisemblablement aristocrate. Je dois avoir le même âge qu'actuellement, peut-être même plus jeune. Je photographie mentalement la salle de réception, les convives qui ne me disent rien, et essaie de comprendre pourquoi je suis assaillie de souvenirs ou de chimères. Et si c'est la démone qui en est responsable, pourquoi juge-t-elle nécessaire que j'assiste à cela ?

J'avance dans la pièce, salue des gens, accepte les baisemains, participe à des divertissements magiques installés çà et là. Je m'extasie devant un invité créant une œuvre florale magnifique, puis devant un autre qui sculpte des paysages dans l'air avec les volutes d'une fumée grise. Puis d'un coup, je ressens un bien-être si puissant que d'emblée, je sais qu'il est là. Celle que j'incarne aussi, puisque son cœur se met à battre frénétiquement dans sa cage thoracique et qu'elle me consume presque, tant son amour est ardent. Je souris, m'excuse auprès des convives près de moi et prends congé, avec une seule idée en tête, aller le rejoindre.

Je pivote sur moi-même dans un bruit de taffetas et souris tant que je me demande si mon visage ne va pas se craqueler. Quand soudainement, mon monde s'écroule au propre comme au figuré, elle et moi sommes déconfites.

Celui qui se tient devant moi est certes beau, mais il est porteur d'autant de déception que d'incompréhension.

C'est Stoker qu'elle a ressenti, c'est pour lui que son palpitant s'est tant emballé. Pourquoi alors, est-ce un autre qui se tient devant elle ? Pourquoi ai-je le sentiment que c'est un mensonge ? Elle était secouée et déçue, et à la seconde suivante, elle se jette dans ses bras comme s'il était son fiancé. Tous les regards qui se posent sur eux sont attendris et non pas choqués. Il l'appelle son épouse en la présentant à l'homme à ses côtés. J'assiste impuissante à la scène. Je suis piquée au vif parce que je sais que c'est faux. Stoker, voilà celui pour qui son âme brûle ardemment. Comment est-ce possible alors qu'elle se pavane au bras de Riordan comme s'il était son amoureux ?

Je me souviens des images renvoyées par les miroirs lors de ma consécration. Moi, déclinée dans toutes les époques, avec pour compagnon Riordan. Pourquoi ? Mais alors pourquoi suis-je convaincue que celui que j'aime ne peut être que Stoker ? Est-ce ce que le prince veut ?

N'est-il pas doté de la magie de l'esprit ? Serait-il en train, en ce moment même, de jouer avec mes souvenirs, précisément pour me plier à sa volonté ?

— Vénétia, tu m'entends ? Pourquoi je ne vois plus ce que tu vois ?

Je distingue sa voix dans le lointain, mais suis absorbée par le souvenir qui s'impose à moi.

— Lutte ! Ne laisse pas le souvenir devenir ton maître ! C'est à toi de le manipuler, pas le contraire ! Reviens à moi, par Satan !

Je regarde le couple que je forme avec Riordan. Je nous observe nous enlaçant, échangeant des œillades énamourées, et je reste de glace. J'ai un goût amer en bouche, celui du faux, de la contrefaçon, du mensonge. Cette pièce de théâtre plus vraie que nature dans laquelle je me trouve commence à grésiller. Puis, doucement, les images des couples qui dansent sur la piste se métamorphosent.

Le décor change puis une scène nouvelle apparaît. Stoker approche, assuré, arrogant et beau, si beau. Il porte un complet dont la veste est incroyablement longue et un nœud papillon noir assorti au reste. Il avance, se plante devant moi, saisit mes hanches et me plaque contre son corps d'une fermeté sans pareil. Son visage s'approche tout près. Mon cœur s'emballe et je n'ai qu'une envie : être sienne avec tout ce que cela implique. À cet instant, le passé ne m'importe pas, il n'y a que lui et moi et le moment présent. Lui, moi et son corps qui m'enveloppe tout entière. Mes paupières se ferment dans l'attente de son étreinte, quand une douleur sourde transperce mon cœur. J'ouvre les yeux et l'aperçois, tenant dans sa paume le manche du poignard avec lequel il a perforé ma poitrine.

Je suis stupéfaite, mes yeux écarquillés l'accusent et l'interrogent à la fois.

— P… pou… r… qu…, parviens-je à peine à prononcer.

— Parce qu'un seul de nous deux peut subsister, tu le sais, daemonia.

J'assiste à une scène qui n'est pas réelle dans l'espace-temps où je la vis, dois-je me souvenir pour ne pas sombrer pour vrai. Le Stoker de cette hallucination me jauge avec les yeux d'un fou. Un cinglé muni d'une détermination sans faille, prêt à réussir une mission dont je ne connais ni les termes ni le commanditaire. Sa main poursuit son œuvre et pénètre dans mes chairs plus profondément. Quand l'instant d'avant, ses iris irradiaient de folie, désormais un autre sentiment plus perturbant encore y règne, de la… souffrance ? Mes sourcils s'arquent de surprise alors que mon alter ego sombre dans la mort. Stoker agit comme Jack l'Éventreur, mais dans ses iris presque noirs, je remarque un tourment si violent que je souffre avec mon bourreau.

Toutes les morts vécues par l'entremise de la démone me reviennent en tête. Chacune des versions de moi assassinées se rappelle à moi et chaque fois, Stoker est mon meurtrier ou est à l'origine de ma mort. Les souvenirs s'accélèrent, se brisent, se fracassent. Des voix enflent en arrière-plan, la mienne, celle du prince, de Riordan et d'autres que je ne connais pas. J'ai l'impression que mon crâne est devenu un champ de bataille. Je lutte contre un ennemi qui, en plus d'être invisible, m'est impossible à identifier. Je suis envahie, presque noyée de souvenirs qui ne sont pas tous les miens. Comme si on essayait d'entasser des dizaines de vies dans un seul et même cerveau, incapable de toutes les contenir. Je ne ressens plus la présence de celui que j'embrassais plus tôt. Je suis prisonnière des réminiscences qui m'assaillent.

Je saisis ma tête entre mes mains, craignant véritablement qu'elle explose sous la pression de cet afflux massif de données. Je hurle à m'en fendre les poumons, du moins, je reconnais ma voix. Tous ceux qui beuglent dans mon crâne… je n'en peux plus.

« Il va te tuer… Fuis-le ! »

« Ne les écoute pas… daemonia. *»*

« Elle se réveille ! Maintenez-la ! »

« N'aie confiance en personne, Circé. »

Et au travers de tous ces hurlements, Riordan qui m'appelle à lui, qui m'exhorte à me concentrer sur sa voix.

«Il est mauvais, Vénétia, ne crois rien de ce qu'il te dit!»

«Ne l'écoute pas, tu ne peux te fier à lui.»

Tantôt c'est Riordan qui me met en garde, tantôt c'est Stoker, j'en perdrais la tête. Je ne démêle plus qui dit quoi et puis d'un coup, je suis aspirée dans un tunnel lumineux.

«Réveille-toi, Vénétia, maintenant! Il va être trop tard si tu ne luttes pas immédiatement!»

Stoker? murmuré-je mentalement en choisissant de me diriger et de m'abandonner à cette lumière aveuglante.

Je traverse une sorte de mur quelque part entre rêve et réalité, et aussitôt que j'y mets les pieds, je le regrette, mais il est trop tard.

Chapitre 18 - Le prix d'un prince

Stoker, mi-août

Nous sommes dans son esprit, elle est dans mes bras, et en une seconde, un battement de cœur, je la perds. Ses cils papillonnent, ses yeux se révulsent. Je suis aussitôt expulsé de sa tête et notre lien psychique se rompt au même instant. Je me retrouve avec mon essence fantomatique de retour dans sa chambre, auprès de son corps physique. Comment j'ai pu d'ailleurs diviser mon esprit pour être avec elle à deux endroits à la fois ? C'est impossible, jamais je n'ai entendu un tel truc.

Je n'ai pas le temps d'analyser ce qui s'est produit car du bruit dans la pièce attire mon attention immédiate. C'est là que je la vois convulser. Une équipe que je devine médicale se démène auprès d'elle. Ils sont tous affairés au-dessus du sujet de leur expérience, tous sauf un qui me fixe, mauvais.

Merusak, sale enfoiré !

Évidemment, j'aurais dû envisager que son pouvoir électrique lui permettrait de percevoir mon essence ondulant auprès d'elle. Il sait désormais que nous sommes en contact et ne se prive pas pour afficher son mécontentement.

— Il va te tuer… Fuis-le ! lance-t-il à Vénétia sans jamais me lâcher du regard.

« Ne les écoute pas… daemonia. »

— Elle se réveille ! Maintenez-la ! beugle un médecin à une infirmière qui ne sait plus où donner de la tête.

— Il est mauvais, Vénétia, ne crois rien de ce qu'il te dit !

Si je pouvais réintégrer mon corps physique, je jure devant Satan que je l'obligerais à fermer sa grande gueule.

« Ne l'écoute pas, tu ne peux te fier à lui. C'est l'ennemi, c'est celui qui tente de nous séparer ! » surenchéris-je sans être sûr qu'elle peut m'entendre.

Ce sale connard de merde qu'elle appelle Riordan traverse la pièce pour s'élancer à son chevet. Là où est *ma* place.

Je suis en train de me consumer de rage, et quand je pense que ça ne peut s'amplifier, je remarque que le sorcier électrique emprisonne la main de Vénétia entre les siennes. Je vois noir et suis pris d'une envie de lui broyer la trachée, ce qui s'accroît encore davantage lorsqu'il laisse courir sur l'épiderme de la jeune femme des ondes électriques. Il ne doit pas la toucher ainsi, il n'a pas le droit de poser ses mains sur elle, et encore moins de la salir de son pouvoir.

Elle m'appartient, elle est mienne et il crèvera pour ça. Quiconque la touchera devra le payer de sa mort. Particulièrement lui.

Je tente de lui parler, d'entrer en contact avec elle dans son crâne, en vain. Il me faut renforcer notre lien, je dois revenir dans sa tête au plus vite. Sauf que j'ai dû boire deux fioles de ce que je suppose être son sang pour parvenir jusqu'à me dédoubler et atteindre son esprit. Je doute donc de pouvoir la réintégrer sans me shooter à nouveau vu l'énergie que cela demande.

Alors que je croule sous les questions et que la jalousie m'étreint jusqu'à la mort, son état semble s'aggraver. La machine qui surveille ses signes vitaux émet un signal sonore persistant et la courbe qu'elle affichait il y a peu n'est plus qu'une ligne plate et continue.

Elle se meurt… et je ne suis pas vraiment là.

Elle se meurt… et c'est Merusak qui tient sa main.

Elle se meurt… et je vais la perdre à nouveau.

Elle se meurt… et je crève avec elle.

Je ne suis plus qu'une boule de nerfs et je scrute le moindre soubresaut de vie chez cette femme que je ne connais pas mais dont la mort me détruit. Je n'ai pas su la protéger et la sortir de là. Je suis vénère contre moi, contre tous ces incapables qui l'encadrent et contre le salaud qui s'attribue une place qui me revient.

Je devrais songer au fait qu'elle emporte avec elle les pouvoirs que je désirais si ardemment lui soutirer, mais sauf cette fureur et ce désespoir sourd face à son éventuelle mort qui me bouffe, je ne ressens rien. Cinq minutes, c'est ce qu'il a fallu pour qu'un portail apparaisse et qu'en déboule Améda Grimwood, son époux, un mage et le grand prêtre Merusak. Mon mage, celui du roi et surtout, l'homme m'ayant assuré qu'elle était morte.

Enfoiré !

Je savais qu'il mentait et que je ne pouvais pas lui faire confiance, mais là, c'est un autre *level* de trahison. Il savait non seulement qu'elle existait, mais aussi qu'elle était ici et qu'ils la tuaient à petit feu. Qu'avait-il à y gagner ? Œuvre-t-il pour aider l'un de mes frères à devenir roi ?

Ils se positionnent tous en cercle autour du lit de Vénétia, qui ne montre toujours aucun signe de vie. Ils commencent à psalmodier une incantation qui m'est inconnue. J'ignore quelle est cette sorte de magie, mais elle semble puiser son énergie à même leur source, ainsi que dans la mienne et de tous ceux qui sont présents. Je me sens vaciller et ai de plus en plus conscience de mon corps physique qui est, lui, chez moi dans ma chambre. Animé dans la mort, le corps de la malade se met alors à bondir dans tous les sens, agité de spasmes.

De la nécromancie ? Nan, impossible, aucun d'entre eux ne possède ce pouvoir. Bordel, qu'est-ce qui se passe ici ? Le médecin, les infirmières et Riordan tombent à genoux sur le sol. Leurs visages semblent afficher une forte souffrance. Le rituel des anciens les affaiblit, visiblement. Comme s'ils puisaient son intensité en eux, à même leur énergie vitale. J'assiste à quelque chose de démentiel, un truc jamais vu et qui met en exergue une capacité dangereuse et digne des premiers Bathsheba. Celle d'extraire l'énergie de l'un des nôtres. Du cannibalisme magique, ni plus ni moins.

Je hurle à m'en fendre les poumons dans cette dimension où je suis seul.

— QU'EST-CE QUE VOUS FOUTEZ, BANDE DE SALOPARDS !

J'effectue les cent pas tout autour d'eux et ma fureur enfle drastiquement.

Ils l'ont tuée et désormais, je les traquerai tous jusqu'au dernier. Même si je voulais en appeler à un nécromancien pour la faire revenir, j'ignore où elle se trouve.

Je l'ai perdue… à tout jamais… du moins, dans cette existence.

Tu as surtout perdu ses pouvoirs et l'occasion qui allait avec !

Puis, alors que je profère une ultime menace de mort, Riordan lève ses yeux gris foncé dans ma direction.

Son visage se compose d'un rictus dégoûté. Je distingue sa bouche expulsant quelques mots inaudibles, et lorsqu'il tend une main vers moi, je suis heurté de plein fouet puis expédié manu militari dans mon corps.

Tout ça sans attirer l'attention des sorciers présents.

Je me réveille dans ma chambre, fou de rage. Furieux d'avoir été ainsi chassé et de ne pas avoir réussi, malgré mon expérience, à la contraindre à me garder à ses côtés. Je reviens vivement à moi et suis aussitôt en mode alerte. Dès que je tente de me lever, je suis soumis à un violent étourdissement. Mais je refuse de me laisser arrêter et vacille sur mes jambes incertaines d'un meuble à l'autre en faisant tout tomber sur mon passage. Je fouille le moindre recoin de ma chambre à la recherche d'une autre fiole qui me permettrait de retourner vers elle illico.

Je dois retrouver ma *daemonia* au plus vite. Je ne sais pas quel est le rituel employé ni pourquoi elle est enfermée, mais je compte bien faire la lumière là-dessus. Tao sait-il qui elle est vis-à-vis de moi ? Comprend-il l'importance qu'elle a ? Cette obsession que nous nourrissons l'un pour l'autre, est-ce de leur fait ? Est-ce que cette démone est réelle ? Et le cas échéant, qu'est-ce qui me dit que ce n'est pas eux qui la lui ont implantée ?

Une quinzaine de minutes plus tard, la chambre est sens dessus dessous, j'ai vidé toutes mes cachettes, il n'y a plus une seule goutte du sang de démon que j'ai besoin de consommer pour renforcer notre lien psychique.

Je dois savoir s'ils ont réussi à la faire revenir et si elle est en vie. Un sentiment plus puissant que le désespoir me ronge, j'accueille les ténèbres et les laisse m'envahir. S'ils m'ont arraché définitivement Vénétia, c'est ce néant qu'ils devront combattre.

Déterminé et inarrêtable, j'arpente quelques minutes l'aile des prétendantes et je frappe avec insistance à la porte de Numéro 16.

Comme si elle attendait ma visite nocturne et que mon air débraillé ne la surprenait pas, elle m'invite à entrer du plat de la main.

Je remarque à peine qu'elle ne porte qu'une petite culotte et un top échancré.

Rien à foutre d'elle.

— Je savais que tu viendrais me rejoindre, mais je croyais que tu bataillerais plus longtemps contre tes envies primaires. Alors je reste sur ma position, tu fais de moi une reine ou alors tu n'auras rien du tout.

— Ce n'est pas ton cul que je viens chercher, femelle. Je veux ton sang, annoncé-je, implacable.

C'est par elle que je me sens au plus près de Vénétia. Après quelques recherches sur ses origines et sur sa famille, que j'ai découvert être les Grimwood, tout est devenu évident. Ses parents étaient présents auprès du mage cette nuit, aussi, il est plus que probable qu'ils soient de mèche. Je la soupçonne donc d'être celle qui a déposé les fioles de sang dans ma chambre. Je trouverai bien ce qui les lie toutes les deux, mais pour l'heure, seule Vénétia m'importe.

Elle devrait être surprise, perplexe, voire carrément outrée d'une telle demande diurne, mais rien de tout cela. Rien qu'une lueur victorieuse brille dans ses prunelles noisette.

Je me fais violence pour ne pas foncer sur elle et la saigner de gré ou de force. Je me vois bien lui couper la gorge de part en part et boire à la source. Le parfum qu'elle dégage est celui de ma *daemonia*, et ça, c'est pour le moins inquiétant. Pourquoi ? Je m'y attarderai plus tard, mais que l'une soit exsangue et que l'autre fleure son hémoglobine à des lieues à la ronde me laisse envisager le pire.

— Tu n'es pas ici pour que nous reprenions là où nous nous sommes arrêtés ? Pourtant, j'aurais juré que tu étais satisfait de ma prestation, argue-t-elle d'une voix de séductrice en ondulant du bassin jusqu'à moi.

Elle me dégoûte et je dois canaliser tout ce que j'ai de patience pour ne pas l'obliger à la fermer et ne pas la soumettre.

— Je veux du sang, ton sang, quémandé-je entre mes dents serrées.

— Oh, je vois… Je ne croyais pas que tu étais de ce genre-là, murmure-t-elle en me contournant doucement.

Son doigt manucuré se pose sur ma mâchoire, juste sous mon menton. Je ne bronche pas lorsque ses seins se pressent sur mon flanc et qu'elle chuchote tout près de mon oreille.

— Tu connais ma règle, un service rendu, un service donné… Heureusement pour toi, j'ai ce qu'il te faut sous la main, mais en contrepartie…

Je me retourne d'un bond et attrape son poignet pour qu'elle cesse de jouer les mijaurées. Elle plante ses iris dans les miens et laisse ses lèvres former une moue machiavélique.

— Ton prix sera le mien.

Vénétia est en danger, peut-être encore morte à l'heure qu'il est, et cette garce joue avec mes nerfs. Elle aime vivre dangereusement.

— Je veux être ta favorite, que tu l'annonces publiquement et que tu n'en prennes aucune autre.

— C'est contre les coutumes de refuser à d'autres la possibilité de me séduire pour obtenir le rôle de deuxième épouse, opposé-je en grognant presque.

Elle ne répond pas sur le coup, se rend jusqu'à sa bibliothèque, saisit un livre visiblement factice et en sort une fiole dont la simple vue me donne envie de me shooter. Elle la pince entre son pouce et son index et me la brandit sous le nez.

— Je croyais que c'était contre les coutumes d'être un prince addict au sang de démon et prêt à se damner pour en obtenir…

— Bien, abdiqué-je. Je ferai ce que tu demandes, maintenant, donne-moi cette merde et pas besoin de te dire que notre accord est caduc s'il s'ébruite.

Pour toute réponse, elle me sert une révérence feinte et dépose dans mes mains le précieux liquide.

Je sors sans salutation, referme derrière moi et m'envoie le sang directement dans le gosier. Si mes calculs sont bons, au moment d'entrer dans ma chambre, je serai déjà shooté et prêt à rejoindre ma *daemonia* sans plus attendre. Un calcul parfait puisque dans les minutes qui suivent, je m'affale sur mon lit. Comme escompté, je la retrouve, mais cette fois, je ne suis pas dans le plan astral, je me lie à elle dans son esprit et nous connecte. Ce n'est que là que je saisis l'ampleur de ce qui se trame autour d'elle.

Chapitre 19 - Surveillance nocturne

Riordan

— Je veux que tu restes dans la salle de contrôle pour veiller sur elle à distance, le temps de nous assurer que tout fonctionne comme escompté, m'ordonne Améda après sa conversation avec le mage.

— Elle est hors de danger ? Pas vrai ?

Je tente de masquer mon inquiétude et de rester froid, mais voir la machine afficher la mort de Vénétia en direct m'a ébranlé bien plus que je ne l'aurais envisagé.

La grande prêtresse Grimwood me scrute d'un œil suspicieux.

— Je t'ai déjà promis qu'elle irait bien ! Les tests sont encourageants et l'inquisiteur a identifié la sorte de démone qui la possédait. Nous pourrons donc procéder sous peu.

— Ouais, mais on a bien failli la perdre, et je doute qu'elle soit assez forte pour que l'on puisse extraire son entité sans mettre sa vie en danger…

— Tu as vu de quoi son parasite est capable, la plonger dans le coma était nécessaire pour empêcher la démone de s'approprier complètement son hôte. Si Vénétia est inconsciente, l'autre l'est aussi.

J'ai entendu un brin de conversation entre elle et le mage. Je sais donc ce qu'ils ont en tête, et bien que je m'abstienne de le leur mentionner parce que je tiens à conserver mon poste, leurs manigances me dégoûtent.

— Tu ne dois oublier sous aucun prétexte qu'elle est parasitée, que sa démone change sa perception puis ses souvenirs, et que nous n'avions pas d'autre choix, avant d'envisager de la réveiller, que de modeler la réalité à même sa tête puis de la tester. Le choc aurait été trop grand sinon. Cette simulation est nécessaire pour son équilibre mental. Lorsqu'on tentera de réveiller Vénétia, il faut que toutes les deux soient convaincues qu'elle est là depuis une seule semaine, et surtout, de son plein gré. Elle va savoir que nous cherchons encore des solutions pour les dissocier. Comme nous sommes sur le point de passer à l'action, il est plus qu'important de ne pas attiser la méfiance de la diablesse. Pour Vénétia, ce sera la réalité, et il est impératif qu'elle y adhère. Elle saura qu'elle est possédée, que celle qu'elle héberge est dangereuse, qu'elle a tué bon nombre de sorcières, et que sa cible suivante était les royaux. Elle pensera même être dans une salle d'hôpital qui lui est habituelle où l'on surveille étroitement sa santé.

— Comment est-il possible qu'elle ne réalise pas son état physique amoindri et la faiblesse de son corps ? Je veux dire qu'elle va bien se rendre compte du poids perdu, des multiples traces de piqûres et de sa fatigue ?

Il est évident, à la façon de me jauger de la prêtresse, qu'elle doute de moi et que mes interrogations ne lui plaisent pas.

— Pour ta gouverne, nous influerons sur son état de santé, et à l'aide de sorts et de filtres, elle sera nettement plus en forme qu'elle ne l'était. Tout est pensé, prévu, et en parfaite maîtrise. Dis-moi, Riordan, commencerais-tu à douter de ce que nous faisons ici ? Si tel est le cas, je t'invite à bien évaluer les choses, peut-être vaudrait-il mieux que j'indique au grand prêtre Merusak que cette mission te chamboule ? Il pourrait ainsi offrir à un autre ta place de bras droit ?

— Ce ne sera pas nécessaire, assuré-je avec aplomb. Je comprends nos motivations et je sais que vous ne voulez que son bien. Je crains que mon inquiétude ne vienne du fait que je dois faire mes preuves à ce poste. Il serait malvenu que mon premier mandat se solde par la mort de la personne que j'ai pour mission de surveiller.

— Bien, alors reste concentré sur sa surveillance, et lorsqu'elle se réveillera, tiens-t'en à ce qui est prévu.

J'opine du chef et la regarde partir à travers le portail qu'elle vient d'invoquer.

Je me laisse tomber sur mon siège et permets à mon corps de se détendre un peu.

Je soupçonne qu'elle me cache la vérité sur ses intentions et probablement que c'est aussi le cas du grand prêtre de mon *coven*. Pourquoi garder Vénétia ici à l'écart de tous ? On m'assure qu'elle est en danger si les Warwick, en pleine propagande contre les mortels, apprennent où elle se trouve, mais je doute de plus en plus de sa sécurité auprès d'eux. On la vide de son sang encore et encore, justifiant le tout par des tests effectués au sujet de la démone et des ravages qu'elle produit dans le corps de son hôte, mais je n'y adhère plus.

Et puis, je me suis bien gardé de le leur mentionner mais j'ai aperçu le prince ici dans cette chambre. Il était là, son aura fantomatique était présente dans la pièce et il semblait aussi furieux qu'inquiet à son propos. Il avait l'air si désemparé de la voir trépasser… Est-ce lui la raison qui explique qu'elle soit enfermée ici ? Si c'est le cas, je devrais sans doute les informer que leur plan a failli, qu'ils sont en contact ou le seront sous peu.

Pour l'heure, tous nous préparons le réveil de Vénétia. Elle sera persuadée qu'elle n'est ici que depuis une semaine, l'inquisiteur s'en est assuré. De même, si j'ai bien compris, elle regardera le monde au travers d'un filtre lui faisant voir une réalité déformée où elle va bien.

Pourquoi ai-je ce sentiment bizarre que c'est ma propre réalité qui est déformée et que mes souvenirs sont aussi biaisés ? Est-ce que les mensonges qu'ils escomptent servir à Vénétia alimentent ma paranoïa ou alors n'est-elle pas la seule victime de cet inquisiteur ? Qui est-elle et quelle est sa véritable importance ? C'est ce qu'il me faut impérativement découvrir.

Chapitre 20 - il n'y a pas plus aveugle que celui qui ne veut pas voir

Vénétia

Des gens, des lumières vives, un cercle, des incantations. Je discerne quelques mots latins, mais je n'en connais pas la signification, n'ayant pas appris cette langue dans mon lycée de simples mortels. Des sorciers qui unissent leur voix en un seul et même chant, aussi mélodieux qu'envoûtant. Cela m'apaise, je m'alanguis et me calme. Je lutte encore un peu, mais bientôt, je ne trouve plus la force de me battre contre cette berceuse si réconfortante et je sombre à nouveau.

Je reprends conscience, Dieu sait combien de temps après. J'ouvre les yeux, et bien que je me réveille à peine, je suis encore si fatiguée. Ma vue est brouillée comme si j'avais dormi durant des lustres. Je distingue le plafond qui m'est habituel, puis les murs nus que je reconnais sans peine. Je me relève sur mes coudes et j'examine le moindre recoin de la pièce qui m'entoure. Je me sens étrange, mais tout est normal, tel que cela l'est depuis des jours. Je dois avoir fait un mauvais rêve dont je ne garde aucun souvenir.

Je me rappelle m'être couchée dans mon lit après ma rencontre avec l'inquisiteur. J'ai parlé à ma mère un moment, puis me suis endormie, rassurée qu'elle aille bien. Une semaine sans nouvelles, la pauvre s'inquiétait, mais j'ai réussi à l'apaiser. Néanmoins, je ne parviens pas à me débarrasser de cet étrange sentiment que quelque chose cloche. Je me lève et me rends au lavabo pour me prendre un verre d'eau et étancher cette soif digne de semaines passées dans le désert.

Daemonia ! Par Satan ! Tu es en vie ! Rejoins-moi dans ton crâne, nous devons parler, et surtout, assure-toi que personne ne sache que je suis là.

Je tourne et retourne ma tête à la recherche du propriétaire de cette voix aux accents de paranoïa qui s'égosille dans mon esprit.

— Qui es-tu ? Qui me parle ? Que me veux-tu ? Je dors encore ? C'est ça ? murmuré-je en fouillant des yeux les moindres recoins de cette chambre d'hôpital.

C'est Stoker, enfin ! Vénétia ? Qu'est-ce qui s'est passé après mon départ ?

— Stoker ? OK, je suis encore dans un de mes rêves fantasmagoriques… Tu n'es pas réel et je débloque complètement. Voilà qui ne va pas plaire à Améda, ajouté-je pour moi-même.

Améda ? Putain ! Non ! Ne dis à personne que je suis là. Qu'est-ce qu'ils t'ont fait ? Réveille-toi ! Fais un effort, tu le sens que rien de tout ça n'est réel. Ouvre les yeux !

Je pivote sur moi-même, à l'affût d'anomalies, mais ne trouve rien qui me saute aux yeux.

Suis-je devenue folle ? Niv ne m'avait-elle pas mise en garde au sujet des inquisiteurs, en me racontant quelques histoires où ils avaient bousillé pour de bon le cerveau de leur hôte ? Et leurs victimes n'étaient certainement pas de pauvres humaines sans pouvoir. Donc il serait logique de croire que c'est peut-être ce qui se produit avec moi à l'instant.

Je marche sur le tapis qui recouvre le sol au pied du lavabo après avoir avalé le liquide d'une traite. Mais me stoppe net, pose le pied par terre et le relève ensuite. Je plisse les sourcils, suspicieuse. Je sens mes orteils s'enfoncer, mais pas comme… pas de la même façon que d'habitude. Ce qui est complètement étrange.

Voilà, ça y est, tu commences à voir la vérité telle qu'elle est. Porte attention aux détails, concentre-toi, daemonia.

Je me dirige vers mon lit en essayant d'ignorer le dingue qui m'admoneste dans ma tête, mais à mesure que j'approche, je remarque des détails qui ne coïncident pas avec mes souvenirs. Le couvre-lit, par exemple, est mince et n'a plus rien à voir avec la couette de sous laquelle je me suis extirpée plus tôt. La tête de lit n'a plus les mêmes gravures dans son bois sombre. Je passe instinctivement les doigts dessus et ne ressens sous la pulpe pas la moindre nervure.

Voilà, Vénétia, tu commences à te réveiller. Ne les laisse surtout pas te rendormir. Lutte !

Je remets tout en doute, à commencer par ma santé mentale, rapidement suivie de tout ce qui m'entoure.

Trouve un miroir. Allez, bouge ton cul, daemonia *! Les salauds vont revenir, tu dois te libérer de leur emprise.*

— Me libérer de qui, de quoi, hein ?

Comme si j'accordais un quelconque crédit à celui qui parle dans ma tête, je chuchote en réponse à ses mises en garde.

Il n'est pas ici, Stoker ne peut être réellement dans mon crâne ? La démone en moi, voilà qui est bien plus plausible.

N'est-ce pas la raison de ma présence ici ? Qu'on l'enlève de mon esprit ? Cette pensée est logique et si naturelle… Pourquoi alors une autre partie de moi doute-t-elle ? C'est comme si chacun de mes souvenirs était flou sans que je puisse me l'expliquer.

Pour autant, sur ses injonctions je me dirige vers la salle de bains et m'installe devant le miroir qui trône au-dessus du lavabo, tel qu'il me l'a ordonné. J'ignore ce que je m'attends à y voir et ce que lui escompte que j'y vois, mais je fixe le comptoir quelques instants et prends une succession de respirations profondes avant de lever les yeux.

Je me reluque dans les moindres détails, et j'ai sous les yeux la même personne que celle que j'étais la veille avant de me coucher. Cette voix me ment, c'est elle qui induit de fausses informations.

Tu es manipulée par un sort. Ils ont modifié ta perception, et vu ce que je discerne ici, ils changent tes souvenirs et les remplacent par d'autres. Daemonia, *je sens ta puissance affluer dans chacune de tes terminaisons nerveuses, utilise-la.*

— Voir quoi ? C'est bien de moi qu'il s'agit dans cette glace ! Tu essaies de m'embrouiller l'esprit, mais je te préviens, ça ne fonctionnera pas !

Je lui réponds et me trouve aussitôt stupide d'entretenir une conversation avec quelqu'un qui n'est pas présent près de moi. Stoker, le prince, s'adresse à moi pour soi-disant me protéger alors que dans chacun de mes rêves il ne veut que ma mort ?

Je perds la boule !

Vois au-delà du voile, de ce filtre qu'ils ont posé sur tes souvenirs, concentre-toi et répète cette phrase jusqu'à ce que la vérité reprenne ses droits : Levetur velum ut veritas reveletur[4].

— C'est n'importe quoi ! Fous-moi la paix, démone ! asséné-je en tournant sur moi-même pour retourner dans la chambre.

Répète après moi : Levetur velum ut veritas reveletur *! Qu'as-tu à y perdre ?*

Je soupire profondément et m'exécute, décidée à dissiper tous mes doutes. Je répète ses paroles et je sens aussitôt une fissure se former dans ma réalité. Je recommence une deuxième fois en me dirigeant à nouveau vers la glace, et sous mes yeux ébahis, l'image que me renvoie le miroir n'est plus aussi claire. Je m'observe, et d'un coup, mon reflet change. En alternance, je fixe cette version de moi qui m'est si habituelle alors que sur cette image s'en juxtapose une autre, plus décharnée.

Un hoquet horrifié s'extirpe de ma bouche dès que ma vision passe de l'une à l'autre. Je plisse les sourcils, grimace, salue, et tous mes gestes sont reproduits à l'identique.

L'espace d'un instant, je me dis que c'est ridicule et que je devrais me mettre au lit au plus vite, parce qu'apparemment, vu les hallucinations que je me tape, je suis au plus mal. Pourtant, je reste là, à scruter cette autre version de moi.

Tu le sens, n'est-ce pas ? Concentre-toi, perçois le voile qui est posé sur la réalité. Par Satan, Vénétia, il faut te réveiller. Ce doute qui ne te quitte pas, c'est ton instinct qui te met en garde !

J'examine cette fille aux cheveux bouclés et emmêlés qui, de ses yeux cerclés d'un noir de cendre, me fixe intensément. Sa tignasse d'un rouge vibrant et inhabituel n'est plus, elle

---

[4] Que le voile soit levé pour que la vérité soit dévoilée

est désormais terne et sale. Une apparence de morte-vivante amplifiée par un teint grisâtre. J'ai perdu du poids, exit les petits kilos en trop qui me conféraient quelques formes dont j'étais assez fière. Ma tenue est composée d'une simple blouse d'hôpital. En levant mes bras pour regarder le tissu de plus près, je remarque de multiples hématomes qui couvrent chaque recoin de ma peau. Je distingue aussi des marques de piqûres, nouvelles et visiblement plus anciennes, qui teintent mon épiderme et tirent sur le jaune par endroits. Comme si mes ecchymoses dataient de plusieurs jours alors que je ne suis là que depuis une semaine. Je pèse sur celle-ci et la douleur vive ne correspond pas à ce que mes yeux voient.

— Qu'est-ce qui se passe ? Bon sang !?

Que te rappelles-tu ? Quels sont les souvenirs qu'ils t'ont implantés ? Pour comprendre ce qu'ils veulent te dissimuler, il te faut décortiquer leurs mensonges.

— Eh bien, je suis ici depuis une semaine…

Pour toi, le bal a eu lieu il y a sept jours ?

— Ce n'est pas ça ? Combien de temps alors ?

Continue, Vénétia, évoque chaque certitude et après avoir réussi à lever le voile, tu te souviendras de tout.

— Le bal a eu lieu il y a environ une semaine, je me suis réveillée ici et on m'a annoncé que j'y avais tué une tonne de gens. La démone qui me possède en a après toi et ta famille. Elle utilise mon corps pour voler les pouvoirs des sorcières et comptait soit prendre le tien, soit te posséder.

N'arrête pas, poursuis, ordonne-t-il froidement, comme si cela avait une importance capitale aussi pour lui.

— Pourquoi ? En quoi connaître cela est-il nécessaire pour toi ? Je n'ai aucune confiance et je soupçonne que c'est toi qui tentes de me manipuler ! Peut-être même es-tu cette démone ?

Dans la glace, les lèvres de l'étrangère zombie remuent en même temps que les miennes et je suis horrifiée.

N'aie pas confiance en moi alors, mais ne néglige pas ce que tu perçois et ce doute qui t'assaille. Ils ont modifié tes souvenirs et comme ils ne savent pas que nous étions en contact, ils n'ont pas d'autre solution pour notre connexion. Tu as oublié nos échanges à ce que je vois, mais si tu répètes le sort que je t'ai donné, tout te reviendra.

— Et si ce n'est pas le cas ?

Alors tu peux compter sur moi pour te raconter en détail la moindre de nos rencontres…

Il y a dans sa façon de prononcer les choses un second degré qui plante de petits frissons sur chaque parcelle de ma peau.

— Ici, je suis en sécurité et me cache de Warwick en attendant que l'on trouve un moyen de me séparer de la succube qui se terre en moi. On m'a fait passer des tests et bientôt, ils procéderont à la cérémonie de désunion.

Que penses-tu d'Améda et de Riordan ?

— Améda veille sur moi comme une mère et je peux avoir confiance en elle, quant à Riordan, il n'est qu'un garçon étrange rencontré une fois ou deux. Pourquoi ? Quel est son lien avec moi ?

Tout est lié, chaque distorsion de la vérité vise à cacher une information pertinente, il faut juste trouver lesquelles et te sortir de ce mirage créé sur mesure. Vas-y, prononce à nouveau l'incantation.

J'accède à sa demande et formule encore et encore ses mots avec un accent si horrible que je crains que ce ne soit à cause de cela que rien ne se produit. — *Levetur velum ut veritas reveletur. Levetur velum ut veritas reveletur. Levetur velum ut veritas reveletur.*

ENCORE ! hurle Stoker avec tant de conviction et d'autorité que j'obéis sans tergiverser.

— *Levetur velum ut veritas reveletur. Levetur velum ut veritas reveletur. Levetur velum ut veritas reveletur.* Arg ! Ça ne fonctionne pas ! Mais qu'est-ce que je fous en vrai ? Je n'ai pas de pouvoir, je ne suis qu'une humaine qui…

Tu ne vois pas parce que tu ne veux pas voir. Je te croyais plus maligne que lâche, mon erreur, laisse-t-il tomber avec une condescendance totale.

— Crois-moi, si j'avais vraiment des capacités, je les utiliserais pour te chasser de mon cerveau ! Et puis qu'est-ce qui me dit que ce n'est pas toi qui induis ces délires dans mon esprit ? Après tout, tu souhaites ma mort, alors pourquoi voudrais-tu me sauver ? Pire encore, peut-être que je suis réellement dingue et que je vous ai créés toi, la démone et ce monde magique dans lequel je crois être prisonnière !

Je décide que dès le lendemain, il me faudra parler à Améda de ces manifestations qui prennent le dessus sur mes propres volontés. Je crains que ça ne fasse que leur confirmer ce qu'ils savent déjà, c'est-à-dire que je suis dangereuse et que je dois être hautement surveillée. Mais mieux vaut prévenir avant qu'on ne m'emploie pour faire plus de mal encore. Je dois être purgée ou maîtrisée. Je ne supporterais pas de tuer ou de blesser d'autres personnes.

J'ignore comment et quand j'ai été possédée par la démone, mais celle-ci utilise mon corps pour commettre ses actes horribles. Depuis que je suis enfermée ici, il n'y a pas eu de nouvelles sorcières tuées ou dépouillées de leur pouvoir. Améda me l'a bien expliqué le jour où elle m'a fait visiter cette chambre. Chaque fois qu'une sorcière est morte, j'étais dans les parages.

C'est bien ce qu'elle m'a dit, non ? Ces mots résonnent dans mon crâne avec certitude alors que je ne parviens pas à identifier les images allant de pair avec ce souvenir. Ma tête est un puzzle géant qui est désassemblé, et plus j'essaie d'attacher ensemble les morceaux de vérité, plus j'ai le sentiment de baigner dans un mensonge.

Vénétia…

— Ne me parle plus ! Tu n'es pas réel !

Je sors de la salle de bains en secouant la tête, décidée à lutter de toutes mes forces contre les mirages mentaux qui m'affligent.

J'avance vers le lit quand je sens une gêne au niveau de ma gorge.

Tu veux crever et continuer de m'ignorer ? Parfait, comme je suis magnanime, je vais t'aider à mettre un terme à ta pathétique existence. C'est la mort qui t'attend de toute façon !

Je ne peux me défendre ni en parole ni en geste puisque je sens glisser dans ma trachée quelque chose de glacial. Une sensation d'étau se forme sur ma gorge. En quelques secondes, l'air ne parvient plus ni à entrer ni à sortir. Quelque chose s'entortille autour de mon cou. Instinctivement, je place mes mains sous mon menton, essayant de desserrer ce qui m'étrangle, mais il n'y a rien. Du moins, rien que je puisse sentir ou voir. Et c'est là, au moment où les points noirs dansent devant moi, que je comprends et me redirige bon an mal an vers le miroir de la salle de bains.

Et là ? Tu me distingue, pas vrai ? Je suis bien réel et cette version de toi aussi ! Que ressens-tu, Vénétia ? Cette jolie fille ne détecte rien dans la glace, n'est-ce pas ? Elle s'étrangle sans raison particulière… Observe bien, je suis là, fixe mes mains, que vois-tu ? Que sens-tu presser ta gorge ainsi ? Levetur velum ut veritas reveletur *! Dis-moi ce que* *tu RESSENS ! Concentre-toi sur tes sensations et pas sur ce que te dictent ta tête et tes souvenirs corrompus ! Que ressens-tu, qu'est-ce qui oppresse ta trachée ainsi ? Tic tac, tic tac, vois la vérité ou meurs, Vénétia ! Ce sont là les seules options dont tu disposes.*

Cette fois, il n'y a plus de demi-mesure. Je me prends dans la gueule une vision plus horrifique que l'enfer. Stoker se tient derrière moi. Ses traits cruels sculptent la totalité de son visage. Sa mâchoire anguleuse est mise en second plan par son sourire machiavélique. Dans ses iris brûle une lueur de perversion sadique qui annonce le pire. Ses deux mains sont posées de part et d'autre sur mes épaules.

Je crois que je préférerais mourir plutôt que d'assister à ce spectacle. Que de voir le mirage se métamorphoser sous mes yeux et afficher cette vision d'horreur. Que de savoir que la sensation de glace mouillée qui remue dans ma gorge et obstrue ma trachée est en fait l'un de ses immondes reptiles rampants. Chacune de ses extrémités se transforme en un animal à sang-froid qui siffle encore et encore son chant de mort à l'unisson. Chaque bête remue de la plus effroyable des façons en s'entortillant encore davantage autour de mon cou. Je m'apprête à rendre l'âme, et ma dernière vision sera celle du prince sadique m'arrachant à ma vie. Ses iris noirs sont fixés sur moi et dans chacun d'eux, je discerne autant de folie que d'excitation. Il aime tuer, il y prend plaisir, comprends-je.

Maintenant, tu vois le monde tel qu'il est, daemonia. *Je ne te dirai pas que je suis désolé que ça ait dû être si violent, car je ne le suis pas. C'est le seul moyen de te sauver,* entends-je alors que je sens l'air affluer à mesure que la vérité se diffuse au compte-gouttes dans mon crâne.

Je m'affale sur le carrelage, cherchant à emplir mes poumons d'air. Je tousse et pose les doigts sur ma gorge pour m'assurer que les bestioles n'y sont plus.

Je palpe mon cou et éprouve un sentiment de soulagement d'une intensité inégalable. Je prends une, deux, puis trois grandes inspirations et entreprends de me relever. Je touche le mur derrière moi. Mes yeux le voyaient fraîchement peint, propre et sans relief, alors que là, sous le voilage qui modifie ma perception, j'observe les grains de poussière et les rouleaux d'une peinture vieille de plusieurs décennies. Je réalise qu'il disait vrai au sujet du monde qui m'entoure et de son espèce de filtre. S'il a raison, c'est qu'Améda, elle… m'a trahie.

Je me relève et pose mes mains de part et d'autre du lavabo. À tâtons, j'ouvre le robinet et fais couler à grand jet d'eau pour me mouiller le visage et reprendre mes esprits. Je regarde le miroir et constate, pour la seconde fois, que le mirage que je percevais n'a rien à voir avec la réalité. Mon esprit divague entre les deux versions de la réalité qui me sont proposées, mais je ne veux plus de mensonges.

— Comment ? Je veux récupérer mes souvenirs, tous !

Tu sais ce que tu dois faire alors… Vas-y, libère-toi de leur emprise. Tu en as la capacité…

Je ferme les yeux puis les rouvre et entame à nouveau la prière qu'il m'a soumise plus tôt.

Je fixe mon reflet dans la glace, cette vision qui me montre la meilleure version de moi-même. Puis je commence à prononcer les mots avec un aplomb plus affirmé que plus tôt.

— *Levetur velum ut veritas reveletur. Levetur velum ut veritas reveletur. Levetur velum ut veritas reveletur.*

À mesure que les phrases se forment sur mes lèvres, je me les approprie. Je leur donne la force et l'intonation que je sais nécessaires. Puis j'entends dans le lointain son murmure se joindre à moi. Il me semble si éloigné, comme si j'étais désormais dans une bulle.

Je poursuis encore, plus fort, avec bien plus de conviction. Je ne fais plus qu'énoncer des phrases qui n'ont pas de sens pour moi, non, je m'approprie chacune des lettres et les mots deviennent miens.

La version de moi de l'autre côté du miroir perd de sa superbe et vacille de plus en plus. Son sourire empreint de bonheur se fane au profit d'une moue dure et cruelle, plus semblable à celle que je suis persuadée d'afficher à l'instant.

— Comment est-ce possible ? Comment as-tu su ?

Nous sommes liés, daemonia*, ceux qui sont avec toi ne te veulent pas du bien. Maintenant, il te faut… faut… Satan ! PUT… Confiance… personne… BORD…*

Avant même que je puisse répondre ou réagir, il disparaît. Je ne détecte plus sa présence en moi. Je le sais parce que je ressens instantanément un vide abyssal. Comme si mon énergie se dispersait, mon reflet reprend de sa splendeur et le mirage recommence à se former. Je refuse de retourner dans un monde de fantasmes et de rêves. Il m'a guidée pour que je m'échappe de ce mirage, je ne faiblirai pas.

— *LEVETUR VELUM UT VERITAS REVELETUR*! hurlé-je du plus fort que je le peux et à répétition.

Le voile m'apparaît comme un rideau que l'on aurait posé sur le monde qui m'entoure. Plus je psalmodie, plus je remarque des déchirures qui s'étendent jusqu'à le lever partiellement.

— *LEVETUR VELUM UT VERITAS REVELETUR !*

Je me sens invincible et répète ces mots encore et encore, les laissant me posséder et se nourrir de mon pouvoir pour résonner à des kilomètres. Et d'un coup, tout se fracture. Je me souviens de la cérémonie et des paroles qu'ils répétaient. Je me rappelle mes conversations avec le prince, la présence de Riordan près de mon lit. Leur nouvelle tentative de simulation se casse la gueule et tout me revient dans une vague de souvenirs.

— Stoker ? murmuré-je doucement, rêvant d'entendre sa voix m'expliquer comment affronter la suite des choses après sa grande révélation.

Rien. Pas de réponse, aucun chuchotement, rien qu'un vide horrible qui se forme aussi bien dans mon corps que dans ma tête.

Rapidement, un lot colossal d'interrogations me tombe dessus et celles-ci ne concernent plus simplement le prince.

Où suis-je réellement ? Que me fait-on subir ici ? Qui est derrière cela ? Améda ? Est-ce une machination qui provient d'elle ou est-elle obligée par un tiers d'en faire partie ?

Je remarque la porte de sortie à même le mur face à mon lit. Comment est-il possible que je sois restée aussi aveugle ? J'avance jusqu'à elle et ressens une étrange sensation lorsque je pose ma main sur la poignée. À ce stade, on pourrait bien me leurrer et me faire sauter d'une fenêtre d'un douzième étage en me faisant voir une porte. Je frissonne devant cette possibilité.

Je réfléchis quelques secondes, puis réalise que, quelles que soient les hypothèses, mieux vaut pour moi quitter ce lieu et tenter de rentrer à la maison. Dans mon monde de mortels, auprès de ma mère. Penser à elle en cet instant me serre le cœur et me file une appréhension monstre. Elle n'a sans doute pas eu de mes nouvelles depuis des lustres. Si ça se trouve, elle est peut-être déjà morte, ou alors sur le point de mourir. Lorsque je suis partie, son cancer était stable, mais c'était il y a plusieurs semaines, et si nous n'avons pas eu de contacts, je crains que l'inquiétude l'ait rongée.

Je pousse la porte et suis presque aussitôt aveuglée par les néons blancs accrochés au plafond. J'ai l'impression d'entrer dans un autre monde en moins d'un battement de cils. Je ne me souviens pas de ce lieu, mais je réalise que je suis certaine d'avoir passé quelques tests ici. J'ai cette certitude ancrée si profondément en moi qu'il ne me vient pas à l'idée de la réfuter, et cela, même si elle ne s'appuie sur aucun souvenir tangible. J'avance en posant mes pieds nus sur le plancher blanc immaculé. Les murs des deux côtés sont constitués de miroirs. Dans le centre, une chaise comme on voit chez le dentiste, une énorme lumière juste au-dessus et une desserte avec divers instruments tous parfaitement alignés.

Je dois impérativement filer loin d'ici.

Je cours jusqu'à ce que j'atteigne la seconde porte au fond de la pièce. J'empoigne fermement la poignée et la tourne. Qu'il n'y ait au creux de ma main aucune résistance me surprend grandement, mais je n'ai pas le temps de m'appesantir sur la question car tout bascule. En moins de deux secondes, des gens en blouse blanche pénètrent en bloc dans la pièce. Je recule instinctivement pour tenter de me soustraire à eux, mais quelqu'un agrippe fortement l'un de mes bras, et alors qu'on me retient, je sens chaque millimètre d'une aiguille entrer dans ma peau.

Puis, tout comme ce qui m'entoure, je deviens néant.

Chapitre 21 - Le meilleur des deux bitchs

Stoker, mi-août

— PUTAIN ! hurlé-je en me réveillant sur mon lit, empêtré dans mes couvertures.

Je l'ai quittée, je l'ai laissée à elle-même alors qu'elle luttait contre le sort d'illusion qu'on lui avait jeté. Je m'assieds et réalise tout ce qui s'est passé durant cette soirée et toutes les vérités mises à jour. J'ignore qui est son ennemi, même si cela commence à se préciser de plus en plus, mais c'est une personne puissante dotée d'une magie qui l'est tout autant.

Ce qui me laisse sur le cul, c'est d'avoir été en mesure d'intégrer son monde sur le plan astral, que mon essence ait pu être présente sur place.

Heureusement, puisque c'est ce qui m'a permis de comprendre qu'il y avait des sortilèges jetés sur Vénétia. À mon premier passage, j'étais si obnubilé par elle et par les spasmes de son enveloppe charnelle ou encore ses convulsions que je n'ai pas fait attention. J'ai été négligent parce que mon besoin de la trouver était nettement plus primitif que ma logique. Depuis quand suis-je devenu un tel débutant ? Par Satan, où sont donc passées ma capacité d'analyse et ma méfiance ? J'avais bien distingué la présence d'un autre, bien plus malveillant, mais ne parvenais pas à le débusquer. Quand je suis réapparu directement dans son crâne, j'ai remarqué que ses souvenirs se désagrégeaient au profit de ceux qui lui avaient été implantés.

Le sort d'illusion employé demande une puissance que peu de sorciers de ma connaissance possèdent, et surtout une bonne dose de magie de l'esprit… Sauf que, hormis les royaux, je ne connais qu'une poignée de personnes en mesure de créer une illusion aussi parfaite dans l'esprit de quelqu'un : les saloperies d'inquisiteurs. Ils sont les seuls à pouvoir modifier à ce point la chimie de la mémoire, mais ce faisant, ils laissent une sorte de signature psychique qui leur est propre. Celui-là avait dégagé depuis un moment, mais je ressentais son empreinte malgré tout. *Salopard !* Ils n'ont en aucun cas le droit d'interférer, sauf s'il y a crime… Et s'ils se sont mêlés de cela, s'ils ont utilisé leurs pouvoirs pour interagir dans le monde des sorciers au lieu d'en assurer l'équilibre, c'est que l'importance de ma *daemonia* n'est pas à négliger. Et puis il y a le mage royal auprès de la grande prêtresse Grimwood. Deux personnes que tout oppose et que l'on ne s'attendrait jamais à voir manigancer ensemble. La présence de Tao indique qu'il est dans le secret de la détention de Vénétia. C'est ironique, puisqu'il est le premier à m'avoir affirmé qu'elle était morte le soir du bal. Dans quel but était-il là ? Est-ce un commandement du roi ou quelque chose visant à lui nuire ? Y a-t-il une insurrection en cours ?

La liste des ennemis possibles est nombreuse et comme la course au trône est sur le point d'être lancée, ça ne va que s'amplifier. Mes adversaires qui se butent entre eux, je ne peux rêver de meilleure situation.

Outre mon obsession grandissante pour elle et ce lien que je ne peux plus contester, je ressens notre connexion qui se renforce encore et encore, et au vu de ce que je sais, ça ne risque pas de s'amenuiser. Ce qui n'est pas pour me plaire. Je suis de moins en moins logique et éclairé en sa présence, et cet état pourrait bien me mener à ma perte. D'autant plus quand le royaume est au bord du précipice et que tous semblent manigancer dans leur coin. J'assume pleinement le fait d'être une espèce de junkie shooté au sang de démon, mais fou, certainement pas. J'aurais préféré avoir tort, mais ma théorie voulant que nous soyons des flammes jumelles se précise de plus en plus.

J'ai toujours pu me targuer de n'avoir aucun point faible, rien à perdre, et d'avoir des couilles en acier trempé, mais cette fille… Elle pourrait bien changer la donne. Je deviens protecteur et possessif en sa présence à un point où mon instinct prend le pas sur tout le reste. C'est ce genre de conneries qui font s'écrouler des saloperies d'empires.

Comment rompre ce lien ? Est-ce que je peux me dissocier d'elle ?

La solution, tu le connais, assimile-la, réunis les deux moitiés de votre âme et tu seras indestructible…

Mon visage se crispe à l'instant même où cette pensée traverse mon esprit ambitieux. Je sais ce qui compte le plus à mes yeux, et le meilleur moyen pour y accéder passe par l'éradication de ma *daemonia.* C'est clair dans ma tête, je devrai la sacrifier pour l'obtenir. Mais…

Satan, donne-moi la force d'y parvenir.

Mais en attendant, je dois tenter de nous protéger coûte que coûte d'ici à ce que nous soyons réunis. Et c'est le mage Tao qui m'inquiète le plus à l'heure actuelle. Son mensonge sur la mort de Vénétia sert un but évident, celui de nous éloigner l'un de l'autre. A-t-il compris ce qui nous lie ? Sinon, pourquoi m'annoncer son trépas ? J'imagine qu'il avait envisagé que ce serait suffisant pour me tenir à distance et qu'aucun d'eux n'a anticipé que nous arriverions à nous rejoindre quelque part dans un lieu dont ils ignorent l'existence.

Il devient de plus en plus évident que je dois mettre la main sur elle avant que quelqu'un comprenne ce que nous sommes l'un pour l'autre, si ce n'est pas déjà le cas. Et puis, il y a ce foutu salaud de Merusak qui m'a aperçu ce soir. S'il ouvre sa gueule, elle risque d'être vite mise hors de ma portée. Je masse ma nuque raide en cogitant.

Je n'en reviens toujours pas d'avoir été berné comme un débutant, bordel, je suis maître dans l'art de l'esprit ! Je dois impérativement trouver le lieu où ils la retiennent captive et la rejoindre rapidement afin de la mettre en garde.

Elle ne doit pas connaître votre lien où elle s'en servira comme d'une arme !

Elle est une arme, c'est déjà avéré, voilà pourquoi il vaut mieux pour moi qu'elle soit en ma possession. Vénétia n'est pas que détenue dans un bâtiment secret, non, elle est prisonnière de son crâne sous le joug d'un inquisiteur. Elle évoque sans cesse une soi-disant démone, mais rien n'a indiqué sa présence lors de mes incursions mentales.

Cette nuit, j'ai pris conscience du mirage dans lequel elle évoluait, malgré la force de persuasion que le sort exerçait sur elle, j'ai tout tenté pour qu'elle se réveille. Pour qu'elle comprenne le subterfuge et brise le sort. Elle seule le pouvait puisque c'est elle qui en était la victime.

Elle reste à ma connaissance la seule personne qui ait été capable de contrecarrer, même temporairement, la suggestion d'un inquisiteur. Sa puissance n'a pas de limite connue et elle m'intrigue d'autant plus. Comment peut-elle avoir passé autant de temps dans notre monde sans que personne ne s'en aperçoive ?

Quand j'ai cru qu'enfin nous touchions au but, j'ai perçu derrière le voile, la réminiscence de l'homme aux vêtements immaculés, qui psalmodiait en gesticulant comme s'il étirait à mains nues l'espace-temps. L'extirper du joug n'a pas été aisé. J'ai compris qu'il avait façonné et modelé ses souvenirs comme il le souhaitait, sans que cela semble lui demander d'efforts en termes d'énergie magique.

Ces inquisiteurs sont censés faire office de loi, d'ordre, de justice. Ils sont l'ombre et la lumière. Le yin et le yang, la vérité et le mensonge. Jamais nous ne remettons en cause ni leur autorité ni leur jugement, puisqu'ils servent, depuis la création, les intérêts de tous les mondes. Ils se trouvent être l'équilibre du pouvoir dans notre univers. Il est juste d'affirmer que c'est à leur ordre qu'il incombe de maintenir le bien et le mal dans un état de stabilité parfait. D'eux dépend le salut des dimensions, des peuples et des mondes tels que nous les connaissons. Une stabilité que l'on aura atteinte en plusieurs décennies, voire siècles. Pourquoi donc tentent-ils d'influer aujourd'hui chez les sorcières ? Pourquoi risquer la paix et la pérennité d'une dimension entière ? Quel est le lien avec cette sorcière ? Pourquoi elle et pas une autre, qu'a-t-elle de si spécial ? Est-ce pour la même raison que celle qui m'attire irrévocablement vers elle ? Elle est différente de toutes les autres, elle a accès à des pouvoirs qui sont au moins aussi puissants que les miens et sans même en avoir réellement conscience. Est-ce ce qui explique leur intérêt ? Auraient-ils, eux aussi, senti la puissance qui émane de Vénétia ? Tous autant qu'ils sont en savent plus que ce qu'ils ne disent. Je ne peux mettre de côté l'hypothèse qu'ils sont au courant pour nos âmes jumelles, et que c'est peut-être ce qui justifie tout cela. Mais pourquoi vouloir nous séparer ? Qui a évoqué un jour que ce ne serait pas une bonne chose ? S'il y a une putain de prophétie annonciatrice de malheur, qu'on me l'emmène ! Ce qu'ils lui font subir, rien ne pourra le rendre acceptable à mes yeux. S'il avait fallu qu'il lui arrive quelque chose, qu'elle meure, l'enfer aurait été mon terrain de jeu et eux mes proies. J'aurais été bien pire que tout ce qu'ils craignent à présent.

Oui, parce qu'il te faut son pouvoir…

Non ! Putain ! Oui… Par Satan, je convoite sa puissance, mais j'ai bien cru la perdre plus tôt… et j'ai eu l'impression de crever avec elle ! Elle ne peut pas… Je ne peux pas… Elle doit vivre… Il me faut la retrouver… J'ai besoin de comprendre…

Elle est spéciale pour eux, c'est certain, sinon ils n'auraient pas mis en péril l'équilibre, mais l'est-elle autant à leurs yeux qu'aux miens ? Et si tel est le cas, sont-ils prêts à se battre pour l'avoir ? Car si une chose est sûre dans tout ce foutoir, c'est qu'elle est mienne, elle m'appartient déjà, je ne laisserai personne me la prendre et je suis paré à étriper autant de monde qu'il le faudra pour m'en assurer. Je les convoite, elle et son pouvoir, son esprit, son âme, sa puissance.

Sauf que tu ne pourras pas tout avoir et que forcément il te faudra choisir… Tu devras lui arracher son pouvoir et te l'approprier pour renforcer le tien, puis, une fois que ce sera chose faite, tu pourras accéder aux exigences de ta bite qui ne rêve que de s'enfouir en elle.

Peu importe qui sont ceux qui la gardent enfermée et ce à quoi ils la destinent, j'espère qu'ils ne craignent ni la souffrance ni la mort, parce que c'est ce que je réserve à quiconque se mettra entre elle et moi. Maintenant, il ne me reste plus qu'à la retrouver.

J'arrive, *daemonia*, je viens te chercher et crois-moi, je serai pire que le monstre de leurs cauchemars. Personne ne pourra plus nous séparer l'un de l'autre, pas même les dieux et les déesses. Je t'offre la vie éternelle parce que, indépendamment de ma décision finale, tu vivras en moi à tout jamais. Ton âme entremêlée avec la mienne.

Chapitre 22 - Bouquet de sang

Stoker, 22 août

Une semaine que je l'ai vue, sentie, caressée, je suis tout près du point de non-retour. Se souvient-elle de tout ? A-t-elle récupéré tous ses souvenirs ou ont-ils réussi à la replonger dans cet état de non-conscience ?

Elle est peut-être déjà morte, vidée de son sang, et tu seras passé à côté de ta chance de posséder son pouvoir…

Je n'en peux plus de cette saloperie de conscience qui s'égosille dans mon crâne ! Non, elle n'est pas morte, putain ! Si c'était le cas, je le sentirais. J'ai essayé tellement de fois de me connecter à elle durant ces derniers jours et je n'y suis pas parvenu, et ce silence entre nous me rend mauvais. Pourquoi je n'y arrive pas ? Si c'est du fait de ses geôliers, ils payeront pour chaque seconde pendant laquelle je suis privé d'elle. Par Satan, je le jure ! Vénétia occupe la moindre de mes saloperies de pensées. Je croyais devenir dingue au début, maintenant, j'ai l'assurance que je suis complètement cinglé. Elle occupe tout l'espace, tous mes songes, éveillés comme endormis. C'est une plante vénéneuse qui étire ses tentacules partout dans ma tête et qui contamine chacun de mes putains de neurones. Elle distille son poison et chaque minute qui passe, elle accapare davantage mes pensées.

Je ne baise plus, je me vautre simplement entre les cuisses de démones et de succubes qui font couler dans ma gorge leur sanguinolent nectar bleu roi. C'est le seul poison qui me donne, quelques minutes durant, l'impression d'être plus près d'elle. Je me fissure de l'intérieur et ça m'enrage autant que ça me désole. Plus les minutes m'échappent, plus je réalise que mon obsession pour elle est bien plus inquiétante que ce que j'avais anticipé. Pire, je m'inquiète de la savoir en vie ou non. Je lui en veux pour cela, je la hais de me rendre aussi faible, et cela ne fait que renforcer mon besoin de l'asservir jusqu'à la plus minuscule parcelle qui compose son être. Je ne suis pas cet homme qu'elle est en train de faire de moi, bordel ! Je suis cruel, ambitieux, sanguinaire et surtout sans scrupules !

Je ne peux donc que me ranger du côté de ma conscience la concernant : elle doit mourir, c'est indéniable. Je ne peux vivre dans un monde qu'elle occupe sans que cela me tue à petit feu. *Putain de conneries !* Je ne suis plus raisonnable ni logique, mon âme la réclame, et il n'y a dans ma tête plus de place pour autre chose que cette obsession. Je comprends que les autres versions de nous se soient donné la mort, parce que c'est la seule délivrance possible au final.

Comme les sept dernières nuits, je quitte ma chambre au palais pour rejoindre le couloir dissimulé menant au mausolée. Le jour, je cours les bordels à démones pour avoir de quoi me shooter le soir en espérant que cela suffira à me connecter à elle. Je passe le reste de mon temps à de foutus déjeuners avec les prétendantes et futures potentielles reines. Leur babillage stupide et incessant pourrait faire office de supplice pour un traître que l'on attacherait et bâillonnerait dans la même pièce qu'elles. Elles sont là, chaque minute, à nous suivre mes frères et moi dans l'espoir de dénicher un futur époux. Sur la connexion fraternelle, Phinéas nous a raconté qu'une nuit, trois des filles se sont glissées dans son lit ensemble, prêtes à assouvir tous ses désirs. Le salaud, pour appuyer ses dires, nous a inondés d'images mentales qui confirmaient ses propos, et ce, dans toutes les positions possibles. Elles se sont dit que comme il avait droit à plusieurs épouses, elles ne perdaient rien à se constituer une équipe de choc. Elles ont simplement oublié que pour tabler sur du sexe, il fallait s'assurer d'être au niveau, et malheureusement pour elle, la troisième de la bande n'a pas le talent de l'emploi pour devenir une des épouses officielles. Omen, quant à lui, sympathise avec quelques-unes d'entre elles, mais quiconque le connaît ne serait-ce qu'un peu sait qu'à moins de dissimuler une bite bien dure sous sa jupe, aucune d'elles ne risque de lui susciter le moindre intérêt.

Pour Fenrir, impossible de savoir comment se passe sa chasse à l'épouse puisqu'il refuse catégoriquement de se connecter sur le canal fraternel depuis le décès de sa maman chérie. Je devrais sans doute m'excuser auprès de lui pour avoir fait à sa place ce pour quoi il a manqué de courage. Encore faudrait-il pour ça que je ressente au minimum une particule de regret, ce qui n'est pas le cas. La reine Iseult n'était qu'une parmi tant d'autres qui se dressait entre moi et mon trône. J'ai simplement fait ce qui devait être fait, point barre. Si Fenrir n'a toujours pas compris qu'il devra en faire autant s'il veut s'élever, c'est qu'il ne mérite pas le titre de roi auquel il aspire. Par ailleurs, je dois dire que ses états d'âme ne m'atteignent que très peu, voire pas du tout. J'ai d'autres chattes à fouetter.

J'ai informé la cour, publiquement, comme promis, que je ne voulais aucune autre prétendante que Numéro 16. Que je renonçais à toute autre.

Une annonce qui en a surpris plus d'un, cela va sans dire. Dès que les mots avaient été prononcés, Numéro 16 s'est avancée jusqu'à moi, ondulant des hanches dans sa robe rouge écarlate, et s'est pourvue d'un sourire victorieux. Elle a posé sa main sur mon épaule et a regardé l'ensemble des prétendantes face à elle, les défiant, hautaine et sûre d'elle, de marcher sur ce qui est désormais son territoire. Ce qui, je le crains, au vu des réactions de ces demoiselles, n'aura pas l'effet escompté. Qu'est-ce qui est plus intéressant et désirable que l'interdit lui-même ?

J'ai perpétuellement envie de l'humilier, de la remettre à sa place, mais son parfum fleurant l'odeur de ma *daemonia* m'en empêche. Après avoir compris que Vénétia est la célèbre sorcière sans pouvoir, j'ai analysé la moindre information la concernant. J'ai découvert que chaque été, elle revenait ici, dans la famille de la prêtresse Grimwood, et était soumise à des tests presque clandestins. J'imagine que dans le but de ne pas attiser davantage la grogne et l'inquiétude des miens, ils ont préféré agir de façon discrète. Chaque semaine qu'elle passait ici, une fiole de son sang était prélevée et testée, hors cérémonie, dans le puits de l'augure. L'archiviste dont j'ai fouillé le cerveau fut une source importante d'informations à son sujet. J'ai pu valider l'identité de sa mère, mais nulle trace de celle de son sorcier de père. Personne ne sait qui il est, et donc son *coven* de provenance. C'est précisément ce qui m'aurait permis d'en apprendre plus quant à ses origines et ses capacités. J'ai lu tous les carnets d'observation relatifs à Vénétia, essentiellement rédigés par Améda en plus du personnel de l'étude. Elle faisait des rapports très précis au conseil concernant sa fille d'adoption. Je doute que Vénétia ait jamais réalisé que son lien presque maternel avec Améda n'était qu'un leurre. Elle n'était ni plus ni moins qu'un rat de laboratoire. Je ne saurais déterminer ce qu'il en est exactement de l'amitié de ma favorite avec Vénétia, mais, comme celle-ci se parfume à l'hémoglobine prélevée sur sa pote, je doute que cette dernière lui importe un tant soit peu. Ce qui m'amène à mon second problème sur une liste qui n'en finit plus de s'allonger. Nivory avale le sang de Vé pour me plier à sa volonté, j'en suis intimement persuadé. Elle a donc compris l'ascendant que ce dernier a sur moi. Dans tous les cas, ce n'est qu'une question de jours avant que les Grimwood perdent leur usine sanguine. Côtoyer Nivory attise ma haine davantage à chaque minute qui s'écoule, me rappelant son rôle dans la captivité de ma *daemonia*. Pour l'heure, même si j'ai la fille en horreur, elle est mon meilleur moyen de trouver le lieu où ma *daemonia* est cachée. Et comme je ne peux plus joindre cette dernière depuis une semaine, j'aurai potentiellement besoin d'elle. Aussi, je m'enjoins de ne pas la buter, mais ce n'est assurément pas l'envie qui me manque. Si le sang de succube me procure une sensation d'apaisement momentané et bien trop temporaire, c'est tout le contraire avec celui de Vénétia. Le sien me redonne vie, comme si à lui seul il stimulait chacune de mes terminaisons nerveuses.

Jusque-là, l'hémoglobine des démones me satisfaisait, pareil pour les gouttes de poison que distribue leur fourreau.

Mais depuis que j'ai goûté au paradis, impossible de me l'enlever de la tête. Numéro 16 arrive à me soulager temporairement de mon manque de Vénétia, mais ne semble plus être un vecteur suffisant pour me permettre de l'atteindre. J'envisage que ce soit un problème de quantité, et si j'en avais l'assurance, je n'hésiterais pas à saigner à blanc cette salope avant de lui faire subir ce que sa machination fait subir à Vénétia.

Par Satan ! Tout cela pour une fille que je n'ai même jamais touchée dans la réalité ! Ça ne m'empêche pas d'avoir la certitude que je connais les moindres recoins de son âme comme si elle était mienne, ce qu'elle est d'ailleurs. *C'est à gerber.* Je me dégoûte d'être si impuissant, même si je peux me l'expliquer.

Sur le chemin vers le mausolée, je prends bien garde d'éviter les salles d'où proviennent des voix. Je n'ai aucune envie de tomber dans un guet-apens marital, sous peine de les faire passer de seize prétendantes à quinze ou moins en un simple battement de cœur. Je me dissimule, longe un mur, emprunte une porte dérobée et dois entrer précipitamment dans la bibliothèque royale lorsque je vois venir une horde de célibataires magiques et désespérées dans ma direction. J'aurais nettement préféré que la revendication de Numéro 16 éteigne le feu de leur ardeur. Malheureusement, cela n'a fait qu'attiser leur envie. Comme si je n'avais pas déjà assez de femelles à supporter !

Je referme la porte derrière moi, juste à temps pour éviter d'être accaparé puis vampirisé. Je patiente quelques instants avant d'ouvrir le battant et m'assure que le champ est libre puis me glisse à nouveau à l'extérieur. Je reprends mon chemin quand, soudain, chacun de mes sens se met en éveil.

Je suis comme un fauve qui flaire le sang de sa proie blessée à plusieurs lieues de lui.

C'est son odeur…

J'ai essayé de nombreuses fois de relativiser ce genre de ressenti et n'y suis toujours pas parvenu. Je ne l'ai jamais humée dans la vie réelle, mais je connais son effluve et le goût de sa peau dans les moindres particularités. Je devine la douceur de son épiderme et la saveur de son nectar. Désormais, je la reconnaîtrais entre mille alors qu'il y a un mois, je me suis retrouvé dans la même pièce qu'elle sans m'en douter. D'ailleurs, qu'est-ce qui a changé précisément ce soir-là ? Sa cérémonie de consécration ?

Depuis que je l'ai flairée dans les dédales du château, je me laisse porter par elle, par son parfum envoûtant qui pourrait sans doute me convaincre de sauter dans les feux de l'enfer. Il n'est pas fort et vif, il est infime, comme si sa saveur s'était trouvée diminuée ou mélangée avec une autre.

Nivory… encore elle…

Tout ce que je sais, c'est que plus j'avance et me rapproche, plus son parfum est entêtant. La plus infime particule qui me compose est en état d'alerte et sur le point d'exploser. Je suis excité, bandé et à cran, un cocktail qui n'est pas sans danger.

Je tourne un coin menant à un escalier en colimaçon, que je reconnais comme menant sous le château à l'endroit où se trouvent la prison et les salles de torture. Cette constatation en ferait sans doute fuir plus d'un, mais moi, elle m'émoustille plus que de raison et je poursuis ma traque, revigoré. Comme un junkie, j'inspire profondément l'air jusqu'à le goûter sur ma langue. Mon esprit sait qu'il ne s'agit pas de Vénétia, mais mon organisme, lui, réclame la moindre dose.

Dès que je franchis le seuil, je deviens de plus en plus fauve, conscient que je me laisse mener bien plus par mon instinct primaire que par ma logique. Je réagis comme la bête que je deviens à son contact.

Je pénètre dans la dernière salle, pousse la porte qui grince sur le sol en pierre poussiéreux et examine la créature humanoïde qui se trouve devant mes yeux. Elle est installée sur une chaise capitaine bien trop grande pour elle.

Comme anticipé, il s'agit de Numéro 16, nue, ses bras entravés en hauteur par des ronces qu'elle a visiblement créées avec la magie de son *coven* d'origine. Ses jambes galbées aux mollets, bien découpées par une paire de talons hauts, sont écartées, laissant apercevoir, sous mes yeux, sa féminité offerte. Je respire difficilement, essayant de lutter pour ne pas perdre toute mon humanité que je sens sur le point de disparaître. L'odeur de ma *daemonia* imprègne chaque recoin de cette pièce, tandis que Numéro 16 est devant moi, maîtresse de mes fantasmes et de ma volonté. Son visage affiche une moue aussi cruelle que séductrice. Je suis pris d'une envie quasi irrépressible de lui faire du mal afin de lui soutirer les informations que je désire, à savoir le lieu où est Vénétia. Je dois user de tout mon self-control pour conserver mon calme en sa présence. Si elle flaire ne serait-ce qu'une particule de mes intentions, elle aura tôt fait d'en aviser sa mère et je perdrai toute trace de celle que je convoite. Non, il me faut user d'intelligence et trouver un moyen de débusquer l'information à même son crâne sans qu'elle s'en rende compte. Numéro 16 n'est qu'une pâle copie de l'original, mais faute d'un meilleur plan, je devrai m'en contenter.

— Avance, ordonne-t-elle d'une voix qui claque autant qu'un fouet en cuir.

Mon corps obéit, enivré et à peine conscient, prisonnier de la fragrance émanant d'elle. Mon cerveau quant à lui met en branle son plan pour acquérir les informations voulues. Il me faut garder le cap.

— Agenouille-toi devant moi!

Un pas, puis deux, et me voilà à hauteur de ses cuisses écartées entre lesquelles je m'installe.

Je suis un junkie en manque prêt à tout et sur le point d'obtenir son graal. Dès lors, ma méfiance disparaît et toutes mes interrogations deviennent caduques. Je baisse la tête et fixe son entrejambe en attendant, excité, son ordre suivant. En une seconde, je perds toute volonté de combattre. Elle ne représente qu'une goutte de l'océan de ma *daemonia* mais cela m'est égal, j'ai besoin de mon shoot pour survivre un jour de plus. Besoin de me sentir connecté à elle ne serait-ce qu'une seule seconde. Voilà à quel point son âme m'avilit. Je me fous de ce que Numéro 16 manigance, de ce qu'elle s'apprête à me demander, je n'ai plus rien d'humain à présent. Je ne veux que me shooter comme l'accro que je suis. Elle est sur le bord de son siège, le dos arqué, ses pointes de seins exposées et couvertes d'un épais liquide écarlate aussi doux que la soie. Des coulées cheminent de sa bouche, ou plutôt des côtés de celle-ci, et dévalent le long de ses épaules pour atteindre sa poitrine et goutter allègrement sur son ventre puis ses cuisses. J'en perds aussitôt la tête et ne réponds plus qu'à une chose: l'instinct. Ma retenue cède face à ce spectacle et je fonce sur elle, lapant chaque centimètre carré de son épiderme recouvert du précieux liquide, je suce ses mamelons gonflés comme s'il s'agissait de la meilleure des sucettes. J'aspire jusqu'à la dernière goutte de ce nectar des dieux et s'il se trouve qu'il en tombe une perle au sol, je n'hésiterais pas une seule seconde à la récupérer du bout de ma langue, voilà jusqu'où va l'obsession que je nourris. J'écarte ses cuisses sans me soucier de sa flexibilité ou de son confort, mes gestes sont égoïstes, brusques, et ils témoignent de mon empressement. Mon visage se perd dans sa féminité où je m'acharne à cueillir la moindre larme de sang qui aurait pu s'y infiltrer. Je sens ses doigts se refermer sur mes cheveux et les tirer afin de me diriger. Elle frémit sous mes assauts, j'entends ses gémissements, je sais qu'elle jouit car sa satisfaction se répercute sur l'ensemble des murs de la pièce, mais même lorsqu'elle a terminé et essaie de me retirer, je résiste, pourléchant chaque amas de chair à la recherche d'une dose que j'ai déjà visiblement consommée.

— Suffit ! hurle-t-elle en me dégageant d'un coup de talon sur le torse.

Je recule sous la force de son coup et reviens sur mes pieds en deux secondes, les prunelles aussi noires que mes pupilles, prêt à en découdre. Je fonce sur elle et enserre sa gorge de mes mains.

— J'en veux encore ! Où est ta planque ? Tu t'approvisionnes à même son corps dans le coma ? Avoue ! Sale garce ! Tu sais où elle est ? Ne me force pas à violer ta cervelle pour obtenir mes réponses. J'agirais comme un tank qui détruira tout sur son passage jusqu'à ce qu'il trouve ce qu'il convoite.

Elle affiche une mine déterminée et empreinte d'une assurance inflexible, mais bien tapie au fond de ses iris ; je distingue l'éclat de la peur que je lui inspire.

— Chaque nuit je t'offrirai ta dose et comblerai tous tes désirs…, commence-t-elle avant que je l'interrompe brusquement.

— C'est elle que je veux, toi tu n'es qu'un pâle subterfuge, et si tu ne peux me la donner, tu m'es inutile, craché-je, agressif, resserrant ma prise sur son cou gracile.

Je me contrôle avec difficulté, comme si le peu de sang ingurgité n'avait fait que me mettre l'eau à la bouche sans m'avoir sustenté ou apaisé le moins du monde.

Comme la première fois, elle ne bronche pas, ayant appris à tempérer ses émotions en maître. Pourtant, même aguerrie, elle peine à masquer les blessures de l'orgueil féminin et du rejet. Je devine que c'est quelque chose à quoi elle n'a pas dû être confrontée souvent.

— Fais de moi ta reine et je te livrerai celle que tu veux, balance-t-elle avec tant d'aplomb que je comprends que tout cela n'est, depuis le début, qu'une machination bien huilée.

Si je n'étais pas si assailli d'envie d'entendre chaque vertèbre de son cou se briser, je serais impressionné par un tel plan. Ça change des autres nunuches.

— Qu'est-ce qui m'empêche de trouver moi-même cette info dans ta minuscule cervelle de garce ? rugis-je sur le point de basculer.

— Crois-tu sincèrement que je ne suis pas entraînée à préserver mes secrets ? Que je n'ai pas protégé cette information derrière des murs mentaux qui te seront inaccessibles ? Je suis la fille d'une grande prêtresse, ne l'oublie jamais. Je mourrai avant de te livrer ce que tu veux, et avec moi, ta réponse disparaîtra.

Je resserre encore ma prise, n'ayant toujours pas enlevé mes mains de sa gorge. Elle me nargue ? Me défie ? Est-elle complètement inconsciente ou suicidaire, ma parole ? Pour autant, elle pourrait dire vrai, et elle affiche un sang-froid si puissant que je pèse le pour et le contre pendant un instant.

Au départ elle ne bronche pas, elle calme son souffle et contrôle plutôt bien son débit respiratoire alors, j'attends un peu puis augmente suffisamment la pression pour lui infliger de la douleur et la provoquer.

— Que dirais-tu si je te révélais que je la veux, elle, comme reine ? N'as-tu donc jamais pensé qu'une fois que je l'aurai, je serai comblé et que tu me seras dès lors inutile ? Or, tu n'as pas l'air d'être de celles qui acceptent la deuxième place, peut-être que je me suis trompé à ton sujet, Numéro 16.

Elle est en train de s'asphyxier, mais elle plonge son regard mauvais et défiant dans le mien. Ses lèvres s'entrouvrent et je relâche un peu la pression. Je meurs d'envie de savoir comment une ambitieuse comme elle va plaider sa cause.

— Comme un roi prend plusieurs épouses, il serait stupide d'entretenir quelque sentiment de jalousie à l'égard des autres femmes. Et puis vu votre obsession pour son sang, elle risque plus souvent qu'autrement de vous servir d'en-cas. Elle sera trop sollicitée et donc peu en mesure de gérer les affaires du royaume ou de satisfaire vos autres besoins. Notamment celui d'engendrer une descendance à la hauteur de votre puissance. Et si je puis me permettre, s'il advient qu'elle puisse procréer et que vos enfants communs partagent son groupe sanguin, ils ne seraient pas à l'abri de leur géniteur.

— Tu penses que je pourrais saigner mes propres enfants ? Est-ce ce que tu prétends ?

Son visage se tord d'une moue étrange, presque moqueuse.

— N'est-ce pas l'histoire même des Bathsheba et celle du début de la royauté créée par vos ancêtres ? Je crois donc que nous pouvons attester que ce ne serait pas une première.

Peut-être qu'il s'agit là d'une affliction génétique, ajoute-t-elle moqueuse. Où même d'une malédiction…

— Je ne vous épouserai pas, un roi ne faiblit pas devant le chantage de la première putain venue, affirmé-je glacial.

Elle échappe un petit rire condescendant, enlève mes mains de sa trachée sans hésitation puis se dirige vers la sortie d'une démarche chaloupée avant de s'arrêter et de lancer par-dessus son épaule :

— Rendez-vous demain, même pièce, même heure.

Je ne réponds rien et la regarde sortir, parce que, déjà, je vois la réalité se profiler sous mes yeux. Je sais que celui d'aujourd'hui, qui a légèrement étanché son manque, affirme haut et fort qu'il ne se laissera pas manipuler par une garce magique, mais le moi de demain ? À cran, en manque et conscient qu'il peut être en mesure d'être satisfait rapidement, je doute qu'il soit aussi étanche à ses avances.

Je dois atteindre mon unique objectif au plus vite : il est impératif que je trouve ma *daemonia.*

Une femme qui sait ce qu'elle veut, qui est prête aux actes les plus pervers pour obtenir ce qu'elle désire, et une maîtresse magique que tu pourrais saigner chaque soir dans son lit avant de les baiser toutes les deux. N'est-ce pas le rêve de tout homme ?

Oui, c'est assurément ce que j'aurais pensé avant… Mais j'ai autant envie de buter Numéro 16 que je désire Vénétia. Nivory sera perdante quoi qu'elle fasse.

Je doute que Numéro 16 ne réalise pas la faille de son plan : qu'est-ce qui m'empêcherait de la buter, elle, lorsque j'aurai celle que je convoite ardemment ? Quelque chose me dit qu'elle est trop intelligente et calculatrice pour ne pas l'avoir envisagé. C'est donc qu'il y a un autre pan de son stratagème qui m'est caché. Elle joue sur un échiquier et dès qu'elle brandit une fiole sous mon nez, je passe du roi à son putain de pion. Je ravale la fureur que fait naître cette affirmation et me rends sans plus attendre dans ma pièce dans le mausolée. Je n'espère qu'une seule chose : réussir à avoir assez de son sang coulant dans mes veines pour parvenir cette fois à rejoindre ma *daemonia*. Je concentre toute ma volonté et mon énergie pour la trouver. Contre toute attente, cela ne se produit pas. Comme si les doses sanguines devant m'y aider n'étaient plus suffisantes. Or, la dernière fois que je l'ai vue, elle était en danger… Il me faut lui parler, m'assurer qu'elle va bien et préparer son extradition.

Je dois la trouver, j'ai *besoin* de la trouver.

Chapitre 23 - Le sac de la vérité

Vénétia, mi-août

J'ouvre les yeux, et balaie la pièce d'un regard. Je ne suis pas leurrée cette fois, pas plus que depuis la dernière visite de Stoker. L'illusion est parfaite, mais je vois clair à présent.

Je ne perçois plus la porte menant à l'endroit où ils pratiquent sur moi des tests, elle a été dissimulée. On m'a rendormie, on a refait des incantations durant lesquelles j'ai psalmodié la prière de Stoker. Puis au «réveil», j'ai prétendu être celle qu'ils espéraient. Je me conduis dans cette simulation comme si je n'avais pas recouvré la mémoire. Jamais je n'aurais pu envisager qu'Améda, une femme en qui j'avais toute confiance, puisse m'utiliser et me mentir de la sorte. C'est avec elle qu'il m'est le plus difficile de faire semblant d'ailleurs.

Depuis le soir où j'ai affronté la vérité, tout est différent. Je souhaite que tous croient que je suis la gentille et docile Vénétia. Celle qui boit les paroles de sa deuxième mère et qui accorde foi à tout ce que celle-ci lui dit.

Et puis… je ne sens plus ce lien que j'avais avec le prince. Comme s'il avait disparu de l'Univers et que je me retrouvais seule au monde. Cette distance me brise davantage à chaque minute qui s'écoule. Riordan ne vient plus me voir aussi souvent que lors de mon coma. Sans doute le lui interdit-on désormais.

J'essaie de relier entre eux les différents éléments que j'ai à ma disposition, de faire le point, parce que je dois bien admettre que même moi, principale protagoniste du truc, j'en perds tout de même le fil. Quand on ne peut plus se fier à ses propres songes, souvenirs ou pensées, ça complique assez les choses.

- Je suis captive dans un lieu tenu secret, après avoir été possédée par une démone qui s'amusait à tuer des sorcières en utilisant mon corps.

- Améda demande à ce que l'on fasse des tests sur moi, assurant que c'est dans le but de mieux connaître et combattre l'ennemie.

- Parmi ces tests, un inquisiteur a fouillé mon esprit pour trouver des infos sur celle qui a élu domicile dans ma tête. Prétendument pour découvrir un moyen de l'éradiquer. Sauf que le salaud dans mon crâne s'est mis à y faire des rénovations. Je l'ai senti qui manipulait et déformait les souvenirs qu'il touchait.

Il veut changer la composition de mes synapses, mais à quelles fins ?

- Je me souviens de leurs incantations et de la violence que ça a eue sur mon corps la première fois.

Combien de fois ai-je eu droit à cette médecine magique ? Depuis combien de temps jouent-ils dans ma tête ? Était-ce la première fois ou alors en décomptons-nous des dizaines ?

- Je dois me méfier de tout, particulièrement de moi. Puisque je peine à différencier la vérité du mensonge, et que, lorsque j'y parviens, je doute parce que je n'ai aucun moyen de vérifier si une croyance m'est propre ou si elle m'a été implantée.

Stoker, c'est le point de départ et celui de non-retour. C'est grâce à lui que j'ai pu comprendre que j'étais manipulée. Quant à Riordan, est-il un produit de leur machination ou un ami sincère ? Si je table sur le fait que ses tentatives de me réveiller étaient vraies et qu'il est silencieux depuis que j'ai essayé de me sauver, alors il est logique de penser qu'il m'aidait ? Mais il était sur place, donc avec eux ? Il les aurait trahis, et cela expliquerait son silence soudain ?

Stoker est facilement parvenu à pénétrer dans mon crâne, alors que l'inquisiteur, aguerri et formé à une magie ancestrale, doit se trouver dans la même pièce que moi et me toucher pour s'y insinuer. De ce fait, comment Stoker réussit-il de telles prouesses, et à distance, qui plus est ? Peut-être que le prince est doté de pouvoirs hors normes. Je me souviens que Niv m'a affirmé un jour que la magie de l'esprit pouvait induire les gens en erreur, leur faire exécuter des actions précises, leur faire dire des trucs, les pousser à commettre certains actes contre leur gré. Je sais aussi qu'il est possible pour les princes et le roi de sonder l'esprit des gens et d'en dénicher tous les secrets. Mais de là à se balader dans ma tête comme si c'était le *Palm hôtel*, en mode *open bar*, il y a quand même une sacrée marge.

« Venez, venez, tous ! Bienvenue au centre de villégiature Vénétia, prenez place dans une chambre, nous viendrons vous expliquer le programme détente. »

Non, mais !

Un bourdonnement commence à gronder dans mes oreilles, interrompant mes tergiversations, et je sais ce qu'il signifie. Quelqu'un s'apprête à apparaître dans la pièce par un portail fictif. Pas mal, cette ruse. Je reste en position assise dans mon faux lit, comme si de rien n'était. Je dois être prudente, il faut qu'ils continuent de croire que je gobe toutes leurs conneries. En l'absence et l'aide de mon visiteur aux serpents, c'est la seule carte que je peux jouer.

— Bonjour, ma chérie, tiens, tu as une petite mine, s'inquiète Améda à peine est-elle entrée dans ma chambre. Des cauchemars ? surenchérit-elle en prenant grand soin d'afficher une expression compatissante.

— Je dors mal en effet, je crois que la démone influe encore sur moi lorsque je suis assoupie.

Elle dépose son sac en cuir brun sur le sol près de l'entrée et s'assied à la table avant de me sommer d'un index de l'imiter. Je me lève, et l'espace d'une seconde, je suis étourdie, comme sous le coup d'une faiblesse momentanée. J'ai tout juste le temps de cligner des yeux que c'est terminé. Heureusement, c'était assez éphémère pour ne pas attirer l'attention d'Améda.

— Nous devons parler, j'ai besoin de ta permission pour que nous allions plus loin, entame-t-elle avec une bienveillance et un respect qui me soulèvent le cœur.

— Plus loin ?

J'endosse le rôle de celle qui a parfaitement confiance et qui ne songerait jamais à remettre en doute la bonté d'Améda.

— Oui, mon enfant, ta démone a été identifiée et nous croyons être en mesure de la dissocier de toi complètement, mais cela est risqué et je veux m'assurer de ton accord.

— Risqué ? Mais à quel point ?

— Ne t'inquiète pas, Vénétia, je superviserai moi-même la séance et j'ai fait appel au meilleur des inquisiteurs.

« Je superviserai moi-même. » Voilà bien ce qui m'effraie.

— Il le faut, non ? Je ne veux plus jamais commettre de meurtres en son nom par le biais de mon corps.

Jouer la comédie à Améda me coûte plus que tout puisqu'elle est celle qui m'accueille, me défend et prend soin de moi depuis mon plus jeune âge. Elle est une deuxième mère, en somme, et douter d'elle à présent me rend malade. Je voudrais tant croire que rien de ce que je vis n'est réel…

Elle me remercie pour ma confiance et m'arrache à mes derniers grains d'illusion la concernant.

— Comment… se nomme-t-elle ? La démone, quel est son nom ? demandé-je après quelques secondes de silence.

Dès que les mots passent mes lèvres, j'éprouve son trouble, je remarque sa raideur et la surprise qui traversent ses prunelles quelques secondes durant.

C'est dans cet état de paranoïa qu'elle bafouille un prénom que je n'aurais jamais cru entendre prononcer à voix haute. Je lutte à mon tour pour que mon faciès reste de marbre et ne laisse rien transparaître de l'émotion qui me saisit.

— Circé, enfin, nous le croyons, parce qu'avec les démones, rien n'est certain vu qu'elles sont perfides et mentent sans cesse, alors…

Je ne m'explique pas ce qui m'arrive, mais d'un coup, je me sens étrange, groggy même. Peut-être est-ce le choc de reconnaître le nom qu'employait la dame au château.

C'est sans doute mon corps physique… Je ne le vois peut-être pas mais comme j'ai brisé le voile de la simulation, je peux probablement le ressentir. C'est ce qui me semble le plus logique du moins.

Bref, Circé, n'est-ce pas ainsi que m'appelait cette inconnue qui m'a mise en garde à plusieurs reprises mentalement, en m'exhortant à la plus grande prudence. Ça ne peut pas être une simple coïncidence.

Cette femme que je ne connais pas et qui me priait d'être vigilante, je suis persuadée que c'est moi qu'elle mettait en garde, pas la démone. *Moi.* Ça voudrait donc dire que je suis celle qu'elle nommait Circé.

— Comment allons-nous procéder ?

C'est à cet instant que tout se joue. C'est là qu'Améda esquivera ou tombera dans le piège, me prouvant hors de tout doute qu'elle n'est qu'un imposteur.

Elle replace une mèche de cheveux derrière son épaule d'une façon qui trahit sa nervosité. Je suis pendue à ses lèvres et décortique le moindre de ses mouvements ou de ses micro-expressions.

— Demain, après une bonne nuit de sommeil, l'inquisiteur va venir ici et, essentiellement, il…

Un pincement douloureux me surprend vivement à la pliure du coude. J'examine subtilement ce dernier et ne décèle pas la plus infime marque, mais je jurerais avoir été piquée par une abeille imaginaire.

Elle continue de parler, mais je ne l'écoute plus, trop occupée à essayer d'élucider ce qui débloque chez moi.

De toute façon, elle me donne le sentiment de réciter un texte appris par cœur.

L'inquisiteur est déjà là. Tu n'es pas dans la réalité, tu es dans cette simulation qu'ils ont implantée dans ton crâne.

Je reconnais la démone qui s'adresse à moi. J'ai affirmé à Améda qu'elle s'était calmée depuis la visite de l'inquisiteur, mais c'est faux. Elle ne s'est jamais exprimée aussi librement que depuis que Stoker m'a aidée à lever le voile sur l'enchantement qui m'entoure.

La grande prêtresse m'explique la marche à suivre pour le lendemain et je me contente de rester stoïque en apparence, tout en me concentrant plus que jamais sur l'endroit où j'ai ressenti une piqûre plus tôt. Je perçois la douleur, mais cette fois sous forme de brûlure. Plus ma douleur est lancinante, plus je ressens la chaleur de l'hémoglobine fraîche sur mon avant-bras. Chaque soubresaut d'image provenant de la réalité me fait craindre le pire. Est-ce que c'est une déformation due aux multiples changements et incursions dans ma tête ? Ou suis-je en train de me vider de mon sang dans la réalité ? Ils vont finir par me tuer si je n'agis pas, mais comment faire si je suis coincée ici ?

Stoker me réveille puis il se barre, génial, quel gentlemen.

J'ai besoin de comprendre quels sont les intérêts d'Améda de me garder dans un état comateux tout en permettant à un inquisiteur de déambuler entre mes neurones. Et surtout, dans quel but ils croient nécessaire de me convaincre que cette simulation est la réalité. Je m'en ferais des crampes de cerveau à force d'essayer de démêler cet imbroglio.

Qu'espèrent-ils trouver ? Jugent-ils qu'il y a une info importante dans mon crâne ?

— Ça te va, Vénétia ? Tu es devenue toute pâle.

Je reviens à cette conversation que j'avais désertée momentanément. Je secoue la tête et me donne corps et âme dans une interprétation qui, je croise les doigts, sera digne d'un Oscar, au minimum.

— Oui, oui, je suis OK. C'est simplement que je n'arrive pas à y croire, je serai bientôt débarrassée… Je vais récupérer mon corps, ma vie. Je pourrai rentrer chez moi, m'assurer que ma mère va bien, revoir Nivory et plaider ma cause auprès du roi. Je serai graciée, n'est-ce pas, pour les actes ignobles qu'elle a commis par mon entremise ? Puisque tous savent désormais que j'étais sous le joug d'une démone. Est-ce que je pourrai aussitôt réintégrer le monde magique et humain ?

Je termine ma tirade par un sourire rempli d'espoir et j'attends sa réponse officieuse, parce que bon, l'officielle, je la devine déjà.

— Nous verrons cela demain, je ne vois pas de raison de te dire non puisque nous sommes très confiants quant à la démarche que nous prévoyons d'employer. Assez parlé. Maintenant, jeune fille, au lit ! Demain sera une journée exigeante et il te faut être en forme et parfaitement reposée.

— J'y vais de ce pas !

— Bien, alors je te dis à demain.

Sur ce, elle se lève, me salue d'un signe de tête et se dirige vers la sortie.

— N'oublie pas ton nouveau sac, l'interpellé-je en avançant vers ce dernier et l'attrapant pour le lui tendre. Je passe mes doigts sur la surface et ajoute : ce violet est sublime, j'adore vraiment cette couleur. Si je survis à la séparation, je m'en offre un !

Elle reste muette quelques longues secondes, comme si elle essayait d'évaluer la situation. Puis les traits de son visage se détendent et redeviennent maternels et bienveillants.

— Non seulement tu survivras, mais en plus, c'est moi qui t'en payerai un !

— Identique ?

— Le même violet que tu adores, je te le promets, ma chérie !

— Alors vivement demain !

Elle me gratifie de son plus beau sourire et quitte les lieux.

Je la regarde s'en aller avec une certitude : elle est dans le coup, entièrement, et je suis effectivement dans une de leurs simulations. Comment je le sais ? Ce fichu sac à main n'était pas violet, il était totalement et indubitablement brun. Or, elle ne m'a pas corrigée. Elle a paru surprise, mais a joué le jeu parce qu'elle a envisagé que la simulation avait un bug.

Je suis dégoûtée, en colère, déçue et extrêmement désabusée. À quel point votre vie n'est-elle qu'une merde lorsque l'unique personne à ne pas vous avoir menti se trouve être un prince sorcier sanguinaire qui rêve de vous buter ?

Je me déshabille en chassant l'idée que je dois être surveillée.

À l'extérieur, j'affiche le calme, alors qu'intérieurement, c'est un ouragan, un typhon et une tornade à la fois. Améda me ment, c'est une certitude et le goût de la trahison me file des nausées. Cette femme en qui j'avais si confiance. Celle qui m'a protégée dès ma plus tendre enfance me cache la vérité. Pire encore, à en croire mes « hallucinations », elle me fait du mal pour assouvir je ne sais quel dessein. À quelle fin, au nom de qui ? Ne pas comprendre m'enrage davantage encore. Comment je vais bien pouvoir me sortir de ce merdier ? Je cogite sur la question lorsque j'entends mon nom prononcé par une voix que je connais bien.

— Vénétia, c'est l'heure, il nous faut agir…

Chapitre 24 - Catin et tombeaux

Stoker, 2 septembre

Je marche dans un cimetière, a priori celui que je connais bien et qui borde le château, celui dans lequel se trouve le mausolée. J'ai conscience d'être plongé en plein rêve, mais ne tente pas d'interférer dans celui-ci. Je veux comprendre le putain de lien entre moi, ce mausolée, ces tombes et ce qui nous entoure. Je suis ici comme chez moi, un lieu où règnent la mort et la perte, de plus c'est l'endroit que je préfère et où je me sens le mieux. Comme s'il n'y avait que là que j'avais l'impression d'être entièrement moi.

Le lieu est à la fois le même que d'habitude et totalement différent. Les arbres sont situés aux endroits précis où je suis habitué à les voir, mais ils ne sont cependant pas tout à fait identiques. Les rangées de tombes sont apparentes, mais je n'en décompte qu'une trentaine, là où il devrait y en avoir au moins cent. Le bâtiment abritant le caveau se dresse fièrement, son marbre blanc se découpant dans l'ombre de la nuit. Il est d'une telle pureté, éclatant, et aucun ravage du temps n'a entamé ses lettres de noblesse. Les ronces et les lierres qui le recouvrent en grande partie en temps normal ne sont ici que des bébés tiges s'extrayant à peine du sol tout autour. J'évolue entre les tombes et vérifie les dates et les noms qui y sont inscrits ; la plupart sont des stèles de fortune, deux morceaux de bois retenus ensemble par une racine quelconque en guise de croix. Je reconnais chaque emplacement même si ce qui s'y trouve diffère.

Le mausolée est construit depuis plus de mille ans. Bien que je ne puisse dire à quelle époque nous sommes, j'ai au moins cette information. Mais ce qui m'intéresse vraiment, c'est de connaître mon lien avec cet endroit.

Je passe entre les pierres tombales. Certaines, dont la terre est fraîchement retournée, et une autre, à laquelle est accrochée une clochette, juste au cas où le mort ne serait pas véritablement mort. Il n'aurait qu'à bouger la main pour que quelqu'un apprenne qu'il est en vie et le déterre pour le sauver de l'asphyxie.

Je m'arrête un instant devant l'imposant bâtiment que je connais par cœur tout en le regardant avec un œil nouveau.

Je grimpe les quelques marches qui sont bien moins enfoncées que dans ma version habituelle et pousse la porte en pierre qui glisse avec plus de résistance que ce avec quoi je suis familier. Je traverse la pièce et réalise qu'il n'y a rien, ou presque. Au lieu des murs emplis d'épitaphes et de cercueils, je remarque qu'il n'y a qu'un seul emplacement qui semble être occupé. Mes mains effleurent le marbre et le froid sous la pulpe de mes doigts s'insinue doucement en moi, se propageant dans mes poignets, mes bras, mes épaules, mon torse puis dans toutes les parties de mon corps. Je suis frigorifié ? Le mot ne convient pas, mais c'est le seul qui se rapproche de ce que j'éprouve. En réalité, on dirait que j'ai perdu mon âme et que je suis mort de l'intérieur. Comme si les ténèbres emplissaient chaque centimètre carré de mon être. Je sens les maigres doigts tentaculaires de la mort me désigner comme le prochain à trépasser et je n'en ressens qu'un soulagement immense. Comme si crever était en mesure de m'apporter un apaisement incommensurable. Je poursuis mon tour du tombeau et atteins l'endroit où sont gravées les épitaphes. Si dans ma réalité j'ignore ce qui s'y trouve, le mec dans mon rêve, lui, n'a besoin d'aucune explication. Il souffre mille morts et mon propre cœur se tord d'une douleur telle que je m'interroge sur la possibilité de mourir en rêvant. Et puis c'est là, sous mes yeux, que se détachent des lettres qui ne devraient rien me dire, mais dont je comprends parfaitement le sens. Dans la pierre, il est inscrit : Hic requiescit Circe, regina damnatorum, filia inferi et augurii dea[5].

Je me réveille d'un coup, bondissant presque dans mon lit. Je me remémore la phrase, et surtout, la gravure sur la pierre, cette femme nue, aux cheveux bouclés auréolant son crâne. Ses traits… cette couronne sur sa tête… le médaillon dans son cou. Tout cela ne me ramène qu'à une seule personne, celle qui nourrit déjà toutes mes obsessions : Vénétia.

Par Satan, que signifie ce rêve ? Je sors du lit que j'occupe dans le château et enfile un jeans et un T-shirt aux couleurs sombres. Je mets mes baskets et j'ouvre la porte, puis traverse les corridors les uns après les autres pour rejoindre le caveau. J'aurais pu en appeler à un portail, mais cela m'aurait rendu traçable, ce qui n'est pas bon quand tous veulent la place du roi.

Je passe devant la chambre de Phinéas et détecte les gémissements distincts d'au moins deux demoiselles. Je parie qu'il va toutes les tester avant d'arrêter son choix.

Je poursuis ma route sans stopper ma cadence. Je suis obnubilé par une chose qu'il me faut valider impérativement. J'ai vu le mausolée à une autre époque, peu après sa construction vraisemblablement. Vénétia était gravée à même la pierre mais le nom n'était pas le sien, qui est Circé, et pourquoi son

[5] Ici repose Circé, reine des damnés, fille des enfers et déesse de l'augure.

image est-elle semblable à celle de ma *daemonia* ? Et celui que j'incarnais à cette époque était si détruit par sa peine qu'il ne savait même plus comment vivre. Est-ce que… Est-ce un rêve ? Une image du passé ? Un souvenir ?

Mon besoin de comprendre est si puissant que j'ai l'impression que depuis des jours je m'enfonce de plus en plus dans ma quête de réponses. Je risque de finir par y perdre la tête. Je suis lié à Vénétia, mais je veux en comprendre la raison, pourquoi, depuis quand ? Est-elle ma flamme jumelle ou nos âmes sont-elles simplement maudites ? Numéro 16 m'indiffère toute la journée, je la croise dans les corridors et je ne peux m'empêcher de la trouver si quelconque, si fade. Pourtant, à la nuit tombée, je deviens esclave de sa chatte, de sa saveur, de son pouvoir. Elle me rend fou, son odeur, son goût, je le jure, elle est ce qui s'approche le plus de celle dont j'ai tant besoin : ma *daemonia*. Chaque coup de bassin dont je la gratifie me donne l'impression que je m'unis à Vénétia. Il n'y a qu'au moment de ses orgasmes que Numéro 16 laisse tomber la garde, et chaque fois, je tente de fouiller son cerveau – en vain. Elle disait vrai, et c'est sans surprise, compte tenu de son intelligence, que tout y est verrouillé. Je n'ai donc accès à absolument rien.

Je l'admire d'une certaine façon et la crains d'une autre. Elle est forgée dans le même métal glacial que ma mère, et par Satan, bien que j'aie un penchant pour les femmes de tête, elle représente tout ce que je souhaite éviter. J'ai toujours dit que j'épouserais en première union une femme qui sera suffisamment intelligente pour savoir quand être conne. Je me fiche bien de sa tronche, si c'est un laideron je n'aurai qu'à l'engrosser la tête dans l'oreiller et je ne me ferai pas chier. Ce n'est pas comme si nos unions nous condamnaient à la fidélité éternelle. Tu peux aimer qui tu veux, mais tu n'épouses que celles qui peuvent servir tes intérêts, c'est la norme pour tous. Puis, si tu as tout ce que tu as souhaité avec les premières épouses, tu prends en quatrième noce celle que tu aimes. Parfois l'épouse initiale la laisse même en vie.

Je franchis le tunnel menant au caveau et c'est là que je comprends ce qui m'attend en bas. J'identifie l'odeur de Vénétia, c'est si infime que je sais d'instinct qu'il ne s'agit pas d'elle. Néanmoins, mon besoin de me rapprocher d'elle me pousse à poursuivre mon avancée. La garce ! Que fout Numéro 16 ici ? Comment connaît-elle cet endroit ?

Il flotte dans l'air ambiant un mélange de terre humide et d'eau stagnante, mais malgré cela, je hume le parfum entêtant, envoûtant et incroyablement érotique de ma *daemonia*.

Elle n'est pas là, ce n'est pas elle. Je me le répète sans cesse pour ne pas tomber dans le piège, mais à mesure que j'approche, je sens ma logique se dissiper. La fille Grimwood se joue de moi et son emprise semble s'affiner au gré des jours. Plus je passe de nuits entre ses jambes, plus j'arrive à me méprendre entre elles. Je suce le mamelon de la blonde et lorsque je relève la tête il s'agit de ma rousse incendiaire. C'est elle qui se métamorphose ou moi qui deviens dingo au point de me la représenter ? Si à chaque aube depuis une semaine je me promets de tuer cette charmeuse de serpents, la nuit tombée, je me jette à nouveau entre ses draps. Je suis tellement en manque de Vénétia que je suis prêt à prétendre qu'elle est *elle* pour assouvir ce vide qui ne cesse de grandir dans ma poitrine.

Fou, désespéré, voilà ce que je suis, et cette fois, plus rien, pas même les crocs, le poison ou le sang d'un succube ne vient à bout de mon manque. Nuit après nuit, cette salope amplifie mon mal et augmente mon besoin d'elle jusqu'à ce que j'en crève ou que je ne sois plus que le pantin malléable qu'elle rêve d'épouser.

Cette idée me répugne et me donne envie de la buter, de l'écarteler et d'écouter ses organes se déchirer et se rompre sous la pression, libérant des geysers sanguinolents. Par Satan, que je hais cette sale pute.

Le son de mes pas sur la pierre ancestrale du caveau résonne de plus en plus fort alors que j'évolue dans sa direction. Elle est une sirène et moi, un marin stupide, courant jeter son bateau dans les lames de l'océan qui l'enverront se fracasser sur les falaises.

Je franchis le dernier mètre qui nous sépare et atterris devant la pièce ouverte où se trouve Numéro 16. Elle est nue, couchée sur le tombeau le plus ancien de ce lieu, à en croire mon rêve. J'ai cette impression dont je ne peux me défaire que cet endroit n'a été créé que pour y exposer cette tombe précisément.

— Mon roi, susurre-t-elle d'une voix langoureuse en m'invitant à la rejoindre d'un index tentateur.

Je veux lutter, enfin, la plus petite partie de moi que je n'écoute plus depuis longtemps tente de me remettre sur le droit chemin, parce que l'autre part, elle, se voit déjà la remplir de ma semence.

Depuis mon entrée dans la pièce, je me remémore à peine les raisons qui m'ont guidé jusqu'ici, je me rappelle juste dans un coin de ma tête que c'est vaguement important, mais… Je grimpe sur le tombeau à quatre pattes, tel un fauve en chasse pour rejoindre Numéro 16. Elle se redresse sur ses coudes et sourit de fierté de me voir n'être plus qu'esclave de son corps.

— Tu aimes tant jouer à être elle, mais tu ne le seras jamais…, soufflé-je, infect.

— Peut-être que je suis *elle*, mon roi. N'as-tu jamais envisagé que je sois celle que tu cherches en plus de celle qu'il te faut ?

Un rire de gorge méchant et mauvais égratigne les parois de ma trachée. Elle ne réussit pas à dissimuler son ressenti face à ma réaction. Je ne manque pas de voir ses traits se crisper de jalousie.

— Tu n'es pas elle, et même si tu parvenais à lui arracher sa peau et à l'enfiler, tu ne lui arriverais pas à la cheville. Tu n'es pas elle, répété-je, cruel, mais tu le voudrais tant.

— Peut-être devrais-je la tuer dans ce cas, et il n'y aurait alors plus de compétition, je serai moi et elle à la fois, et ta seule chance de…

Plus que des sons de gargouillis qui troublent le silence du lieu consacré. Ma main enserre son cou gracile et je me tiens à quelques centimètres de son visage. Je penche la tête d'un côté puis de l'autre en cherchant la moindre similitude entre elles deux.

Assailli d'un sursaut de lucidité, je l'observe, blonde, visage rond et enfantin, yeux noisette, et cette aura suintante d'ambition.

— Déplace un seul de ses cheveux en respirant, et je te tuerai d'une façon si violente qu'elle sera relatée dans tous nos livres d'histoire.

Je la menace à voix haute, mais c'est bien plus que cela, c'est un serment, une promesse de sang que rien ne pourra m'empêcher d'exécuter. Je m'arrache à ses prunelles et regarde avec satisfaction ses mains qui griffent les miennes quand l'atmosphère change soudainement. Je relève les yeux sur elle, à l'affût, et elle n'est plus Numéro 16. Ou du moins une seconde sur deux, elle l'est, et l'autre, chacun de ses traits se métamorphosent en ceux de Vénétia.

Elle clignote puis conserve l'apparence de ma *daemonia* de plus en plus longtemps, jusqu'à endosser son rôle complètement. Par Satan, c'est moi qui débloque ou alors elle use d'un filtre ou d'une potion ? Dans le doute, je relâche sa gorge aussitôt.

*La baiser, l'assimiler, la buter, tu as oublié le plan ou quoi ? Pouvoir ultime, gagnant de l'*aperta venari, *régicide, nouveau roi. Il n'y a pas une chatte qui vaut plus que cela et toi, pauvre connard, tu réfléchis avec ta bite ? Réveille-toi !*

Je relègue le moralisateur dans un coin de mon crâne et observe la nymphe à la peau de porcelaine qui ondule juste pour moi. Les serpents sur ma peau sifflent leur chant de séduction alors qu'ils convergent tous sur mes mains qui enserrent désormais la poitrine généreuse de la rousse. J'écarte ses cuisses d'un coup de genou et me fraie un passage en mode rustre. Je baisse mon pantalon et mon boxer et m'insère en elle sans plus de cérémonie. Elle gémit exagérément, et lorsqu'elle me sert un « oh oui, mon roi », je pose ma main sur sa bouche et lui intime de fermer sa gueule, le son de sa voix risquant de rompre mon illusion. Je la pilonne encore et encore sans relâche et déploie des trésors d'énergie pour ne pas conclure avant d'avoir atteint son plaisir à elle. Est-ce que je crois véritablement qu'elle est Vénétia ? Non. Est-ce que je suis accro et obnubilé par elle au point d'essayer d'y croire de toutes mes forces ? Oui, mais je lutte parce qu'il y a un truc que je désire plus encore que la fausse Vénétia : la vraie. Si pour une contrefaçon je suis prêt à autant de sacrifice, alors ma *daemonia* vaut plus que son pesant d'or.

Je la pénètre jusqu'à la garde encore et encore, accélérant le mouvement dans un seul but : lui offrir l'orgasme de sa vie. Un orgasme qui fera exploser ses résistances pendant un laps de temps suffisant pour que je m'engouffre dans sa cervelle.

Je donne tout ce que j'ai au péril de ma masculinité qui aurait déjà abdiqué il y a un moment si je ne le lui interdisais pas catégoriquement. Son corps glisse doucement vers le septième ciel et d'un coup, Numéro 16 reprend son apparence habituelle. Le sort s'amenuise sur elle, et de ce fait sur moi aussi. Elle perd tout attrait et je dois me faire violence pour que le plus gros de mes serpents n'abandonne pas le marathon avant la fin de la course.

Il m'est pénible de rester excité lorsque le corps dans lequel je suis inséré n'est pas celui dans lequel je suis entré. Heureusement, je suis sur le point d'être exaucé et je sens la tension, gage d'un plaisir imminent, prendre possession de tout son corps. Je l'observe, à l'affût du plus infime changement dans ses défenses mentales, et dès qu'elle jouit, je m'engouffre dans son esprit. Fouiller le crâne de quelqu'un qui est en proie à un tsunami de plaisir est semblable à regarder les souvenirs d'un mec sous acide. C'est lumineux, désordonné et pêle-mêle. Je vois passer deux petites filles, une blonde et une rouquine. Elles sont jeunes et rient en se promettant une amitié éternelle lorsqu'elles enroulent leurs petits doigts. J'en ai la nausée, ces conneries de gamines, c'est carrément écœurant. Je les vois, plus grandes, se disputer pour une raison x et se réconcilier avec un simple câlin. Puis une cachette sous la couette où elles posent dans un bocal des photos de garçons avant de les encercler d'un fil rouge et de prononcer une incantation dont elles massacrent chaque mot dans un latin approximatif. Par Satan, elles auraient pu commander un démon avec un tel charabia.

Je me tape des souvenirs à vitesse grand V et crains de ne pas avoir le temps d'obtenir l'information tant désirée avant qu'elle ne revienne s'ancrer les deux pieds sur terre. Accélère, merde ! Je zappe quelques images et arrive à un âge qui se rapproche sans doute plus de celui qu'elles ont actuellement. D'ailleurs, quel est-il ? Il y a eu leur consécration récemment, donc environ dix-sept ans. Je détecte des sentiments différents émanant des souvenirs qui se profilent à présent devant moi. Je peux ressentir ce qu'elle et Numéro 16 ressentent. La blonde regarde Vénétia à la dérobée alors que celle-ci discute avec sa mère via un portail. Numéro 16 la couvre d'une jalousie qui, si je n'étais pas moi, me filerait des frissons tout le long de l'échine. Puis, dans la seconde qui suit, la rancœur est ravalée avec tant de détermination qu'on n'en perçoit même plus l'ombre. Comment peut-elle masquer aussi facilement et habilement son ressentiment ? D'autant que malgré mon expérience, j'ai rarement assisté à un regard aussi chargé de haine. Plusieurs images et mini-extraits s'affichent devant moi, et chaque fois, au fil de leur création, je remarque que sa jalousie s'amplifie jusqu'à devenir un souhait de mort. Je reconnais aisément cet état de fait puisque je suis fils du roi et que nous sommes, mes frères et moi, depuis que nous sommes petits, conditionnés à nous percevoir les uns les autres comme des ennemis. Ce qui m'incite à m'interroger, néanmoins, c'est ce que peut avoir Vénétia qui lui vaut autant de jalousie de la part de celle que visiblement, elle considère comme une sœur. Jamais elle ne se rend compte que sa supposée meilleure amie est en réalité sa plus grande rivale. Elle ignore le danger sans limites que Numéro 16 représente.

Parmi les plongées dans leur passé commun, je constate la présence d'une brunette aux traits figés dans la glace. Elle n'affiche aucune expression et semble contrariée en permanence. Son amertume est aussi palpable que la jalousie de sa frangine. Parce que oui, ça aussi c'est plutôt facile à deviner lorsqu'on vogue dans l'historique du cerveau de quelqu'un. Cette sœur porte sur Numéro 16 un regard empli de jugement. De ça et d'autre chose, une haine peut-être, de quoi qu'il s'agisse, la dernière fois que j'ai vu tant de dureté dans des prunelles, c'est dans celles de Fenrir le jour où j'ai buté sa maman.

La petite brune s'inquiète pour Vénétia, mais essaie absolument tout ce qui est possible pour la garder à distance.

Comme si elle en avait reçu l'ordre.

J'aimerais tellement pouvoir fouiller son crâne à elle aussi. Quelque chose me dit que cette fille en aurait beaucoup à me raconter. Il me faut impérativement retrouver cette fameuse sœur.

L'intensité des images faiblit. Nivory sait désormais que je fouille dans sa tête et veut m'en chasser. Je suis plus fort qu'elle et bien plus aguerri, mais maintenant que je suis découvert, elle peut effacer ou modifier certains éléments, ce qui rendrait mes informations nettement moins fiables.

Je tente de localiser l'endroit qu'elle essaie à tout prix de me dissimuler. C'est comme un corridor avec de multiples portes de différentes tailles, formes et couleurs. Je les ouvre toutes à la volée en poursuivant mon chemin, à la recherche de l'information que je désire absolument.

Et c'est là que j'aperçois une porte rouge cadenassée et barricadée.

Je sais que Numéro 16 a été bien formée par un maître de l'esprit, car elle maîtrise trop bien les rouages de cette magie, et même si je souhaite connaître le traître qui partage avec les petites gens nos pouvoirs, pour l'heure je me concentre sur elle et sur cette porte qu'elle essayait tant de masquer qu'elle l'a mise en évidence.

Un haussement de sourcils, et les verrous sautent tous en moins de deux.

Ce que j'ai alors sous les yeux correspond à mes attentes et plus encore.

Une femme qui est un parfait mélange de Numéro 16 et de sa sœur est penchée au-dessus d'une chaise inclinée, que je reconnais immédiatement comme étant celle de la salle où je me suis retrouvé lors de mon voyage astral dans la chambre de ma *daemonia*. La dame n'a donc nullement besoin de se décaler pour que je devine qui est la propriétaire de l'hémoglobine qui emplit les multiples bouteilles de sang qui reposent sur la table portative à côté d'elles. Une douzaine de fioles aux couleurs écarlates…

La grande prêtresse Grimwood se déplace pour attraper une fiole, et c'est là que je suis surpris comme je n'aurais jamais pensé l'être de ma vie.

Je m'attendais, en toute logique, à découvrir Vénétia, ça, c'était acté, en revanche, dans mon imaginaire, elle n'était pas si jeune. J'observe la petite rouquine et son visage couvert de taches de rousseur assoupie sur la chaise, son doudou bien coincé sous le bras.

Améda remplit une fiole après l'autre, cueillant le sang de l'enfant dont le teint devient de plus en plus grisâtre à mesure que son essence vitale s'échappe de son corps.

Pourquoi ? Que comptait-elle faire avec tout ce sang ? Elle n'est pourtant pas hématomancienne. Ou alors peut-être travaille-t-elle pour un sorcier qui l'est ?

Je veux approfondir la réminiscence, mais je me bute à un mur créé dans l'esprit de Numéro 16. Elle s'échine à m'expulser de ce souvenir caché dans sa tête et elle y déploie toute l'énergie magique qu'elle possède.

Elle dissimule quelque chose d'autre, c'est une assurance désormais, mais quoi ? Pourquoi Vénétia les intéresse-t-elle autant et depuis si longtemps ? Elle n'était pourtant pas possédée à l'époque, et n'est-ce pas l'excuse invoquée aujourd'hui ? Qu'a-t-elle de si spécial à leurs yeux et pourquoi y suis-je sensible ? Pourquoi son sang ? Jusque-là, je suis parti du principe qu'elle agissait sur moi à cause de notre lien d'âme et je n'ai jamais envisagé que c'est peut-être son hémoglobine qui a des propriétés insoupçonnées.

Puis le souvenir est emmuré et la pièce aussi. Je quitte la mémoire de Numéro 16 et je reviens au conscient devant une femme dont les yeux brillent encore de l'orgasme, mais dont la bouche est tordue en un rictus furibond.

— Où se situe cette salle ?

— Où est ma couronne ? relance-t-elle sans prendre la pleine mesure de ma volonté sans limites pour localiser Vénétia et de ma dangerosité si elle ne me donne pas ce que je désire.

— C'est ta vie qui est en jeu ici, si tu souhaites vraiment parier sur ma capacité à te réduire à néant, alors soit.

Je suis encore dans son ventre à l'instant même que nous tentons de négocier un accord.

— Épouse-moi et je te dis tout ce que je sais la concernant.

— Qu'est-ce qui m'assure que je peux avoir confiance en toi ? On ne peut pas dire que tu te sois montrée très coopérative jusque-là.

— As-tu besoin de mille et une garanties ? Je sais où elle est, nous sommes compatibles sur le plan sexuel, j'accepte qu'elle ou d'autres soient tes maîtresses et je ne désire que m'élever, ce qui te sera profitable. Marions-nous et la moindre de tes attentes sera comblée, plaide-t-elle avec un aplomb qui vend du rêve.

— Alors, allons réveiller le mage, immédiatement, rétorqué-je, acide.

Elle me jauge, à la fois stupéfaite et méfiante.

— Je refuse une union en catimini que tu pourras dissoudre dès que tu auras eu tout ce dont tu rêves.

— Tu refuses ? TU, TOI, PRINCESSE DE RIEN, REINE DE MON CUL, TU REFUSES ?

Un rictus se sculpte sur chacun des traits de mon visage. Je constate un éclat de peur lorsqu'elle comprend qu'elle est allée trop loin, qu'elle a joué comme qui dirait trop près du feu. Je m'extirpe d'elle, essuie la goutte de surplus sur sa culotte qui traîne à ses pieds et je remets mon pantalon sur mes fesses. Je contourne le tombeau et trouve l'endroit exact de mon rêve. Cette gravure de femme est presque rendue invisible à cause de la poussière. Machinalement, je passe mes doigts sur les pourtours qui la définissent, et sous mes yeux se dévoile ma *daemonia*. Je comprends à cet instant qu'il n'y a rien que je ne ferais pas pour mettre la main sur elle.

— Tes possibilités sont minces et je te conseille de bien réfléchir avant d'exiger quoi que ce soit de moi. Tu vas chercher le mage et il nous unit, là, maintenant, cette nuit même, ou alors, je te bute. Je prendrai le poignard cérémoniel, je le ferai pénétrer dans ton cœur millimètre par millimètre et m'assurerai de t'arracher à ta vie, mais si lentement que j'aurai le temps de fouiller chaque recoin de ton cerveau avant que le reste de ton corps ne te lâche. Tic tac…

— Je… vais chercher le mage, annonce-t-elle en saisissant la robe qu'elle portait vraisemblablement avant de venir ici.

Sèchement, j'attrape son bras, et c'est exaspérée qu'elle soupire.

— Permets-moi de t'accompagner, ma chère future épouse. Il serait dommage que tu te perdes en si bon chemin et particulièrement avec des informations qui me sont si précieuses, n'est-ce pas ?

— Comme tu veux, mon roi, répond-elle en esquissant la révérence la plus hypocrite qui soit, et Dieu sait que j'en ai vu d'autres…

Mais si tout se passe comme prévu, dans une heure je serai marié et j'aurai retrouvé celle que je désire envers et contre tout, n'est-ce pas tout ce que je voulais ? L'étau se resserre, *daemonia*, je vais bientôt t'avoir pour moi tout entière.

Tu pourras faire d'elle ta chose et la purger de ses pouvoirs. Qu'il sera bon de sentir son essence couler dans nos veines et nous rendre plus forts.

Chapitre 25 - Et le noir fut

Vénétia, mi-août

« Vénétia, c'est l'heure, il nous faut agir… »

Je stoppe le moindre de mes gestes et attends que la voix se manifeste une seconde fois, presque certaine que je l'ai rêvée.

— Vénétia ? Tu m'entends au moins ?

Je suis figée, je reste stoïque. Est-ce un piège pour se venger de celui que j'ai tendu à Améda avec le sac plus tôt ? Peut-être que ça fait partie de la simulation pour voir si j'ai eu des contacts avec d'autres ?

— Allez, sale mortelle, ne fais pas chier, enfin ! BORDEL DE MERDE ! TU VAS TE RÉVEILLER !

Woh, qu'est-ce qui lui prend ? Le ton de sa voix, sa colère et son empressement, oui Riordan a réussi en moins de deux à m'alarmer. OK, je récapitule, me voilà dans une simulation implantée à même mon crâne. Il est peu probable que Rio en fasse partie, si c'était le cas, je le verrais physiquement, pas vrai ? C'est donc qu'il est quelque part à l'extérieur, dans le monde réel ?

Je me dirige illico vers la provenance de la voix, à savoir le miroir au-dessus du lavabo. Il est là, je l'aperçois, un pli soucieux au centre de son front et un air inquiet envahissant son faciès et cassant son allure habituelle de monsieur je-n'en-ai-rien-à-battre-de-tout.

— Je suis ici ! Riordan. Bon sang c'est toi ? Vraiment ? C'est une simulation ? Tu es dans la réalité ? Avec eux ou pas ? Une semaine que tu n'es pas présent… J'ai cru que…

Les questions se bousculent sur ma langue tant et si bien qu'il m'est pénible de rassembler mes idées de façon efficace.

Il secoue la tête, découragé, comme s'il ne m'entendait pas. Une hypothèse qui se confirme à la seconde suivante quand je constate qu'il s'adresse de nouveau à moi.

— Bordel ! Tu penses que tu pourrais m'aider à t'aider ? « Non ! Je suis une humaine et je vais t'en faire baver jusqu'au bout », me singe-t-il, mauvais, du moins, le crois-je.

— Mais je suis juste là, enfin !

Je peste et gesticule dans tous les sens devant le miroir. Mais je détermine finalement le problème. Je suis perdue quelque part dans ma tête, dans cette simulation, alors que lui se situe probablement à côté de mon corps physique dans la réalité. Et cette fichue démone qui ne semble plus en mesure de se manifester, la bonne blague ! Ce serait le temps de sortir de sa cachette, de me donner un coup de main et de prouver son pouvoir.

Je te laisse le contrôle de mon corps en entier ! À toi les manettes si tu te pointes immédiatement et que tu nous sors de là ! Allez, foutue démone, fais un effort pour te rendre utile une fois au lieu de ne m'apporter que des problèmes.

Toujours rien. Silence radio sous ma caboche, et un sauveur qui s'impatiente dans la réalité. Je suis très contente de sa présence ici, même si je ne suis pas certaine de la comprendre, mais vu comment il s'irrite, vaut mieux pour moi trouver une solution rapidement et me poser des questions plus tard.

Comment pourrais-je m'extirper de cette prison qu'est ma tête ? C'est un endroit bien pensé quand même, je dois reconnaître à Améda cette idée. Peut-être pourrais-je même lui rendre la pareille, mais moi, je l'enfermerais dans le crâne de l'inquisiteur ! Tiens, traîtresse !

Stop, je dois rester focus et ne pas me disperser. Je perçois l'effort de Riordan qui tente de me réveiller encore et encore, et à mesure que les secondes s'écoulent, je sens poindre l'appréhension de mon sauveur. Il faut que je fasse quelque chose, et pour une fois, arrêter d'être spectatrice de mon sort.

Je ferme les yeux et songe au moment où Stoker m'a permis de faire tomber le filtre qui masquait la réalité. Je peux peut-être essayer de faire pareil cette fois-ci ? Je me concentre et me remémore les indications de mon prince maléfique.

Un voile, voilà ce que j'ai besoin de me représenter. Moi qui le repousse, qui le perce, qui le fais disparaître. Je tends les mains devant moi et répète les mots que le prince avait prononcés ce soir-là.

— *Levetur velum ut veritas reveletur. Levetur velum ut veritas reveletur. Levetur velum ut veritas reveletur.* Que le voile soit levé pour que la vérité soit dévoilée… Que le voile soit levé pour que la vérité soit dévoilée… Que le voile soit levé pour que la vérité soit dévoilée.

J'ignore pourquoi je les répète par trois fois et d'où je tiens cet accent chantant, mais je suis persuadée que c'est la bonne chose à faire. La démone n'est peut-être pas si loin finalement. L'espace d'une seconde, je laisse une pensée parasiter mes songes : et si Améda mentait pour que le démon ne connaisse pas la vérité et ses visées ? Peut-être qu'elle est bien intentionnée et essaie de me protéger de l'entité ? Il est vrai qu'elle est sans doute mieux contrôlée en ces lieux, et si ça se trouve, je suis en train de faire une erreur monumentale. Pour autant, mon instinct, lui, me pousse non seulement à continuer, mais m'aide à me connecter encore davantage. Aux phrases que je psalmodiais déjà, j'en ajoute une de mon cru, une qui me vient naturellement et dont je prononce chaque mot avec assurance.

— *Ab hoc carcere carnis me exsolvo*[6].

J'inspire un bon coup et la dis encore.

— *Ab hoc carcere carnis me exsolvo. AB HOC CARCERE CARNIS ME EXSOLVO.*

Je garde la main tendue devant moi et ordonne au… à Dieu sait quoi en fait, de m'obéir et de me libérer de cette cage.

Le bout de mon index picote d'abord puis se met à brûler par la suite. C'est une étrange sensation qui ne m'est pas douloureuse du tout. La force des pouvoirs bouillonne à la surface de ma peau en un million d'étincelles de magie. C'est incroyablement puissant et grisant. Elle se propage sur mon épiderme et coule dans mes veines. Elle m'emplit et je me sens renaître, comme si je quittais un cocon pour me transformer en papillon.

— De cette prison de chair, je me libère ! soufflé-je une fois de plus, traduisant, je le sais, les mots employés plus tôt.

Des mots en latin que je ne connaissais pas, prononcés dans une langue que je n'ai jamais apprise. Mais que j'emploie…

---

[6] De cette prison de chair, je me libère.

J'ai le sentiment de traverser un mur, de passer au travers d'une tornade et de la remonter de la base jusqu'au sommet en tournoyant de telle sorte que la nausée me gagne.

Et puis soudain, j'ouvre les yeux. Les vrais, je veux dire, dans le monde réel, et surtout, dans cette pièce dans laquelle je suis attachée de toutes parts.

Je ne crois pas avoir jamais vu Riordan montrer autant de joie à me trouver devant lui.

Je le reconnais, mais la version de lui que j'avais en tête était nettement moins embrouillée que celle-ci. Il est penché au-dessus de moi et plisse tellement les sourcils que son visage me semble différent.

— Il faut qu'on quitte les lieux, et rapidement. Comment tu te sens ? Tu t'en crois capable ?

— Je me sens prête à courir un marathon ! lancé-je d'une voix éraillée qui résonne étrangement à mes oreilles.

Il secoue la tête comme s'il savait un truc que j'ignore.

— Quoi ?

— Tu… Je ne sais même pas si tu seras en mesure de marcher… Ces monstres, ils t'ont…

C'est lorsque j'étire mon bras pour attraper le plateau en métal qui trône sur la table à roulettes que je me rends compte que j'ai très mal. Je jette un coup d'œil à mon bras, et réalise qu'il est branché sur plusieurs tubes dans lesquels semble s'écouler mon sang. Je suis percée partout, une aiguille sur le dos de ma main, une au pli du coude, une sur le poignet, et une autre légèrement plus haut. C'est ainsi sur mes deux bras et j'observe les marques violacées là où sont entravés mes pieds et mes mains. Mon corps porte les stigmates de nombreuses heures de tests dont je n'ai, encore une fois, pas eu conscience. Ils ont dû me plonger dans un coma encore plus profond pour que je n'aie même pas ressenti quoi que ce soit. Bordel !

Furieuse, j'arrache toutes les tubulures, envoyant valser mon précieux sang partout dans la pièce, y compris sur Riordan.

— Vé, tu dois te calmer, tu perds trop de…

— De quoi ? Tu parles de cet or liquide qui coule apparemment dans mes saloperies de veines ? Je… je me réveille attachée et vidée de mon sang, putain ! C'est le gaspillage qui te dérange ? C'est ça ?

Je lui tape une crise de nerfs et j'ai bien conscience que c'est injuste que ça lui tombe dessus, d'autant qu'il semble avoir été le seul disposé à me sauver, mais il faut que ça sorte.

Je me redresse et même si je suis branlante, je ne m'arrête pas. Je me glisse sur le côté de la chaise d'examen avec la ferme intention de me lever tout en hurlant comme une dingo. Sauf que j'aurais dû être plus intelligente et me douter que je ne suis plus qu'une pauvre loque. Ça m'aurait sans doute évité de me retrouver rattrapée de justesse par les bras puissants du sorcier de foudre dont les prunelles irradient de petites décharges électriques.

— Ressaisis-toi, mortelle. Si tu flanches ici et maintenant, tu meurs. Tu comprends ça ? J'ai mis bien plus de temps que prévu à te sortir de là et le prochain tour de garde est sûrement déjà en train de compter les cadavres laissés sur mon chemin.

— Comment tu… Où sommes-nous ? Est-ce que…

— Plus tard ! Maintenant, serre les dents et fais vite, nous avons très peu de temps devant nous et si je ne cautérise pas tes plaies, tu vas te vider de ton sang avant d'avoir atteint la sortie.

Je le regarde, mes sourcils se plissent d'incompréhension. À la minute suivante, ses mots trouvent un sens précis alors que du bout de ses doigts, il brûle les lésions ouvertes par lesquelles on me prélevait l'hémoglobine. C'est douloureux, mais emplie d'adrénaline, je suis presque certaine que la douleur est moins forte. Il n'y a que cette dégoûtante odeur de chair brûlée qui menace de me faire tourner de l'œil.

Docilement, je hoche la tête. Être dans ses bras me calme et m'apaise d'une façon inespérée. J'ignore à quand remonte mon dernier contact humain et pas simplement mental.

— Je vais répondre à la moindre de tes interrogations, mais avant, nous devons sortir d'ici et tu dois avoir cent pour cent confiance en moi. Tu comprends ?

Ses mains se ferment sur mes épaules et il se penche assez pour que ses yeux gris tempête soient à la hauteur des miens.

— Quatre-vingt-dix-neuf pour cent, c'est nous mettre tous les deux en danger de mort. D'accord ?

— D'accord, murmuré-je tout en sachant que lui donner mon entière confiance n'est pas quelque chose que je peux choisir sur commande.

S'il se rend compte que je doute, il n'en laisse rien paraître et m'aide à retirer un à un les fils qui restent sur mon autre bras. Ensuite, il me fournit un appui pour s'assurer que j'arrive à marcher toute seule. Je me sens comme une guenille. Mes jambes sont en coton, et juchée sur elles, j'ai l'impression que je fais de l'acrophobie, cette peur irraisonnée des hauteurs.

Je suis étourdie et incroyablement faible, mais je pince les lèvres et le garde pour moi. Vu tout ce qu'il semble avoir sacrifié pour être ici, pour moi, je ne vais certainement pas abandonner avant d'avoir essayé. Et puis mieux vaut mourir en tentant de me sauver plutôt que crever par lâcheté.

J'avance de quelques pas et manque de m'écrouler, mais alors qu'il reste muet, sa pogne interrompt ma chute in extremis. Le plus naturellement du monde, il place mon bras autour de son cou et nous cheminons vers la porte au fond de la pièce, celle qui a failli être mon échappatoire la dernière fois.

— Droit devant se trouve un couloir en forme de Z que nous devons traverser, tout au bout de cela, un portail nous attend. Une fois de l'autre côté, nous serons en sécurité. Si jamais il devait m'arriver un truc, tu continues, en rampant s'il le faut, et tu ne regardes jamais en arrière. Des gens qui sont de notre côté prendront soin de toi.

— Si jamais il t'arrive quelque chose ? répété-je stupéfaite. Dans quel monde me suis-je réveillée ? Depuis quand y a-t-il un côté contre moi et un avec moi ?

Je stoppe net et même si le moment est mal choisi, j'ai besoin d'une réponse immédiate, une seule :

— Quand as-tu compris qu'ils étaient les méchants de l'histoire ? Et d'ailleurs, je t'ai vu ce jour-là, quand j'ai voulu m'enfuir !

— Vénétia, je t'ai déjà dit que…

— Quand ? J'ai besoin de savoir. Aide-moi à te faire confiance, le supplié-je presque.

Il soupire et c'est du bout des lèvres qu'il me répond.

— C'est plus compliqué qu'il n'y paraît, ils voulaient vraiment te réveiller, mais dès que ce fut fait, tu as essayé de fuir et… Mais… je suis là, maintenant, non ?

Je veux répliquer qu'il aurait pu m'aider ce jour-là lorsqu'une alarme stridente retentit tout autour. C'est si assourdissant que j'ai l'impression que mes tympans se fissurent en million de morceaux. Je tombe au sol, tentant vainement de protéger mes oreilles de mes mains. Je veux résister, mais ça m'est impossible. Je suis sur le plancher à me tordre encore et encore en suppliant pour que ce son s'arrête. Et c'est là que je vois Riordan, penché sur moi, qui se porte comme un charme, si ce n'est qu'il tente de comprendre ce qui m'arrive. Je hurle à m'en déclencher des douleurs dans la trachée et je crois même qu'à un moment, je perds conscience quelques secondes avant d'être à nouveau réveillée par le bruit.

Rio tente de m'aider à me relever, à me soulager, mais rien n'y fait. J'ai l'impression qu'on enfonce deux tiges de métal chauffées à blanc dans mes oreilles.

Il me parle, mais je ne distingue plus ses paroles. C'est à cet instant que je réalise que les alarmes résonnent probablement directement dans mon crâne.

Mes paupières se ferment et s'ouvrent et je ne perçois, par moments, que les contours de ce qui nous entoure. Je crois que Rio me tire par les chevilles, sans doute tente-t-il désespérément de me faire traverser le portail avant qu'il ne soit trop tard ?

Puis d'un coup, la douleur stoppe. Comment ? Pourquoi ? Aucune idée. Je ne détecte plus aucun bruit. Je reconnais monsieur foudre qui m'interpelle, j'aperçois les lumières qui clignotent à vitesse grand V comme pour nous priver de notre sens de la vue. Puis apparaissent au détour d'un corridor quatre sorciers encapuchonnés et tout de noir vêtus. Ils se tiennent debout entre nous et le portail, notre unique sortie. J'ai conscience de la dangerosité de notre position et de mon peu d'utilité au vu de mon état délabré. La situation s'aggrave encore lorsqu'ils se placent les uns à côté des autres pour former un demi-cercle. Les capuches masquent leurs visages mais nul besoin de les voir pour comprendre ce qu'ils sont en train de faire. La synchronicité de leur voix s'élève tout autour. Je les aperçois nimbés d'une aura sombre, presque noire, qui s'amplifie à mesure qu'ils prononcent leurs incantations.

J'essaie de me lever du sol sur lequel je suis tombée plus tôt, mais trois d'entre eux se détachent du groupe. L'un fonce vers moi pour me saisir par le bras et tente de me relever comme si je n'étais qu'une vulgaire poupée de chiffon. Riordan, attaqué par les deux autres, réussit à en envoyer un valser contre un mur à la force d'une décharge électrique. Je le sais parce que même au sol à un mètre de son assaillant, l'homme continue de frétiller comme du bacon dans une poêle. Je n'entends plus leurs cris ni le son de leur pas, mais je discerne les éléments de chaos dans cette pièce. Les lumières agissent à la façon d'un stroboscope, s'éteignant quelques secondes puis se rallumant successivement.

Lumière, Riordan qui frappe dans le ventre d'un assaillant.

Noir.

Lumière, deux ennemis tiennent Rio, alors qu'un le frappe dans l'abdomen.

Noir.

Lumière, mon sauveur à genoux au sol, une arcade sourcilière fendue.

Noir. Beaucoup… trop de… noir… pas un son durant de longues et interminables secondes.

Lumière, mon ami au sol… du sang entourant son corps étalé face contre le plancher.

Noir.

Chapitre 26 - Poussière d'elle

Stoker, 4 septembre

Je crois que le mage n'a rien compris de ce qui se passait et encore moins de ce qui me traversait l'esprit, moi qui n'étais pas du tout enclin à cette mascarade de prétendantes. Je l'ai tiré du lit et j'ai même osé le menacer de lui trouver un remplaçant s'il proposait une nouvelle fois de célébrer la cérémonie le lendemain devant la cour. J'ai tu les raisons qui me rendent si pressé. Je doute que l'argument «je me marie avec cette catin pour qu'elle me dise où est la femme avec qui je prévois de lui être infidèle» soit recevable, d'autant plus quand cette fameuse femme est celle dont on veut me tenir éloigné envers et contre tous. Je n'ai pas l'âme d'un romantique, et même pour moi, là, ça dépasse l'entendement.

Il nous a suivis dans la grande salle sans opposer de résistance. Laissant volontairement de côté tous les rites et toutes prières, nous avons échangé des bagues basiques sans nous donner la peine de prononcer des vœux auxquels aucun de nous deux n'adhère. Finalement, ce mariage n'est qu'une signature dans le bas d'un contrat où les deux parties trouvent un arrangement duquel elles retirent une chose convoitée. Moi, j'aurai l'information de l'endroit où est Vénétia, elle, un rang de possible future reine.

— À présent, vous pouvez sceller votre union d'un baiser, conclut le mage d'une voix ensommeillée qui laisse deviner que dès que nous partirons, il ira se recoucher sans attendre.

J'embrasse comme il se doit mon épouse et nous remercions le prêtre avant de regagner mes appartements, *nos appartements*, devrais-je plutôt m'habituer à dire.

Nous pénétrons dans la chambre et avant même que j'ouvre la bouche, elle se dénude et se glisse dans les draps. Ses billes noisette se posent sur moi avec convoitise alors qu'elle tapote le matelas pour m'inviter à la rejoindre.

— Écoute-moi bien, Numéro 16, je t'ai donné ce que tu voulais et j'en attends tout autant de ta part. Et pas demain ni dans une heure, je le veux immédiatement. Je n'ai que faire d'une baise insipide qui ne m'apportera aucune satisfaction, surtout maintenant que je suis à portée de main de celle que je désire.

— Oh, mon roi, maintenant que nous sommes unis, je crois que tu pourrais m'appeler par mon prénom, non ? Et puis, consommer ce mariage est dans l'ordre des choses, le contraire pourrait porter malheur à cette union.

Je prends sur moi et me retiens de lui sauter dessus pour m'introduire dans son crâne et lui arracher les infos que je désire avoir.

— Alors, Nivory, tu t'es couchée cette nuit en étant roturière, et tu te lèveras mariée au futur monarque, je crois qu'on peut affirmer qu'il serait difficile d'être plus chanceuse. Je réclame mon dû, et je suis prêt à fouiller cette tête sans ton consentement pour l'avoir. Je te rappelle que maintenant que nous sommes un couple, je peux disposer de toi à ma convenance. Tu es mon bien désormais, et je pourrais même décider de te buter ici et maintenant sans que personne n'y trouve à redire. Je te conseille donc d'user de prudence lorsque tu ouvriras à nouveau cette bouche !

C'est à ce moment qu'elle m'offre un sourire qui ne m'indique rien de bon. Elle s'assied, sourit, mauvaise, et entame leur histoire commune.

— Bien, alors j'espère que tu es prêt à entendre la vérité à son sujet…

Voyant que je ne bronche pas, elle débute :

— Alors voilà, elle est née d'une union entre une humaine et un sorcier et elle a, comme plusieurs autres dans cette situation, été mise en famille d'accueil durant les vacances des mortels afin d'en apprendre plus sur notre monde.

Je soupire d'impatience. La vie de ma *daemonia* est possiblement en danger, une semaine sans contact avec elle, et ma foutue femme joue avec mes nerfs. Ce n'est pas comme si elle m'apprenait quoi que ce soit que mes recherches n'avaient pas déjà révélé.

Abrège, sinon je ne réponds plus de rien !

— C'est important dans l'histoire, précise-t-elle, blasée, avant de reprendre. Elle est donc venue chaque été chez moi, jusqu'à la cérémonie de l'augure qui aurait dû déterminer ses pouvoirs et lui permettre, fort probablement, d'intégrer un autre *coven*.

— Je te prie de passer outre les explications inutiles et d'en venir à aujourd'hui, à l'endroit où elle se trouve actuellement.

Mes mâchoires sont serrées au point où je devine que les os de mes maxillaires sont plus saillants qu'à l'habitude.

— Oh, mais je t'assure que c'est important, capital même, ricane-t-elle.

Ma patience s'amenuise, mais je tiens bon et lui enjoins de poursuivre son monologue horripilant d'un hochement de tête tendu.

— Tu dois sans doute te rappeler cette fillette qui, il y a environ sept ans, s'est vue rejetée par l'augure ? Une sorcière sans pouvoir qui a déclenché une hystérie collective dans le royaume, produisant des soulèvements ?

Elle n'attend pas de réponse de ma part et je force mon visage à n'être que marbre. Elle croit m'apprendre quelque chose ? Elle espère peut-être me choquer ? Je conserve un flegme total, luttant pour ne pas lui révéler à quel point elle se fourvoie concernant la puissance de Vénétia. J'ai personnellement senti vibrer ma *daemonia* et elle n'est pas cette chose fragile qu'elle me décrit. Au contraire, Vénétia porte en elle une force comme j'en ai rarement vu, et c'est tant mieux si tous l'ignorent. Si l'un de mes frères, où même mon père venait à en avoir vent, je crois qu'ils feraient tout pour l'obtenir. Cela me forcerait à mettre le royaume à feu et à sang.

— Il s'agit d'elle. Cette femme que tu désires aussi ardemment n'est en fait qu'une humaine sans aucun pouvoir ni aucun intérêt. Ce qui est risible, ne trouves-tu pas, pour toi, ô mon prince, qui ne rêves que de pouvoir, de t'amouracher d'un être totalement banal, ajoute-t-elle, mesquine.

Elle sourit, victorieuse, comme si elle gagnait sur toute la ligne et que j'étais le dernier des imbéciles de m'enticher d'une fille aussi insignifiante.

Si seulement elle savait… Je crois que pour la peine, je laisserais même Vénétia lui dévoiler ses capacités elle-même.

— Où est-elle ? Qui la détient ? Dans quel but ?

— Elle est dans un bunker aux limites des terres appartenant au *coven* Grimwood. Elle n'est pas détenue, mais bien protégée par ma famille. Pourquoi ? Parce qu'elle abrite une démone de second ordre et que cette dernière a un ascendant trop puissant sur la pauvre mortelle qu'elle est. Sans leurs interventions, l'autre aurait déjà pris possession de l'entièreté de son corps.

Je n'ajoute rien de plus. Je me demande si ma femme connaît la vérité et me la cache sciemment ou si elle ne fait que répéter ce qu'on lui a dit. Je penche pour la première option, j'ai bien remarqué qu'elle est maître dans l'art de la manipulation, et en plus, j'ai conscience de son aversion pour Vénétia. Sans parler de sa capacité d'approvisionnement au sang de sa pseudo-amie. Elle en sait plus et elle représente donc un danger non négligeable pour ma *daemonia* et une source d'informations à laquelle je dois avoir accès.

Elle m'assure que ce que je considère comme une contrainte est un acte charitable. C'est un *witchnapping*[7] bienveillant. S'entend-elle parler ? Il m'apparaît presque dangereux de lui laisser la vie sauve. L'idée qu'elle soit un jour une reine m'inquiète sincèrement. Heureusement, bientôt, elle ne me sera plus d'aucune utilité et je pourrai disposer d'elle comme je le souhaite.

— Maintenant, donne-moi les indications pour m'y rendre, ordonné-je sans appel.

— À ton tour de partager, mon époux. Je te veux en moi, je désire ta semence dans mon ventre et je souhaite porter

[7] Jeu de mots pour kidnapping de sorcière

le premier héritier. Lorsque ce sera le cas, je te dévoilerai la route.

Elle a osé, putain, elle est peut-être plus bête finalement que ce que je pensais ? Les serpents sur mes bras sont les premiers signes annonciateurs de la rage qui me gagne d'un coup. Ils s'agitent et sifflent leur colère.

— Je crois que tu n'as pas bien saisi, tonné-je sans plus lui cacher le monstre qu'elle vient de réveiller.

— Au contraire, je pense que c'est toi qui me sous-estimes, argue-t-elle en se parant d'une aura de suffisance.

— OÙ EST CETTE SALOPERIE DE BUNKER !? DIS-LE-MOI OU ALORS…

— Ou alors quoi ? me provoque-t-elle encore.

Je ne m'interroge pas sur les raisons qui lui confèrent autant d'assurance, à dire vrai, mon cerveau est tellement rempli de fureur que je ne pense plus du tout.

Je ne parle plus avec des mots, j'en ai assez de jouer à ce jeu qu'elle a initié. Je veux ma *daemonia* plus que tout au monde et elle vient de se positionner entre nous. Si elle est un obstacle, elle doit être mise hors d'état de nuire.

— Pourquoi voudrais-tu une insignifiante humaine à ce point ? Tu t'es fourvoyé, prince, et je suis là pour m'assurer que tu cesses de perdre ton temps avec des chimères. Tu veux la couronne, je serai celle qui la posera sur ta tête, mais cette salope insipide et inutile devra crever avant que…

Une fraction de seconde, voilà le temps qui m'est nécessaire pour la rendre silencieuse à tout jamais.

Je fonce sur elle, animé d'une violence que je ne contrôle pas. Je distingue l'effroi dans ses iris lorsque son corps s'enfonce dans le matelas, écrasé par mon poids. Je pose mes mains sur chaque côté de sa tête que je broie entre mes paumes. Elle se débat et tente à tout prix de m'empêcher d'accéder à ses pensées, m'opposant des murs pour calfeutrer son esprit. C'est à ce moment que je réalise qu'elle est bien plus entraînée contre ma magie qu'elle ne le laissait croire. Les images d'elle et Vénétia enfants auxquelles j'ai eu accès… Elle m'a laissé volontairement les regarder, comprends-je. Une ruse pour que je consente à l'épouser. Mais dans quel but, puisque cela n'apporte aucune garantie pour sa vie ? Qu'est-ce qui m'échappe ? Autant les questions se bousculent dans mon crâne, autant les réponses n'ont pas de réelle importance.

Je suis prêt à tout et maintenant qu'elle le sait, Vénétia n'a jamais été aussi en danger. Peut-être misait-elle sur mon désintérêt face au manque de pouvoir ? Sauf que moi, je sais que du pouvoir, ma *daemonia* en a à revendre.

Je m'enfonce plus profondément dans sa tête, là où elle psalmodie une incantation qui me bloque l'accès. Ma colère s'intensifie encore, alors que je la croyais déjà au summum.

— Elle sera morte avant que tu n'arrives, lâche-t-elle difficilement entre deux de mes assauts psychiques.

Elle ne me laisse pas le choix, et c'est avec plaisir que je cesse de lutter contre ma nature profonde, j'ouvre donc les vannes à mon pouvoir.

Les serpents, à l'affût de sang et de matière grise, s'agitent frénétiquement sur mes mains.

Je les libère de toute entrave et il leur faut moins d'une seconde pour glisser du bout de mes doigts et pénétrer par tous les orifices auxquels ils ont accès. Ses yeux, sa bouche, ses oreilles, son nez, pas un seul des accès potentiels vers son cerveau n'est épargné. Si elle a affiché de la peur plus tôt, là, elle est terrorisée. Sauf que c'est avant, quand elle avait encore une chance de survie, qu'elle aurait dû l'être… au lieu d'essayer de jouer à la plus maligne.

Ils rampent dans sa tête et creusent le moindre neurone afin de dégotter l'information que nous voulons.

Les images affluent et plus j'ai accès à des souvenirs de Vénétia, plus cette salope de Nivory me donne envie de la démolir. Toutes ses pensées, tout ce temps à la haïr en prétendant une amitié sincère, voire fraternelle.

Je me prends dans la gueule dix-sept années de souvenirs entre elles deux, et de la blondinette seule. Des vagues d'informations qui me heurtent à la façon d'un tsunami. J'encaisserai autant qu'il le faudra, mais j'obtiendrai ce que je convoite. Je remarque les trous mentaux que mes compagnons rampants creusent dans son esprit et je sens ma victoire proche. Je touche au but et redouble d'ardeur.

Aussi, il n'y a qu'une seule solution qui se profile dans mon crâne. Une solution à laquelle je cède sans plus d'interrogation.

J'étire un de mes bras pour atteindre l'oreiller qui se trouve à ma droite, attrape le poignard que je dissimule dessous et avec lequel je dors depuis que la course au trône est lancée.

Les borborygmes que laisse échapper Nivory me font prier Satan qu'elle ne crève pas avant de m'avoir balancé l'information que je convoite tant.

Je saisis le poignard de ma main libre et entaille sa clavicule, à la hauteur de son épaule. Une simple estafilade laissant couler son sang, juste assez pour que je m'en abreuve, mais pas assez pour qu'elle se vide et meure. Du moins, ce n'est pas le but visé, pas avant que je connaisse le lieu de détention de ma *daemonia*.

Je lèche la plaie de laquelle s'écoule le Graal. Je me fais un shoot de Vénétia.

À mesure que je suce son hémoglobine, la force me gagne tandis que ça l'affaiblit doucement, mais sûrement. Ses murs mentaux, sous l'assaut de mes précieux compagnons reptiliens, s'effritent dangereusement.

Je vois des bribes d'images de cette pièce dans laquelle était enfermée celle que je convoite et qu'elle connaît visiblement.

Puis, petit à petit, elle me guide au bon endroit. Je passe par-dessus le village des Grimwood, traverse une forêt aux arbres noirs par une route de terre dissimulée sous le couvert des arbres. Je chemine ainsi jusqu'aux ruines oubliées du premier village de sorciers, celui-là même dans lequel les ancêtres Bathsheba ont tué les femmes de leur famille.

Je reconnais la vivacité d'esprit de ceux qui ont construit un tel lieu sur une terre consacrée et que l'on dit hantée par des sorcières tuées. Un endroit que tous redoutent et où peu de personnes risquent de s'aventurer…

J'apprends le sort employé pour bloquer les portails et la formule pour le déjouer. Nivory sait depuis le départ que ce lieu existe et à quoi il sera utilisé, mais même en fouillant bien, je ne trouve pas leurs motivations. La salle de test apparaît dans mon esprit et le chemin pour m'y rendre aussi. Je sais désormais où est Vénétia.

Soudainement, tout s'éteint. Mes serpents reviennent se terrer sous ma peau et j'ouvre les paupières sur ce que je crois être le cadavre de mon épouse. Elle est blanche comme la neige, ses lèvres ont une teinte mauve. La plaie au-dessus de sa poitrine est plus profonde que je l'aurais envisagé. On dirait un carnage produit par un de ces putains de vampires.

D'ailleurs il me faudra dissimuler le tout si je ne veux pas créer un incident diplomatique, j'ai plus urgent que de m'occuper de cette connerie.

Je me redresse, tire un drap plus tout à fait blanc sur son corps et me lave le visage avant de contacter Rosso, le seul de mes hommes en qui j'ai confiance au point de remettre ma vie entre ses mains.

Il arrive en moins de deux, flanqué d'un duo de jumeaux dont il se porte garant. Je ne leur explique que ce qui est nécessaire, à savoir que nous avons quelqu'un à sortir d'un lieu. Qui, je ne leur dévoile pas.

L'un des frères jauge le lit avec curiosité et je l'avise, d'un seul regard mauvais, du danger de s'interroger sur le propriétaire du sang qui imbibe à présent le drap.

Je crée un portail, et dans les minutes qui suivent leur arrivée, nous partons incognito tous les quatre.

Que j'aie visualisé le lieu précis, avec plus d'informations, nous évitera d'apparaître n'importe où et de perdre encore plus de temps.

Je suis comme un enfant avant la cérémonie de l'augure, je ne tiens plus en place à l'idée de la retrouver, en chair et en os cette fois.

Je passe le portail après que Rosso s'est assuré que tout est sécurisé de l'autre côté.

Aussitôt que je mets les pieds dans ce lieu, son odeur m'enivre. Chaque centimètre carré de cet endroit porte sa fragrance. C'est bien plus puissant que tout ce à quoi j'ai été exposé depuis que je l'ai découverte.

Je me fais violence pour ne pas me laisser envahir par mon envie d'elle. Je dois… il me faut… rester concentré. Nous sommes apparus dans la pièce où ils lui font subir leurs tests.

Je me rappelle tous les détails des lieux pour les avoir reconstitués si souvent dans ma tête.

L'endroit a été nettoyé mais je reconnais l'odeur de son sang qui se mêle à celle du désinfectant. Puisque l'original est à portée de main, je n'en ai rien à foutre. J'aurai accès sous peu à la source infinie d'une drogue mille fois plus puissante que toutes celles jamais consommées. Je me plante devant la porte menant à la pièce où ma *daemonia* était captive, je suis si près du but.

Mes serpents frétillent, mon corps ressent sa présence dans la moindre de ses terminaisons nerveuses. J'exulte, littéralement.

Je pousse la porte et… rien.

Tout est désespérément vide force m'est d'admettre qu'elle n'est plus ici. Une boule se forme au creux de ma poitrine. Pas ces conneries d'angoisse pour les midinettes, oh non, c'est de la fureur qui se loge au creux de mon ventre. Une putain de grosse sphère de rage qui ne demande qu'à être libérée. N'étant pas homme à retenir ses pulsions, je laisse libre cours à toute cette contrariété. Je renverse le matelas, arrache les tiroirs, vide le contenu des armoires sur le sol, envoie valser la table à l'autre bout de la pièce, tout ce qui se trouve dans cette putain de chambre y passe. Après un temps incertain, je constate que Rosso et ses potes ne sont plus dans mon champ de vision, je présume qu'ils ont eu l'intelligence de se mettre à couvert ou de retourner de l'autre côté du portail, là où ils peuvent jeter un œil sans risquer de se faire ouvrir le crâne par un cinglé de ma trempe. Mais je poursuis ma besogne, ma rage n'est pas étanchée, je veux tout détruire, et alors peut-être y trouverais-je une certaine satisfaction. J'ignore combien de temps cela nécessite, mais je m'assure qu'il ne reste rien d'utilisable avant mon départ. Nivory a refusé de dévoiler le nom du propriétaire, mais au final, tout ce que je veux, c'est que plus personne n'utilise cet endroit pour détenir quiconque, et encore moins Vénétia. Je suis furieux, abattu, je me sens *néantisé*. Comme si j'avais toujours été vide, mais que ce n'est que là que j'en prends conscience.

Par Satan, cette femme va avoir ma peau ! Sauf si j'ai la sienne avant…

— Chef ! Tu dois voir ça ! m'interrompt Rosso.

Je me retourne vers lui, ma poitrine s'abaissant et se gonflant exagérément en raison de l'effort que cela m'a demandé de libérer ma fureur.

Je le suis sans un son et sous mes yeux, il ouvre la porte de la salle d'examen. Puis une autre, donnant cette fois sur un corridor en forme de Z. Nous nous engageons dans le dédale des couloirs et rejoignons ses acolytes dans le musée de l'horreur. Au bout d'un couloir, des lumières arrachées pendouillent et clignotent, jetant une atmosphère macabre sur cet endroit déjà bien glauque. Des corps, ou ce qu'il en reste, sont étalés partout sur le sol. Les murs sont couverts de projections de sang et de bouts de chair non identifiables, racontant le carnage ayant eu lieu ici.

Je reconnais son odeur à elle, le bouquet de son hémoglobine, mais en faible quantité. Je ne saurais inventorier le nombre de personnes éviscérées sur place, mais j'ai l'assurance qu'elle n'en fait pas partie.

Je fusille du regard l'un des jumeaux qui lutte contre une violente nausée alors que sa botte fait craquer un os sous sa semelle.

— Rentrez par le portail, je vous rejoins sous peu, ordonné-je avant de retourner dans la prison de Vénétia.

Mû par un besoin instinctif que je ne refrène pas, j'emploie un sort pour la localiser. Comme cet endroit est encore rempli de son énergie et de son sang, il est le meilleur pour la canaliser et mettre la main sur elle, ou obtenir, au minimum, une autre piste.

Il ne s'agit plus juste d'*aperta venari* et de pouvoir, il s'agit d'elle, d'elle et de ce lien étrange que nous partageons. Je retourne dans la chambre et m'installe au centre, puis l'invoque, elle, son pouvoir, ce ruban qui nous lie. J'en appelle à Vénétia, à nous. Je sens sa présence même s'il m'est impossible de la situer avec exactitude. Elle va bien, du moins, elle est encore en vie, et pour l'heure, cela est suffisant.

— *Daemonia*, je te ressens, je te goûte. Laisse le ruban nous attacher, laisse nos corps s'unir. *Daemonia*, sur ma vie je te retrouverai, et il n'y aura plus *quam morte nos separare*[8]…

Sur ce, je m'empare d'un briquet traînant dans ma poche et j'enflamme le couvre-lit. Le lieu est désormais baigné d'une chaleur presque étouffante et d'une palette de choix aux teintes d'oranger. Je reste là un bon moment à regarder cet endroit sinistre partir en flammes. Je libère son essence résiduelle de sa prison et emmagasine chaque poussière d'elle que je peux emporter avec moi. Je suis obsédé par Vénétia et je compte nourrir ce tourment jusqu'à ce que ce soit elle qui l'apaise, de son corps et de son âme. Qui qu'elle soit, quelles que soient les vérités qui sont les siennes, les nôtres, elle m'appartient désormais, et j'entends bien récupérer mon dû. Par Satan, je suis… fou… d'elle… Fou amoureux… Bordel…

[8] Que la mort pour nous séparer

Chapitre 27 - Questions exponentielles

Vénétia, 4 septembre

Je suis dans le corridor, les lumières s'éteignent pour la centième fois. Je change de place, rejoins l'endroit où je sais que Riordan va apparaître au prochain clignotement, et c'est toujours pareil. C'est-à-dire : rien !

— Arg ! J'en ai tellement marre !

Je mets le souvenir que je suis en train de visiter sur pause au moment où la lumière revient, pile avant le carnage, et pour la millième fois, ou peut-être même plus, je tente de résoudre le mystère.

Je suis habituée à pouvoir revivre les événements tout en comptant sur la stimulation de tous mes sens, ce qui est bien plus important que je ne l'aurais pensé au départ. D'avoir été sourde durant toute cette bagarre me fait perdre un avantage précieux, et comme je n'ai rien entendu, je ne peux pas recomposer la scène avec exactitude. J'ai demandé à Riordan la permission de fouiller sa tête pour trouver ce souvenir avec sa perception et accessoirement une bande-son, ce qu'il a accepté aussitôt. Malheureusement, il lui a été impossible de m'apporter des réponses puisqu'à partir du moment que j'ai besoin de démystifier, il semblerait qu'il avait perdu connaissance. Comme pour moi, c'est le chaos dans son crâne.

On me dit d'oublier, de mettre de côté cette histoire et d'essayer de progresser avec mes « capacités ». Je le refuse, et même si je souhaitais me plier à leur demande, je ne saurais y arriver parce que nuit après nuit, je me remémore ce qu'il s'est passé ce soir-là.

Deux semaines que je suis coincée ici, avec Riordan, dans une espèce de conteneur converti en planque pour sorcière possédée et évadée d'un centre de test. Présenté ainsi, ça en jette, mais la vérité c'est que je n'ai que quelques parties de réponses qui en implantent d'autres et ainsi de suite jusqu'à la multiplication. Ce dont je suis certaine ? Lorsque Riordan m'est apparu, cette nuit-là, couché sur le sol et assez mal en point pour me sembler à deux doigts de mourir, j'ai ressenti quelque chose d'inhabituel. La colère de voir mon sauveur ainsi malmené par plusieurs grosses brutes épaisses, de le savoir en danger pour être venu à mon secours, je n'ai pas supporté. J'étais trop faible pour me lever et les rouer de coups. Et encore, même si j'avais été au mieux de ma forme, je doute d'avoir réussi là où un type de la carrure de Rio avec des pouvoirs d'Electricman a failli.

Néanmoins, je me souviens de chaque poil de mon corps qui s'est dressé après que j'ai été parcourue d'une onde de fureur pure. Je me rappelle mon envie de tous les voir morts et payer par la souffrance ce qu'ils avaient infligé à autrui. Je me suis sentie invincible et mon corps m'a brûlée comme s'il s'était embrasé. Ce n'était pas douloureux, plutôt comme d'étranges fourmillements. Peu de temps après, la lumière s'est allumée une ou deux secondes. Pas beaucoup, mais juste assez pour que je voie deux des hommes au sol, leur corps explosé comme s'il y avait eu une bombe dans leur poitrine, puis un autre, dans les airs, les yeux ronds et emplis de la certitude qu'il allait y rester. Le quatrième, derrière moi, m'était impossible à voir, mais lorsque les lumières se sont éteintes et que je me suis sentie poisseuse d'un épais liquide chaud, j'ai compris ce qui lui était arrivé. C'est là que la lumière s'est rallumée, sans friture cette fois. C'est aussi devant l'ampleur de ce carnage que j'ai perdu conscience, épuisée de toute mon âme, et mon corps ayant déjà étiré ses capacités au maximum.

Je n'ai repris mes esprits qu'une semaine plus tard, oscillant entre des états de délire, de lucidité et de sommeil agité. Clow, un jeune prodige de la médecine des sept mondes, m'a fait passer une batterie impressionnante de tests. Selon elle, et elle a remporté la manche, il était justifié de me plonger dans une sorte de coma artificiel le temps que j'élimine tout ce que cette cellule ennemie pouvait avoir donné à mon organisme. J'avais bien failli être exsangue avec leur connerie et à ce jour, même la jolie Asiatique ne parvient pas à comprendre à quoi mon sang a pu être destiné.

Je vais encore avoir besoin de plusieurs jours pour m'en remettre et c'est pourquoi Riordan ne veut pas que nous nous déplacions aussi tôt. Ici, à quelques pas de la maison de Clow, il lui est facile de vérifier notre état de santé et de nous donner les soins appropriés. Alors nous restons planqués dans un des conteneurs dissimulés dans la forêt derrière chez elle. C'est une bonne idée de cachette et cela nous permet de reprendre des forces. Le moment fort de ma journée est celui où l'on me donne le droit, en moins de cinq minutes, d'échanger avec ma mère. Je l'ai réclamé dès mon réveil, dévorée d'inquiétude en imaginant qu'elle se languissait depuis des semaines à mon sujet. Pour finalement apprendre que nous avons des contacts réguliers depuis mon départ. Officiellement, je ne l'appelle pas tous les jours puisque le réseau Wi-Fi du chalet loué pour l'été par les Grimwood est mauvais, mais je vais bien et m'amuse comme une folle. J'ignore à ce jour si je dois être reconnaissante à cette personne qui se fait passer pour moi ou si je dois avoir envie de l'étrangler pour avoir usurpé mon identité.

Au moins, elle va bien, et pas une fois elle ne s'est doutée de ce qui m'était arrivé, ce qui lui a évité toute inquiétude qui lui aurait été néfaste.

— Ton taux de fer est encore très bas, je crois qu'il te faudra une concoction pour te remettre d'aplomb, explique la doc en observant une goutte de mon sang derrière ses lunettes aux verres ultra épais.

Chaque fois qu'elle les enfile, il me faut déployer des trésors d'énergie pour ne pas éclater de rire.

— Et Riordan ? m'enquiers-je sans trop d'inquiétude, sachant qu'il va de mieux en mieux.

— Je vais te laisser de quoi changer son cataplasme encore une fois, ce soir et peut-être même demain. Si je peux venir, je m'en occuperai, mais si on me retient et que cela m'est impossible, tu pourras t'en charger.

— Dans combien de temps crois-tu qu'il sera à même de voyager ?

— Je ne veux pas m'avancer, mais j'ai espoir que ce sera rapide. Cette planque de transit est bien, mais mieux vaut ne pas risquer de la faire découvrir.

— De transit ?

— Oui. Notre mouvement possède un lieu qu'on pourrait qualifier de QG officiel, mais dès que nous sortons quelqu'un d'Obadium, nous employons plusieurs endroits pour nous assurer qu'il n'est pas suivi, pisté ou même que ce n'est pas un traître.

— Où prévoyez-vous de nous emmener après ?

— Bien essayé, gamine, mais je ne vais rien te dire de plus. Si tu veux savoir quoi que ce soit, tu demandes à Riordan. Je ne me mettrai sûrement pas entre vous deux.

— Moi, je vote pour, atteste une voix masculine depuis le côté gauche du lit.

— Tiens, tiens, un come-back soigné et pile au bon moment, balance la doc en refermant la porte derrière elle.

— J'y peux rien, se défend-il en haussant ses larges épaules dénudées. Mon cerveau est programmé pour réagir à certains mots.

— Alors dans ce cas, j'en ai plein moi, des mots pour toi : ennemis, Améda, Nivory, prince, sorcières mortes…

Il rit quelques secondes avant de me répéter la même phrase encore et encore, celle qu'il me sert depuis notre arrivée :

— Une chose à la fois, nous devons écarter tout danger potentiel.

— Alors, dis-m'en plus sur ce « danger potentiel », le sommé-je, irritée d'être une seconde fois enfermée et toujours incapable d'identifier ceux qui sont les ennemis. Peut-être est-ce moi, étant donné que je suis possédée ? Me le dirais-tu si on prévoyait de me tuer au moindre soubresaut de la démone ? Bien sûr que non.

Je le cherche, le provoque pour qu'il me parle, mais me rassure quand même en usant de logique : si on voulait se débarrasser de moi, ils n'auraient pas pris le temps de me soigner avant.

— On a déjà abordé le sujet. Je ne peux pas tout te dévoiler pour la raison mentionnée plus tôt. Je ne crains pas cette chose que tu abrites, mais je n'ai pas confiance en elle non plus. Moi et les miens sommes venus t'aider alors que tous t'avaient laissée tomber, et pire encore, utilisée à des fins expérimentales. Je crois qu'on a prouvé que tu pouvais avoir confiance en nous, en moi.

— Sauf que tu me demandes de placer en toi, en vous, une foi aveugle, et la dernière fois, cela ne m'a pas tellement réussi. Et puis, que sais-je de ceux que tu appelles les tiens ? Que peuvent-ils bien vouloir d'une sorcière sans pouvoir ? Attention, si tu prétends que c'est lié à ma sécurité, je te répondrai que c'est précisément ce que disait vouloir Améda.

— Que faut-il faire pour impressionner une mortelle de nos jours si lui sauver la vie et l'extirper in extremis d'une prison clandestine ne suffit pas ?

Je soupire d'un agacement sincère alors que lui, torse nu sur son lit, une main calée derrière sa tête, me jauge, amusé. Il teste chaque trait de ma personnalité, et j'avoue que, par moments, en regardant le bandage de son abdomen, j'ai envie de sauter sur lui, le coude devant, et de lui recasser tout ce que les cataplasmes magiques de Clow ont réussi à réparer.

Je lui tire la langue de façon puérile et je crois qu'il comprend que ce n'est pas un jeu pour moi. Je ne tolère pas de ne pas savoir. D'être le sujet de toutes les conversations, mais d'être tenue à l'écart de chacune d'entre elles. Je suis, depuis mon retour à Obadium, à la solde de tout le monde, non seulement sans aucun pouvoir décisionnel, mais avec une ignorance totale du sort qui me sera réservé. À commencer par le roi dont je devais attendre le bon vouloir pour rentrer chez moi et être définitivement bannie d'ici.

— Une question, juste une, et je te préviens, je ne te dirai que ce que je peux et qui ne risque pas de nous mettre toi, moi et eux en danger.

Je devrais sans doute prendre le temps de réfléchir afin de poser la question la plus pertinente possible, mais non. Avant même qu'il ait terminé sa mise en garde, la langue me brûle d'une interrogation plus que légitime.

— Pourquoi nos ennemis le sont-ils ?

— Le sont-ils quoi ?

— Nos ennemis. Pourquoi devons-nous nous méfier de X, Y et Z ? De quelle façon peuvent-ils nous nuire ?

— C'est un piège, il y a deux questions en une, s'insurge-t-il faussement.

— Alors à toi d'essayer de ne répondre qu'à une seule d'elles…

— Tes ennemis sont nombreux alors je vais tenter de ne pas y passer la nuit. Déjà, il y a la faction de ceux qui veulent éradiquer le mélange de races. Tu le sais, ils ont toujours milité contre, mais le jour où l'augure t'a refusé tes pouvoirs, tu es devenue le symbole de leur cause. Tu es malgré toi utilisée pour nourrir la propagande qui illustre ce qui, selon eux, nous attend tous : l'annihilation. Beaucoup de gens pensent comme eux même si ceux qui le hurlent à pleins poumons et sur tous les toits sont les Warwick et les Ravenburg.

— Tu crois qu'Améda fait partie des leurs, donc ?

— Je ne le pense pas. À moins que notre organisation ait eu de nouvelles informations, il m'est impossible de l'y associer.

— Quelles étaient ses motivations alors ? soupiré-je en me laissant tomber sur mon côté du lit, auprès de lui.

— Tu… abrites une puissante démone… Je crois que c'est suffisant pour quiconque souhaiterait amplifier ses capacités.

— Mais enfin ! C'est ridicule ! Cette démone tue des gens, elle fait apparaître des ténèbres sous forme de fumée opaque et elle arrache le cœur de ses victimes pour en absorber la magie. Et tout ça pour quoi ? Pour atteindre un seuil lui permettant de me reléguer au second plan et de contrôler entièrement mon corps. Et puis cette garce ne rêve que de courir se réfugier dans le lit d'un prince inhumain parce que c'est tout ce qu'elle souhaite, qu'il la baise, lâché-je entre mes dents, expulsant un trop-plein de rancœur qui visiblement m'était resté coincé en travers de la gorge.

— Woh, woh, woh, attends un peu, tu viens de me vomir un max d'infos, là. On récapitule, veux-tu ?

— Tu veux des précisions sur quelle partie ?

— Sur toutes, enfin ! Et si tu commençais par la fumée noire ?

— Tu l'as vue à la cérémonie lunaire, tu étais là, tu m'observais et puis ton regard a changé lorsque tu as aperçu ce nuage ténébreux.

— La cérémonie lunaire ? Oui, je me rappelle très bien chaque minute de cette nuit-là, et je t'assure qu'il y a eu des secondes plus satisfaisantes que d'autres, ajoute-t-il d'un timbre graveleux.

— Mais le mur opaque qui m'encadrait ? Forcément, tu…

— Non, Vénétia, je me souviens avoir observé une terreur inhabituelle dans tes prunelles et c'est ce qui a attiré mon attention, mais franchement, je me suis dit que tu n'avais jamais vu des sorciers baiser avant et qu'avec ton statut de mortelle, tu n'étais qu'une prude. Voilà.

Je ne rajoute rien, mais je n'en crois pas un mot. Il a forcément vu cette brume qui m'enveloppait, j'en aurais mis ma main à couper ce soir-là et je la remettrais sans hésiter.

— Tu as dit qu'elle arrachait le cœur de ses victimes ? De quoi parles-tu exactement ? Tu crois que c'est lié à la mort de toutes ces sorcières ?

Il m'interroge avec sa bouche, mais pas que, ses iris, ses traits anguleux et son corps au complet semblent pendus à mes lèvres dans l'attente de ma réponse.

— J'ignore où et à quel moment elle s'est greffée à moi. D'ailleurs, est-ce qu'on se fait posséder de la même façon que l'on attrape une grippe ? Comment on chope une démone ? Bref, je suis arrivée en mai et c'est aussi à cette période que les attaques ont commencé. Puis, chaque fois qu'une sorcière a été retrouvée morte, j'étais dans le coin. Ajoute à cela que mes pouvoirs se sont accrus alors qu'avant, je n'en avais même pas. Enfin, c'est ce que j'ai entendu Améda affirmer à un autre.

— Je n'adhère pas à cette théorie ridicule, d'autant que « ta démone » ne peut avoir été l'auteur du dernier meurtre puisque vous étiez déjà toutes les deux dans le caveau des Grimwood.

Je bondis presque de mon siège pour lui attraper le bras, non sans le faire grimacer à cause de mon poids sur le matelas.

— Tu veux dire qu'il y a eu un autre meurtre ? Qu'une autre sorcière est morte ?

Je prononce ces mots sans respect pour la pauvre défunte, à m'entendre, on dirait même que je m'en réjouis. C'est le cas, que Dieu ait son âme, mais ça veut dire que ces jolies petites mains sont blanches comme neige !

— Ça n'a jamais arrêté, on en dénombre désormais huit. Comment t'es-tu mis une telle idée en tête ?

— Mais je te l'ai dit ! Améda a affirmé que…

Aussitôt que je prononce son nom, je me souviens que c'est elle qui m'a enfermée, qui a employé des inquisiteurs pour modifier mes souvenirs, et me faire gober tout ce qui l'arrangeait en somme… Si je comprends le *modus operandi*, je ne m'explique toujours pas dans quel but elle s'est donné tant de mal. Est-ce vraiment pour l'appât du gain des pouvoirs ? Elle est pourtant si forte déjà. D'ailleurs Nivory tient sans doute cela d'elle, il n'y a que Tanith qui… Elle aurait mis en place tout ce stratagème pour voler la magie de la démone et la donner à sa fille aînée ?

J'ai beau essayer de lui trouver une échappatoire qui lui conférerait des intentions bienveillantes, je ne parviens pas à amoindrir ce qu'elle m'a fait.

Riordan se contente de hocher la tête pour me donner raison sans m'accabler davantage.

— Et ce truc de prince ? C'est aussi elle qui rêvait de lui ? Ou alors c'est ton fantasme à toi ? Cela faisait peut-être même partie de l'illusion que l'on t'a implantée ?

Il y a dans sa voix une pointe de jalousie que ma mortelle intérieure ne s'explique pas. Apparemment, lors de mon arrivée ici et dans la stase dans laquelle j'étais plongée, j'ai appelé Stoker à quelques reprises.

— Fantasmer sur ce connard ? Moi ? Jamais de la vie, chaque fois où il m'apparaît, il ne rêve que de me tuer. Il faudrait que je sois…

— Qu'il t'apparaît ? répète-t-il mes mots exacts, mais avec un accent de panique dont moi je n'avais pas fait preuve.

Merde !

— Oui, parfois dans mes rêves, d'autres fois il s'adresse directement à moi dans…

Remerde !

Devant son air grave au possible, je m'arrête et j'attends qu'il m'explique pourquoi il réagit ainsi.

— Tu es connectée à lui, voilà ce que ça veut dire, bordel !

J'imagine que ce n'est pas le moment pour lui avouer que depuis que nous sommes ici, chacune de mes pensées est tournée vers le prince Stoker. Je ne saurais en comprendre la raison, mais son absence me laisse un grand vide et je donnerais tout pour pouvoir lui parler. Je pourrais prétexter que c'est dans le seul but d'obtenir de l'information, mais je sais au fond de moi que c'est bien plus que cela. La démone nourrit une obsession sans limites pour lui, et que ça vienne d'elle ou de moi, je ne désire qu'une chose : être en sa présence.

Il repousse brusquement les couvertures, s'extirpe du lit et effectue les cent pas dans notre petit espace réduit. L'inquiétude est perceptible sur son visage et je vois bien que quelque chose le rend dingue.

— Je ne suis pas connectée à lui, c'est elle qui l'est, lui et la démone ont, semble-t-il, un passé commun. Elle veut s'offrir à lui autant qu'il souhaite la bouffer. C'est un putain de couple sadomaso-toxique, mais en version démoniaque.

— Tu ne comprends pas !

— Bah, non ! Évidemment puisque tu ne cesses de me dire que tu ne veux rien me révéler et d'exiger que j'aie confiance !

Il monte le ton et je réponds à l'identique. Je suis insultée de le voir réagir si fort, et me sens tout aussi anxieuse à l'idée que ce soit véritablement un truc d'une gravité horrible.

— Vous avez établi un contact, vous êtes désormais liés.

— « Ils », le corrigé-je aussitôt avant de me prendre un regard meurtrier dans la gueule.

— Il est doté de la magie de l'esprit et s'ils se cherchent autant, forcément ils vont finir par se retrouver. Lorsque ce sera le cas, nous serons tous en danger. Pas que toi et moi, tout ce monde en entier, Obadium ainsi que les neuf mondes.

— Attends, Riordan. De quoi es-tu en train de me parler ?

— Je te parle de la prophétie…

— La prophétie ? Tu veux dire comme dans toute bonne histoire de fantasy ?

— Ce n'est pas un jeu, Vénétia. C'est la fin de tout.

— Elle dit quoi ? questionné-je, à peine certaine d'avoir envie de connaître la suite.

— On doit contacter le QG et partir d'ici immédiatement. Si ça se trouve, il est déjà à tes trousses. Je dois te mettre en sécurité et tout faire pour que ta démone et le prince ne soient jamais réunis.

— ELLE RACONTE QUOI, CETTE FOUTUE PROPHÉTIE ? réitéré-je, pas encline cette fois à me la jouer « sois belle et tais-toi ».

Soit il me répond, soit je reste ici.

— PAS MAINTENANT ! hurle-t-il avant de tenter de se lever.

Je pose ma main sur sa poitrine pour le maintenir sur place. Je veux des réponses avant qu'il appelle la cavalerie.

Ses doigts enserrent mon poignet avec force pour me repousser et c'est là que tout bascule.

Il m'observe, d'abord furieux, puis ses traits se parent d'une incompréhension totale. Ses sourcils se plissent, affichant clairement sa confusion momentanée.

Son visage se tend davantage lorsqu'il pose ses yeux sur sa main, toujours en train de tenir mon bras.

J'effectue les mêmes gestes pour comprendre son désarroi, lorsque j'aperçois de la fumée grise s'échappant de mon corps, à l'endroit où il me contraint.

— Je… Rio… je…

Impossible que j'arrive à former une phrase complète alors même que le phénomène mentionné plus tôt se produit juste devant nous. La démone est là et manifeste son mécontentement d'une façon claire. Elle confirme de ce fait une chose que j'avais déjà devinée, la fumée opaque qui me suit partout et tente de me tuer, c'est elle. Ce que je ne comprends pas, c'est pourquoi elle a essayé d'arracher mon cœur ? Ne suis-je pas son hôte ? Sans moi, elle meurt, pas vrai ?

Riordan poursuit ses explications sans jamais lâcher des yeux le phénomène se créant sous son nez.

— Elle a…, commence-t-il avant que je ne l'interrompe.

— Rio, je ne sais pas… comment…, balbutié-je pour lui signifier que je n'en suis pas l'instigatrice et que je ne la contrôle pas.

Il secoue la tête comme pour m'indiquer de rester calme et de la jouer normale.

— La prophétie, reprend-il imperturbable, a été annoncée il y a tellement longtemps que même les textes anciens la citent. Tous avaient cru à un mauvais présage et avaient fait disparaître la moindre trace de son existence jusqu'à ce que l'une des reines mères ne la prononce il y a quelques années. On dit que, furieux, le roi a aussitôt fait assassiner chaque personne l'ayant entendue, à l'exception des membres de sa famille, afin qu'elle reste secrète.

Prophetia animarum[9].

Les mots résonnent dans mon crâne, je me souviens de la voix de celle qui les a formulés dans la piscine lors de ma consécration. Elle essayait de me mettre en garde.

« Circé, tu es manipulée, mon enfant. Fuis ces chimères qui sont des ennemis de la vérité. N'écoute pas ce que te disent les miroirs ou tu courras à ta perte. »

« Circé… Ne les écoute pas… ce sont des mensonges… ne te laisse pas berner, tu es plus forte que cela. »

Contre qui tentait-elle de me mettre en garde ce jour-là ? Et pourquoi lorsqu'elle emploie le nom Circé, ai-je le sentiment qu'elle ne parle pas à la démone, mais bien à moi ?

M'avisait-elle d'être sur mes gardes concernant Améda ? Ou alors était-ce contre Riordan ? Ou encore Tanith, qui était avec moi ce jour-là ?

— Comment se conclut cette prophétie ?

— Deux âmes jumelles qui devaient être séparées, car leur amour était si fort que le monde ne pouvait pas le contenir. Le seul moyen de sauver la vie elle-même fut de les séparer à jamais. Il est dit, de mémoire, que si elles venaient à se retrouver, le monde déflagrerait.

Dès que ses mots sont prononcés, la fumée retourne là d'où elle était arrivée et Riordan peut lâcher mon bras sans aucune difficulté. Il n'ajoute rien après cela et c'est de toute façon bien inutile. Je comprends désormais le danger que je représente, et lui, le danger qu'elle, la démone, fait planer sur nous tous.

---

[9] La prophétie des âmes

Chapitre 28 - Double dose de weirdos

Vénétia, 8 septembre

— Ce soir ? Tu es certain ? Parce que tu disais ça aussi hier et que nous sommes encore ici, à dormir chez ces gens ultra étranges qui vivent dans la forêt, ajouté-je en baissant le ton pour ne pas être entendue de ce couple d'hôtes.

— Mortelle, serais-tu en train de me faire un caprice ? Parce que je crois qu'entre ici et ta prison, il y a quand même une marge importante.

— Dans ma geôle, il y avait de l'électricité et de l'eau chaude, je te signale… Enfin, j'imagine ?

— Tu l'as, l'électricité, susurre-t-il en frottant son pouce et son index entre lesquels apparaît un faisceau d'un bleu argent semblable à la couleur des cheveux de mon faiseur de foudre.

— Je sais… Excuse-moi, je suis juste… J'ai hâte de rentrer chez moi, complété-je plus doucement.

— Tu ne rentreras jamais chez toi ! peste la maîtresse de maison qui dépose sans délicatesse un bol d'une mixture brune sur la boîte qui fait office de table, juste devant moi.

— Frelda…, intervient son ami/amoureux/amant/frère, peut-être et fort probablement toutes ces dénominations à la fois.

— Non, Imrael ! Il faut le lui dire. On ne ment pas sous notre toit ! Maman a toujours dit que mentir c'est vilain ! DIS-LE-LUI, IMRAEL, DIS-LE-LUI !

Je coule un regard entendu à Riordan sans rien ajouter. Je suis consciente qu'il ne peut rien me dévoiler, et à plus forte raison depuis que ma démone s'est physiquement manifestée. Il est d'ailleurs plus tendu et méfiant à mon endroit, ce que je suis tout à fait en mesure de comprendre. Peut-être aurais-je dû rester dans le bunker, là-bas, ses capacités semblaient être mieux maîtrisées. Ai-je eu tout faux en le quittant ? Et si la prophétie disait vrai ? Qu'adviendra-t-il du monde si Stoker la retrouve ? Qu'adviendra-t-il de moi ?

— MAMAN VEUT QU'ILS PARTENT ! Ils ne sont pas les bienvenus chez elle, se lamente Frelda comme une petite fille.

Devant mes yeux se tient une femme adulte d'une quarantaine d'années se métamorphosant en enfant. Elle chigne, crie, pleure, et son frère, je crois, la prend dans ses bras pour la bercer.

— Ça va, Frelda, calme-toi, on en a déjà parlé, on ne doit pas eff…

— Effrayer les invités… Non, on ne doit pas, répète-t-elle en secouant son index devant ses yeux larmoyants.

— Bien, maintenant, va au lit. Je te rejoins rapidement, d'accord ?

— D'accord, consent-elle docilement en revenant sur ses pas, douce comme un agneau, pour me souhaiter bonne nuit et me lâcher un « désolée » timide.

— Bonne nuit, fais de beaux rêves, ajouté-je sans qu'elle réagisse, comme si elle ne m'avait pas entendue.

Je préférais largement le conteneur sans fenêtre, pensé-je en lorgnant dans mon assiette.

Après mes confessions à Riordan au sujet de mes conversations mentales avec Stoker, et la manifestation de mon pouvoir, j'ai senti qu'il doutait. De moi, de lui, de ses décisions, je ne sais pas, mais il a changé même s'il tente vainement de le cacher sous sa touche d'humour habituelle. Il s'est aussitôt organisé avec une certaine personne que je ne suis toujours pas autorisée à voir et nous avons quitté prestement les lieux au beau milieu de la nuit. Nous avons marché puis traversé des portails, puis marché encore pour rejoindre cette forêt jusqu'à ce que la lune brille haut dans le ciel. J'ignore si c'était le but recherché, mais je ne saurais dire où nous sommes et encore moins partir d'ici toute seule.

Riordan nous guide pour atteindre le campement d'un groupe ou nous serons en sécurité, m'a-t-il certifié, mais je commence à m'inquiéter de son refus de m'en dévoiler davantage. Oui, il m'a soutenue, c'est lui qui m'a sortie de là, mais pourquoi tant de secrets ? Plus les minutes s'écoulent, moins j'ai confiance en lui ainsi qu'en moi. Mes ressentis et mes décisions m'appartiennent-ils vraiment ou sont-ils ceux de la démone ? Est-ce que mes pensées m'appartiennent véritablement ? Est-ce que ce que je vis à cet instant est réel ou c'est encore une autre simulation ? Je ne sais plus différencier les choses et cela me perturbe de plus en plus. À cela on peut ajouter un secret que je garde pour moi, enfermé à double tour dans ma tête. Stoker me manque au point où j'en ressens parfois une douleur physique. Son absence, même dans mes rêves, creuse un trou béant dans ma poitrine qui s'emplit de néant.

Mes sens se sont déjà tant de fois trompés et mon instinct peut être influencé par tant d'éléments que je ne sais plus à quoi me fier. Je sais simplement que je ne pourrai pas refréner à jamais mon besoin de le retrouver. Mon corps le réclame, mon âme l'appelle, mon cœur est déjà sien. Je lutte contre ces éléments de toutes mes forces, mais ma volonté ne sera bientôt pas assez puissante pour contrer ce que mon essence tout entière revendique : Stoker.

— Je suis désolé pour ma sœur, elle est facilement perturbée et votre visite à l'improviste l'a chamboulée.

— Nous repartirons sans faute après avoir dormi quelques heures, je pense atteindre le QG demain au plus tard. Nous te sommes grandement reconnaissants de nous avoir accueillis comme ça.

Mon instinct est vraiment nul.

J'écoute la façon polie et adulte qu'utilise Riordan pour s'adresser à son ami et je repense aux nombreuses conversations que j'ai eues avec lui après notre rencontre. Définitivement, il jouait les salauds, mais il est bien plus qu'un beau gosse connard et au-dessus de tout.

Je les laisse à leur discussion un moment et me dirige vers la salle de bains de fortune pour y prendre la douche dont je rêve depuis que nous cavalons en forêt d'un portail à un autre. Je me déshabille et inventorie les quelques ecchymoses restantes sur mon corps décharné.

Grâce à Clow, la doc, je suis presque entièrement guérie. Les traces des multiples piqûres qui couvraient ma peau ne sont quasiment plus visibles sauf pour celle à la pliure du coude que j'ai eu la bonne idée d'arracher.

Mon sang se régénère mieux qu'escompté selon la soignante, qui en a attribué le mérite à ses décoctions.

J'ai encore quelques faiblesses par moments, mais ça s'améliore, et je crois même que j'ai réussi à reprendre un ou deux kilos, ce qui est un bon début. En apparence tout va mieux, mais la vérité, c'est que mon esprit, lui, souffre comme jamais. Je suis à l'affût de tout. En perpétuel état de survie. Je me méfie de tous, je porte attention au moindre détail qui m'indiquerait une simulation, chaque mot est soigneusement analysé. De l'extérieur, je me ressemble toujours, les taches de rousseur sur mon nez retroussé, mes cheveux de nouveau brillants et couleur de feu, mes lèvres charnues. Oui, tout y est, mais à l'intérieur, tout a changé. Je me lave vite fait puisque l'eau chaude n'est pas de la partie ici dans les bois, puis je rejoins les garçons qui discutent dans la cuisine.

— Je vous ai apporté des couvertures et des oreillers, dormez, maintenant, la route va être longue.

J'attends que notre hôte soit hors de portée pour m'adresser tout bas à Rio.

— Dis-moi que tu prévois de te sauver avant que sa sœur se lève et nous dépèce au clair de lune !

— Ils ne sont pas dans cette forêt pour rien, tu sais.

— Crois-moi ou pas, mais j'en devine aisément les raisons…

Il rigole, se lève puis attrape un oreiller et une couverture qu'il me tend.

Je le remercie et m'installe sur la véranda, là où l'on nous a désigné un matelas usé, mais confortable, pour nous y reposer. Il me rejoint en quelques secondes, juste après s'être assuré que le feu, quelques mètres plus loin, était éteint.

— Tu fais le premier tour de garde ou c'est moi ? m'enquiers-je mi-amusée, mi-sérieuse.

— Tu es en sécurité ici, mortelle.

— Laisse-moi te dire que j'en ai douté quelques minutes tout à l'heure.

— N'importe quoi ! Tant que je suis là, tu peux être certaine qu'il ne t'arrivera rien, déclare-t-il, solennel.

— Attends de rencontrer la démone et de te frotter à elle, tu changeras peut-être d'avis, relancé-je sans le réaliser la perche que je venais de lui tendre.

Parce que oui, Riordan est plus humain et moins arrogant, mais il est encore lui.

— Me frotter à une démone qui utilise ton corps, tu sais que c'est presque tentant ?

— Presque ?

— Bah, mieux vaut éviter d'un coup que je la préfère à toi et que je choisisse de ne pas la débarrasser de ton corps.

Je lui balance un coup de coude moqueur et me glisse sous la couverte. Je trouve le sommeil dans les minutes qui suivent, priant pour que le visiteur de mes rêves se pointe au rendez-vous.

Chapitre 29 - grand vilain méchant loup

Vénétia, 8 septembre

Je ne mets que quelques secondes à capter que je ne suis plus dans la réalité et que je suis dans un rêve. Pitié. Faites que je ne sois pas en pleine excursion dans les souvenirs du frère ou de sa folle de sœur ! Ils sont si étranges que même leurs songes doivent être totalement déphasés.

J'avance dans un lieu obscur. Le sol est noir, quoique surpiqué de petits diamants scintillants m'indiquant le chemin à suivre, et le plafond est couleur d'une nuit d'été lors des Perséides. Bon sang ! Qui fait des rêves de cet acabit ? Je ne suis pas dans une pièce à proprement parler. J'évolue dans un long corridor d'obsidienne creusé et poli. Tout au bout de celui-ci, la silhouette d'une forêt en extérieur se dessine.

Je pourrais me réveiller et m'extirper de ce songe ; cela me traverse l'esprit puisque je suis devenue assez bonne pour contrôler les rêves, vu que c'est à peu près mon seul passe-temps, depuis la catastrophe du bal, j'y ai mis toute la gomme. Je chemine dans les abysses du rêveur quand je passe un mur invisible qui me crée une surprise de taille que je ne sais pas trop comment analyser. Je porte soudainement des escarpins foncés, mais qui scintillent de mille feux malgré une absence de lumière probante. Vivement les rêves qui échappent à toute loi de la physique.

Autre fait surprenant, ils sont confortables au point où je troquerais mes vieilles baskets fétiches pour ces talons bien trop hauts et bien trop chics. Mes vêtements s'envolent dans le lointain, soufflés par une brise aussi chaude que caressante. Je n'ai pas le temps de m'étonner de ma nudité car, déjà, je suis de nouveau vêtue d'une tenue qu'il n'y a aucune chance que je porte un jour. Une longue robe noire faite uniquement de dentelle et composée de quelques broderies florales qui cachent les endroits intimes. J'ai le rôle de la femme fatale, rien de moins, mais je ne m'explique pas ce rêve. Qui est l'auteur ? En tenant compte de ma tenue, je préférerais qu'il s'agisse de Riordan plutôt qu'un des deux étranges qui logent dans la maison à côté.

— Hum, hello ? Riordan ?

Je ne reçois pour réponse que l'écho de ma propre voix. Du moins au départ, parce que rapidement, j'entends résonner des pas sur le sol. Je pivote sur moi-même à quelques reprises, déterminée à en découvrir la provenance.

— Qui est là ? questionné-je même si je le devine aisément.

— C'est le grand vilain méchant loup…

Cette voix. Je la reconnaîtrais entre mille. Je le cherche des yeux alors même que mon cœur s'emballe. Je cesse de tournoyer et inspire profondément avant de prononcer son nom :

— Prince Stoker ? Que me vaut le plaisir de votre visite ?

Je joue le jeu, mais je suis à peine surprise de rêver de lui. Normal, puisqu'il est le centre d'à peu près toutes mes pensées depuis des jours. Bon, la robe sexy et les escarpins tendent à verser vers un rêve érotique ou de séduction, et encore une fois, je n'ai pas à m'interroger bien longtemps. La plupart de nos retrouvailles sont liées à une force d'attraction que je ne suis pas capable d'ignorer, et je présume que ce doit être aussi son cas.

— Que peut donc me vouloir le vilain grand méchant loup ?

Mon timbre s'étire langoureusement comme si j'étais en mode séduction, peut-être même le suis-je ? Mon épiderme se couvre d'une nuée de frissons, il est tout près.

— Il veut vous manger toute crue, mon enfant, ajoute-t-il près de mon oreille. Sa voix si grave, interrompant temporairement la course effrénée de mon cœur, avant de reprendre de plus belle dans une cavale démentielle. Il est là…, souffle ma conscience énamourée.

Je me retourne et je le vois, beau à se damner. Du moins mon esprit se le remémore comme un homme sexy au possible.

Le complet noir qu'il porte met en valeur la largeur de ses épaules. Sa chemise est de la même couleur que ma robe, ainsi que notre décor, tout est sombre, c'est tout à fait concept.

Il est grand, plus que ce dont je me souvenais, sa mâchoire anguleuse et ses joues sont ombragées par une barbe courte et taillée. Ses yeux, foncés, sont illuminés de l'aura du chasseur et du séducteur. Un mélange attrayant qui ne me laisse absolument pas de marbre.

Sa bouche est recourbée en un sourire suffisant et lorsqu'il lève un bras pour se masser la nuque, j'aperçois les reptiles qui ondulent à la surface de sa peau.

Sans gêne, j'attrape sa main et l'approche de mon visage. Les bestioles semblent si réelles que je m'interroge à savoir s'ils sont de vrais tatouages ou si, par un sort quelconque, on lui a véritablement inséré des reptiles sous la peau.

Je les regarde se tortiller, ramper les uns sur les autres. Ce n'est que d'aussi près que les détails de leur peau m'apparaissent et que je vois que certains tendent vers un reflet doré alors que d'autres sont d'un noir d'encre. Leurs langues bougent et remuent au bout de ses doigts. Je joins mon index au sien pour tester ma théorie et ressens aussitôt le chatouillis produit par leur langue.

Je suis obnubilée par le reptile que je sens ondoyer sur mon épiderme.

Je ne suis pas une fan des serpents. Pas du tout, même, mais là, alors qu'il est fictif, j'ai bien moins de scrupule à m'en approcher. Je ne bronche même pas lorsqu'il passe de son corps au mien, s'insinuant désormais sur ma peau. Je m'amuse de sentir sa froideur se distiller sur mon bras qu'il remonte lentement. Il passe ensuite à mon épaule et termine son périple en formant un S de sa tête nichée entre mes seins jusqu'à mon nombril.

Je lève les yeux vers Stoker et nos regards s'arriment avec une intensité que je n'avais jamais expérimentée dans un rêve et encore moins dans la réalité. C'est si… intime.

— Qui es-tu, Vénétia Basset ?

— Si seulement je le savais… Je suis une humaine, voilà ce que je sais avec une certitude inébranlable.

— Une sorcière, aussi.

— Non. Je suis une imposture démasquée par l'augure. D'ailleurs, tous autant que nous sommes, nous aurions dû prendre la pleine mesure de cet état de fait le jour de la cérémonie de consécration. Tout ce que je sais, c'est que cette erreur m'a conduite ici et que je suis officiellement un paria.

— Paria ? Tu y crois vraiment ?

— Oui, la seule et l'unique sorcière sans pouvoir.

— Impossible, je sens ta puissance jusqu'ici, affirme-t-il avec un aplomb qui me donne presque envie de le croire.

— Il ne faut pas mélanger puissance et sex-appeal, ricané-je en flirtant ouvertement.

Il me dévisage comme s'il avait envie de me bouffer tout en jouant le séducteur né. Rien à voir avec le Stoker de mes souvenirs qui est vulgaire, violent, assoiffé de pouvoir et qui ne cesse de me menacer de mort. Celui-ci est mystérieux, et racé, et ultra sexy.

Le serpent sur ma poitrine remue et me provoque un gémissement dont je n'ai absolument pas honte. Le regard de Stoker, qui assiste à la scène sans broncher, s'assombrit de désir. Il lève lentement une main dans les airs. Elle traverse l'espace qui nous sépare et se pose sur ma joue, le bout de ses doigts sous mon oreille et son pouce à la commissure de mes lèvres.

Ses prunelles s'arriment aux miennes sans que jamais l'intensité ne faiblisse. Il ne le dit pas, mais je l'entends le penser:

Je te veux… tu es mienne.

Son pouce caresse avec une lenteur étudiée ma lèvre inférieure. Je soupire et profite du fantasme de Stoker avant que le vrai se pointe à nouveau dans ma tête avec ses envies de meurtre et de pouvoir. Le chaud de sa peau se mue en un froid polaire et délicatement, je sens courir sur ma lèvre un second reptile qui rampe avec une infinie douceur. J'ignore comment le serpent miniature peut passer de l'un à l'autre, mais ce contact doublé de son intensité et de la peur que j'entretiens pour les bêtes et leur hôte rend les choses plus excitantes encore.

Il avance d'un pas et ceinture ma taille de son bras libre. Je couine de surprise, mais dans le même temps, je remercie le ciel qu'il l'ait fait, j'en mourais d'envie. Son torse se dessine sur le mien, des abdos saillants, un corps à vous damner, un accent de dangerosité qui le rend redoutable. Oui, Stoker est l'exemple parfait du fantasme du Vilain qu'il faut éviter à tout prix. Mais là, dans mes rêves, je peux être aussi vilaine que je le souhaite et me taper le méchant sans qu'il y ait la moindre poussière de culpabilité.

J'attrape sa main qui traîne toujours sur mon visage. Sa paume est chaude, voire ardente. Ses mains sont larges. Il n'a pas les longs doigts d'un pianiste, et vu l'épaisseur de ceux-ci, son meilleur instrument doit être le corps d'une femme.

Je saisis son index que j'aspire entre mes lèvres et le titille de manière suggestive. De son autre main, il attrape ma gorge sans la comprimer, d'un geste qui ferait hurler toute femme ayant déjà brûlé son soutien-gorge sur la place publique. La seule qui « brûle » à l'heure actuelle d'ailleurs, c'est moi. Je me consume littéralement.

De sa main se libèrent ses alter ego reptiles, je les sens ramper sur ma peau. S'enrouler et effectuer de légères pressions. Je pourrais mourir s'il perdait le contrôle de ses petits amis, mais ma confiance en lui est inquantifiable. Ici dans mon esprit, pur produit de mes songes, je me sais intouchable. Mon dos se détend, ma tête s'oriente vers le ciel étoilé et je m'abandonne aux bras du prince interdit.

Mon Dieu, que dirait Riordan s'il l'apprenait ? Il m'enfermerait bien à double tour dans un coffre cadenassé s'il savait que je rêve de celui qui va déclencher l'apocalypse. Vu sa réaction de la veille, il en serait bien capable.

— Daemonia…

Sa façon de prononcer ce mot me rend toute chose. Il y a dans son intonation une possessivité, mais pas dans le sens de la jalousie et de cette connotation négative que l'on y accorde parfois. Non, c'est comme s'il affirmait sa revendication. Ici, dans ce monde où il n'est pas un fou psychopathe, je suis sienne, je me donne corps et âme à ce fantasme.

— Levetur velum ut veritas reveletur, *ajoute-t-il d'une voix grave.*

Je reste surprise d'abord, puisque la dernière fois qu'il a prononcé cette phrase, j'étais encore dans la prison d'Améda. Il tentait à tout prix de me faire réaliser la vérité. Encore à ce jour je m'interroge s'il s'agissait véritablement de lui ou s'il n'était, comme ce soir, qu'une manifestation fantasmagorique témoignant de mon attirance pour lui.

— *Pourquoi ai-je l'impression de si bien te connaître alors que je viens de te rencontrer ? Comme si ce n'était pas déjà désespérant à souhait, j'ai le sentiment que mon corps t'aime passionnément, sincèrement et au-delà de tout. Ma raison, ma logique, ma conscience, tout me hurle le danger que tu représentes. Tous tentent de me mettre en garde de rester loin de toi, mais je sais que plus le temps passe, moins ça m'est possible. C'est comme si… mon corps avait sa propre mémoire de toi.*

— Pas ton corps, daemonia, *ton âme.*

Je souris ; logique qu'on fasse allusion à cette foutue prophétie sur deux amants maudits. Deux amants qui seraient nous et dont on aurait prévu l'union des années auparavant, bien sûr.

— Pas mon âme, son âme. Tu es attiré vers moi parce que j'abrite celle avec qui tu es lié par cette prophétie, mais je n'en suis pas la principale protagoniste.

— Comment expliques-tu alors ce que tu ressens lorsque je suis présent ? Tu crois aussi que ça vient d'elle ?

— C'est ce que je pense, oui… Cet amour est si puissant qu'il ne peut venir que d'elle.

— Donc, si je suis ton raisonnement, lorsque tu auras viré cet indésirable de ton corps, je ne représenterai plus rien à tes yeux ? Vénétia, je suis presque déçu que tu te laisses berner aussi facilement, argue-t-il, moqueur.

— Je… je ne sais pas ce qu'il en est, mais je sais ce que je veux qu'il en soit !

— C'est-à-dire ?

— J'ai le droit de faire mumuse avec un fantasme créé par mon esprit en pleine nuit, mais tomber amoureuse de tout ce que tu représentes, ça non ! Parce que lorsque tu partiras avec elle, j'aurai le cœur brisé en mille miettes.

Il m'offre un air canaille qui me fait craquer. Je demanderais bien pourquoi Dieu a créé Satan si beau, mais poser la question, c'est y répondre, naturellement.

— Tu doutes de moi… tu doutes de nous et aussi de toi. Laisse tomber tout ce que tu crois savoir, oublie tout ce qu'on te dit, ressens et tu sauras.

— Et toi tu en dis quoi, hein ?

— *Moi,* daemonia, *je ne dis pas, je prouve.*

Il me presse au plus près de lui, et sur ma gorge je sens ses lèvres, puis à la seconde suivante, la chair au-dessus de mon sein droit est transpercée. Je hurle au départ, parce que je perçois la brûlure du venin qui se déverse dans mes veines, mais l'instant d'après, je suis traversée d'un bien-être total, frôlant presque le postorgasme.

Je m'accroche à lui, à son cou, et je l'avoue, j'ai l'impression de planer quelque peu.

— Ouvre tes yeux, mon aimée, regarde autour de toi, que vois-tu ?

Sur les murs, des tonnes de miroirs, comme dans la piscine lors de la cérémonie de consécration. À une exception près, il ne s'agit pas de Riordan cette fois. Je nous vois ensemble, Stoker et moi. Nous semblons si heureux. Puis mon cerveau ramène les cadres du couple que je forme avec Riordan et les place à côté de ceux du prince. Le destin a une bien drôle de façon de se moquer de moi, je trouve. Dans les portraits vivants qui sont sous mes yeux, je remarque quelque chose que je n'avais jamais remarqué avant. La version de moi des différents cadres prend la pose, elle sourit, elle semble égale à elle-même en chaque circonstance. Riordan, quant à lui, regarde l'objectif avec sérieux. En revanche, le Stoker des images, lui, n'est obnubilé que par une seule chose : elle, moi, nous.

Il n'a d'yeux que pour celle qui pose auprès de lui.

— La vérité ne sera jamais aussi belle que n'importe quel mensonge, mais au moins, elle est vraie.

— D'accord, mais…

— Je suis là, souffle-t-il en posant une main sur ma tête puis l'autre sur mon cœur. Je fais le serment de te retrouver et de ne plus jamais laisser quelqu'un t'arracher à moi, dans cette vie et dans toutes celles à venir. Il n'y a, Vénétia, rien qui me fera dévier de ce but, sache-le et prépare-toi pour ma venue.

— Et comment se prépare-t-on pour l'arrivée d'un prince fantasmagorique et démoniaque ?

Lorsque je termine ma phrase, je réalise qu'il n'est plus là et que le rêve s'est achevé.

La déception m'étreint de ses ténèbres, même dans mon propre esprit, nous n'arrivons pas à rester l'un avec l'autre.

Je me rends dans l'endroit où j'ai appris à faire le vide dans mon crâne. Une « pièce » minuscule où je me réfugie mentalement lorsque je veux n'être interrompue par rien ni personne. Jusqu'à maintenant, la démone ne m'y a jamais suivie. Le but ultime ? Réussir à construire un rempart et des murs si puissants que même un inquisiteur ne pourra en traverser les défenses. Et dans mes rêves les plus fous, je serais capable d'enfermer ce violeur d'esprit prétendument partial et ce serait moi qui l'étudierais comme l'animal qu'il est.

Je me couche dans mon lit composé de nuages sur mesure et m'endors d'un sommeil réparateur.

Je me réveille au milieu de la nuit. J'ignore ce qui me tire du sommeil, mais un mauvais feeling me force à ouvrir les yeux. Je me retiens de crier lorsque je découvre, à un mètre de moi, assise sur une bûche, Frelda qui me scrute sans broncher. Ses lèvres bougent toute seules, protection, sort, malédiction, le choix est assez vaste. Elle est tellement immobile qu'on la dirait en transe. Et c'est là que je capte que mon rêve ne s'est sans doute pas produit de façon fortuite, elle en est probablement la cause. Mais si tel est le cas, quelle est la leçon qu'elle désire me donner ? Je reste là, muette, et je l'observe. Au bout d'une trentaine de minutes, elle se lève ses yeux toujours fermés, elle me pointe d'un index accusateur.

— Il est ici, il l'a marquée de son venin, il est déjà trop tard et nous sommes tous condamnés.

Sans un mot supplémentaire, elle retourne à l'intérieur. Je ne bouge plus et fixe la porte par laquelle elle est partie avec cette culpabilité insoutenable d'avoir rêvé de lui. Je reste craintive après son départ et suis incapable de me rendormir. Foutu Riordan qui s'est moqué de mon idée de mettre des tours de surveillance en place ! Si ça se trouve, elle est simplement partie chercher quelque chose pour me buter.

Je reste assise et sur mes gardes, surveillant les alentours et somnolant par moment.

Quelques heures plus tard, je suis officiellement réveillée par Riordan qui a embarqué toutes nos affaires et est prêt à quitter les lieux.

Il remercie ses amis, puis c'est mon tour et je cherche dans les yeux de la femme de la peur à mon égard, mais l'étrange dame m'ignore totalement.

Nous partons à pied vers la forêt et marchons un peu à travers bois avant de rejoindre le prochain portail. C'est ainsi que l'a programmé Rio, et vu que je souhaite mettre le plus de distance entre les bizarres et nous, je ne me fais pas prier.

— Tu les connais d'où ?

— Disons qu'elle était oracle, qu'elle a vu un avenir dont elle ne devait pas parler, et qu'on a essayé de la faire taire à jamais. Ce qui explique son comportement bizarre. Tu devines à quel sujet ?

— La prophétie…, réponds-je, avec une pointe de honte dans la voix.

— Dans le mille ! Tu sais, Vénétia, tu n'as pas choisi de faire partie de tout ça, tu subis plein de choses sans l'avoir demandé à personne. Je comprends, mais tu es le seul espoir de tous ceux que cette malédiction touche de près ou de loin… Tâche de ne pas les oublier et de ne pas les sacrifier égoïstement…

J'ignore s'il y a une signification cachée dans son avertissement, mais je trouve cela étrange, particulièrement après le rêve que j'ai fait concernant Stoker et la déclaration de la femme. Se pourrait-il que ce soit elle qui l'ait avisé ? Je suis de plus en plus persuadée que je ne peux avoir confiance en personne, pas même en mon sauveur. L'endroit où il me conduit l'infirmera ou le confirmera, mais je sens déjà que j'ai mis les pieds sur un chemin sur lequel il me sera impossible de faire demi-tour.

Chapitre 30 - QG

Vénétia, 12 septembre

Quand on m'a dit QG, je m'attendais à un camp de terre battue quelque part dans une forêt, je ne m'attendais pas à des égouts qui parcourent l'entièreté d'une ville. Je ne connaissais pas non plus l'existence de ce peuple magique qui s'est installé sur une terre qui n'a pu être revendiquée par la Couronne. Étonnement, ici, le sol est consacré, l'augure n'a aucune prise et les enfants naissent avec leurs pouvoirs. Dans ce lieu, il n'y a pas de castes, pas de divisions. Ce sont des hippies en version sorciers. Nous avons tous entendu plus souvent qu'à notre tour la légende des premiers Bathsheba et la manière dont les frères se sont partagé l'accès au trône et la naissance de l'*aperta venari*. La façon dont nous est narrée l'histoire donne à penser que pour régner, le monarque doit tuer la fratrie au complet, or, ce ne fut pas toujours le cas. C'est à ce geste de barbarie que se sont pliés le roi en poste, le père de Stoker, et son aïeul, mais il semble que ce soit assez récent. L'un des premiers frères, qui ne voulait ni du combat ni de la couronne, demanda, avant l'*aperta*, de n'avoir qu'un bout de terre consacrée et de pouvoir y vivre avec ceux qui, comme lui, ne croyaient pas à une monarchie magique. Les aînés le lui refusèrent d'emblée, ne voulant même pas entendre le détail de sa proposition. Ils le forcèrent à participer à toutes les épreuves, dont celles d'être lâché dans une des forêts dites hantées bordant le château. Sachant ses frères superstitieux, Gimfied Bathsheba piégea l'entièreté de la forêt. De façon à retirer de la course l'un après l'autre ses frères. Il ne les tua pas, il se contenta de les humilier les uns devant les autres et au vu et au su des membres du conseil. Il gagna haut la main et le trône lui revint donc. Il eut le règne le plus court de l'histoire, soit quarante-huit heures. Sa seule et unique action comme monarque fut de déclarer que tout Obadien, prince ou pas, avait le droit d'aller en terre de liberté. Dans ce lieu dont il avait déjà délimité les frontières. Ici, des naissances à l'ancienne, des mariages d'amour, des valeurs d'entraide et de partage, et un endroit où l'opinion de tous a la même valeur. L'histoire ne dit pas s'il a vécu heureux et s'il eut beaucoup de petits Bathsheba sans titre.

Dès que j'ai mis les pieds dans cet endroit, c'est la légende que l'on m'a racontée. J'ai écouté poliment Pomf lorsqu'il me l'a narrée, mais dans ma tête, je ne cessais de me répéter que ça ressemblait drôlement à une secte. Du moins, si j'avais à en diriger une et que je devais recruter, je m'y prendrais à peu près de cette manière.

Peut-être qu'il s'est donné le rôle d'*accueilleur* officiel ? Je vois mal qui pourrait le lui avoir attribué de façon sérieuse.

— Enchanté, je suis Pomf des montagnes.

Déjà, alors que je n'avais que le bout de mes orteils qui effleurait la frontière, il est apparu de nulle part, nous demandant de décliner nos noms et nos identités. C'est la même chose ? Oui, c'est aussi ce que je me suis dit quand il m'a expliqué de long en large que non. Une fois qu'il est démarré, il ne s'arrête plus, alors après cela, je me suis contentée d'être toujours en accord avec lui.

Nous avons traversé le village qu'il nous a fait visiter en entier et avons ensuite pu parler aux conseillers qui sont au nombre de cinq. Ce sont eux les décideurs et il n'y a, au-dessus de leurs têtes, personne pour trancher ou influer sur le vote.

Je ne demande qu'à voir ce que cela peut donner dans la réalité, mais vu comment les gens sont accueillants, souriants, heureux et en santé, il semblerait que cela fonctionne plutôt bien.

Si la plupart me saluaient gentiment, j'étais obligée d'admettre qu'une autre catégorie, elle, me jaugeait avec une espèce de dégoût bien marqué. À ce stade, je m'en souciais peu, j'étais juste contente de manger cette soupe maison que l'on venait si généreusement de m'offrir. Riordan ne s'est jamais éloigné de moi, veillant à ce que tout se passe bien. Je me suis tout de même interrogé à savoir si sa proximité était pour me protéger moi ou eux. Après le repas, on nous a escortés hors de l'espace cafétéria pour nous conduire à notre « appart' » dans les égouts. Si j'ai grimacé au départ en entendant ce mot, je dois bien admettre qu'ils n'ont d'égouts que le nom puisque le réseau principal a été détourné dès sa construction pour accueillir des résistants ou des gens qui seraient forcés de fuir Obadium pour des raisons politiques et qui viendraient y chercher asile.

Il y a quelques étages disposés dans plusieurs strates du sol et personne ne peut avoir accès à certaines ailes s'il n'a pas les autorisations requises. Un stratagème établit pour resserrer la sécurité après qu'une des épouses du roi se fut enfuie ici afin d'y rejoindre son premier amour qui l'y attendait. Oui, une autre histoire signée Pomf, qui visiblement les connaît toutes.

Il nous a servi de guide de notre arrivée jusqu'à l'attribution d'un espace qui nous est consacré. Une chambre, pas très grande, mais avec toutes les commodités nécessaires que nous devrons partager, le temps de notre séjour ici.

Une grotte, voilà ce que cela m'inspire. Une cavité creusée dans la pierre d'un côté, des gros canaux d'égout servant désormais de corridor.

Ce n'est pas luxueux, hyper propre ou confortable, mais après une forêt, un frère et une sœur maniaques et une prison médicale, je me sens comme au Club Med.

Après nous avoir conduits ici et juste avant de quitter les lieux, Pomf nous indique le chemin menant jusqu'aux salles de bains.

« Une douche par jour, dix minutes top chrono », nous a-t-il répété avant de refermer la porte derrière lui.

Je serais prête à tuer pour de l'eau chaude !

Je regarde Riordan l'air de rien puis je saute sur le lit, attrape la serviette et m'écrie :

— Première !

Il essaie bien de me prendre de vitesse, mais perd aussitôt.

— Je t'accompagne, peut-être qu'il y a plus qu'une seule douche ?

— Je ne vais tuer personne ici… Pas moi, je veux dire la démone… Elle dort depuis… son incartade, mens-je éhontément.

Il est suspicieux, méfiant et craintif depuis qu'elle s'est manifestée sous forme de fumée et je ne peux l'en blâmer.

Pour autant, le sentir sur mes talons en permanence m'insupporte de plus en plus.

La vérité c'est que depuis les jours où nous avons marché à travers les bois, je la trouve plus puissante que jamais. Elle ne cherche plus à me parler comme avant, mais son pouvoir m'est perceptible à présent. Je le sens presque affluer dans mon corps.

Je repère les douches très rapidement et suis plus que soulagée d'y trouver des box individuels. Une dizaine de cabines incluant chacune sa propre douche, son lavabo et son miroir, installées les unes à côté des autres. J'aurai donc dix minutes seule avec moi-même, et Riordan, lui, sera assez près pour avoir l'impression qu'il peut me surveiller.

J'entre sans plus attendre, enlève mes vêtements crasseux avec plaisir et dépose sur la tablette la nouvelle tenue qu'ils m'ont donnée. Une culotte, un pantalon beige en lin, un débardeur brun et un pull en coton vert forêt, voilà qui me semble un rêve presque trop beau pour être vrai. Les couleurs m'important peu, je suis juste aux anges de porter une tenue sèche et chaude.

La sensation de l'eau brûlante sur ma peau me procure un tel bien-être que pendant un instant, j'en oublie où je suis. Je ferme les yeux l'espace d'une seconde et songe que je pourrais facilement dormir debout tant je suis crevée.

L'image de Stoker m'apparaît aussitôt. Il est là, m'observe, une expression carnassière sur son faciès si mystérieux. J'ouvre les paupières à regret et me saisis du shampoing que je fais mousser généreusement. J'arrive presque à sentir la crasse de la forêt et la boue glisser sur mon corps. Je frotte vigoureusement et lorsque l'eau cesse de couler, annonçant que mon temps est terminé, je m'extirpe tristement de la douche.

Je pose un pied sur le carrelage et m'empare de la serviette brune pour me sécher. Le miroir est si embué qu'il me faut l'essuyer, et c'est là que je l'aperçois.

Stoker penché au-dessus de mon épaule, qui me sourit avec son arrogance coutumière.

Je laisse échapper un cri de surprise puis me retourne d'un bond et l'illusion n'est plus.

En moins d'une seconde, la porte s'ouvre à la volée sur un Riordan prêt à combattre.

Il balaie la pièce minuscule des yeux puis les pose sur moi, totalement nue, ma serviette toujours à la main.

J'effectue un geste pour masquer mon corps exposé alors qu'il m'observe sans ciller. J'aurais imaginé une remarque graveleuse comme il en a le secret ou une étincelle de convoitise dans ses prunelles, mais je me bute à un dégoût marqué.

Je me dépêche de me cacher, mais il ne bronche toujours pas, si ce n'est que son faciès se compose une expression de fureur.

Il avance et m'arrache mon paravent improvisé des mains pour le jeter au sol.

La peur me noue les tripes, qu'est-ce qui lui prend, enfin ?

— Qu'est-ce que c'est que ça ? PUTAIN ! Vénétia ! C'est là depuis longtemps ? TU AURAIS DÛ ME PRÉVENIR ! BORDEL !

Je suis statufiée par son comportement, par le regard qu'il pose sur mon corps, par sa colère si violente. Et surtout, je baigne dans un océan d'incompréhension.

Il pointe un index accusateur dans ma direction.

— Ça quoi ? Mais enfin Riordan, de quoi tu parles ? Je… Sors d'ici ! supplié-je presque en essayant de dissimuler à sa vue ce corps qui le rebute tant.

Les mots qui sortent de ma bouche témoignent de la terreur qu'il m'inspire à l'instant. Et comme s'il ne l'avait pas compris, il avance jusqu'à moi, me saisit fortement les épaules et me force à me retourner face au miroir qui est complètement désembué cette fois.

C'est là, en un battement de cils, que tout devient limpide. Il y a, sous la peau entre mes seins, un serpent qui ondule jusqu'au centre de ma poitrine. Ça ressemble à ceux que porte Stoker en guise de tatouage mais il est réel, je sens ses mouvements. Sa queue termine sa course sur mon ventre et il forme une lettre que ni Riordan ni moi ne pouvons ignorer : un S.

Je suis bouche bée et sous le choc. Je ne comprends pas et n'ose même pas le toucher du bout des doigts.

Je me contente de l'observer alors qu'il ondule et d'écouter le chant que produit sa langue qui siffle.

— TU ES INCONSCIENTE ? TU AS LAISSÉ LE LIEN ENTRE LE PRINCE ET TOI SE RENFORCER ? TU METS TOUS CEUX QUI SONT ICI EN DANGER ! À QUOI PENSAIS-TU ?

Il hurle sans prendre de pause et ne me laisse pas en placer une. Je suis aussi démolie qu'il l'est à l'idée que Stoker ait réussi, Dieu sait comment d'ailleurs, à me marquer. Et si Riordan dit vrai ? Si le serpent est une saloperie de GPS magique et que Stoker et sa horde déboulent ici ? Qu'arriverait-il à tous ces gens qui hébergent une possédée ayant tué des nobles ?

— Rio… je…

— TAIS-TOI ! FERME-LA, QUE JE RÉFLÉCHISSE, beugle-t-il en enfonçant ses doigts dans la chair de mes bras qu'il n'a toujours pas relâchés.

— Tu me fais mal ! Lâche-moi, enfin ! l'imploré-je.

Je tente de me défaire de sa prise en joignant le geste à la parole, mais il est si furieux qu'il ne me le permet pas.

— Nous devons aviser les autres ! Bordel !

— Lâche-moi ! Riordan, par pitié…

Je ne saurais expliquer ce qui se produit, si c'est induit par ma peur ou mon instinct, mais je sens le changement opérer en quelques secondes seulement. Le serpent s'agite sous ma peau et je ressens un froid qui s'insinue dans mes veines. Un courant glacial qui me donne l'impression que mon sang devient givre. Riordan le remarque aussi et me jauge, cette fois, effrayé. Il tente de retirer ses mains, mais n'y parvient pas alors que les volutes de fumée s'échappant de mon épiderme commencent à s'entortiller autour de ses poignets.

— Vénétia, ça suffit, arrête ça et calme-toi, ordonne-t-il d'un timbre trahissant la peur.

— Je… Ce n'est pas moi. Je ne suis pas responsable !

Le ruban que forme chaque particule de la fumée devient plus opaque et remonte lentement le long de ses bras.

Je suis envahie d'une colère qui n'est pas la mienne et sur laquelle je n'ai aucune influence.

— Vé… si ça ne provient pas de toi, alors lutte, parce que cela me paralyse et va me tuer, putain !

— Je… je… Comment ?

Son faciès se tord en un rictus de douleur et je tente par tous les moyens de contrôler la manifestation, mais n'y parviens pas.

Il gémit alors que ça s'entortille autour de sa gorge, et, paniquée, je n'entrevois qu'une solution : intégrer mon esprit, ce faisant, mon corps physique se déconnecte et devient aussi inerte qu'un mannequin de vitrine.

C'est la seule option pour le sauver et je m'y attelle au plus vite. L'instant suivant, mon esprit m'apparaît dans cette cellule que j'ai construite mentalement, celle où je prévois d'enfermer l'inquisiteur. Un lieu dans lequel on ne peut pas m'atteindre, sauf si je le permets.

— *RELÂCHE-LE ! QUI QUE TU SOIS, DÉMONE, QUELLES QUE SOIENT TES INTENTIONS, SANS LUI, POUR PLAIDER NOTRE CAUSE, NOUS SOMMES MORTES !*

Je ne sens rien, aucun changement, aussi, j'opte pour une autre tactique.

— *Circé ? Si tu m'entends, j'ai besoin de toi, besoin que tu écoutes ma demande et que tu cesses.*

— *Il nous faisait du mal, Vénétia. Personne ne nous traitera plus jamais ainsi. Je ne permettrai plus que nous soyons l'instrument de quiconque !*

— *Non, c'est Riordan, enfin ! C'est lui qui nous a libérées et qui nous a éloignées de ceux qui veulent…*

— *Nous séparer, complète la voix de celle que je reconnais être la démone, sa tonalité est si faible à présent.*

C'est à ce moment que je comprends que les manifestations telles que celle-ci lui demandent beaucoup d'énergie. C'est une information à laquelle je devrai réfléchir lorsque tout sera fini.

— *Oui, et il n'y a aucune chance que je sorte d'ici vivante s'il est tué dans cette salle de bains. Et si je meurs, toi aussi, n'est-ce pas ?*

— *Nous ne sommes qu'une, chère Vénétia, tu ne te souviens donc de rien ?*

— *Éclaire-moi, dans ce cas…*

— *Si seulement…*

Sa voix s'éteint comme si elle était arrivée au bout de ses forces. Je l'appelle, mais elle ne revient pas. A-t-elle libéré Riordan, ou est-ce que quand je reprendrai place dans mon corps, il sera au sol, mort ?

J'anticipe le pire, mais n'ai d'autre choix que de retourner là où mon enveloppe charnelle se trouve et prier.

J'ouvre les paupières et cherche immédiatement mon ami du regard. Riordan est à genoux et il fixe tout ce qui l'entoure d'un air perdu. J'attrape la serviette au sol en l'interpellant et m'en drape aussitôt, veillant à cacher le serpent.

— Tu vas bien ? J'ai cru qu'elle…

— Qu'est-ce qui s'est passé ? me coupe-t-il en se relevant.

Il tangue dangereusement, un peu comme s'il avait abusé de l'alcool.

— Pourquoi je suis là ?

— Tu ne te souviens de rien ? Vraiment rien ?

C'est cadeau pour cette fois… veille à ce qu'il ne tente plus jamais de nous contraindre, murmure la voix dans mon crâne.

Riordan secoue la tête d'un côté puis de l'autre en fixant son reflet dans la glace.

— Mon pauvre, je crois que tu as trop peu dormi ces derniers jours. Laisse-moi me vêtir et je te rejoins pour t'escorter à la chambre.

— Je suis encore capable de marcher, mortelle. Tu ne vas certainement pas jouer les infirmières avec moi. Je t'attends là-bas.

Je remercie son orgueil mal placé, et dès qu'il sort de la pièce, je verrouille derrière lui et m'assure plutôt deux fois qu'une que personne ne peut entrer.

Je laisse tomber la serviette et fixe, à la fois fascinée et effrayée, le serpent ondulant sur ma peau.

Sa langue est visible et produit un doux sifflement que je reconnaîtrais entre mille : les serpents de Stoker.

— Que m'as-tu fait, prince ? soufflé-je en caressant d'un index la peau sous laquelle le reptile évolue avec aisance.

Je te l'ai dit, Vénétia, nous sommes liés, connectés à jamais, crois-je entendre l'espace d'un instant pour douter que ce soit réel dans la seconde suivante. Je devrais être aussi terrorisée que Riordan plus tôt, mais la vérité, c'est que je me languis de Stoker, que son absence m'est douloureuse et que je ferais tout pour le revoir.

Chapitre 31 - Infernum

Stoker, 15 septembre

Sept putains de jours qui me font verser de plus en plus vers la folie. Autant de nuits sans nouvelles d'elle, de ma *daemonia* qui est Dieu sait où. J'ai trouvé son appart' vide et j'ai cru devenir dingue, mais j'étais loin de me douter que c'était sur le point d'empirer drastiquement. Il y a en moi une noirceur que je peine à refréner et qui menace davantage chaque jour qui s'écoule sans elle de rejaillir et de tout pulvériser autour de moi.

Puis, je l'ai rejointe un soir, après moult tentatives. Elle était encore à portée de main, accessible à ce moment. Si j'avais alors de la difficulté à communiquer avec elle, je pouvais au moins la ressentir au travers de cette étrange connexion qui semble se renforcer à mesure du temps que nous passons ensemble. Elle a cru que nous étions dans un fantasme de son esprit, et j'avoue que je me suis joué d'elle.

Je n'ai pas tenté de la détromper et je le regrette amèrement maintenant que le lien est coupé. Trop stupide, trop enclin à écouter chaque fibre de mon esprit qui la désirait au point de me détourner de la raison de ma présence. Confiant de notre lien renforcé, je n'ai pas demandé comment elle s'était enfuie du bunker, avec qui et où elle était à présent. Je croyais avoir tout le temps nécessaire, que nous n'allions plus être séparés, et puis… notre connexion s'est rompue juste après que je lui ai juré que je ne la laisserais plus m'échapper.

Connard !

Je fais le serment de te retrouver et de ne plus jamais laisser quelqu'un t'arracher à moi, dans cette vie et dans toutes celles à venir. Il n'y a, Vénétia, rien qui me fera dévier de ce but, sache-le et prépare-toi pour ma venue.

Elle se croit sans pouvoir, un élément aussi avancé par Nivory. Une théorie qui me semble plus risible que toute autre puisque je ressens chaque grésillement d'une magie puissante émanant d'elle. Pourquoi le croit-elle ? Bien sûr, j'ai entendu cette histoire, tout le royaume n'avait que le nom de cette fille à la bouche, et longtemps durant. Celle que l'augure a rejetée, refusant de lui conférer le moindre pouvoir ou de l'associer à quelque *coven* que ce soit. Sauf que comme les autres, j'ignorais qu'elle, Vénétia, était celle-là. Chaque été, bon nombre de demi-sorciers débarquent à Obadium pour y parfaire leur apprentissage, alors voir de nouvelles têtes n'est pas inhabituel. Or, le conseil s'est assuré de cacher sa véritable identité aux autres et a conservé le secret pour lui. Pour moi, cette abomination sans *coven* avait été éradiquée. Je m'explique mieux désormais le fait que Warwick ne lâche pas le morceau après tant d'années. Lui la savait vivante et sous la protection d'Améda. Je comprends que cet incident de l'augure a eu lieu et est réel, en revanche je n'y adhère pas. Elle n'a rien d'humain…

On lui fait croire depuis tout ce temps qu'elle est une personne qu'elle n'est pas, ou est-ce l'augure qui n'a pu être en mesure de la classer comme les autres. Peut-être que tout comme moi, le puits a perçu une magie inclassable ? Donc tous ces imbéciles ont agi comme si elle était un paria alors qu'elle s'avère plus puissante que la plupart d'eux réunis.

Et cette démone qu'elle jure avoir en elle…

Je ne la détecte pas lors de mes visites dans sa tête. Je ne sens pas sa présence et encore moins sa puissance. J'ai effectué toutes les recherches possibles depuis mon retour et je n'ai rien trouvé qui concorde avec ces dires. Pire encore, la littérature est limpide : une personne possédée se fait gangrener dès que le démon la pénètre. Quelques semaines ou mois plus tard, son esprit n'est plus et son corps appartient au possesseur.

Aucun des cas que j'ai recensés ne dépasse plus de douze semaines de possession, si elle a été contaminée en mai à son arrivée, cela fait déjà presque quatre mois et elle semble ne pas avoir perdu de facultés.

Mes recherches ont montré que Riordan est devenu un paria à son tour, qu'il a disparu, et elle, la plupart la croient morte, jetée dans l'augure après les meurtres commis lors du bal.

Si elle était morte, cela aurait pu être provoqué par nos retrouvailles dans le monde réel. Un avant-goût du chaos sans nom que causerait notre union…

J'essaie de me connecter à elle depuis notre dernière conversation et rien n'y fait. Je ne fais qu'accumuler davantage de frustration à chaque tentative avortée. Je me suis saoulé de sang de démone, allant au-delà de toutes les quantités que j'avais déjà ingurgitées, dépassant largement les limites de mes capacités. Résolu à la retrouver, je me tourne vers le seul et unique moyen en ma possession pour me connecter à elle, et je le sens, ce ne sera pas une partie de plaisir.

J'accueille le mage dans le mausolée et si je discerne du jugement de sa part lorsqu'il inspecte les lieux, je me doute que la suite va lui causer une crise d'apoplexie.

— Prince, si vous vouliez une rencontre hautement confidentielle, vous auriez pu pénétrer dans mon esprit et nous aurions pu discuter en toute quiétude. Cet endroit… tous les fantômes de ces morts que je sens…

— Je vous assure, mage, que vous n'auriez pas voulu que l'on fasse cela ailleurs, certifié-je en affichant un demi-sourire qu'il ne peut distinguer puisque je lui tourne le dos.

J'ouvre la lourde porte scellée par un sort de mon cru et m'écarte juste assez pour laisser Tao découvrir la scène.

— Par Satan ! Stoker ! Qu'avez-vous fait ?

Il avance d'un pas pressé vers le tombeau, laissant tomber le masque habituel de celui que rien ne surprend.

— Ça se répare selon vous ?

Je me retiens de ne pas pouffer devant sa mine courroucée.

— Que dites-vous ? Réparer ? Mais on ne répare pas un mort, prince !

— Et bien, il le faudra. J'ai besoin d'elle en vie et nous ne voudrions pas que la grande prêtresse Grimwood, avec qui vous êtes ami, découvre sa fille morte. Imaginez l'incident diplomatique et le risque qu'elle se joigne à ceux qui veulent la chute du roi ? Ce serait terrible qu'elle nous retire son appui dans un moment aussi trouble, ne pensez-vous pas ?

— Vous êtes inconscient ! Pourquoi avoir tué votre femme ? Et depuis combien de temps est-elle ici en stase dans ce tombeau ?

— Sept jours, notre mariage n'a pas… disons… survécu à la nuit de noces.

— Il est déjà trop tard ! Admettons que l'Infernum accepte de nous rendre son âme, nous ne savons pas comment elle sera à son retour. Beaucoup d'expériences ont montré que seule une partie de l'esprit peut être récupérée, et il s'avère que c'est souvent celle qui fut la plus sombre au moment du vivant de l'individu. Nous ne pouvons prendre ce risque.

— Non seulement nous pouvons, mais nous le ferons. J'ai *besoin* d'elle, mage.

— Vous auriez dû y songer avant, prince. Maintenant, je me vois dans l'obligation d'en référer à votre père, le roi, et d'obtenir son autorisation.

Sur ce, il se tourne et se dirige vers la sortie que je lui bloque instantanément.

— Ne soyez pas plus stupide, Stoker. Écartez-vous !

— Ne vous méprenez pas sur mes intentions, je ne vous veux aucun mal, je vous emboîte seulement le pas pour aller tout révéler à notre souverain bien-aimé. Y compris cette fille qu'il croit morte et que vous avez contribué à faire enfermer dans les bunkers des Grimwood. Quel est son nom déjà ? Vé… Tia ? Nétia ? Non, suis-je « stupide », Vénétia. Je parie qu'il sera soulagé d'apprendre qu'elle est toujours en vie… quoique, lorsqu'il saura que vous l'avez perdue…

— Où est-elle ? Vous devez me le dire si vous…

— Je suis à sa recherche, réveillez ma femme et j'obtiendrai cette information.

— Je… je ne peux pas… Tuez-moi si vous le voulez, mais je ne vous aiderai pas.

La panique illumine son regard et c'est à ce moment que j'ai ma réponse : la *prophetia animarum* est vraie et même le mage le plus terre à terre et haut placé du roi y adhère.

Je le laisse partir, je sais qu'il gardera le secret, du moins pour l'instant. Il n'est pas à son avantage d'en parler au roi, pas plus qu'à Améda Grimwood.

J'ai encore du temps et je compte bien réanimer ma femme, dussé-je me mettre en dette avec une nécromancienne qui fut ma maîtresse durant une courte période.

Parce que j'ai épuisé toutes mes possibilités, la seule chose qui puisse me permettre d'accéder à ma *daemonia*, c'est le sang que détient sa fausse sœur, qui, je le parie, a des réserves bien cachées. Le lui dérober est encore le meilleur moyen de m'assurer qu'elle ne puisse plus jamais user de cette magie du sang sur moi. Et puis, pour atteindre Vénétia, il m'en faudra en quantité.

À bientôt, *daemonia*, j'ai un serment à tenir.

Chapitre 32 - rendez-vous avec Satan

Vénétia, 19 septembre

Nous sommes ici depuis sept jours maintenant et je peine à m'adapter pleinement. Les gens murmurent sur mon passage et tous semblent saisir l'ampleur du danger que je représente en étant ici. Riordan m'a dit très peu de choses sur les raisons de notre présence en ce lieu. Je ne le questionne plus d'ailleurs, même si je meurs d'envie d'enfin comprendre son plan. Il ne veut dire mot pour que la démone ne transmette pas les informations au prince ou ne s'en serve pas pour me contraindre. Je pourrais m'opposer à lui et certifier qu'elle ne se manifeste plus, mais je crains que de simplement la mentionner réveille les souvenirs de la salle de bains… D'après lui, la royauté me cherche dans tout Obadium et il n'y a qu'ici où je sois en sécurité. Je ne m'explique pas ce qu'ils gagnent à me cacher alors que je mesure pleinement tout ce qu'ils ont à y perdre.

On m'a gentiment offert une chambre dans une aile assez confortable, ce qui m'a enfin séparée de mon surveillant.

J'en suis contente, mais cela attise ma méfiance. S'est-il souvenu de ce qui s'est passé dans la salle de bains et se tient-il volontairement loin de moi ?

J'en doute ; au contraire, je serais, il me semble, bien plus contrôlée. Je participe sans rechigner aux tâches du village, au moins cela m'occupe l'esprit et change du mec ténébreux qui domine toutes mes pensées. Je ressens son absence comme un grand vide et je lui en veux de ne pas avoir tenu sa promesse.

« Je fais le serment de te retrouver et de ne plus jamais laisser quelqu'un t'arracher à moi, dans cette vie et dans toutes celles à venir. Il n'y a, Vénétia, rien qui me fera dévier de ce but, sache-le et prépare-toi pour ma venue. »

Je suis déchirée entre ce qu'il faut faire et ce que je veux. Tous me mettent en garde : la démone et lui ne doivent jamais, au grand jamais, être réunis, et pourtant, je le souhaite de toute mon âme. Je le veux bien au-delà de ma seule volonté. Il m'apparaît aussi vital que l'air que je respire et je comprends à présent pourquoi les versions des « nous » du passé se sont donné la mort. A priori, l'on pourrait croire que c'est par altruisme, qu'ils se sacrifiaient afin de préserver le monde… Sauf que la vérité est tout autre. Cette douleur incommensurable d'être séparés… ils lui préféraient la mort. Un pur geste égoïste.

Ce que je ne m'explique pas, c'est le rôle de la démone dans tout cela. Si elle est sa réelle flamme jumelle, pourquoi alors est-ce que je suis représentée sur toutes les images et dans tous les rêves ? M'a-t-elle possédée dans chacune de mes vies ? Aurais-je été leurrée par des mirages où elle me remplace par elle afin que j'adhère à l'idée que je suis l'élue de la prophétie ?

Une multitude de questions qui en apportent d'autres et qui me rongent le cerveau. D'autant que depuis que je suis ici, je sens la magie en moi disparaître lentement. La démone ne me parle plus, et silence radio de la part de mon prince démoniaque.

Devant moi passe celui que j'appelle le général, un homme, un septuagénaire dont j'oublie sans cesse le nom et qui est celui qui distribue les occupations et tâches du jour. Il ne cesse de nous rappeler à tous la chance que nous avons d'être ici et de nous recommander d'en faire bon usage.

J'ignore à quoi Riordan occupe son temps et quelles ont été ses attributions, mais je suis reconnaissante de ne pas l'avoir qui surveille par-dessus mon épaule à chaque minute de chaque heure. Mes journées sont fragmentées en deux. Le matin, je suis de corvée dans les champs, préposée à la cueillette, et l'après-midi, je suis en cours. Apparemment, je dois apprendre à utiliser les pouvoirs qui sont en moi, que j'en sois la propriétaire ou pas.

On m'a jumelée avec Rubis, une jeune rouquine ultra timide qui cafouille la moitié du temps. Elle a environ mon âge, mais si nous sommes en binôme, ce n'est pour aucune de ces raisons. Non, c'est parce que dans tout le camp, c'est la seule qui soit dotée d'un dérivé de magie de l'esprit. Je croyais cela impossible avant que l'on m'explique qu'un Bathsheba s'est exilé ici et qu'elle fait partie de sa lignée. Son pouvoir est donc celui qui s'approche le plus de celui de la démone avec ses capacités psychiques.

J'ai tenté de leur dire que je n'y ai pas accès, que cela ne sert donc à rien, ni maintenant, ni lorsqu'on l'aura délogée de mon corps. J'ai plaidé ma cause à de nombreuses reprises, mais personne n'accorde d'attention à mes paroles.

Je dois essayer, point. Et en bon pantin que je suis, je serre les dents et j'obéis, mais cela m'est de plus en plus pénible. Naturellement, l'histoire de ma cérémonie de l'augure ratée s'était même rendue jusqu'ici à l'époque, et pour une terre où l'on se vante d'être ouvert, je suis assez déçue.

Qui peut franchement croire que j'arriverai, moi, simple humaine, à contrôler une démone ? C'est d'un ridicule ! Elle ne vient que lorsqu'elle en a envie et depuis qu'elle a utilisé sa fumée ténébreuse pour me libérer de Riordan, je ne l'ai plus revue. Elle ne se donne même plus la peine de se manifester en pensée. J'ignore quels étaient les tests et les buts précis d'Améda et de son équipe, mais ils ont peut-être réussi au final. Je la crois encore présente sans trop m'expliquer d'où provient ma certitude, d'autant que depuis que je suis ici, tout ce qui est magique en moi semble être bloqué. Exception faite du serpent qui se promène sous ma peau et qui s'amuse à migrer à différents endroits de mon corps. Heureusement, il évite de s'exposer au regard. Chaque fois que je le sens remuer, c'est une piqûre de rappel du fait que son maître m'a abandonnée à mon sort et ça ajoute à cette mauvaise humeur que je me trimballe à longueur de journée. On additionne à cela une inquiétude que je ne parviens pas à identifier et qui me met dans un état d'alerte que je ne peux m'expliquer.

La recette parfaite pour finir par imploser, génial !

— Mainttttenant, tttttu dois, essayyer de dedeviner à quoi je pppense, réitère Rubis sans jamais se mettre en colère alors que je peste comme un charretier.

— Ça ne fonctionne pas, comme hier, la veille, l'avant-veille, l'avant-avant-veille. Je continue ?

— Tu dois te conceeeentrer. Aveccc un pppeu de ppratique, tu vas y arriver.

Je me lève de ma chaise de classe et arpente la pièce, furieuse après avoir passé la nuit debout à ruminer.

— Non, la concentration n'a rien à voir là-dedans, pas plus que la pratique ou le fait de comparer la magie d'une salope démone butée à la tienne ! Elle n'en fait qu'à sa tête ! Je l'ai dit au conseil, mais personne ne m'écoute ! Je ne suis qu'une hôte et je n'ai pas… Cesse de geindre ! Tu as faim, alors va la chercher ta putain d'orange, et arrête de…

Non seulement je me rends compte que je hurle sur la pauvre fille, mais elle, loin d'être offusquée, sautille sur place en tapant dans ses mains comme une collégienne trop enthousiaste.

— Orrrange ! Tu l'as eu ! Tu vvvvois, Vénétia, quand tu te dddonnes la peine !

— Chouette ! J'ai lu dans ton crâne, ça va m'être utile de connaître la couleur préférée de mes ennemis !

Je me laisse choir sur ma chaise en soupirant exagérément. Je suis à cran, je me sens sur le point de péter un plomb à tout moment.

— Je suis désolée, Rubis, je ne sais pas ce qui m'arrive, mais je suis infecte avec toi et tu ne mérites absolument pas ça.

— Je commmprends, ce n'est pppas ggrave, souffle-t-elle avec tant de compassion que ma culpabilité explose en flèche.

— Si, ça l'est, et tu ne devrais pas laisser qui que ce soit te traiter de la sorte. J'ai été une vraie garce et je m'en excuse.

— Une vrrraie garrrce n'est jamais désssolée.

— Alors je suis une gentille garce, mais une vilaine en devenir.

Ici c'est comme avant, mais en pire. Avant, j'étais invisible, et même parler de moi était considéré comme une perte de temps. Ici on me voit, mais on ne m'entend pas. Je porte la démone, je suis un réceptacle, son réceptacle.

— Toc toc, je vous dérange en pleine leçon ou en moment confidence de filles ? Vous êtes sur le point de commencer la bataille d'oreillers ? Si c'est le cas, je vais chercher le pop-corn.

Riordan pénètre dans la pièce vêtu à la mode du village, des couleurs pâles, des tissus amples et confortables. Un look bohème qui lui va beaucoup trop bien alors que je me sens l'air d'un sac de jute sur pattes.

— Alors, elle ne t'en fait pas trop baver ? Dieu sait quelle teigne elle peut être…

Rubis, que je soupçonne de trouver Riordan craquant, rougit d'un coup après qu'il s'est adressé à elle.

— Elle est tttrès persévvvérante.

— Et impatiente ?

— Non !

— C'est bon, Rubis, je crois que Rio la fouine a écouté aux portes avant de nous laisser connaître sa présence.

Je lorgne dans la direction d'Electricman en lui coulant un regard de reproche. A-t-il vraiment besoin de m'espionner ?

— Vénétia, donne-toi du temps, tu ne vas pas apprendre en quelques cours ce que nous avons mis des années à maîtriser, tu es…

— UNE PUTAIN D'HUMAINE ! UNE MORTELLE, VOILÀ CE QUE JE SUIS !

Je beugle sur Riordan, je ne sais même pas pourquoi je suis dans cet état. Je tente de me calmer, je me parle et m'ordonne de redescendre immédiatement. Je crains à tout moment que la fumée se libère de moi lors d'une crise et qu'elle tue tout le monde.

— Rio, je suis…

— Non, tu as raison, sortons un peu d'ici. Allons nous balader et découvrir les alentours. Tu passes tes journées à bosser ou à être enfermée et je me doute que ce n'est pas facile après les semaines dans ta prison. Rubis, tu nous couvres, pas vrai ?

La jeune fille devient écarlate et acquiesce d'un petit signe de tête. Dès que Riordan prononce son prénom, elle se consume presque et je parie que ça amuse beaucoup le salaud qui recommence encore et encore.

Du menton il m'indique de le suivre, et, trop heureuse de cette diversion, je n'attends pas qu'il me supplie.

— Voilà, nous partons à l'aventure et nous allons découvrir les abords du camp. On sera tranquilles et tu pourras peut-être me dire ce qui te tracasse ?

— On a le droit de quitter le périmètre comme ça ?

— Qui dit qu'on va demander la permission ? Nous ne sommes pas retenus contre notre gré, je te signale. Et puis, n'appelle-t-on pas cet endroit « terre de liberté » ?

— Pomf ! nous exclamons-nous à l'unisson dans un rire complice qui est salvateur.

Nous sortons de l'ascenseur qui donne dans le petit bâtiment qui sert d'hôtel de ville. Dès que nous mettons les pieds dehors, il me tire par le bras et me guide derrière lui. Il m'ordonne de me taire du bout de l'index et fonce vers la cabane à outils annexée à la boutique.

Le réduit est minuscule et pour en refermer la porte derrière lui, Riordan est obligé de se coller à moi de très près. J'en arrive même à sentir son cœur battre.

— Pour quelqu'un qui dit se rebeller contre les règles, je trouve que tu te caches beaucoup.

— J'aurais pu dessiner le portail sur le mur extérieur, mais cette proximité me tentait beaucoup trop.

Il ricane et mes seins appuyés sur son torse tressautent avec lui. La situation l'amuse beaucoup et je dois avouer que cette insouciance m'avait manqué. Il dessine les sigils tout autour de mon corps, juste sur le mur derrière moi.

Il s'applique véritablement et je remarque que son teint tanné avec ses cheveux argent et ses yeux gris perçants lui vont extrêmement bien. Il a tellement changé en ces quelques semaines depuis notre rencontre, et franchement je le préfère cent fois plus comme ça.

Il stoppe sa craie dans les airs et darde ses iris dans les miens. J'envisage l'idée qu'il est sur le point de m'embrasser et m'apprête à le repousser pour ne pas réveiller la démone qui risque de le buter. Il effectue une dernière ligne et le sigil se transforme en un portail qui m'aspire presque instantanément. Heureusement, Rio ne voulait que me surprendre, pas que je me tape une commotion cérébrale, donc il me retient par la taille, me pressant sur lui. Il me couvre avec désir avant de me relâcher vivement et de me présenter le décor derrière moi.

— Tadam !

Je me retourne et suis sciée par la beauté du lieu. Un point d'eau naturel, un genre d'étang, propre et filtré par quelques paliers de cascades qui se sont formées dans la roche. Autour, d'immenses saules pleureurs dont les branches retombent tout autour, conférant à l'endroit une aura relaxante et intime. Entre la nature, le bruit de l'eau, l'odeur des fleurs et les oiseaux, j'ai l'impression d'être dans le jardin d'Éden.

— Qu'est-ce que tu en dis ? Ça valait le coup ?

— C'est magnifique, le plus bel endroit que j'ai vu de ma vie, certifié-je sans mentir.

Je ne saurais l'expliquer, mais j'ai le sentiment d'être légère comme une plume et de ne plus trimballer sur mes épaules des milliers de kilos de pression.

— Nous sommes encore en territoire protégé ou celui-ci appartient à Obadium ?

— Est-ce que ça change quelque chose ?

— Juste la nécessité d'être un peu plus sur nos gardes ?

— Je suis là, tu n'as pas à t'inquiéter.

Je suis aussitôt irritée par sa façon de sous-entendre que je ne dois pas y penser parce qu'il va me protéger.

— Tu oublies que je suis sous la protection d'une démone ? Une diablesse probablement capable de ne faire qu'une bouchée de toi.

Je ravale la vague d'agressivité soudaine qui me happe alors qu'il y a moins de deux minutes, je nageais dans un bonheur fou. J'ai même stupidement remis sur la table le sujet que nous évitons précautionneusement : l'attaque à la fumée.

— Oui, mais j'ai cru comprendre que tu étais contrariée parce qu'elle se présente quand elle veut seulement.

— Oui ! Et il semble qu'elle ne le veut plus du tout…

— Il faudrait trouver un moyen de te mettre en contact avec elle. Essayer de savoir qui elle est et à quel point les interventions de l'équipe d'Améda l'ont affaiblie. Peut-être qu'elle accepterait qu'on l'extirpe de toi. Tout autant de questions dont il serait bénéfique pour la cause que l'on ait les réponses.

— Alors je te dis bonne chance ! Parce que nous partageons le même appart' depuis des mois et je ne l'ai pas croisée une seule fois. Est-il possible justement qu'elle ne soit plus une menace ?

Égoïstement, je l'espère presque. Ce serait le meilleur des deux mondes. Elle reste, je conserve les pouvoirs… et mon lien si particulier avec Stoker…

À peine cette pensée me traverse-t-elle que j'en suis outrée. Puis, à la seconde suivante, je me remémore que je n'en ai plus rien à foutre de ce que veulent les autres.

— Ton plan n'a pas changé ?

— Lequel ?

— Après, si on retire la démone, tu as des plans ?

— Je veux qu'on me renvoie dans le monde des mortels et qu'on m'oublie. Je veux rentrer chez moi, m'occuper de ma mère et vivre une vie de chats et de séries télé.

Dès que je prononce ces mots, je sais que ce ne sont que des mensonges. Je ne souhaite pas rentrer, je hais les chats et regarder des séries me semble si futile. Je désire rester, et je veux… le prince.

Est-ce que j'ai eu un doute quant à la présence de la démone en moi ? Oui ! Est-ce que je doute encore ? Absolument pas.

Elle est là et elle réclame son homme ! Par contre, je suis obligée de faire quelques amalgames : silence radio de ma SDF du plafond depuis que nous avons mis les pieds au campement. Et dès que l'on en sort, elle se manifeste, et avec vigueur. Est-ce que les gens là-bas sont soumis à une limite ? Cela expliquerait bien des choses…

— Que dirais-tu de faire appel à un genre d'inquisiteur ?

— Un genre ? C'est quoi ? C'en est un qui n'a pas eu le permis de son ordre professionnel ? rigolé-je pour tenter de masquer l'effroi que me produit sa proposition.

— Tu as bien vu qu'ici, il y a toutes sortes de gens et tout autant de pouvoirs. Dans le camp, il y a des inquisiteurs, certains qui ont été déchus et qui sont venus chercher refuge, et d'autres, nés ici même. Peut-être l'un d'eux arriverait-il à la débusquer ?

— Tu veux dire qu'il y a plus de chances qu'il trouve quelque chose dans mon propre crâne que moi ?

— Tu ne l'as pas « trouvée » jusqu'à maintenant, pas vrai ?

— VA TE FAIRE FOUTRE !

Enfin, qu'est-ce qui lui prend d'être adorable une seconde et de me piquer comme un scorpion à la seconde d'après ?

— Vé, calme-toi…

— Tu sais quoi ? Vaux mieux pour toi d'aller faire un tour et de me laisser me calmer ! Après tout ce que j'ai vécu ? Tu proposes qu'on fouille encore dans mon crâne ? JE NE SUIS PAS UNE SALOPERIE DE TERRAIN DE JEU !

Ma voix tremble d'une fureur qui, j'en ai conscience, trahit mon incapacité récente à contrôler mon humeur.

Il lève les deux bras dans les airs en signe de reddition.

— OK, je te laisse quelques minutes, à condition que tu y réfléchisses, mais promets-moi de ne pas bouger d'ici.

— Je te le promets, réponds-je entre mes dents comme si ce serment me coûtait toute ma dignité alors que je devrais plutôt montrer que j'ai des regrets d'avoir réagi de façon aussi excessive.

Je le regarde partir et j'ai envie de lui lancer une pierre juste pour ne pas lui donner le dernier mot, franchement, même moi, je vois qu'un truc cloche. J'aurais peut-être dû expliquer les raisons de mon refus au pauvre Riordan que je malmène clairement. Lui avouer que je ne supporte plus l'idée qu'un inquisiteur ou toute autre personne viole ma cervelle. Je perds le contrôle et la démone et son humeur acariâtre prend l'ascendant sur moi. Cela étant, je ne sais pas si je peux avoir véritablement confiance en lui. Plusieurs jours que nous sommes là, j'ai attendu qu'il me livre les plans mis en place ou qu'il se mouille concernant mon état de santé, mais rien. Il reste toujours à distance et cela m'inquiète.

Et puis… il est hors de question que je laisse quiconque découvrir l'ascendant qu'a la démone sur moi ou encore la profondeur de mon lien avec le prince.

Je me laisse tomber au pied de l'arbre, déconfite. Je lui dois des excuses lorsqu'il va revenir. Il doit continuer de penser qu'aucun changement ne s'est opéré en moi. Que je suis toujours aussi faible et docile que je l'étais jusque-là. Je me repasse la scène en souvenir, et durant mon examen de conscience, je finis vraisemblablement par m'assoupir.

« Il faudrait trouver un moyen de te mettre en contact avec elle. Essayer de savoir comment elle est, qui elle est à quel point les interventions de l'équipe d'Améda l'ont affaiblie. Peut-être qu'elle accepterait qu'on l'extirpe de toi. Tout autant de questions dont il serait bénéfique pour la cause que l'on ait les réponses », *répète la voix du Riordan de mon souvenir en écho dans ma tête.*

— *Par Satan, ma* daemonia, *comment tu peux supporter ce salopard sans avoir envie de lui fracasser le crâne à chaque instant ?*

Chapitre 33 - Prends garde au loup

Stoker, 19 septembre

Je n'en reviens pas, elle se tient là devant moi, et elle va bien. J'ai autant envie de l'embrasser que de la secouer comme un putain de prunier. Par Satan, les derniers jours ont été les plus horribles de ma vie. J'ai dû faire appel à une ancienne maîtresse chez les Ravenburg pour qu'elle redonne la vie à ma femme morte. Comme j'avais cessé de donner des nouvelles à Syla, au moment où elle m'avait avoué ses rêves de devenir reine, elle était peu encline à m'aider.

Il m'a fallu faire des pieds et des mains pour qu'elle me pardonne, et j'ai dû m'engager à ce que sa sœur, Halteen, présente ici comme prétendante, ait accès aux meilleures coiffeuses, maquilleuses et préparatrices du royaume.

Puis j'ai dû affronter le courroux d'une épouse qui, même entre la vie et la mort, m'invectivait de toutes parts.

— Je peux la retuer pour le plaisir avant que tu ne la fasses complètement revenir ? ai-je interrogé mon ex qui, pour réponse, s'est contentée de me jeter un regard dégoûté.

Déjà, je devais expliquer à Nivory pourquoi je l'avais butée, en plus de calmer sa jalousie au moment où elle a compris que je connaissais la femme devant elle qui prononçait des incantations de magie écarlate.

— OH, TOI ! SALOPARD ! a-t-elle hurlé en se ruant sur moi dans le but de m'étrangler.

Je l'ai stoppée net d'un seul clignement d'yeux en agissant directement dans son crâne.

— N'oublie pas à qui tu parles, femelle. Ne me fais pas regretter ta mort parce qu'il se pourrait que tu y replonges pour de bon.

Elle a continué à m'invectiver mille fois en pensée, mais s'est tue, laissant le temps à Syla de terminer son enchantement.

— Pourquoi m'as-tu ramenée ? a-t-elle interrogé d'une voix qui semblait encore provenir d'outre-tombe.

— Pour la même raison que celle qui m'a fait t'assassiner, j'ai besoin de ton sang.

— Pour retrouver cette putain humaine ? C'est ça ?

Elle s'est moquée à gorge déployée, laissant visible la chair putride et en décomposition de ses gencives.

— Son sang est vicié, si tu le bois, tu vas vomir tripes et boyaux et en crever… Je ne t'aime pas, Stoker, mais je ne veux pas d'ennuis avec les royaux, particulièrement lorsque la vie de ma sœur est entre vos sales pattes, a attaqué aussitôt Syla, tout en me mettant en garde.

Nivory s'est esclaffée comme une dingue et je me suis même demandé ce qui m'avait pris de la ressusciter. Elle jouait avec mes nerfs, et le peu de patience qu'il me restait n'était pas prévu pour lui sauver la mise.

— Bon, bah, tant pis, tu ne m'es plus d'aucune utilité alors, ai-je annoncé-je en offrant à ma femme chérie un sourire de salaud.

— Syla, qu'arrive-t-il si tu ne termines pas la cérémonie jusqu'à la fin ?

— Elle meurt, répond-elle simplement en continuant à faire virevolter autour de Nivory les fils vaporeux de la toile du destin.

Mon épouse m'a jaugé avec défi une seconde, et à la suivante, elle m'implorait de ne pas la tuer en me promettant mers et mondes.

— Tu sais ce que je convoite, comment peux-tu m'être utile ? Tu as, disons, cinq secondes pour me convaincre de te laisser la vie sauve.

5… 4… 3… 2… 1…

— J'AI ENCORE DE SON SANG ! a-t-elle beuglé en s'accrochant désespérément à sa vie.

L'air qui emplissait mes narines était brûlant et entrait à grands flots puisque j'essayais à tout prix de m'empêcher de lui ouvrir la gorge avec mes dents.

— Tu te parfumais avec son sang ? Comment ça fonctionnait ? Et dans quel but ?

Je connaissais les motifs, mais j'avais besoin de les entendre de sa bouche pour confirmer ce dont je me doutais déjà.

— Je buvais une fiole de son sang toutes les nuits…

Même Syla a semblé choquée par cette révélation pour le moins macabre. Si le jus de démon est tenu en basse estime par la société magique, boire le sang d'une sorcière est interdit et illégal à tous les niveaux. Il rappelle trop la légende des premiers Bathsheba qui ont disséminé des familles entières en les saignant pour voler leurs pouvoirs. Tout acte qui peut remémorer cette période est condamnable de mort dans le puits de l'augure. Exception faite des royaux, naturellement.

— Où est-il ? DIS-MOI OÙ JE PEUX LE TROUVER ! ai-je grondé comme un homme ayant perdu la tête.

— Dans ma chambre, caché dans le sous-pot d'une plante de *Passifloraceae* pour en masquer l'odeur.

— Pourquoi ?

— Tu sais pourquoi, il n'y a qu'à voir comment cela te fait dérailler ! Tu connais la vérité ? N'est-ce pas ? Il est impossible que tu n'aies pas déjà compris.

— Flamme jumelle…

Elle a rigolé de plus belle, ses cernes violacés lui conférant des allures de morte-vivante.

— Une sorcière sans pouvoir, quelle ironie ! Tu peux, par ton statut, avoir toutes celles que tu désires, et tu es lié de ton âme à la plus insignifiante de toutes.

J'avais déjà tourné les talons et m'apprêtais à sortir en lui balançant par-dessus mon épaule :

— Tu réalises que la jalousie est l'émotion la plus humaine que je t'ai vue avoir ? Sinon le pouvoir, il n'y a rien qui t'attend. Tu mourras seule et aigrie. Certes, tu auras peut-être une couronne sur ta tête, mais elle te pèsera autant que ta solitude.

— Et toi ? Tu t'écoutes parler ? Tu n'es plus rien qu'un petit animal de compagnie à la botte de sa mortelle. Quel homme pathétique elle t'a fait devenir.

J'ai quitté les lieux, enragé par ses mots et davantage par la possibilité qu'ils soient vrais. Je ruminais en songeant que l'amour entre deux âmes qui se cherchent est une malédiction. Je m'étais mélangé à elle, dilué en elle, puis perdu.

Et même en ayant conscience de cela, je montais quatre à quatre les escaliers en colimaçon menant à la chambre de ma femme. J'ai fracassé la porte verrouillée sous les yeux de quelques prétendantes qui se demandaient si j'avais pété les plombs. J'ai arraché les fleurs grimpant le long de la tête de lit et déraciné l'entièreté de la plante. La terre noire volait dans tous les sens, témoignant de ma frénésie. Puis je les ai senties sous mes doigts, dans le fond du pot, les fioles. Celles qui allaient me permettre de rejoindre ma *daemonia* où qu'elle soit. J'ai retourné un flacon entre mes doigts pour constater qu'il était identique à ceux qui trônaient fièrement sur la table au côté de la chaise où l'on attachait Vénétia pour la ponctionner. Que voulait Nivory ? Une couronne ? Elle avait séquestré sans remords une amie pour la saigner à blanc afin de séduire un mec affecté par elle, c'était écœurant. Ingénieux, mais écœurant, et… J'aurais pu faire bien pire encore pour accéder au pouvoir… ou simplement pour mettre la main sur ma *daemonia*.

J'avais oublié qu'il y avait des filles dans l'embrasure de la porte qui me fixaient avec inquiétude, et j'ai ôté le bouchon de liège pour avaler d'une traite le contenu de la fiole. Le paradis a aussitôt coulé sur ma langue et dévalé ma gorge pour en animer chaque terminaison nerveuse.

Puis j'ai revisité mon dernier souvenir d'elle, bien ancré dans ma mémoire.

Vénétia dans cette magnifique robe en dentelle que je lui avais choisie. Je ne croyais pas à ce moment-là qu'on était sur le point de rompre le contact entre nous. J'aurais dû m'en soucier, sans doute, mais cette robe… N'importe quel homme, même le plus gay sur cette terre, ne pouvait pas y rester indifférent. De la dentelle partout où c'est intéressant… Juste assez pour cacher la couleur du mamelon, mais pas trop pour masquer la courbe du sein. Je me le remémorais seulement et ça m'aurait filé une gaule d'acier.

Je me suis bien diverti à la laisser croire que j'étais sa création, mais cette fois, je devais aller droit au but parce que l'heure était grave. Je n'avais pas pu me connecter à elle durant sept jours. Comme les communications étaient impossibles et que je ne la distinguais même pas sur mon radar, j'avais fini par deviner le lieu où elle se trouvait et je devais reconnaître à son toutou que c'était ingénieux. Malheureusement pour lui, il était loin de mesurer l'étendue des compétences de Vénétia et encore moins de ma volonté de l'avoir près de moi.

Riordan ignorait ce qui se passait autour de lui et ne tenait pas assez compte du lien qui nous rattachait l'un à l'autre. Ses phrases toutes faites qu'il lui balançait, j'en aurais vomi. J'avais entendu chacune d'entre elles, dès qu'ils avaient traversé le portail conduisant dans un endroit qui n'était pas protégé par un sort de dissimulation, pas plus que par un sort qui supprimait ou amoindrissait les capacités. Je n'ai pas jugé bon d'intervenir, elle était assez grande pour savoir quand elle devait se défendre. J'ai jubilé lorsqu'elle lui en a mis plein la gueule. C'était jouissif de la voir remettre ce faux-cul à sa place. La pauvre, elle se croyait atteinte d'un trouble mental à cause de ses sautes d'humeur.

J'ai attendu le bon moment pour me manifester et j'ai préféré la rejoindre dans ses rêves, un endroit où nul n'aurait accès à ce que nous allions nous dire.

Et c'est là, maintenant et ici, que je savoure pleinement sa présence.

— Par Satan, ma *daemonia*, comment tu peux supporter ce salopard sans avoir envie de lui fracasser le crâne à chaque instant ?

— Je me suis assoupie ? Génial ! Ils vont sûrement décider de me tester pour de la narcolepsie ! Comme si les autres examens qu'on me fait passer ici ne suffisaient pas ! Seulement quatre fioles tous les jours ? Nan, c'est pas assez ! Mais venez, je vous en prie, servez-vous ! Je suis un putain de buffet de O négatif !

Elle continue de marcher en pestant et je comprends que sa colère est plus profonde que ce qu'elle me semblait en surface. Déjà, s'ils lui font subir d'autres tests, ce n'est pas rassurant, et si elle dit vrai, qu'ils lui ponctionnent encore quatre fioles de sang par jour, c'est qu'il y a quelque chose qui se prépare. Qui effectuait les prélèvements au bunker ? Pas Nivory, elle était au château. Sa mère ? Quatre fioles ? C'est bien plus que ce que ma femme employait, à quoi servaient les autres alors ?

— *Daemonia.*

— Et voilà qu'il rapplique ! Le fantasme sur pattes ! Hey, démone ? Y a ton mec qui sonne à la porte. Peut-être que tu devrais venir ici, te faire sauter un bon coup, et après, vous me foutriez la paix ?

Elle débloque ? C'est ça ? Ou alors elle est dopée ? Cette agressivité n'est pas pour me déplaire, mais comme ça ne lui est pas naturel, c'est que quelque chose d'anormal se produit.

— Vénétia…

— Oui, ça, c'est moi, mais celle que tu cherches, c'est Circé, je crois, enfin, on est peut-être plusieurs garces dans cette tête, j'en sais rien. C'est probablement pour ça qu'ils veulent qu'un inquisiteur sans permis vienne y faire le ménage. Le pauvre, il en aura pour des jours… Oh, je sais, tu pourrais le sauter lui aussi ! Ou pas, puisque s'il aime, il risque de rester, et on finira bien par être à l'étroit là-dedans.

Elle marche de long en large et sa colère se décuple à mesure que les secondes s'égrènent. Y a-t-il quelque chose dans son organisme qui peut créer un tel degré de colère ?

— Tu as avalé quoi aujourd'hui ? Tu as mangé ou bu ?

Elle se retourne et me fixe comme si j'étais un cafard qu'elle avait envie de battre à coup de soulier. Je veux bien me contrôler et essayer de prétendre avoir un minimum de patience, mais il faut qu'elle arrête de pousser le bouchon, parce que…

— Pourquoi ? Je ne me souviens pas avoir eu le fantasme que l'on me donne la becquée. Et puis, tu m'excitais parce que tu étais le parfait connard interdit, mais je te regarde à présent, me demandant si je me suis alimentée correctement, et mes ovaires restent au point mort, pire, je crois que je les sens se rétracter !

— OK, TA GUEULE ! hurlé-je en faisant mine d'attraper ma tête entre mes mains pour l'éclater. Je ne sais pas combien de temps nous avons et je n'en peux plus de t'entendre jouer la pauvre petite martyre.

Elle m'observe en silence, la bouche pincée et des mitraillettes dans les yeux. Je crois qu'elle pourrait bien me buter là, et putain, ça m'excite de ouf.

— Je te remercie de me qualifier de mec de fantasme et de m'offrir une partouze dans ta tête, et je me laisserai peut-être tenter une autre fois, mais là, j'ai l'impression que t'es un peu dans la merde, cocotte.

Je crois qu'elle passe à deux doigts de m'en foutre une sur la gueule lorsque j'utilise ce surnom.

— Tu es le vrai Stoker ? C'est ça ? Parce que même dans le plus sombre dédale de mon imagination, jamais je n'emploierais le terme « cocotte ».

— Le seul et l'unique.

— Prouve-le. Révèle-moi quelque chose que je ne sais pas sur toi et que je pourrai valider auprès d'un tiers.

— Je crois que tu ne te rends pas bien compte dans quelle merde tu es !

— Je parle avec des gens dans mon crâne, je me trouve saine d'esprit, d'après toi ? Et puis, pourquoi j'aurais moins confiance en Riordan qu'en toi ? Il m'a sortie de là et veille sur moi alors que toi, tu promets de ne jamais me laisser et tu disparais ! Rio veut faire sortir la démone pour me sauver et toi, tu la veux, elle.

— Qu'en retire-t-il ?

— Quoi ? Qui ?

— Ton nouveau meilleur pote. Il en retire quoi, de te suivre, de t'aider, de te faire quitter ton monde ? Parce que, excuse-moi, mais si tu crois qu'il le fait par pure grandeur d'âme, c'est de la stupidité.

— Je… Il…

— C'est ce que je croyais… Vu ce que cela lui en coûte, je crois qu'il prévoit un bénéfice, à toi de découvrir lequel.

— Ce qu'il lui en coûte ?

— Officiellement, il a fait sortir de détention une femme possédée par une démone qui tue des sorcières et qui souhaite attenter à la vie des membres de la famille royale. Il a quitté les siens et a éconduit la demande d'union d'une autre famille plus influente que la sienne. Ses parents l'ont renié lorsqu'il a refusé de revenir. Il avait l'avenir devant lui, et il a tout lâché pour… toi?

— C'est si horrible de penser que ce pourrait être pour moi? Oh, oui, c'est vrai, je ne suis qu'une humaine…

— Oh, ma *daemonia*, tu t'aventures sur un terrain dangereux. Je suis là, non? Je suis ici avec toi et pas en train de me glisser dans le lit de ma femme pour la baiser. Tu sais pourquoi ? Parce que je te convoite, parce que je te veux plus que tout et que tu es déjà à moi. Si tu crois que je suis dangereux, alors, ne tente même pas d'imaginer ce que je représente pour ceux qui essayeront de m'empêcher d'accéder à toi. Pour le moment, je suis ici, à tes côtés, et lui est ailleurs, et tu sais pourquoi? Parce que tu as ordonné à cette lopette de se tirer et qu'il a obéi sans comprendre que ce dont tu as réellement besoin, c'est moi.

Je termine mon laïus non sans avoir remarqué qu'elle a fortement tiqué lorsque j'ai employé le terme «ma femme». Je devrais lui avouer que j'ai épousé son ancienne meilleure amie et que c'est cette dernière qui prenait son sang pour me séduire. Tout ça parce qu'elle savait que j'y étais accro. Pourtant, je choisis de ne pas aborder le sujet cette nuit. Elle est déjà en mode colérique et je tiens à mon esprit.

— Oh, oui, c'est vrai, j'oubliais! Monsieur le prince se balade depuis cinq minutes dans ma tête et il me connaît autant que ma propre mère. Et en quoi j'aurais besoin d'un prince manipulateur qui ne souhaite que me tuer?

Je ne suis pas un mec qui blablate, je préfère agir. Je fonce vers elle, j'agrippe son cul et le haut de son dos pour prendre d'assaut sa bouche.

J'attends qu'elle me foute une claque, qu'elle me repousse, qu'elle me beugle de dégager, mais rien. Je ricane intérieurement. Sauf que c'est une victoire dangereuse et je viens de mettre le bras dans un engrenage auquel je ne vais pas échapper. J'ai misé, j'ai prouvé, j'ai gagné, et à présent, bah je suis bandé.

Ses mains fourragent dans mes cheveux, elle ondule contre moi et je dois me faire violence pour ne pas me laisser happer par son corps qui me supplie de le prendre.

Elle était habillée, je le jure ! Par Satan, quand je suis arrivé, elle portait une chemise beige et informe et un large pantalon brun, et là, elle est totalement nue. Je sens sa peau de satin sous mes doigts. Ma main qui traînait déjà dans le coin se referme sur son fessier bombé et généreux. L'autre campe sur sa nuque, l'obligeant à refréner ses ardeurs et à reculer quelques secondes pour que je puisse la détailler au complet. Sa gorge s'agite sous une respiration trahissant son excitation.

— Tu prends tout ce que tu veux sans concession ? Qu'attends-tu alors ?

Son pouvoir… voilà ce que tu veux au fond de toi. Cesse de te soucier de son cul ! Fais-lui croire que tu es éperdu d'amour si ça te chante, mais au final, tu devras lui donner la mort pour assimiler sa puissance… tu le sais…

Je lutte contre ma conscience qui possède ses propres ambitions. Il est vrai que je la désire à m'en exploser les couilles, que je la veux pour moi, jalousement, que son sang me tourne la tête, mais notre union n'est pas possible, je le sais et elle l'apprendra aussi… La seule solution est celle que je repousse dans un espace de mon crâne, du moins, pour l'instant. Et puis, maintenant que je connais son existence, je ne peux envisager une vie où elle n'est pas…

Nous sommes dans sa tête, elle peut changer les éléments à volonté, mais elle conserve le décor idyllique du saule pleureur, en revanche, elle est très imaginative et explicite pour me montrer ce qu'elle désire. Elle se défait de ma prise, recule, et un à un, les serpents qui sont sous ma peau s'en extirpent puis rampent sur le sol gazonné entre elle et moi. Ce n'est qu'à cet instant que je remarque celui qui se trouve sur sa poitrine, entourant chacun des deux monts comme s'ils étaient des trésors. Une partie de moi est restée en elle, près de son cœur, ne la quittant jamais. Les autres sifflent tous à l'unisson et la mélodie que cela produit est envoûtante. C'est comme le chant d'une sirène de laquelle je ne peux détacher mes yeux, et pour cause. Mes amis reptiles poursuivent leur course jusqu'à elle et pénètrent dans l'épiderme de son pied. Le premier remonte puis s'entortille autour du haut de son corps, se dépliant jusqu'à chacune de ses épaules. Le second prend place sur son ventre, les suivants, ses cuisses, et ainsi de suite. Il n'y a que sa féminité qui est exempte de mes potes à sang-froid, et vu l'œil brillant qu'elle affiche, je crois que c'est précisément ce à quoi elle songe. Comme s'il y avait eu un conciliabule dont j'avais été exclu, le chant reprend de plus belle. Les serpents ondulent sur sa peau et au fil des notes, chacun d'entre eux la mord. Ses seins sont couverts de mâchoires de reptiles et s'il est vrai que la majorité des femmes en seraient mortes de peur, elle pousse un gémissement d'extase tel que j'en viens à être jaloux.

Deux secondes, c'est ce qu'il faut pour que je sois à mon tour dénudé. Je suis physiquement à poil, mais sans mes serpents, je me sens vulnérable. Cela ne m'empêche en rien d'avoir mon propre anaconda dressé et prêt à l'attaque.

Elle ne me calcule plus vraiment, happée par un monde de vices qu'elle découvre à peine. Chaque bête dépose dans ses veines une goutte d'un puissant hallucinogène, et comme elle vient de l'expérimenter, c'est aussi très efficace pour amplifier les sensations érotiques. Elle n'est plus tout à fait ici, elle se balade entre nulle part et ailleurs. Je la couche sur le gazon, et l'observe en train de prendre son pied. Elle frémit, se tortille, mord sa lèvre presque au sang et je mesure l'ampleur de mon attirance envers elle. De la beauté de son corps pulpeux qui se tord, l'air de m'inviter. Je m'installe entre ses cuisses et m'enfonce centimètre par centimètre. Le venin aidant, elle hoquette de plaisir à chaque millimètre inséré. Je m'y attarde pour la torturer, mais je crains de bientôt imploser si je ne me lâche pas un peu plus. J'entre jusqu'au plus loin, gronde d'un soulagement de fauve puis j'attrape ses hanches que je maintiens pour calmer le jeu. Elle ne l'entend pas ainsi et s'active sur mon membre sensible. Si c'est ce qu'elle veut. Qui serais-je pour le lui refuser. Mes mains sur son bassin, je la gratifie d'autant de coups qu'elle me réclame. Fort et puissant, je m'enfonce sèchement. Mes amis reptiles se meuvent sur sa féminité, rejoignant mon corps en laissant des sensations glaciales sur ma virilité brûlante. Mes assauts et les mouvements des reptiles sur son bouton de chair ont raison d'elle. Elle s'assied à demi, attrape mon cou comme si ce qu'elle ressentait allait au-delà du supportable. Je me presse contre elle et lui assène les quatre coups de grâce. Sa bouche enfouie dans ma poitrine, elle jouit. Les vibrations de son plaisir se répercutent dans mon corps et je la retrouve dans ce monde de décadence.

— Tu vois, je sais aussi obtenir ce que je veux, murmure-t-elle d'une voix rauque, postbaise.

— Alors, prends bien garde à tout ce que tu souhaites, soufflé-je en caressant distraitement la peau de sa hanche.

— Je veux qu'on me laisse tranquille…

— Dis cela aux autres, *daemonia*.

— Je veux que « tu » me laisses tranquille.

Je ris faussement, je ne suis même pas encore sortie d'elle et elle me balance un truc comme cela ?

— Je te vire et ça t'amuse ?

Elle ouvre un œil et se redresse en arrimant ses prunelles aux miennes.

— Je crois juste que tu n'as pas encore compris.

— Compris quoi ?

— Que nous avons besoin l'un de l'autre pour exister. Que tu es déjà accro à moi et que c'est mon absence et l'effet de manque qui a, en partie, causé tes sautes d'humeur.

— Tu t'accordes beaucoup trop d'importance. D'ailleurs, tu dis « en partie » je suis curieuse de savoir ce qui, selon toi, cause la *seconde partie* de mon instabilité émotionnelle.

— Dans quelque chose que tu absorbes. Nourriture, eau, vitamines. Il y a un truc qu'on te donne pour endormir tes pouvoirs. Mes *serpentium*[10] me l'ont rapporté. Ton sang est carencé en fer et en certaines vitamines, sans compter qu'il renferme un composant qu'ils ne savent pas identifier. Mais tu pourrais demander à ton ami Riordan. Je parie que lui sait tout.

— Alors, tu y adhères, toi, à ces conneries de lien et d'âmes sœurs ? Parce que la démone…

— Je te vois partout, *daemonia*, tu es dans mes songes, dans mon corps, dans mes rêves, dans chaque fragment de mon passé. Tu es un élément qui regroupe toutes mes vies et dès que le voile est tombé, c'est devenu non seulement une évidence, mais aussi quelque chose de malsain et d'obsessif.

---

[10] Reptiles

Et ce n'est pas celle que tu appelles démone. C'est toi et toi seule.

— Pourquoi ce n'est pas partagé, alors ? Tu évoques un amour obsessif ou un truc dans le genre que je ne ressens pas.

— Tu vois, c'est cela qu'il me faut élucider. Tu es bien plus soumise à cette force d'attraction que tu ne veux bien l'admettre. Je le sens dans chaque fibre de mon être, mais il y a quelque chose qui t'empêche d'exister. Je sais que nous sommes liés corps et âme, de manière plus que fusionnelle. Je suis le gardien de générations de souvenirs qui ne sont pas les miens, et dans chacun d'eux, tu y es aussi. À plusieurs époques, dans plusieurs villes, tu es immuable et pourtant, mortelle. Tu es comme cachée derrière un voile permanent et la clé est avec toi. Je suis attiré inéluctablement vers toi et je peux encore contrôler un minimum mes pulsions, mais vu comment ça augmente exponentiellement, je doute que ce soit toujours le cas.

— Et qu'arrivera-t-il lorsqu'on atteindra ton apogée ? Parce que figure-toi que j'ai aussi ces réminiscences d'un temps révolu, mais elles finissent toutes de la même façon : tu tentes de m'arracher le cœur. Au propre, hein, même pas au figuré. Alors oui, je ne nie pas qu'il y ait quelque chose d'indescriptible entre nous, mais je crois qu'il y a erreur sur la personne. Cette prophétie ne me concerne pas.

— Donc ?

— Donc c'est le statu quo. Je repars avec Riordan, avec des gens qui veulent bien essayer de me débarrasser de cette chose qui me pourrit la vie.

— Je me tue à t'expliquer que tu ne devrais pas avoir confiance en eux ! Putain ! Si cette démone existait, elle devrait déjà t'avoir tuée !

— Et je devrais avoir foi en toi ? pouffe-t-elle, consciente que je souhaite me shooter à elle et aspirer son âme.

Elle me parle encore de sa démone, c'est aussi cette excuse que tous semblent utiliser pour faire mumuse avec elle et des aiguilles. Je ne sens pas de tierce personne lorsque je suis là. Ou alors nous avons affaire à une entité supérieure qui sait se masquer comme personne. Si tel est le cas, elle est encore plus en danger qu'elle ne le croit. Puisque ces entités supérieures sont des voleurs de corps qui se dissimulent si aisément qu'on croit qu'elles sont parties, mais elles restent en latence, récupèrent assez de forces pour rejaillir et tuer l'âme de l'hôte en une fraction de seconde. Lorsqu'on croit bien connaître une personne et qu'en moins de deux elle devient en tous points différente, on peut penser que c'est de cela qu'il s'agit.

— Que tu le veuilles ou pas, je protège ce qui m'appartient, *daemonia.* Attends-toi donc à me trouver sur ton chemin. Et j'en profite pour te prévenir que, si tu laisses ce connard te toucher, je vais me mettre vraiment en colère et crois-moi, ce n'est pas ce que tu veux…

Elle ouvre la bouche pour protester, mais je m'extrais de son esprit au même instant. Je ne suis pas d'humeur à l'entendre me débiter un ramassis de conneries. Elle est en vie, en liberté partielle, et avec ce que j'ai vu dans la tête de Numéro 16, je sais où elle se trouve ; plus qu'à y débouler et à y foutre le feu.

Il faut que j'apprenne tout ce que je peux sur cette prophétie qui nous lie et je ne connais qu'une personne encore vivante à avoir osé la déclarer publiquement.

La mère d'Omen. Comme j'ai buté celle de Fenris il y a peu, quelque chose me dit que mon cadet ne me laissera pas l'approcher aussi facilement.

Après, il y a cette communauté dans laquelle elle est… On en sait très peu, et bien sûr, ils ont trouvé un moyen pour bloquer toute communication entre eux et nous. Ils ne veulent pas que nous puissions fouiller leurs têtes, donc tant qu'elle y est, ce sera laborieux, voire impossible pour moi de me manifester. Quoique, comme elle est incroyablement butée, je lui ai laissé un petit quelque chose qui rampe et qui, je l'espère, entretiendra notre connexion.

Qu'elle le veuille ou non, elle et moi finirons par être réunis. De quelle façon et dans combien de temps, ça c'est une tout autre histoire… Même s'il faut que je marche sur le village des hérétiques et que je le réduise en cendre. Lui et tout ce qu'il contient, tous ceux qui se dresseront entre elle et moi, à commencer par Riordan, ce salopard qui fantasme sur *ma daemonia*.

Chapitre 34 - Et si c'était vrai ?

Vénétia, 26 septembre

Une semaine depuis ma sortie avec Riordan. Je suis calmée depuis, et je crois que c'est précisément ce dont j'avais besoin… Prendre l'air m'a fait le plus grand bien.

Prendre l'air ? Non, ma pauvre, baiser, taquiner l'anguille, faire l'amour, des galipettes, la bête à deux dos, ça, c'est-ce qui t'a fait du bien.

Oui, bon, il faut quand même que je parvienne à occulter la démone qui s'est à nouveau réveillée et qui est plus vigoureuse que jamais. Je ne sais pas quelle était la recette miracle d'Améda, mais ça fonctionnait, visiblement.

Je n'ai eu de nouvelles de personne, excepté Rio que je vois tous les jours. Je me suis excusée auprès de lui pour mon comportement tout à fait détestable, et sans prise de tête, il est passé par-dessus. Ni lui ni moi n'avons de nouveau abordé le sujet de l'inquisiteur et j'espère qu'il a compris à la fois mon refus et mes motifs.

J'ai continué les cours de perfectionnement et comme je ne suis plus seule dans mon crâne et que la vraie magicienne est de retour, je réussis avec brio. Je devrais aviser Rubis qu'elle perd son temps et que la démone pourrait même lui en apprendre. Pourtant, je choisis de ne rien dire. Stoker a bien mis le chaos dans ma tête avec sa paranoïa à deux balles. Depuis, dès que quelqu'un me regarde plus longtemps que la norme ou me sourit sans raison, je m'interroge sur ce qu'il aurait à gagner en me trahissant. D'ailleurs, avec le retour de la SDF, mes sentiments à l'égard du prince ténébreux s'en retrouvent renforcés, ce qui tend à confirmer que le lien est entre eux. Je pense à lui aussi souvent que je respire, je nourris des rêves qui feraient pâlir de jalousie une actrice porno et je le soupçonne fortement d'en aimer une autre.

Sa « femme », par exemple.

J'ignore qui est cette garce, mais je la hais d'une façon si viscérale que je pourrais sans doute la tuer sans broncher.

Où est-ce que je signe pour prendre le bateau nommé : égorgeons cette salope ?

Voilà pourquoi je souhaitais garder mes distances avec Stoker. Plus les jours passent, plus il me manque, et au bout de cette semaine, je ne supporte plus son absence. Je ne me l'explique pas, mais j'ai mal, pas une douleur aux organes, non, ça n'y ressemble pas. Si j'avais à la décrire, je dirais que c'est comme avoir un mal de corps postgrippal. On sait qu'on n'est pas bien, notre peau est douloureuse, nos muscles fatigués, eh bien c'est semblable à cela, mais à l'âme. J'ai mal à ma vie en somme. Sauf qu'au contraire d'un virus, cela ne diminue pas avec le temps. Plus les jours s'écoulent, moins je parviens à passer outre. Je donnerais ma vie pour quelques minutes avec lui.

Voilà pourquoi je me suis portée volontaire pour aller poser quelques pièges dans les jardins cette nuit. Des récoltes ont été détruites et comme le village dépend de l'agriculture pour se nourrir, les habitants doivent être réactifs et réparer le tout au plus vite. Ce soir, une équipe est dépêchée sur les lieux dans l'obscurité et nous observerons puis poserons nos pièges et le tour sera joué. L'idée est que je réalise au plus vite ma tâche et que je marche jusqu'à l'extérieur de la ville. Après ?

Après tu attends comme une conne qu'il daigne peut-être t'accorder un peu d'intérêt.

Après, je sais qu'il viendra, il va me sentir…

Tu parles exactement comme une de ces filles aussi désespérées que désespérantes. Tu sais qu'il planifie de te tuer pour me bouffer ? Il n'hésitera pas et toi, petite chose imbécile, tu cours te jeter dans ses bras, qu'est-ce qui ne va pas avec toi, hein ? D'autant que tu es prête à te sacrifier pour un homme épris d'une autre…

J'enfile un sweat brun qui est vraiment moche, mais très chaud, et j'ignore celle qui continue de tourner le couteau dans la plaie. Bien sûr que j'ai conscience d'à quel point je suis conne. Je vois le danger, je sais qu'il me briserait si ça servait ses intérêts. Il ne s'en cache pas d'ailleurs, pour autant, ce n'est pas comme si c'était un choix que j'avais. J'ai le sentiment que je vais crever. Je me sens mourir.

Pauvre petite chatte, bouhouhou.

Je n'ai de comptes à rendre qu'à moi-même, alors l'avis de quelqu'un qui me squatte m'importe très peu. Peut-être est-elle jalouse ? Alors qu'elle pique sa crise, rien ne m'empêchera de sortir des limites du camp pour y retrouver son mec. Qu'il la prenne s'il la veut ! Je serai débarrassée d'elle, de lui et de ce néant qui comble les trous de son absence.

Je sors de ma chambre, salue quelques collègues en leur rendant leur signe poli de la main, et m'engage dans le corridor menant à l'extérieur.

Les gens semblent heureux d'être ensemble, ils rient, se racontent des blagues. Certains, comme moi, sont plus taciturnes, et ça ne pose vraisemblablement pas de problème aux autres. Franchement, ça me donne presque envie de me porter volontaire sur le poste de nuit le temps que durera mon séjour ici. Ça changerait de ceux qui me surveillent en attendant que ma démone fasse quelque chose qu'ils pourront raconter aux autres.

On me donne quelques pierres magiques, on se marre en comprenant que je ne sais pas les utiliser, on m'explique rapidos, puis on me dépose dans le champ « F ».

J'attends qu'ils disparaissent de ma vue pour cesser de retenir mon souffle, puis je prends une grande inspiration. Je me sens fébrile, comme si je m'apprêtais à aller à un rendez-vous galant avec un mec dont je suis folle amoureuse. C'est, disons-le, très très loin de la réalité. Mais mon cœur bat la chamade et mon excitation prend le pas sur tout le reste.

Je me remémore les consignes sur les pierres, je les place en triangle et récite les phrases apprises. Normalement, après cela, je devrais m'asseoir et surveiller, en retrait, pour essayer de savoir quelle est la bête à chasser. Mais je choisis plutôt de traverser le champ en direction d'une des frontières. Limite que ce très cher Pomf s'est fait un plaisir de me détailler de long en large. Je me suis contentée de lui dire que la dimension de la ville était petite, et le voilà parti à m'expliquer chaque recoin du secteur. Je n'ai qu'à marcher une quinzaine de minutes et je me retrouve à une des extrémités. J'aperçois le système d'arrosage comme on me l'a indiqué, et hop ! Je sors de la zone protégée et j'attends quelques minutes de plus, mais il ne se passe rien. Mon temps est limité et comme je tiens absolument à parler avec lui, je chemine un peu plus loin sur les terres. Histoire de m'assurer que leur espèce de dôme magique anticommunication n'est pas la raison du silence de Stoker.

Je devrais arrêter de m'enfoncer de plus en plus loin et me résigner, mais je n'y parviens pas. J'avance encore et encore avec ce désespoir qui me gruge de l'intérieur. Et s'il ne venait pas ? Si finalement il ne voulait plus de moi ? Ma gorge se noue, mes yeux s'embuent, mon palpitant se fend en mille.

Je t'avais dit qu'il te briserait le cœur, au moins il a fait ça proprement et n'a pas pris ta vie.

— T'es qu'une salope ! Va te faire voir !

— J'espère que ce n'est pas à moi que tu t'adresses, *daemonia*.

Sa voix… elle résonne dans toute ma tête. Je me retourne, le cherche et réalise que comme la démone, il passe par un canal mental sans accéder à mes rêves. Ce qui me surprend un peu. Je ne me focalise pas outre mesure, trop euphorique et soulagée qu'il soit là.

— Comment as-tu su ?

Je pose la question, mais je connais déjà la réponse, et aussi kitch qu'elle soit, elle n'en reste pas moins vraie : il m'a ressentie.

— Je te l'ai dit, je sais quand tu apparais sur mon radar.

— Tu m'as jeté un sort depuis notre dernière rencontre ? Je ne comprends pas ce qui se passe… ce silence… ton silence, il…

Il laisse échapper un rire avec un accent de « je te l'avais dit ».

— Qu'est-ce qui se passe ? Pourquoi je suis aussi…

— Obsédée ? En manque ? Vide ? *Néantisée* ?

— Néant… tisée, c'est un mot tellement juste, murmuré-je en le répétant.

Que fais-tu ? Va-t'en avant qu'il ne soit trop tard ! Songe à tous ceux que tu condamnes si tu te lies à lui…

La voix de la démone perd de sa puissance, comme si de nous deux, j'étais désormais la plus forte. Je devrais sans doute essayer de comprendre son changement d'attitude et de camp, mais je m'en fiche.

Riordan qui a paniqué la dernière fois que j'ai osé avouer que j'avais rêvé de Stoker. S'il savait ce que je suis en train de faire…

Je décide de rejoindre Stoker dans mon crâne. Cette fois, il a l'avantage du lieu fictif et je me retrouve dans un endroit que je suis certaine de ne jamais avoir vu, mais qui, pourtant, m'est incroyablement familier.

Un mausolée… Puis je me souviens de sa silhouette qui se découpe sur des pierres tombales que j'ai aperçues en rêve. Je pense qu'il s'agit du cimetière derrière le château Bathsheba.

— C'est un endroit étrange pour se rencontrer, évoqué-je, tout de même curieuse d'en apprendre plus sur les raisons du choix.

Il ne dit pas un mot, saisit ma main pour me tirer quelque part. Le temps se suspend momentanément.

De noir vêtu, il a tout d'un ange déchu. Une chemise sombre, un col ouvert par lesquels les serpents s'agitent, excités. Un pantalon assorti au haut et qui tombe parfaitement, moulant des fesses rondes à se damner. Un début de barbe noire coordonnée à ses cheveux aussi foncés que ses yeux.

Dieu qu'il est beau.

Il se saisit de ma main, la pose sur ses lèvres et délicatement, d'une façon bien trop sexy, il y dépose un baiser.

Provocant, défiant, séducteur, arrogant, tous ces termes lui correspondent outrageusement bien.

Il ne me relâche pas, mais tire doucement sur ma main pour m'amener de l'autre côté d'un immense tombeau qui siège en plein centre de la pièce dans laquelle nous sommes.

Il emprisonne ma paume dans la sienne et conduit le bout de mon index sur la gravure de la tombe. J'ignore ce que je touche, et impossible d'essayer de cartographier l'image dans ma tête puisque l'intégralité de mon attention est fixée sur ses iris ébène qui me bouffent tout entière. Il attrape mes hanches, me force à me tourner et susurre un « *daemonia* » incroyablement érotique dans mon oreille avant d'en caresser le lobe de sa langue.

Il cale mon dos à son corps et dévoile à mes yeux à demi ouverts la gravure du marbre. Je suis trop perturbée par sa présence derrière moi pour y porter attention, mais il insiste.

— Tu voulais une preuve ? La voilà…

— Nous sommes dans ta tête, avec ton décor, tu peux très bien ne pas représenter la scène comme l'originale juste pour corroborer tes affirmations.

— C'est vrai, concède-t-il, mais s'il y a une volonté de t'apporter des éléments prouvant mes dires, il serait bien que tu fasses l'effort d'y accorder un minimum de crédit, non ?

— D'accord, vas-y, convaincs-moi, l'incité-je, conciliante.

Il me guide de l'autre côté du tombeau et recommence le même manège. Cette fois, je porte une attention particulière sur la gravure et remarque un homme avec une carrure imposante et… et c'est là que je suis sciée, des serpents par dizaines tatoués sur son corps. Alors que le marbre semble venir carrément d'une autre époque.

— Je ne suis pas certaine de comprendre…

— Je pense que c'est nous… d'autres nous.

— Des versions alternatives ?

— Non, Vénétia, ça va bien au-delà de ça… nous sommes des âmes jumelles…

— Tu y crois vraiment ? Et puis si c'est vrai, ce truc d'âmes sœurs, ce n'est pas de toi et moi, c'est de toi et elle qu'il s'agit…

— Pas des âmes sœurs, des âmes jumelles. C'est bien différent et cela explique tant de choses. Notamment le comportement des gens et leur détermination à nous éloigner l'un de l'autre. Je dois tester ma théorie, mais il n'est pas impossible que nous soyons les âmes de la *prophetia animarum*…

Le couple maudit et voué à fracturer le monde tel qu'on le connaît si un jour leurs deux essences s'unissaient.

— Non ! m'écrié-je malgré moi en reculant d'un bond.

Comme si je n'étais qu'une plume, il m'attrape par la taille, me replace devant la gravure.

— Regarde, enfin ! C'est nous, c'est toi qui es gravée là, pas elle ! C'est logique, Véné…

— Non ! dis-je encore, sur le point de me fissurer. Non, ça voudrait dire que cette douleur que je ressens, ce désespoir qui me donne envie de ne plus vivre perdurera, ou alors le monde sera sacrifié ?

J'ai essayé de te prévenir… fuis avant qu'il ne soit trop tard.

Je suis démunie et dégoûtée de réaliser que je vais perdre celui qui me possède déjà tout entière. Et cela, même si je hais l'idée d'être éprise d'un homme que je ne connais pas, simplement parce que nous sommes voués à nous retrouver d'une vie à l'autre. Pour certains, c'est le summum du romantisme, alors que pour moi, c'est l'annonce d'une mort inévitable. La mienne, puisque, comme si une digue venait de lâcher, la vérité me heurte de toute sa puissance, sans lui, mon monde ne vaut plus la peine. Qui peut vivre en souffrant chaque minute de chaque jour ?

Comme dans chacune des réminiscences montrées par mon entité, je finirai par me délivrer de lui au travers de l'unique issue possible : la mort.

— *Daemonia*, c'est une théorie à laquelle il nous faut nous habituer…

— Je refuse, tu m'entends ? Je refuse !

— Tu refuses quoi ? Parce que je ne suis pas certain d'avoir bien compris. Tu penses que ma théorie est fausse ou tu peux y échapper ? J'ai essayé, putain. Je te jure que j'ai tout tenté pour te sortir de ma tête. Si c'était possible, j'y serais parvenu !

La panique enserre mon cœur comme un manteau de pierre. Je ne sais pas pourquoi je suis dans cet état. Tout ce qu'il vient de dire, je l'avais déjà entendu et même envisagé dans une certaine mesure. Et puis je capte : je ne veux plus, je ne peux plus le laisser partir et être sans nouvelles de lui. Mon âme ne le supportera pas.

— J'entends bien valider mes suppositions avec une personne qui sera à même de m'en révéler davantage, et nous saurons vite ce qui nous attend. Mais sache qu'âme jumelle ou pas, je ne renoncerai pas. Tu m'appartiens déjà corps et âme, *daemonia*, et je viendrai chercher mon dû quoi qu'il nous en coûte.

Je, je, je… J'aimerais bien lui opposer que j'ai mon mot à dire, que je réfute toutes ces merdes qu'il me balance, mais la seule idée qu'il s'en aille et que nous soyons séparés à nouveau me déchire de l'intérieur.

Je dois prendre de la distance, réfléchir et me libérer de cette emprise temporelle. Comment peut-on être certains de nous alors que ce n'est pas quelque chose que nous avons choisi. Cela nous est imposé, et même si nous n'étions pas faits pour être ensemble, nos ADN, nos vies passées, nos choix nous ont associés pour l'éternité. Y a-t-il un moyen de rompre cela ?

— Vénétia, je dois y aller. Rentre avant qu'on se rende compte de ton incartade. Si ton pote t'a emmenée ici, c'est qu'il y a une raison, et je parie qu'il se doute pour nous. Sois prudente et ne laisse personne deviner que nous sommes en contact d'ici à ce que je te récupère.

— Tu… Attends, tu annonces une prophétie dans laquelle deux amours retrouvés provoquent la fin du monde, et d'un même souffle, tu parles de nous réunir ? M'enfin, quelle partie de la prophétie n'as-tu donc pas saisie ? Nous ne pouvons pas…

— … être séparés l'un de l'autre ? Être ensemble ? Rien à foutre ! Je buterai quiconque tentera de nous en empêcher. Que ce soit une seule personne ou deux millions. Je ne renoncerai pas à nous réunir, *daemonia.*

Tu devras le tuer ou encore mettre fin à tes jours, voilà le seul moyen de sauver ceux que tu aimes et ce monde s'il te retrouve.

— Tu t'entends ? Ce que tu dis est horrible ! Je ne peux pas concevoir que l'on condamne des innocents au nom d'un amour qui nous est imposé… Et encore, si nous ne l'avons pas développé par nous-même, qu'il appartient à d'autres versions de « nous », peut-on vraiment parler d'amour ?

— Tu as peur, tranche-t-il. Tu es terrorisée ! On t'a appris à te faire discrète et à te fondre dans la masse pour attendre que l'on t'accorde de l'intérêt. Tu es faible, Vénétia, pas moi. Je me bats pour ce que je veux obtenir et je mettrais le monde à feu et à sang si l'envie m'en prenait. Ça, c'est pour ce que je convoite, je te laisse deviner ce que ce sera pour ce dont j'ai besoin. Je te le répète, je ne permettrai pas que quoi que ce soit se place entre nous, pas même toi.

— Que veux-tu d…

Je n'ai pas le temps de finir ma phrase, de réfléchir ou de reprendre mon souffle. Je suis arrachée littéralement à la tête de Stoker. Je reviens à mon corps physique et me retrouve aux abords du même champ qu'il y a quelques minutes plus tôt. Je suis désorientée, mêlée et étourdie. Je réussis à peine à me restructurer dans l'espace que je reçois un coup si puissant dans l'estomac que je me plie avant de m'écrouler au sol. J'implore la clémence, à chaque frappe infligée. J'ai la sensation de tomber d'une falaise et de rebondir d'un rocher acéré à l'autre.

— Pitié ! hurlé-je dans une plainte désespérée qui déchire le silence.

Dans mon champ de vision, des boots militaires qui me fracassent les os encore et encore. Je tousse à en perdre la respiration. Sous chaque attaque, je me recroqueville en les suppliant, qui qu'ils soient, de cesser. Plus je les implore, plus ils redoublent d'ardeur. Je réussis à me redresser légèrement et à ramper sur le sol mouillé et je distingue leur rire cruel qui transperce la quiétude de la nuit. J'avance sur un mètre et ils ne m'en empêchent pas, comme s'ils désiraient que je m'accroche à un espoir vain pour me l'arracher par la suite. Je donne tout ce que j'ai, voulant sauver cette vie qui est la mienne, quand une poigne de fer se referme sur mes cheveux et me force à m'arrêter. Son pied sur mon dos m'écrase et l'air peine à irriguer mes poumons. L'un me maintient sur place, immobile, et les autres frappent sans reprendre leur souffle. Si je crie et sanglote au départ, si je murmure par la suite, je termine en me laissant étreindre par le silence. Je perçois le ballottement de mon enveloppe corporelle sous leurs multiples assauts. J'atteins l'apogée de la douleur, là où elle cesse de s'amplifier, ne pouvant plus augmenter. C'est précisément à cet instant que j'envisage de me laisser mourir pour ne plus souffrir. Le goût ferreux du sang se répand dans ma bouche et manque m'étrangler avant de dévaler ma gorge. Je me sens abandonner doucement. Mon esprit me propose de venir me réfugier dans un cocon douillet où le mal n'existe plus.

DAEMONIA *! NON ! TIENS BON ! SALOPARDS D'ENFANTS DE SUCCUBES ! JE VAIS VOUS ÉVENTRER LES UNS APRÈS LES AUTRES !*

— Stoker ? Tu es là ? Je suis morte ?

— Les mecs, elle vient pas de prononcer « Stoker » comme dans « Stoker le prince » ? Bordel, Merch, me dis pas qu'on fait un contrat contre les intérêts de la Couronne ? Connard ! Dans quelle merde tu nous as encore mis, hein ?

— Ta gueule, fils de pute ! Il est trop tard pour avoir des scrupules, et puis si tu déçois le roi, dis-toi au moins que c'est au profit de la future reine que tu agis…

Je suis là, daemonia*, je suis ici avec toi, toujours avec toi.*

Il me parle avec douceur, mais l'inflexibilité, la fureur et la cruauté teintent cette voix bien qu'il essaie de les masquer.

— Dis, tu me retrouveras dans la prochaine vie ?

Ma voix s'éteint lentement, je me sens partir lorsque d'un coup, tout cesse. Les bruits, la douleur, la torture. Je les entends hurler, implorer, je perçois des sons de chair arrachée. J'ignore qui, quoi, comment. Mais je crois n'avoir jamais senti autant de reconnaissance de toute ma vie. Je réussis au prix d'un grand effort à ouvrir une de mes deux paupières, la moins tuméfiée, pour observer mon environnement. La lune, les hautes feuilles du champ derrière, cinq cadavres, puis moi. Moi, et cette fumée ténébreuse qui m'entoure, m'englobe, et qui vraisemblablement me protège.

— Vénétia ? m'appelle-t-on au loin.

— Stoker ? Tu es là ? Pitié, ne viens pas ici, laisse-moi encore du temps pour trouver des réponses.

Vénétia ?! Tu vas bien ? Daemonia, *hors de question que je te laisse là-bas. Je dois te protéger !*

— J'ai besoin de comprendre, Stoker. Laisse-moi au moins trouver qui je suis avant de me faire devenir une autre qui ne s'appartiendra plus.

Je ne te quitte plus, on va être serrés vu le nombre de personnes dans ton crâne, mais je reste. C'est non négociable.

— C'est impossible… tu le sais.

Vénétia, j'ai été on ne peut plus clair. Rien ne m'en empêchera, pas même toi !

— Elle est là ! Bordel ! Qu'est-ce qui s'est passé ici ?

— On dirait qu'une bête l'a attaquée ! Elle rôde encore, tu crois ?

— Arrêtez de jouer les chochottes ! Elle va bien ou merde ?

Je reconnais la voix de la troisième personne. Enfin, je suis certaine de la connaître, mais je n'ai plus la force d'ouvrir les yeux ou de poser des questions.

— Elle nous lâche ! Où est le guérisseur ? Bon sang ! Vénétia, tiens bon ! Ne serait-ce que pour me donner la possibilité de me confondre en excuses auprès de toi. Accroche-toi, ne les laisse pas gagner !

Sa voix est douce et elle passe d'une tonalité normale à une autre qui murmure jusqu'à disparaître lentement. Tout comme moi.

Chapitre 35 - Prophetia animarum

Stoker, 2 octobre

Je me suis assuré que ma taupe soit au chevet de ma *daemonia*, le temps que je peaufine mon plan pour la sortir de là. Depuis son attaque, elle est plongée dans un sommeil artificiel. Les docs la soignaient, et tant qu'il y avait des hématomes, des blessures apparentes et de la douleur, j'arrivais à comprendre qu'on veuille lui éviter de souffrir. Seulement là ? J'essaie de comprendre pourquoi elle n'est pas réveillée. Pourquoi ils la maintiennent volontairement sous médocs ? J'ai voulu me rendre sur place, essayé de survoler la zone, promis des primes phénoménales à des mercenaires, mais dès que je mentionne ce camp, il n'y a plus personne. Je présume que chaque famille hors royauté a eu à un moment besoin des services de ce village. Alors que, je le constate tous les jours, le règne de mon père a affaibli notre nom et le respect qu'on nous accordait jadis. Après de nombreuses recherches, j'ai trouvé la taupe plus qu'idéale et j'étais prêt à lui broyer le crâne si mes arguments s'étaient avérés insuffisants. Mais à ma plus grande surprise, elle a immédiatement dit oui.

Depuis, je compte sur cette personne pour me seconder sur le terrain et être le bras pour la protéger alors que je suis les yeux, du moins, quand je ne dois pas faire une apparition dans ma réalité comme maintenant.

Comme je la crois entre de bonnes mains, je passe à la partie 2 de mon plan. J'ai besoin de réponses au plus vite et s'il s'avère que j'ai raison, ce dont je ne doute pas, je devrai agir vite et puissamment.

— Tiens, si ce n'est pas mon cher époux qui daigne enfin m'honorer de sa présence, souffle ma femme, le visage mauvais d'une marâtre se reflétant dans la glace devant elle.

— Ne t'enthousiasme pas trop, femme, j'ai mieux à faire.

— Et notre héritier ? Comment sommes-nous supposés en créer un si tu n'es jamais auprès de ta femme, la future reine.

— Je n'ai que faire d'un héritier quand la couronne ne m'appartient pas encore. Je veux le trône, d'abord, et si je ne l'obtiens pas, je ne me ferai pas chier à élever des gamins qui te ressemblent.

— Dis-moi ce que tu veux, mon cœur, et je réaliserai chacun de tes fantasmes, souffle-t-elle à mon oreille, répandant l'odeur du sang de ma *daemonia.*

Je me retourne d'un bloc, attrape sa mâchoire entre mon pouce et mon index et presse assez fort pour la forcer à ouvrir la bouche et à me dévoiler la provenance de la fragrance qui me rendait fou. Je parle au passé parce que maintenant que je passe la moindre minute avec Vénétia, je ne suis plus sensible à Nivory. Le seul but de cette fragilité olfactive était de me guider encore et toujours vers elle, désormais, elle n'a plus aucun intérêt à mes yeux.

Ma femme me jauge avec défi, elle sait que j'ai compris.

— Tout ce que je veux, c'est que tu prépares la venue d'une deuxième femme, l'épouse en chef, ajouté-je en la relâchant et en la poussant sur le lit derrière elle.

— Je suis la première, donc c'est moi l'épou…

— Si ce n'est qu'une question d'ordre d'arrivée, alors il me sera si facile de m'assurer qu'elle soit la seule en liste, ne crois-tu pas ?

Si elle est intelligente, elle va fuir. Parce qu'elle connaît visiblement mon obsession pour Vénétia et que je suis certain qu'elle est la commanditaire de l'attaque pour cette raison précise. Dès que j'aurai physiquement mis ma *daemonia* en sécurité, je m'occuperai de celle-là.

Je sors aussitôt et me dirige vers l'aile comprenant les appartements de mon frère Omen et de sa mère, Grinda. Je crois que si quelqu'un peut me donner des réponses, c'est elle. Je toque et en ouvrant la porte, mon frère se raidit sur le seuil lorsqu'il m'aperçoit.

— Que veux-tu ? Tu n'as rien à foutre ici et si tu veux poursuivre ta purge des reines mères, il faudra me passer dessus !

Vu ses airs de chérubin, son ton menaçant et ses mots graves ne sont pas crédibles. Le pauvre n'a jamais su faire semblant.

— Au contraire, mon frère, je viens humblement demander son aide.

— Son aide ? s'étonne-t-il alors qu'il sait que tous dans le château la prétendent complètement folle, du moins, c'est ce qu'a dit le roi pour la discréditer après qu'elle a annoncé la prophétie.

— Approche, mon enfant, viens t'asseoir devant la vieille femme aveugle et sénile. N'est-ce pas précisément les mots auxquels tu pensais. Ne réponds pas, je connais déjà la vérité, mais toi, mon garçon, tu la cherches encore, n'est-ce pas ?

Omen me permet d'entrer mais ne me quitte pas des yeux une seule seconde. Il me désigne le fauteuil vide face à elle, la place qu'il occupait avant mon arrivée, deviné-je.

— J'ai besoin de…

Je n'ai même pas fini qu'elle se met à haleter. Sa poitrine se soulève et s'abaisse de façon irrégulière. Elle tousse sans s'arrêter. Son visage paraît plus rouge encore à cause de la blancheur de ses cheveux et de ses yeux révulsés.

Son fils s'approche, un verre d'eau en main et des plis soucieux sur le front.

— Je vois, oui, je vous vois. Deux âmes vieilles comme le monde, de celles qui ont vu la première phase. Vous étiez destinés à d'autres. Vous n'auriez jamais dû vous rencontrer, cela allait à l'encontre du cycle de la vie. L'un est lumière, l'autre est mort. Deux côtés opposés d'un balancier. Un est le yin, l'autre le yang. Vos essences sont corrompues. Vie après vie, réincarnation après réincarnation, vous vous cherchez, vous rejoignez, puis apprenez le terrible sort qui est le vôtre. Votre amour enfle encore et toujours plus. Il a traversé tant de vies sans mourir qu'il est désormais plus puissant que vous deux. Votre union jette la mort sur tous les mondes. Chaque fois, du cycle 1 au cycle 53, vous devez commettre l'impensable. L'un doit mourir pour que l'autre vive. Si tel n'est pas le cas, nous sommes tous condamnés.

— Qu'avez-vous dit au roi au sujet de cette prophétie pour qu'il décide de tuer tous ceux l'ayant entendue ?

— La vérité, mon garçon, je ne dis jamais que la vérité.

— Et quelle est cette vérité, mère ? intervient Omen, lui aussi avide de réponses.

— Je lui ai appris que le cycle des Bathsheba se terminerait avec l'un de ses fils. Que cet enfant serait roi, et qu'il refuserait sa destinée en brisant le monde que ses ancêtres ont construit. Que cette lignée, la sienne, serait la dernière avant le chaos et que personne n'oublierait le nom du faiseur d'enfer.

Grinda se remet à tousser violemment. Elle s'étrangle presque et sa quinte est si puissante que son visage prend, durant quelques interminables secondes, une teinte violacée.

— C'est assez, mère, reposez-vous, ordonne un fils attentionné que je vois réellement pour la première fois.

— Merci, reine Grinda, je…

Elle se redresse, attrape ma main et la serre si fort que je crois qu'elle risque de la broyer.

— Guidez-la dans sa quête, montrez-lui la lumière, mais n'oubliez pas qu'elle vient des ténèbres.

— Elle vient de… impossible, je…

Puis elle sort de transe en une fraction de seconde. Elle s'adosse à sa chaise et retourne fixer le paysage automnal extérieur sans plus nous calculer.

— Stoker, tu m'expliques ?

— Tu as quelques heures devant toi ? lâché-je, totalement secoué.

Je venais ici pour entendre une vérité, oui, la mienne. Pas ces prédictions macabres et funestes. Je voulais qu'elle me dise que nous avions mal interprété la prophétie, qu'il ne s'agissait pas de nous, que nous devions être réunis pour sauver le monde. N'importe quoi qui ne nous oblige pas à souffrir de notre lien et encore plus de nos séparations.

— J'ai des jours devant moi, vu la force qu'elle a dû déployer, elle sera dans le néant un long moment.

— Il y a un risque pour qu'elle le répète ?

— Tu veux dire à un des cent visiteurs qui se bousculent devant sa porte tous les jours ?

J'émets un rire sans joie et réalise la solitude de sa vie. Je ne soupçonnais pas cela. J'en ai une, moi, de mère, une vraie garce qui vaque à ses complots pendant que je m'occupe des miens. Elle peut mourir, je m'en fiche. Mais pour lui ? Il semble n'avoir qu'elle au monde alors qu'elle est aussi son plus gros fardeau.

— Et si je te montrais ?

— Tu es en mesure de montrer des souvenirs maintenant ? Tu as bien masqué tes capacités, pourquoi les révéler aujourd'hui ? s'étonne-t-il de me voir sans doute pourvu d'une once d'humanité. Tu es différent…

— Ah ça, c'est le moins que l'on puisse dire… Tout ça à cause d'une femme, et cette fois, ce n'est pas de mon fait. Je suis un putain d'esclave. Ça a commencé avec cette irrépressible envie de la baiser jusqu'à plus soif, puis de la tuer et d'assimiler ses pouvoirs. Ses capacités, mon frère… elles sont… Puis j'ai développé une obsession, celle de devenir puissant, de la mater, d'avoir le dessus sur elle, de la réduire en esclavage. Et j'ai compris que j'étais complètement foutu quand j'ai réalisé que j'avais envie que ce soit elle qui me dresse, elle, la maîtresse de mes nuits, et que moi je sois son putain de pantin… Disons que… mes priorités… Bref, elle est moi et je suis elle et il n'y a vraisemblablement que réunis que nous sommes un… Putain ! Tu m'entends ? Voilà, enfin, tu comprendras en regardant.

— Tu n'as pas peur que j'utilise ces informations pour te battre à l'*aperta venari* ?

— Même avec un mode d'emploi, tu serais incapable de me battre, argué-je, moqueur.

Pour la première fois, je regarde cet homme qui a le même sang que moi sans que dans ma tête je doive me rappeler qu'il ne faut pas m'attacher, que je devrai le tuer le moment venu.

Il prend place à mes côtés et je profite du lieu discret pour tout lui montrer, de Vénétia à Nivory, de mon addiction à mes intentions. Il sait pour la prophétie, mon sort est désormais entre ses mains, ou alors c'est sa mort qui est au bout de mes doigts. S'il y a une infime chance que l'on trouve une solution, je veux bien le crier à la face du monde. À tous, sauf à elle, parce que si l'un de nous doit mourir, je serai celui-là. Pas elle, elle retournera dans son monde de mortels vivre sa vie de femme à regarder des séries avec ses putains de chats. Pour elle, c'est moi qui tomberai, j'en fais le serment.

À suivre, witches !!

PAR LA MÊME AUTEURE CHEZ BLACK INK EDITIONS

Steel brother: la duologie
Steel brother: Chris and the queen
S..W.A.T.: la duologie
Stalker
Depuis les ténèbres
Black Haters: la duologie
North Soul: la duologie
(In)justice
(In)destructible
(In)docile
Angel's Bastard
LA PROPHÉTIE DES ÂMES, TOME 1

Avec Totaime
À l'encre de mon obsession
Mission haute tentation

Fantas' Ink

Imprimé en France
par Imprimerie de la Sèvre
(79000 Niort)